RETOUR À MOOSONEE

Aux habitants de Moosonee et Moose Factory

Ouvrage de Antje Babendererde
initialement publié sous le titre *Schneetänzer*

www.arena-verlag.de
Publication en accord avec l'agence Editio Dialog, Lille
www.editio-dialog.com

18 rue Barbès, 92128 Montrouge Cedex
ISBN : 979-1-0363-3048-3
Dépôt légal : avril 2022
Première édition

Loi n° 49-956 du 16 juillet 1949 sur les publications destinées à la jeunesse.

RETOUR À MOOSONEE

Antje Babendererde

Traduit de l'allemand
par Florence Quillet

bayard

Carte des environs de Moosonee

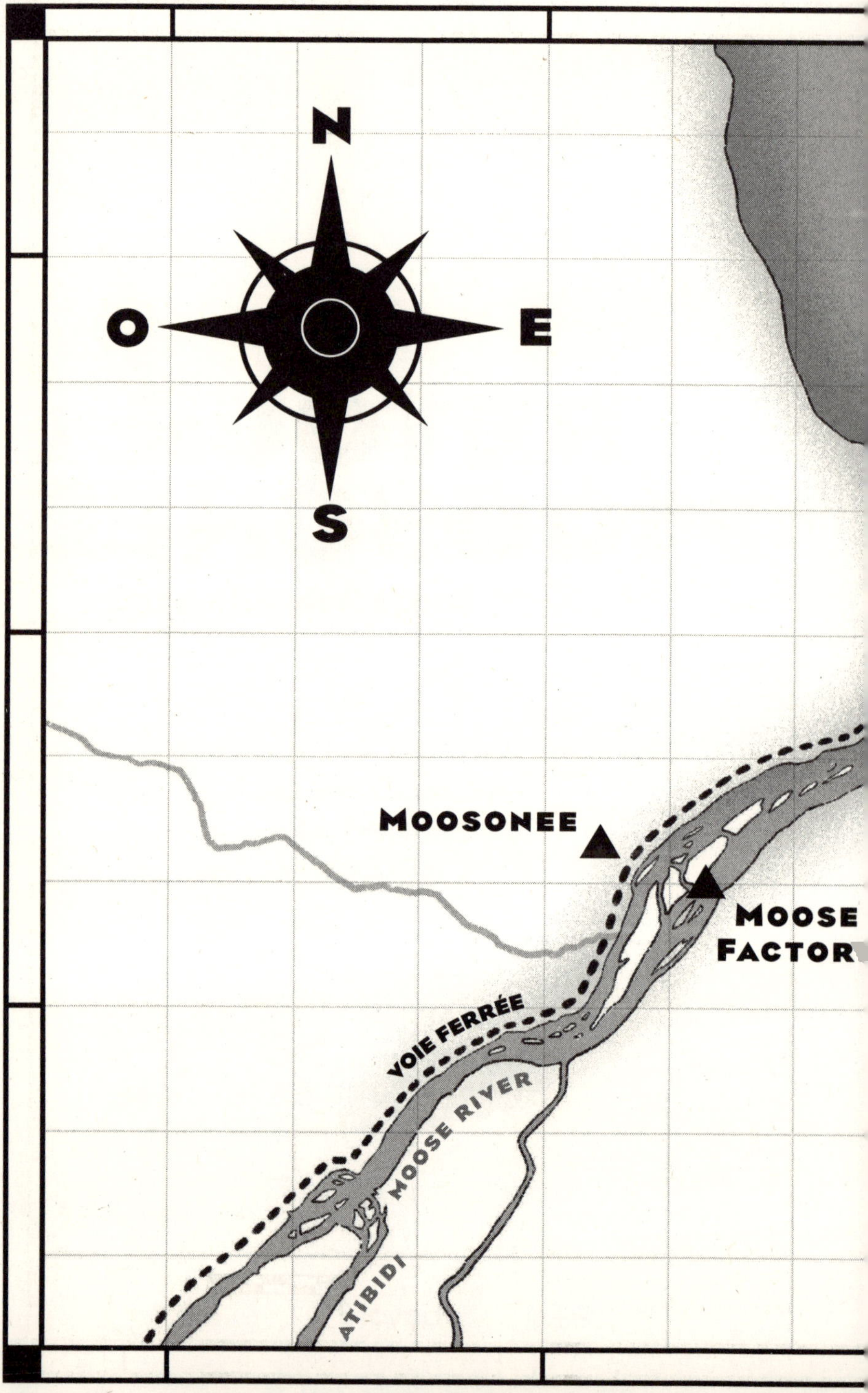

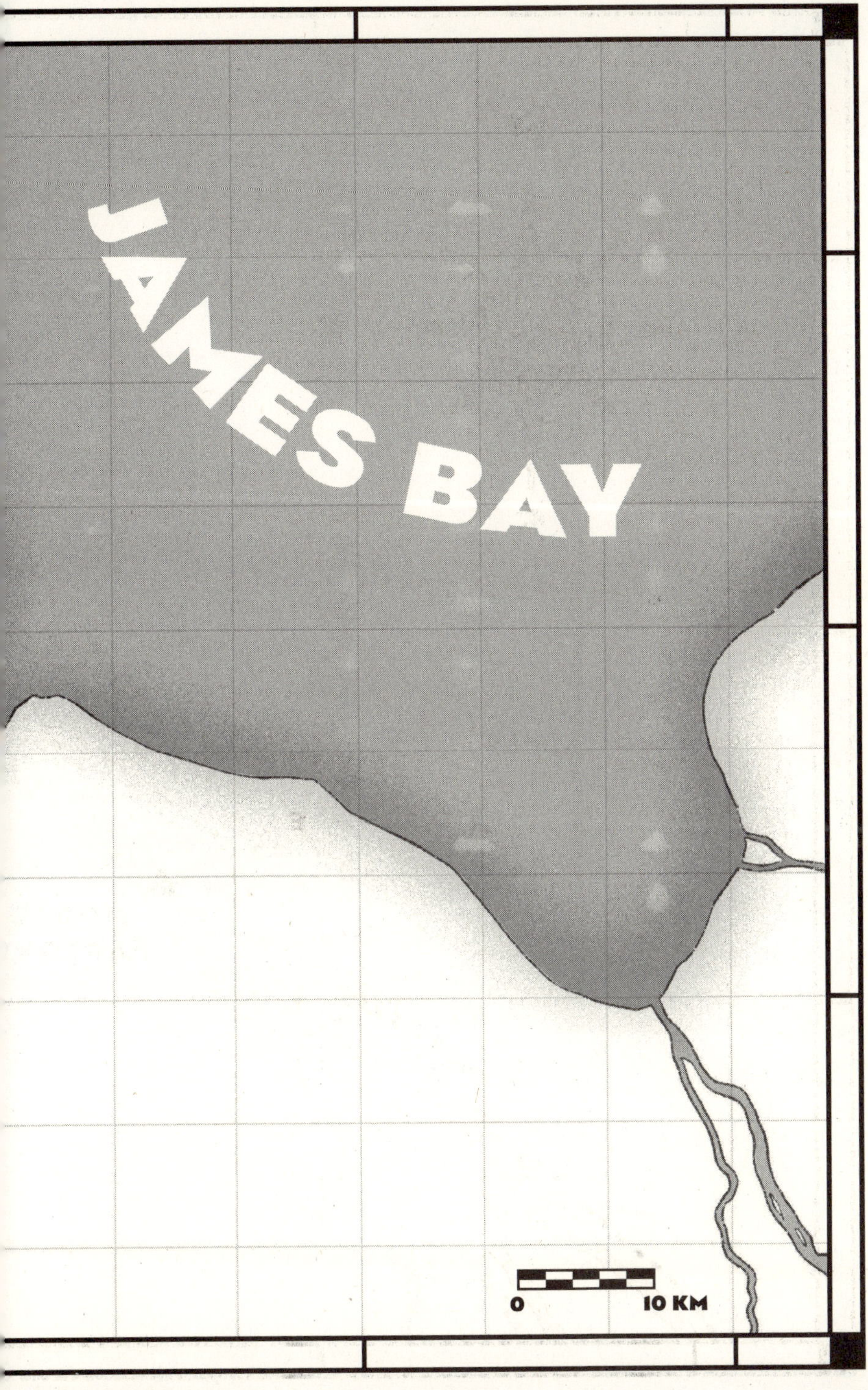

JAMES BAY
0
10 KM

Ils ont essayé de nous enterrer.
Ils ne savaient pas
Que nous étions des graines.

Proverbe mexicain

LE WENDIGO

Du blanc, rien que du blanc… Et ce froid, ce froid polaire qui me transperce jusqu'à l'os. Posant péniblement un pied devant l'autre, j'avance droit devant moi avec l'impression que la neige fine et glacée qui tombe en tourbillonnant m'avale un peu plus à chaque pas. Ma tête… pourquoi ai-je si mal à la tête ? J'ouvre la bouche pour appeler au secours, mais il n'en sort pas le moindre son, juste un peu de vapeur qui se cristallise en fines gouttelettes au contact de l'air.

Tout à coup, des craquements de bois mort et des halètements terrifiants retentissent dans mon dos. Sans regarder en arrière, je me mets à courir. Les poumons en feu, le cœur battant à tout rompre, je slalome entre les arbres couverts de neige, mais mes jambes s'enfoncent dans la poudreuse et mon poursuivant gagne du terrain. Pas besoin de me retourner pour savoir à qui j'ai affaire : le monstre de la forêt, cette bête féroce au cœur de glace, qui dévore les vilains garçons…

Soudain, je me prends les pieds dans quelque chose, sans doute une racine, et m'étale de tout mon long dans la neige fraîche. J'en ai partout : dans le cou, le nez, et jusque dans la bouche. À moitié asphyxié, toussant et hoquetant, j'ouvre la bouche pour hurler, mais mon cri s'étrangle dans ma gorge.

1

Le *Polar Bear Express*

Réveillé par mon propre cri, je me redressai en sursaut et promenai le regard autour de moi. Quatre murs blancs, rien à voir avec un paysage d'hiver. Et pas non plus de monstre poilu me pourchassant dans la neige.

En revanche, j'étais bel et bien transi. Car je n'avais sur moi qu'un caleçon et un T-shirt, et la grosse couverture de laine était tombée par terre. Poussant un juron, je m'extirpai du drap dans lequel je m'étais empêtré, et désactivai l'alarme de mon téléphone qui n'arrêtait pas de biper.

En face de mon lit se trouvait une photo d'un vallon uniformément blanc où l'on apercevait les cimes noires de quelques épicéas. À cette vue, la mémoire me revint : j'étais dans une chambre d'hôtel, à Cochrane, une ville de l'Ontario, et faisais route vers mon passé.

Huit heures quinze. J'avais un peu moins d'une heure avant le départ du *Polar Bear Express* pour Moosonee, un trou perdu dans le Grand Nord canadien, accessible uniquement en train. Sautant de mon lit, je m'approchai de la fenêtre. Le ciel charriait de gros nuages bas et lourds. Un bourrelet de neige grise s'étirait le long des trottoirs. La petite gare de Cochrane se trouvait juste en face de mon hôtel, de l'autre côté de la place où un bus en provenance de Timmins déversait ses passagers. Je réalisai soudain que j'avais intérêt à me dépêcher. Je pris une douche rapide, bouclai ma valise et filai régler ma note à la réception.

On était mi-avril et le thermomètre de la gare affichait quinze degrés, une température sans doute correcte pour la saison sous cette latitude. La buvette était ouverte. J'y commandai un café au lait avec deux toasts, du beurre et de la confiture, et pris mon petit déjeuner en observant ce qui se déroulait sur le quai. Il y régnait une intense activité. Des gens transportaient des valises XXL et d'énormes cartons entourés de ruban adhésif qu'ils chargeaient dans les fourgons à bagages, entassant pêle-mêle bicyclettes pour enfants, ustensiles de cuisine, paquets de couches, ordinateurs, chaînes hi-fi, aspirateurs volumineux et packs de lait en quantité industrielle. Fronçant les sourcils, je tirai de ma poche le dépliant touristique trouvé à l'hôtel. N'y avait-il donc pas de supermarché à Moosonee ? Dans ma fureur et mon désarroi, j'étais parti de chez moi en claquant la porte quatre semaines avant mon Abitur[1], sans laisser à ma mère le temps de me dire quoi que ce soit de ce patelin

---

1. Abitur : examen de fin d'études, équivalent allemand du baccalauréat. (Toutes les notes sont de la traductrice.)

isolé du nord de l'Ontario. Quand je l'avais appelée depuis l'aéroport de Hambourg, elle m'avait demandé si j'avais pris des caleçons longs. Et m'avait prévenu que ce serait difficile de rester végétarien dans une région de chasseurs où le gibier constituait l'essentiel de la nourriture.

– Tu risques d'être déçu, Jacob, avait-elle conclu.

Je me hissai dans le wagon bleu nuit orné de son logo – une oie du Canada en vol sur fond jaune cerclé de rouge – et me mis comme tout le monde en quête de ma place. Montée juste devant moi, une famille d'autochtones prit plusieurs rangées d'assaut. Les enfants se jetèrent sur les fauteuils en skaï bleu.

Le billet aller-retour Cochrane-Moosonee m'avait coûté cent vingt dollars canadiens. De fil en aiguille, j'avais dépensé pas loin de mille euros pour mon voyage, ce qui avait passablement entamé mon budget. Il ne me restait que deux cents euros pour tenir pendant les quinze jours à venir, mais je partais du principe qu'après quatorze ans sans m'avoir jamais donné un centime, mon géniteur pourrait bien m'offrir le gîte et le couvert.

À cette pensée, je fus de nouveau submergé par la colère. J'étais furieux contre ma mère, à qui je ne pardonnais pas de m'avoir menti pendant tout ce temps. Mais j'en voulais tout autant à mon alcoolique de père d'avoir sabordé notre famille. À mes yeux, ils étaient aussi coupables l'un que l'autre. Si j'avais vécu toute ma vie dans des faux-semblants, et si, aujourd'hui, j'étais complètement paumé, c'était leur faute à tous les deux.

Les places étaient numérotées. Je repérai la mienne, un siège à la fenêtre dans un carré de quatre, coinçai mon sac de sport et ma doudoune dans le compartiment à bagages et m'assis. Je ne m'étais pas attendu à un tel confort : design ergonomique, assise en similicuir bleu nuit, appuie-tête rembourré et repose-pieds généreux. Pas si mal pour un trajet de cinq heures à destination du bout du monde. Ce n'était pas moi qui le disais, mais le prospectus de l'hôtel, qui promettait une expérience inoubliable *at the edge of the Arctic*, aux confins de l'Arctique.

Le wagon était bien chauffé, pourtant je fus pris de frissons. Simple coïncidence ? Ou prémonition ?

Les gens continuaient d'affluer : des familles avec des enfants qui couraient dans le couloir sur leurs petites jambes, des hommes en veste de bûcheron à carreaux, des femmes et des adolescentes qui bavardaient en riant. Cependant personne ne faisait attention à moi.

Ma colère céda la place à la curiosité. Pour la première fois de ma vie, je ne me sentais pas différent des gens qui m'entouraient : ils avaient les cheveux noir de jais, le teint mat, des yeux sombres légèrement obliques, tous des Algonquins dont les ancêtres avaient été longtemps les seuls occupants de ces contrées reculées du Canada.

Dire que certains d'entre eux faisaient partie de ma *tribu* ! Je venais tout juste d'apprendre la vérité sur ma naissance et n'arrivais toujours pas à me faire à l'idée que mon père appartenait à l'une des onze Premières Nations du Canada. Ma mère m'avait fait croire pendant des années que j'étais le fruit d'une aventure sans lendemain avec un certain Greg (la seule chose sur laquelle elle ne m'avait pas menti), un étudiant asiatique prétendument rencontré à dix-huit ans dans une auberge de jeunesse lors de son road-trip à travers l'Amérique, et qu'elle n'aurait jamais revu, ledit Greg s'étant déjà évanoui dans la nature lorsqu'elle avait émergé au petit matin des brumes de la marijuana. Une version qui coupait court à toute autre question.

Combien de fois m'étais-je regardé dans le miroir en me demandant d'où pouvait sortir l'ado à la peau mate qui me faisait face, moitié européen moitié… quoi ? J'aurais donné cher pour savoir à qui, et à quelle région du globe, je devais mes pommettes saillantes, mes yeux en amande bruns mouchetés de vert, et mes cheveux noir corbeau.

Peu après mon dix-huitième anniversaire, mon copain Ben m'avait conseillé d'effectuer un test ADN. Le moyen le plus fiable, selon lui, d'obtenir une cartographie de mes origines. Il avait presque réussi à me convaincre lorsque la question s'était résolue d'elle-même, quelqu'un s'étant chargé inopinément de m'expliquer pourquoi il m'arrivait de rêver en anglais, une énigme qui m'avait toujours laissé perplexe.

L'anglais était ma langue *paternelle* !

Cette révélation fracassante m'avait fait l'effet d'une bombe. Très déstabilisé et en proie à une colère noire, je m'étais senti profondément trahi. Cependant, dans le même temps, une étrange euphorie m'avait envahi. Car, d'un seul coup, mon père avait cessé d'être un fantôme.

Il avait un nom : Greg Cheechoo, et il habitait à Moosonee, un endroit où j'avais vécu mes premières années.

Une femme cree d'un âge indéfinissable s'assit sur le siège face à moi côté couloir. Elle me salua d'un sourire et se consacra à son téléphone. À neuf heures précises, la locomotive diesel émit un long sifflement stridulant, et le train s'ébranla.

J'étais si impatient de rencontrer mon géniteur que j'en tremblais. Je n'arrêtais pas d'imaginer la tête que ferait Greg Cheechoo lorsqu'il me verrait débarquer après toutes ces années. J'ignorais à quoi il ressemblait. Avait-il les pommettes saillantes, les yeux bruns mouchetés de vert et les cheveux noir de jais, lui aussi ? Lorsque j'avais demandé à ma mère si elle avait des photos, elle avait fondu en larmes et prétendu les avoir toutes jetées, ce qui me paraissait difficile à croire.

Quoi qu'il en soit, à l'heure qu'il était, mon père biologique n'était pas au courant de ce qui allait lui arriver. J'avais eu confirmation qu'il vivait toujours à Moosonee. Vu la densité de population à cet endroit-là, j'estimais avoir de bonnes chances de le trouver. Je tirai mon téléphone de ma poche et consultai pour la énième fois la page Wikipédia correspondante :

Moosonee est une ville de 1 700 habitants, située dans le nord de l'Ontario, au Canada, à l'embouchure de la Moose River, longue de 80 km, qui se jette dans la baie James. Les Cree y représentent plus de 80 % de la population... La petite bourgade de Moose Factory, implantée sur l'une des nombreuses îles que compte le delta et autrefois poste de traite de la Compagnie de la baie d'Hudson, est aujourd'hui une réserve...

Je poussai un soupir. J'avais passé les quatre premières années de mon existence dans ce trou paumé auquel on ne pouvait accéder qu'en train ou en avion-taxi, et je n'en avais aucun souvenir.

Il y avait à présent cinq jours que j'avais débarqué chez Tante Sonia avec la lèvre éclatée et un œil au beurre noir. Elle s'était fait tirer l'oreille, mais elle avait quand même fini par me donner l'adresse et le numéro de téléphone de mon père biologique. Elle m'avait aussi fait cadeau d'une petite boîte contenant l'amulette que je portais désormais sur la poitrine, dissimulée sous mes vêtements. Une tête de loup sculptée dans de la corne, retenue par une lanière de cuir, que j'avais eue autour du cou lorsque ma mère et moi avions débarqué en Allemagne.

Sonia était ma marraine. Ma mère et elle, copines depuis la maternelle, avaient grandi ensemble à Eisenach. Elles avaient longtemps été inséparables, mais Sonia s'était lassée des mensonges de ma mère, et elle avait fini par prendre ses distances. Elles ne s'appelaient plus que de temps à autre.

– Christine m'a demandé de jeter ce pendentif à la poubelle, m'avait confié Sonia lors de ma visite. Mais je n'ai pas eu le cœur de lui obéir. C'était le seul objet qui te reliait à ton père.

Je lui avais reproché de m'avoir menti, elle aussi, ce à quoi elle m'avait répondu s'être mêlée une fois des affaires de ma mère, et avoir dû lui jurer de ne plus jamais recommencer.

Ni ma mère ni Sonia n'avaient été en mesure de me dire si Greg (j'avais décidé que je l'appellerais par son prénom) habitait encore à Moosonee, ni même s'il était encore en vie. Après avoir essayé plusieurs fois en vain de le joindre par téléphone, j'avais appelé la mairie de Moosonee, où l'on m'avait dit que oui, Greg Cheechoo habitait bien là, mais qu'il était parti chasser. Son retour était attendu pour les prochains jours.

Grâce à Sonia, qui travaillait comme régulatrice de vol à l'aéroport de Hambourg et connaissait beaucoup de monde, j'avais trouvé des billets pour Timmins via Toronto à un prix abordable. Une fois réglées les formalités, la veille des vacances d'avril, j'avais embarqué pour le Canada.

Vingt-quatre heures plus tard, j'étais dans ce convoi qui cahotait sans hâte sur ses rails. On était passés sans transition de la civilisation à un environnement complètement sauvage. Le train croisait encore une piste de temps à autre, mais bientôt je ne vis plus que des bouleaux ébouriffés, des bosquets d'aulnes et des épicéas hirsutes. Ce paysage de brousse arborée que l'on appelle communément le bush.

Je pressai le front contre la vitre. Elle était glacée. Les questions se bousculaient dans ma tête. Celles que je m'étais posées pendant quatorze ans avaient trouvé leurs réponses… qui en avaient entraîné de nouvelles.

Réussirais-je à retrouver mon père ? Lui avais-je manqué ? Ou n'avait-il pas eu une pensée pour moi pendant tout ce temps ? Et pourquoi n'avait-il jamais essayé de prendre contact avec moi ?

Si j'avais su, jamais je ne me serais laissé adopter par Stefan. Stefan… quel enfoiré, celui-là ! Par réflexe, je passai la langue sur ma lèvre tuméfiée à l'endroit où il m'avait frappé.

– À l'heure qu'il est, cet ivrogne doit cuver son whisky quelque part, avait-il dit en parlant de mon père. S'il n'est pas déjà mort depuis longtemps !

Quand ma mère avait ramené Stefan à la maison, nous en étions à notre sixième déménagement en dix ans, chaque fois dans une ville différente, et nous vivions dans une cité de la banlieue d'Iéna. J'avais quatorze ans à l'époque, et pensais que cet imbécile ne ferait pas long feu, comme ceux qui avaient défilé avant lui. Mais non. Stefan Berger était un coriace. Il était veuf et son fils Jonas, un petit garçon adorable, avait besoin d'une mère. Ce qui tombait à pic, car ma mère avait besoin, elle, d'un enfant qui la serre dans ses bras, ce que je n'avais plus fait depuis un moment.

Contrairement à ses prédécesseurs, Stefan était stable. Il gagnait un fric fou avec son élevage de porcs, ce qui n'enlevait rien à l'affaire. Depuis leur mariage, ma mère et moi habitions dans son pavillon de style néo-italien à colonnades blanches et lions en pierre devant la porte.

Stefan s'était déclaré disposé à m'adopter. Un point important aux yeux de ma mère. Je devais être vraiment perturbé à cette époque-là, car l'idée d'avoir un père en chair et en os m'avait emballé.

« En chair et en os. » Je n'avais pas réalisé combien, dans le cas de mon beau-père, cette expression était appropriée.

Je ne m'en étais rendu compte qu'une fois en première, lorsque j'avais demandé à visiter son élevage de porcs. Depuis lors, notre relation s'était envenimée. Je ne pouvais plus le supporter, et lui ne me manifestait pas le moindre intérêt. Il se moquait ouvertement de ce que je faisais à la batterie, et du groupe de rock que j'avais fondé avec mes copains. Je n'étais à ses yeux qu'un minable aux cheveux longs qui se prenait pour une star et n'arriverait jamais à rien.

Il n'avait qu'une hâte : que je passe mon Abitur et quitte la maison avec armes et bagages – en l'occurrence, mon ampli, mes percussions et tout le matériel entreposé au sous-sol. J'étais de trop, même si cela me faisait mal de le reconnaître.

Pourtant, j'aurais aimé avoir une vie de famille. Je n'avais aucune idée de ce que c'était : ma mère était fille unique, et mes grands-parents avaient trouvé la mort dans un accident de bus en Turquie moins d'un an après ma naissance, si bien que ma mère et moi étions seuls au monde.

Par moments, je rêvais d'avoir un père avec qui faire du sport ou des activités entre hommes, ou qui m'aurait initié à certains mystères. Ce manque me faisait terriblement souffrir. Mais, comme l'Asiatique de passage n'avait jamais été informé de mon existence, je ne lui en avais jamais voulu de sa désertion.

Jusqu'au jour où tout avait basculé : je n'étais pas le résultat d'une aventure sans lendemain ! Mes parents avaient été mariés, ils avaient vécu plusieurs années ensemble. J'avais donc un *vrai* père qui avait changé mes couches, m'avait tenu dans ses bras et donné la becquée. Il m'avait aimé. Aucun doute là-dessus, sans quoi je ne me serais pas trouvé dans ce train.

Quel genre de type pouvait bien être Greg Cheechoo ? Avait-il fondé une nouvelle famille ? Si tel était le cas, il n'aurait peut-être aucune envie de me voir… D'un seul coup, l'issue de mon voyage me parut incertaine, et je me demandai si mon espoir de passer deux semaines idylliques avec lui, puis de rentrer en Allemagne avec en poche des réponses satisfaisantes à toutes mes questions, n'était pas voué à l'échec.

Quatorze ans auparavant, cet homme avait failli me tuer en conduisant en état d'ivresse. C'était tout ce que je savais. Malgré tout, c'était mon père, et ma mère n'aurait jamais dû me cacher son existence.

– Tout ce que j'ai fait, c'était pour ton bien, Jacob, s'était-elle défendue en pleurant.

Qu'elle ait voulu me protéger quand j'étais petit, passe encore, je pouvais le comprendre. Mais je n'étais plus un gamin, bon sang… J'avais dix-huit ans, pas huit..Elle aurait dû me dire la vérité depuis longtemps !

Un souvenir me revint en mémoire : enfant, j'adorais jouer aux cowboys et aux Indiens. Du fait de mon apparence physique, on avait tendance à me ranger dans la seconde catégorie, mais je ne voulais pas en entendre parler. Un Peau-Rouge, moi ? Jamais ! Sauf que si, justement, j'en étais un. Sans aucune contestation possible.

Je me levai et me dirigeai vers les toilettes, enjambant des sacs, des jouets, et des gamins endormis à même le sol au milieu de l'allée. Les gens avaient pris leurs aises, les uns étaient affalés sur leur siège, dodelinant de la tête au-dessus de leur accoudoir, d'autres carrément allongés. Les ados pianotaient sur leur téléphone ou écoutaient de la musique, leur gros casque sur la tête. Les rares Blancs dans le wagon se comptaient sur les doigts d'une main.

Je me frayai un chemin jusqu'au wagon-restaurant. J'y achetai un sandwich au fromage et deux barres de céréales que je mangeai une fois revenu à ma place. Dehors, le paysage avait changé. Plus on s'enfonçait dans le Grand Nord, plus les arbres étaient rabougris. Seuls des bouleaux nains et des épicéas clairsemés émaillaient encore la ligne d'horizon. À la vue de leurs cimes en plumeau et des petits lacs dont la surface lisse faisait penser à du mercure, j'eus une sorte de flash. Ce n'était pas la première fois que je voyageais à bord de ce train !

– Oh, regarde ! s'exclama alors quelqu'un derrière moi. Tu vois ce barrage de castors ?

– Il est où, le castor, *daddy* ? s'enquit un petit garçon.

– À l'intérieur de sa hutte, répondit son père.

Il me sembla avoir déjà entendu cette voix. Je me retournai pour voir à qui elle appartenait, mais derrière moi il n'y avait qu'un vieux couple endormi. L'homme ronflait la bouche ouverte.

Avais-je eu une hallucination ? Ou cette scène était-elle une réminiscence d'un trajet que j'aurais fait autrefois avec mon père ? Pourquoi n'avais-je aucun souvenir de lui ni de mes années à Moosonee ?

Lorsque ma mère avait quitté le Canada pour ne plus jamais y revenir, j'avais quatre ans. J'aurais dû pouvoir me rappeler quelque chose ! Mais non…

D'après ce qu'elle m'avait dit, mon amnésie – de même que mon cauchemar récurrent d'un monstre poilu me pourchassant dans la neige pour me dévorer – datait de l'accident de voiture dans lequel j'avais failli mourir un soir d'hiver. Du bout des doigts, je palpai la légère boursouflure à la racine des cheveux au-dessus de ma tempe gauche. Je m'étais toujours demandé d'où me venait cette cicatrice, et j'en avais eu l'explication très récemment, quand ma mère m'avait raconté dans les grandes lignes ce qui s'était passé. À l'en croire, après s'être violemment disputé avec elle, mon père m'avait embarqué dans sa voiture.

– Il neigeait à gros flocons et la route était glissante. Ton père était ivre mort, il conduisait beaucoup trop vite. Résultat, la voiture a quitté la route et fait plusieurs tonneaux. Tu as été éjecté à travers le pare-brise. Ton père a perdu connaissance. Bien que blessé, tu t'es enfui dans la forêt. Il faisait moins quinze. Quand les pompiers t'ont retrouvé, tu étais en état de choc et gravement en hypothermie.

J'étais resté trois jours dans le coma. Ma mère avait attendu que je sois rétabli et de nouveau en état de voyager, puis elle avait sauté dans le premier avion pour l'Allemagne, abandonnant mon père, incarcéré à Moosonee pour conduite en état d'ivresse.

– J'ai fait ce qui me semblait le mieux pour toi, Jacob, je te le promets.

Ma mère m'aurait-elle raconté tout cela si je n'avais pas torpillé notre belle harmonie familiale et si, dans sa fureur contre moi, Stefan n'avait pas craché le morceau ? Ou m'aurait-elle menti jusqu'à la fin de ses jours ?

Fermant les yeux, je me laissai bercer par le roulis régulier des essieux et me repassai le film de l'horrible soirée où la vérité avait éclaté au grand jour. Et je fus de nouveau submergé par la culpabilité au souvenir de mon petit frère en larmes, paniqué à l'idée que son père risquait la prison à cause de moi. Jonas n'avait que neuf ans, il aimait son père. Il aimait ma mère et il m'aimait, moi. Il ne voulait perdre aucun de nous trois.

Le pauvre, je n'étais vraiment pas fier de l'avoir placé dans cette situation. Mais j'avais été trop horrifié par ce que j'avais vu dans l'élevage de mon beau-père. Il m'avait fallu un certain temps pour comprendre que Stefan Berger était une cause perdue, mais que le sort de ses porcs, lui, pouvait être amélioré.

En visitant les installations, j'avais pris discrètement quelques photos et fait des vidéos que j'avais envoyées à l'antenne locale de la PETA [1]. Un geste que je ne regrettais pas.

Cette initiative avait valu à Stefan une mise en accusation des services vétérinaires, et à moi, de découvrir que j'avais un père cent pour cent algonquin.

– *Wachiya !* La place est libre ?

M'arrachant à ma torpeur, je découvris une sorte de Bibendum emmitouflé dans une grosse doudoune à col en fourrure, le jean rentré dans des bottes à lacets, le visage dissimulé sous une capuche à fourrure également, qui semblait tout droit débarqué du pôle Nord.

– Oui, répondis-je en désignant le siège en face de moi.

Surpris par l'accoutrement du nouveau venu encore auréolé de l'air froid du dehors, je regardai par la fenêtre et m'aperçus qu'il y avait beaucoup plus de neige dans cette région qu'à Cochrane. Je me félicitai d'avoir suivi le conseil de ma mère et de m'être acheté des caleçons longs avant de partir. Et je me demandai par la même occasion d'où pouvait bien sortir ce drôle de yéti, car il n'y avait pas le moindre signe de civilisation à l'horizon. Le train avait dû s'arrêter en rase campagne pendant que je somnolais. Un coup d'œil à mon téléphone m'apprit qu'il était midi et demie passé. Encore une heure jusqu'à Moosonee.

---

1. PETA : Association « Pour une éthique dans le traitement des animaux ».

Mon vis-à-vis rabattit sa capuche en arrière et commença à se débarrasser de ses épaisseurs. Je constatai alors avec une certaine stupeur que c'était une fille de mon âge, sinon plus jeune. Elle avait des cheveux noirs qui lui tombaient jusqu'aux épaules, et portait une chemise en flanelle à carreaux beige et marron trop grande pour elle et tout sauf sexy. Cette fille était très différente de celles que j'avais pu observer dans le train, habillées de façon beaucoup plus féminine, avec leurs jeans moulants et leurs pulls près du corps.

Tandis qu'elle s'asseyait, je me fis la réflexion que ses vêtements ne lui allaient pas du tout. J'avais pris mes aises et m'étais allongé sur mon siège, mais nous risquions de nous gêner et je ne voulais pas qu'elle me prenne pour un mollasson, aussi je me redressai et tentai de rabattre discrètement le repose-pieds. Manque de chance, celui-ci se replia avec un claquement sonore, et la fille sourit en coin.

Ma jambe gauche était engourdie. J'effectuai quelques petits mouvements pour activer la circulation tout en prenant bien garde à ne pas toucher la fille. Le front contre la vitre, je faisais mine de contempler le paysage mais, en réalité, je l'observais à la dérobée.

Elle sortit un livre de son sac et commença à lire. Elle n'était pas maquillée, mais ça n'avait aucune importance, car elle avait une peau mate au grain irréprochable et un très joli teint. Ses joues étaient légèrement rougies par le froid, et lorsqu'elle tourna la tête je vis qu'elle avait une mèche de cheveux blancs sur le côté. Waouh ! Mais le plus impressionnant, c'étaient ses grands yeux marron foncé un peu en oblique.

Intrigué, je me surpris à plusieurs reprises à loucher dans sa direction. Les filles que j'avais connues jusque-là auraient eu plutôt tendance à montrer à la Terre entière combien elles étaient belles et désirables. Celle-ci, au contraire, semblait cacher volontairement ses formes sous des vêtements trop larges pour elle.

J'aurais bien aimé bavarder avec elle, mais elle dégageait une telle impression de froideur que je me sentais incapable d'articuler un son, ce qui n'était pourtant pas mon genre. Jusque-là, les filles ne m'avaient jamais intimidé.

Je réfléchissais fébrilement à ce que je pourrais lui dire quand elle interrompit sa lecture. Nos regards se croisèrent.

– *Hi !* hasardai-je. Tu vas à Moosonee ?

Je me sentis rougir. Une lueur ironique brilla dans ses yeux.

– Tu n'es pas d'ici, pas vrai ?

– Si, répondis-je, je suis d'ici. Mais j'ai été longtemps absent.

Elle haussa un sourcil.

– Assez longtemps pour ne pas te rappeler que Moosonee est le terminus de ce train et qu'il n'y a pas d'arrêt intermédiaire ?

Elle avait une voix chaude et mélodieuse qui donnait envie de mieux la connaître.

– Jacob, me présentai-je. J'arrive d'Allemagne.

Un éclair indéfinissable passa dans ses pupilles. Avais-je éveillé sa curiosité ? Je me crus encouragé à continuer :

– Et toi, comment tu t'appelles ?

Je n'avais pas fini ma phrase qu'elle se ferma comme une huître.

– En quoi ça te regarde ?

D'accord, je n'avais pas l'habitude de me faire rembarrer. Mais quand même, j'en eus le souffle coupé.

– Que les choses soient bien claires, enchaîna-t-elle avant que j'aie eu le temps de réagir. Je n'ai rien à faire des baratineurs.

– Soit, concédai-je. Mais je suis à la recherche de mon père ; et, comme tu es d'ici, j'ai pensé que tu pourrais peut-être me renseigner…

– Je me fiche pas mal de ce que tu penses, gronda-t-elle en se replongeant dans son livre.

– OK, fis-je avec un petit geste d'excuse.

Ça commençait bien ! Si les gens du coin étaient tous aussi sympathiques, j'allais me marrer ! J'avais entrepris ce voyage sur un coup de tête, sans avoir la moindre idée de ce qui m'attendait. À Moosonee, je ne connaissais personne et personne ne me connaissait. Pour la seconde fois depuis mon départ de Cochrane, je me dis que mon expédition pourrait être un fiasco.

Dépité, je mis mes écouteurs et regardai le paysage sur fond de Chester Bennington. *Tell me what I've gotta do. There's no getting through to you.* […] *But you're not giving me a chance*[1]. Notre groupe avait plusieurs titres de *Linkin Park* à son répertoire, cette musique plaisait bien aux filles. Mais, après la sortie de piste de notre chanteur, il y avait deux ans de cela, j'avais commencé à composer nos propres chansons. Avec au moins autant de succès.

À un moment, le train ralentit et traversa un large fleuve entièrement gelé. Ce devait être la Moose River, la «rivière de l'élan». Désormais, on ne voyait plus que du blanc jusqu'à l'horizon, j'étais vraiment au pays de l'hiver. «Au pays de l'hiver», est-ce que ça ne ferait pas un bon titre, ça ? Je ne me séparais jamais de mon carnet de notes. J'y griffonnai rapidement quelques idées, ce qui me valut quelques coups d'œil intrigués de ma voisine d'en face.

Une demi-heure plus tard, nous arrivâmes enfin à Moosonee. La fille n'avait pas attendu l'arrêt du train pour se rhabiller et gagner la portière avec son gros sac sur le dos. J'attendis dans la queue de pouvoir descendre. Quand je sautai enfin sur le quai, je reçus une bouffée d'air glacé en pleine face. Il faisait au moins dix degrés de moins qu'à Cochrane ! Un coup d'œil à mon appli météo confirma cette supposition.

J'enfonçai mon bonnet sur mes oreilles et remontai la fermeture éclair de mon anorak. Si j'étais à destination, je n'avais pas encore atteint mon but. Je me dirigeais vers la sortie quand j'aperçus la jolie brune bras dessus, bras

---

1. «Dis-moi ce que je dois faire. Il n'y a pas moyen de t'atteindre [...] Mais tu ne me laisses aucune chance.»

dessous avec un garçon. Le gars devait avoir une vingtaine d'années. Des cheveux noirs, mi-longs, avec une mèche qui lui tombait sur le front, et une fine moustache. Tous deux s'engagèrent sur le parking. Donc elle avait un copain. J'aurais dû m'en douter : les filles aussi belles sont rarement célibataires. Mais ce n'était pas une raison pour me rembarrer.

Tournant le dos à la gare, je me retrouvai sur une piste non goudronnée avec, à gauche, un dépôt de matériaux de construction et de parpaings recouverts de neige, à droite, un vieux wagon de chemin de fer kaki orné d'étranges caractères faisant un peu penser à des hiéroglyphes. Un panneau légèrement de travers annonçait « Welcome to Moosonee ».

2

Moosonee

Il y a des endroits dans le monde qui ont le pouvoir de changer les gens. Je ne le savais pas encore, alors, mais Moosonee est de ceux-là. Le « terminus », avait dit la fille du train. Pour elle, peut-être. Moi, c'était le contraire : mon voyage ne faisait que commencer.

Parvenu au premier croisement, je sortis mon téléphone de ma poche, ouvris *Google Maps* et y entrai l'adresse indiquée par Sonia. La bourgade de trois kilomètres de long par cinq cents mètres de large s'étirait le long du fleuve, coincée entre la berge et la voie ferrée. L'unique route allait du petit aéroport, au nord-est de la ville, à une carrière en aval du fleuve, au sud-ouest. Mon père habitait non loin de celle-ci, dans Quarry Road. Donc, je devais prendre la première à droite. À peine avais-je fait quelques pas, étonné par la quantité de neige gris sale accumulée au bord de la chaussée, qu'un taxi entièrement recouvert de boue s'arrêta à ma hauteur. D'après mon appli, je n'étais qu'à deux kilomètres de chez Greg, et je devais ménager mes finances. Je fis non de la tête et repris ma marche.

Le temps de longer quelques maisons en bois marron séparées de la chaussée par des buissons épineux, de passer sur un pont en béton et de laisser derrière moi un petit centre médical flambant neuf, j'étais déjà sorti de la ville. Autour de moi, le bush, de la forêt à perte de vue. Guidé par mon GPS, je poursuivis mon chemin au milieu de nulle part en pressant l'allure, car je commençais à avoir froid, et débouchai enfin sur Quarry Road.

Devant les quelques maisons alignées au bord de la route étaient garés des scooters des neiges, des voitures et même un petit avion rouge vif. Le ruban blanc du fleuve gelé étincelait à travers les arbres. J'avançais d'un pas sûr avec l'impression que ma boussole intérieure connaissait le chemin. Soudain, je me rappelai avoir déjà vu le coucou rouge.

Il me restait des souvenirs de ma vie d'avant !

Enfin j'aperçus la maison. Elle était un peu en retrait par rapport à la route, entourée d'un bosquet. De couleur beige, elle avait un toit à chien-assis, et une petite véranda sur le devant. À l'entrée se trouvait une petite pancarte en bois gravée au nom du propriétaire : *Greg Cheechoo*. Mon père.

À l'anxiété diffuse qui me serrait les tripes depuis un moment succéda le sentiment que mon cœur allait éclater. Malgré le froid, je me mis à transpirer à grosses gouttes. Cette fois, j'y étais. Restait à savoir si Greg Cheechoo se trouvait chez lui, et si nous avions encore quelque chose en commun. Que lui dirais-je lorsque je le verrais ? « Salut, *dad* ! Ça fait un bail ! Alors, c'est là que tu te planques depuis tout ce temps ? »

Je frappai à la porte. Pas de réponse. J'actionnai le heurtoir de cuivre. Rien, silence de mort. J'appelai, tambourinai, tentai d'ouvrir. En vain : mon père n'était pas chez lui.

J'en aurais pleuré.

Ravalant ma déception, j'abandonnai mon sac sur un des rondins grossièrement taillés qui faisaient office de tabourets sur la véranda, et fis le tour de la maison. Derrière se trouvait une tente circulaire, moitié yourte, moitié tipi. Mû par la curiosité, je m'en approchai, poussai l'étroit panneau de bois qui en fermait l'entrée, et pénétrai à l'intérieur.

Le sol et les murs étaient en agglo, et de longues perches supportaient le toit en simple toile. Un tas de petit bois était entreposé sur le seuil. Au centre se trouvait un foyer entouré de grosses pierres supportant une grille de barbecue. Dessus, une vieille bouilloire noircie. Apercevant sur une des pierres un briquet abandonné, je l'essayai. Il marchait. Au pire, je pourrais toujours me faire du feu.

Pendu à l'une des longues tiges, un grand attrape-rêve montait la garde. Le cône parfait formé par les perches retenues par des lanières de cuir, conjugué à l'odeur de cèdre, réveilla comme une réminiscence. Fermant les yeux, je crus entendre le bruit sourd et régulier d'un tambour et une voix chaude et profonde qui chantait : *Wey-ah-hey-hey-yoh, weho-he-weho-he, wey-ah-heyhey-hey-yoh*.

Je m'aperçus alors que je m'étais mis à chantonner. Déglutissant avec peine, je me demandai ce qui m'arrivait. Des souvenirs longtemps enfouis semblaient remonter à la surface. Mais des souvenirs de quoi ?

Quittant le tipi, je descendis vers la rivière. Il y avait des traces de motoneige dans tous les sens. Greg était-il reparti ? N'était-il donc pas rentré de son camp ?

Bon sang, qu'est-ce qui m'était passé par la tête pour débarquer ici à l'improviste, sans même avoir averti mon père de ma venue ? À présent, il était déjà plus de quatre heures, et le froid me transperçait jusqu'à la moelle des os.

Je songeai à allumer un feu dans le tipi pour y attendre le retour de mon père, mais rejetai cette idée et décidai de retourner en ville. Quelqu'un pourrait peut-être me dire où trouver Greg Cheechoo ?

En tapant *Cheechoo* sur Google pendant mon escale à Toronto, j'avais découvert que c'était un nom très répandu, aussi bien à Moosonee qu'à Moose Factory, le village sur l'île au milieu de la rivière. Le patronyme avait même ses célébrités, entre autres un joueur de hockey, une cinéaste et une représentante du conseil tribal de la réserve cree implantée sur l'île. Avais-je de la famille ici ? Des cousins ? Des frères et sœurs ?

J'avais parcouru une centaine de mètres quand un gros quatre-quatre noir s'arrêta à ma hauteur. La conductrice, une femme d'une cinquantaine d'années, baissa sa vitre et me dévisagea de ses grands yeux noirs.

– *Wachiya*, petit ! Où vas-tu comme ça ?

« *Wachiya* », je connaissais : j'avais lu sur le prospectus de l'hôtel que c'était le mot cree pour dire « salut ! ». Mais « petit », c'était nouveau, ou plutôt il y avait bien longtemps que plus personne ne m'avait appelé ainsi.

– Je retourne en ville.

– En ville ? s'esclaffa-t-elle. Elle est bien bonne ! Allez, monte, petit !

Ouvrant la portière, je m'installai sur le siège avant, soulagé d'être au chaud, et aussi d'avoir quelqu'un à qui parler.

– Louise, se présenta la femme. Louise Koostachin.

Elle avait de longs cheveux très noirs séparés par une raie au milieu et retenus par une queue de cheval.

– Et toi, comment tu t'appelles ? demanda-t-elle en me coulant un regard en biais. Tu n'es pas d'ici, n'est-ce pas ?

– Jacob, répondis-je en me frottant les mains pour les réchauffer.

– Tu cherches quelqu'un ?

– Greg Cheechoo. Mais il n'est pas chez lui.

– Greg, murmura-t-elle, songeuse. Il doit être chez Pauline à Camp Ajuawak, c'est à quelques kilomètres en aval. On ne le croise plus guère par ici, désormais.

– *Verdammter Mist*[1] *!* grommelai-je.

Louise écrasa le frein.

– Tu parles allemand ?

– J'arrive d'Allemagne, expliquai-je laconiquement. C'est là que je vis.

---

1. « Et merde ! »

– Pourtant, tu as l'air d'un Cree, observa-t-elle en me regardant de côté.

Vers quinze ans, j'avais commencé à me laisser pousser les cheveux pour me donner un look de batteur. Bien sûr, Stefan avait désapprouvé haut et fort, une raison de plus pour ne pas les couper. Depuis, je les portais longs jusqu'aux épaules.

– Tu as quel âge ?

– Dix-huit ans.

Louise ne répondit rien. Je reconnus le petit pont, et nous entrâmes dans Moosonee. Elle tourna à droite devant un dépôt d'alcools au rideau baissé et s'engagea dans la large travée boueuse, dite « rue principale ». À gauche, un ensemble de plusieurs bâtiments en brique rouge abritait l'école et l'antenne du Northern College, en face se trouvait l'église, en brique rouge également, dont le clocher de tôle s'élançait fièrement vers le ciel. Toujours sans un mot, Louise prit à gauche et s'engagea sur le parking d'un grand supermarché, le Northern Store, auquel était accolé un KFC. Seules quatre voitures étaient garées devant le mur de neige plus haut que moi qui ceinturait le parking.

– Djeykop Tchietchou, murmura Louise en coupant son moteur.

Il me fallut quelques secondes pour reconnaître mon nom, prononcé avec un accent canadien à couper au couteau.

– Berger, corrigeai-je. Ma mère s'est remariée.

Je détestais porter le nom de Stefan, mais « Cheechoo » sonnait vraiment trop bizarre.

– Djeykop Tchietchou, répéta-t-elle d'une voix blanche sans se soucier de ma remarque. Je t'ai connu tout petit. Mon fils Luke et toi étiez de la même année. Vous avez effectué votre cérémonie de première sortie ensemble.

« Cérémonie de première sortie » ? Je n'avais aucune idée de ce que c'était…

– Vous étiez comme les deux doigts d'une main, poursuivit Louise avec une émotion palpable. Toujours fourrés ensemble. Tu ne te souviens pas de lui ?

– Non, je regrette, répondis-je, en proie à une confusion extrême.

C'était la première personne que je croisais à Moosonee, et elle connaissait mon passé mieux que moi.

– Qu'est-ce qu'il devient ?

Les yeux de Louise se remplirent de larmes.

– Il est mort, articula-t-elle dans un souffle. Il y a deux ans. Dans un incendie.

– Oh, pardon… Je suis désolé.

C'était la vérité. J'étais horriblement gêné.

– Je n'ai pas beaucoup de temps, dis-je pour changer de sujet. Mon vol de retour est prévu pour la fin de semaine prochaine. Avant ça, il faut absolument que je retrouve mon père. À la mairie, ils m'ont dit qu'il devait rentrer bientôt.

– Sans doute. Le conseil municipal se réunit dans quelques jours pour discuter du projet d'ouverture d'une mine de niobium, et il est censé y assister. Mais, avec Greg, on ne sait jamais : quand il est pris par la fièvre de la chasse…

La fièvre de la chasse ? Ma mère avait fait une allusion à quelque chose de ce genre, en effet.

– Mais il faut absolument que je le voie ! protestai-je, au désespoir.

Louise parut réfléchir.

– Tu sais quoi ? déclara-t-elle au bout d'un moment. Pour commencer, on va faire quelques emplettes. Ensuite, tu viendras chez moi, je nous préparerai à manger, et après le dîner je passerai quelques coups de fil. On tâchera d'envoyer un message à ton père.

J'étais tellement touché et ému par sa proposition que j'en restai sans voix.

– Alors ? s'enquit Louise, les yeux brillants.

– C'est super gentil, merci.

– Pas merci : *miigwetch*. En cree, on dit *miigwetch*.

Tandis que je poussais le caddie dans les allées du supermarché, je vis que les gens nous dévisageaient d'un air intrigué.

– J'ai une idée ! s'exclama Louise. En l'honneur de ton retour, je vais nous cuire des pavés d'élan ! J'en ai au congélateur. Avec des haricots et des pommes de terre, qu'est-ce que tu en penses ?

Mon *retour* ? Des pavés d'élan ? Ce que j'en pensais ?

– Je... je..., bredouillai-je lamentablement.

– Tu n'aimes pas l'élan ? fit-elle en fronçant les sourcils. Pas grave... des cuisses d'oie, ça ira ?

– C'est que... je suis végétarien, réussis-je à articuler.

Elle me fixa quelques instants d'un air ahuri, puis éclata de rire. Tous les gens présents autour de nous se retournèrent pour voir ce qu'il y avait de drôle. J'aurais voulu disparaître six pieds sous terre.

– C'est une blague ?

Je secouai la tête, les oreilles en feu. Heureusement, j'avais mon bonnet sur la tête ; si elles étaient écarlates, cela ne se voyait pas.

– OK, fit Louise. Dans ce cas, suis-moi.

Elle m'entraîna vers les congélateurs. Tofu, houmous, salades, desserts... il y avait tout ce qu'on voulait. Mais les prix étaient exorbitants. Effrayé, je reculai d'un pas.

– Rien qui te plaise ? s'inquiéta Louise, se méprenant sur mon attitude.

– Si, mais c'est beaucoup trop cher !

– Pour ça, oui ! Ici, il n'y a pas grand-chose qui ne soit pas hors de prix, mais le pire, c'est les légumes et les produits vegan. À Moosonee, personne n'est végétarien, c'est moi qui te le dis. Les Cree sont des carnivores, mon petit. Les Blancs ont bien essayé de nous convertir à l'agriculture, mais toutes leurs tentatives ont échoué. Ce que tu vois là est destiné aux médecins, avocats et fonctionnaires blancs qui viennent parfois passer quelques jours ici pour le travail.

– Des pommes de terre et des haricots, ça ira très bien, dis-je.

Louise égrena un petit rire.

– Ça, ce n'est pas un problème.

Un homme en tenue de camouflage et bottes de caoutchouc s'approcha de Louise et lui demanda qui j'étais. Elle lui répondit en cree. Je ne compris pas un traître mot de ce qu'elle lui racontait, mais ce n'était pas difficile à deviner : j'étais le fils de Greg Cheechoo, et je ne mangeais pas de viande. Comme je m'y attendais, l'homme sourit largement. Il lui manquait plusieurs dents.

– J'ai tout ce qu'il me faut, annonça Louise. Rentrons !

Louise Koostachin et son mari Edward habitaient une jolie maison blanche en bois sur Veterans Road, à deux pas du fleuve. Lorsque nous arrivâmes, Edward, un géant aux cheveux en brosse et grosse moustache, était avachi dans le canapé, en train de regarder un match de hockey à la télé.

Louise lui expliqua qui j'étais. Il me salua d'un signe de tête et reporta son attention sur le match.

– Luke était champion de hockey, m'apprit Louise en me montrant une chambre meublée d'un grand lit recouvert d'une couverture en patchwork dans des tons chauds, une commode et une table. Depuis qu'il est mort, Ed ne desserre plus les dents. Ne le prends pas personnellement, d'accord ?

Cette chambre avait été celle de son fils, cela se voyait aux posters et aux photos qui le montraient dans son équipement de hockey. Les coupes qu'il avait gagnées étaient alignées sur les étagères. Il y en avait un nombre impressionnant.

– Mets-toi à l'aise, dit Louise en montant le chauffage. La salle de bains est sur le palier, deuxième porte à droite. Les serviettes, dans le placard. N'hésite pas à prendre une douche. Après, tu n'auras qu'à venir m'aider à la cuisine.

Louise partie, j'enlevai mon anorak. Je voulus recharger mon portable, mais il m'aurait fallu un adaptateur, chose à laquelle je n'avais absolument pas pensé.

J'avais un message WhatsApp :

Bien arrivé ? Comment va Greg ? Je t'embrasse fort. Mom.

Je n'en crus pas mes yeux. Ma mère faisait comme si ma visite à mon père était un non-évènement, alors que ma vie entière en dépendait.

Je composai une réponse aussi neutre que possible :

Tout va bien. Dad en vadrouille quelque part. Suis chez Louise Koostachin.

Je cliquai sur *Envoyer*, me laissai tomber sur le lit, soudain terrassé par la fatigue, et fermai les yeux. Le lit était confortable et un délicieux fumet me montait aux narines. Quelle chance j'avais eue de rencontrer Louise…

À mon réveil, je sentis la caresse d'un rayon de soleil sur ma joue. Louise avait dû me trouver endormi tout habillé et elle n'avait pas voulu me déranger, car la grosse couverture de laine était étendue sur moi.

De la cuisine me parvint une bonne odeur de pain frais qui me fit presque monter les larmes aux yeux. À part chez Ben, il était rare que je me sente le bienvenu quelque part.

Je me précipitai sous la douche, revins dans la chambre prendre mon téléphone, dont la batterie était à plat, et descendis au rez-de-chaussée. Louise avait mis un couvert pour deux.

Elle m'accueillit avec un sourire.

– Bonjour, petit ! Tu dormais tellement bien hier soir que je n'ai pas osé te réveiller.

– Merci, je suis tombé comme une masse. Le décalage horaire, sans doute. Qu'est-ce qui sent si bon ?

– Les muffins aux raisins qui sont en train de cuire, répondit-elle, les yeux brillants.

– J'aurais besoin de recharger mon téléphone mais j'ai oublié de prendre un adaptateur, expliquai-je. Vous croyez que j'en trouverais un au supermarché ?

– Ça m'étonnerait. Il y a longtemps que plus un Européen ne vient à Moosonee. Mais tu peux le brancher sur mon laptop, si tu veux, ajouta-t-elle en désignant un ordinateur portable préhistorique.

Si vieille qu'elle fût, la bécane avait un port USB, le problème était réglé.

Trois bips, trois messages. Le premier de Sonia, le deuxième de Ben, et le troisième de ma mère.

Je commençai par celui de Ben.

Salut, vieux ! Alors, c'est comment, le trou du cul du monde ? Et comment ça se passe avec ton paternel ?

Je répondis aussitôt :

Je suis au fin fond de l'Arctique, il fait super froid. J'ai pas encore rencontré GC, par contre, suis tombé sur quelqu'un qui m'a connu enfant. À +

Suivait le SMS de ma mère :

Toutes mes amitiés à Louise et Ed. Préviens-moi quand tu seras chez Greg.

OK.

C'était court, comme réponse, mais ça suffirait. J'étais toujours furieux contre elle. Sa loyauté envers Stefan, c'était une chose. Mais sa malhonnêteté à mon égard en était une autre.

– Où est Ed ? demandai-je à Louise en désignant le couvert pour deux.

– Parti aider notre fille Della à bricoler. Il se lève toujours très tôt. Du café ?

– Volontiers.

Je n'avais rien avalé depuis mon sandwich dans le train. Je me jetai sur les muffins aux raisins et en engloutis trois d'affilée.

– Toi et Luke, vous en raffoliez, murmura Louise d'une voix qui laissait transparaître un chagrin insondable.

Je lus dans ses yeux combien elle aurait voulu que je me rappelle son fils. Et je pris soudain conscience qu'à travers moi, c'était surtout lui qu'elle voyait.

Le morceau de muffin que j'avais dans la bouche eut du mal à passer.

– Je suis désolé, balbutiai-je. J'aimerais beaucoup me souvenir de Luke mais, comme vous le savez certainement, j'ai failli mourir dans un accident de voiture et j'ai perdu la mémoire. Blackout total. À ne même plus savoir qui était mon père. Je n'ai découvert que c'était Greg Cheechoo qu'il y a une semaine ; et encore, par hasard...

– J'y crois pas ! s'exclama Louise d'un air consterné. Mais que t'a donc raconté Christine pendant toutes ces années ?

– Que j'étais le fruit d'une aventure sans lendemain avec un type d'Asie du Sud-Est.

Elle plaqua les deux mains devant sa bouche et me fixa quelques instants avec stupeur.

– Et comment va ta mère ? Tu disais qu'elle s'est remariée ?

– Il y a quatre ans, acquiesçai-je. Avec un dénommé Stefan qui ne peut pas me saquer. Ceci dit, c'est réciproque.

Haussant les épaules, je repris un muffin dans la panière et fis à Louise le portrait de mon beau-père : un imbécile qui ne ratait jamais une occasion de me critiquer et pour qui rien de ce que je faisais n'était assez bien. Je lui parlai aussi de l'élevage de porcs, des photos et des vidéos prises en cachette que j'avais envoyées à la PETA, et de la crise que ça avait déclenchée.

– Stefan m'a frappé. Dans sa rage, il m'a balancé qui était mon père. Le temps de sauter dans un avion, et me voilà.

– Mmh, fit Louise. J'ai toujours dit à ton père que tu reviendrais un jour ou l'autre. Mais depuis quelque temps il n'y croyait plus.

Une question me taraudait.

– Et en dehors de moi... il a d'autres enfants ?

Balayant des miettes du revers de la main, elle fit non de la tête.

– Ça me rend triste que ton beau-père ne soit pas sympa. Et Christine n'aurait jamais dû te cacher la vérité sur ta naissance. Mais ce qui s'est passé est passé, on ne peut pas revenir dessus.

Elle s'interrompit avant de reprendre :

– Il y a une chose que tu dois savoir, Jacob : ton père a énormément souffert de ton absence. Pendant toutes ces années, il ne s'est pas passé un jour sans qu'il pense à toi.

– Pourquoi est-ce qu'il ne s'est jamais manifesté, alors ?

– Quand ta mère est partie en Allemagne avec toi, il était en prison. Ça a été un coup très dur pour lui. Une fois libéré, il t'a cherché partout. Et puis, un jour, il a abandonné. Il...

Incapable d'achever sa phrase, Louise détourna les yeux.

– Mon père a failli me tuer, déclarai-je avec une rancœur dont je m'étonnai moi-même.

J'avais du mal à digérer ce que je venais d'entendre. De façon générale, je ne savais pas bien gérer mes sentiments.

– Il arrive à tout le monde de faire des erreurs, Jacob. Mais tu discuteras de tout ça avec lui. Hier soir, j'ai appelé son amie, Pauline. Greg n'est pas à Camp Ajuawak en ce moment. Il est parti relever une ligne de pièges dans la forêt. Mais tu as de la chance dans ton malheur : son copain Tony Loon, de Moose Factory, avait justement prévu d'aller le retrouver aujourd'hui, et il est prêt à t'emmener.

Me tendant un bout de papier avec un nom et un numéro, elle ajouta :

– Le mieux serait que tu lui envoies un message WhatsApp. C'est comme ça qu'on communique, par ici. Sur l'île, Internet est gratuit.

– Super, mais on ira *comment* ?

– En motoneige, évidemment.

– Ah oui… bien sûr.

– Parfait, je préviens Tony que c'est d'accord.

À ces mots, je sentis une poussée d'adrénaline. J'avais une chance de voir mon père avant la fin de la journée ! L'heure de vérité approchait. J'essayai de me représenter Greg Cheechoo en pleine nature, en train de relever des collets. Mais, avec la meilleure volonté du monde, je ne voyais pas à quoi il pouvait ressembler.

J'enregistrai le numéro de Tony dans mon répertoire. Il était dix heures du matin. Louise me conduirait à la station de mototaxis pour midi.

Je lui demandai si elle avait des photos de mon père. Elle se leva et revint quelques instants plus tard avec une vieille boîte à chaussures, dont elle retira une photo un peu floue qui nous montrait ma mère, mon père et moi avec quatorze ans de moins, en compagnie de Louise, Ed, plus une fillette d'une dizaine d'années et un petit garçon. Il ne pouvait s'agir que de Della et Luke, l'ami d'enfance dont je n'avais aucun souvenir. La photo, malheureusement, ne me disait rien.

Louise et Edward étaient souriants, mes parents aussi, mais le sourire de ma mère était crispé. Une expression que je ne lui connaissais que trop.

– Christine n'était pas heureuse ici, expliqua Louise, à croire qu'elle avait lu dans mes pensées.

Je me fis la réflexion que ma mère n'était pas heureuse en Allemagne non plus, mais mon hôtesse poursuivait déjà :

– Elle ne supportait pas les hivers interminables. Greg est quelqu'un de bien, il a fait tout ce qu'il a pu pour lui rendre la vie agréable. Mais rien n'y faisait, ta mère déprimait de plus en plus.

Elle marqua une pause avant de reprendre :

– Quand ton père est sorti de prison et qu'il est revenu vivre ici, c'était un homme brisé. On a tous cru qu'il ne se relèverait jamais. Il s'est remarié deux ans plus tard avec Nora, mais ça n'a pas marché non plus.

Louise pinça les lèvres, et je crus l'espace d'un instant qu'elle voulait ajouter autre chose, me parler de mon père et Nora, sa deuxième femme, mais elle sembla se raviser.

– Depuis six mois, il est avec Pauline Wabano, et ils sont très heureux ensemble. Pauline lui fait beaucoup de bien. Elle dirige un camp de jeunes en difficulté, des petits délinquants ou des ados mal dans leur peau. À Ajuawak, ils apprennent à chasser selon les techniques ancestrales et à survivre dans la nature. Cela les aide à prendre confiance en eux.

Louise me tendit une autre photo, bien nette, celle-là. C'était un portrait de mon père à vingt ans. La ressemblance était stupéfiante. Comme moi, Greg avait les cheveux légèrement bouclés. Et ce visage rayonnant, ces yeux, ce sourire, c'étaient les miens.

Comment ma mère avait-elle pu supporter d'avoir le clone de son ex en permanence sous les yeux ?

La photo suivante nous montrait mon père et moi, tous les deux en tenue de chasse. Je portais un pull dans des tons marron et kaki, un bandeau de cuir brodé de perles sur le front et des mocassins montants, brodés également. À genoux sur le sol tapissé de branches de sapin, un bras autour de ma taille, mon père tenait une carabine à la main. C'était un jouet, mais l'imitation était si parfaite que je dus regarder à deux fois pour m'en assurer. À nos pieds gisait une grande bernache. J'hallucinai.

Comprenant que ce cliché n'évoquait rien pour moi, Louise vint à mon secours.

– Votre cérémonie de première sortie, expliqua-t-elle. Luke et toi aviez deux ans, à l'époque. Lors de cette fête, les jeunes enfants sont officiellement présentés à la communauté. C'est la première fois qu'ils sortent de chez eux sur leurs deux pieds. Voilà pourquoi on l'appelle aussi « cérémonie des premiers pas ».

– Et la grande bernache ?

– Cela fait partie du rituel. Selon la tradition, les petits garçons sont supposés tuer une oie.

Devant mon expression horrifiée, Louise précisa :

– Ils font semblant, bien sûr. C'est une manière symbolique de dire qu'ils sont appelés à devenir des chasseurs capables de subvenir aux besoins de leur famille une fois adultes.

Je ne savais plus où me mettre, et cela devait se voir, car Louise éclata d'un rire sonore.

– Dans ton cas, on ne peut pas dire que ça ait réussi…

– Non, fis-je en secouant la tête avec conviction. Jamais je ne pourrais tuer un animal.

Louise me fixa d'un air songeur.

– Ton père est un excellent chasseur et un trappeur hors pair. Il a une relation très intime avec la nature et les animaux, et tout le monde ici lui envie son savoir et son habileté.

Je trouvais bizarre d'avoir une relation « intime » avec les animaux en passant sa vie à les égorger ou leur tirer dessus, mais gardai ma réflexion pour moi. Le fait que mon père fût chasseur dans l'âme risquait fort de ne pas faciliter les choses entre nous. Mais on verrait. Pour l'instant, je devais me garder des idées préconçues.

Louise reprit la photo pour la ranger avec les autres dans la boîte à chaussures quand celle qui se trouvait sur le dessus de la pile attira mon attention.

– Je peux ?

Je ne m'étais pas trompé. Ce visage, c'était celui de la fille que j'avais croisée dans le train.

– Luke et Kim, sa copine, m'apprit Louise. Ça a été pris peu de temps avant sa mort.

« Kim », répétai-je mentalement.

Elle regardait fixement l'objectif, tandis que Luke la couvait des yeux. Il était très amoureux, visiblement.

– En réalité, elle s'appelle Kimiwan, précisa Louise. En cree, ça veut dire « pluie ».

Elle m'arracha plus qu'elle ne me prit la photo des mains et la fit disparaître dans la boîte.

– Pardon, s'excusa-t-elle. Mais je ne peux plus voir ces photos sans avoir envie de pleurer. Ça fait trop mal, tu comprends.

– Désolé, bredouillai-je, penaud.

– Tu ne pouvais pas deviner. Et tu n'imagines pas combien je suis heureuse de t'avoir rencontré.

Poussant un soupir, Louise mit fin à la séance :

– Bon, et maintenant il faut qu'on y aille. Sinon tu ne seras pas à l'heure au rendez-vous.

Avant de partir, elle tint à vérifier si j'étais correctement équipé. J'avais ma polaire et une veste en Goretex, c'était bon. Plus un pantalon coupe-vent. Avec un caleçon long, ça irait, estima-t-elle. En revanche, mes grosses chaussures en cuir ne lui parurent pas suffisantes, et elle insista pour me prêter des mukluks, des bottes à lacets doublées de fourrure qui montaient jusqu'aux genoux, auxquelles vint s'ajouter une paire de moufles en peau d'élan. De même que les bottes, celles-ci n'étaient pas de la première jeunesse, mais elles paraissaient parfaitement étanches.

– Les bottes appartenaient à Luke, me dit Louise en les déposant devant moi. Les gants aussi. Essaye-les. Je suis sûre qu'il aurait été content que je te les donne.

J'enfilai les mukluks. Elles étaient pile à ma taille.

– C'est incroyable ce qu'elles sont confortables ! m'exclamai-je avec surprise.

– Oui, les gants aussi, acquiesça Louise. Je tiens à ce que tu les portes quand tu seras sur le scooter.

– Promis ! Et euh… *miigwetch !*

Louise hocha la tête.

– *Miigwetch* va beaucoup plus loin qu'un simple merci. On pourrait traduire : « Je serai digne de ce que tu m'as donné. »

Dehors, le temps était chaud et ensoleillé, si bien qu'à peine monté en voiture, je me mis à transpirer abondamment dans mes vêtements d'hiver. Nous dépassâmes une aire de jeux où des enfants en combinaison de ski s'ébattaient sur des portiques et des toboggans. Un peu plus loin, Louise bifurqua à droite, et nous longeâmes le fleuve bordé de part et d'autre par des maisons en bois. Parmi elles, les ruines d'un hôtel à moitié calciné aux vitres cassées. Après avoir traversé une petite zone industrielle, je découvris à ma gauche un grand bateau sur cale. Bien qu'il fût rongé par la rouille, je réussis à en déchiffrer le nom : *Polar Princess*.

– À l'époque où les touristes pullulaient presque autant que les moustiques, le *Polar Princess* les emmenait en croisière à la journée dans la baie James, expliqua Louise.

– Plus maintenant ?

– *Mona*. Non. De nos jours, plus personne ne vient à Moosonee, à part les pêcheurs, les chasseurs, les fonctionnaires et les avocats commis d'office qui débarquent une fois par mois dans leur beau costume pour défendre un pauvre gars qui a trop forcé sur la bouteille.

Poussant un soupir, elle ajouta en se garant en bordure de route :

– Il y a longtemps qu'on nous a relégués aux oubliettes.

– Pourquoi ça ?

– Va savoir, murmura Louise avec un haussement d'épaules. On n'est pas assez intéressants. Qui se soucie encore des Cree des marais ? Nous ne pouvons pas nous prévaloir de grands guerriers comme Sitting Bull ou Crazy Horse. En général, les gens qui viennent ici pour le travail nous méprisent. Ils nous font sentir qu'ils n'aimeraient pas être à notre place.

Nous descendîmes de voiture. Louise me serra dans ses bras.

– N'hésite pas à m'appeler en cas de besoin, OK ? Salue bien Greg de ma part et, surtout, passe me voir avant de rentrer chez toi, d'accord ?

– Je n'y manquerai pas, assurai-je en épaulant mon sac. Encore merci pour tout. *Miigwetch !*

– *Wa-che-yeh*, Jacob !

Tournant les talons, Louise alla reprendre sa place au volant. Je levai la main en signe d'adieu et descendis sur la berge.

3

Une glace noire et craquelée

Le front plissé, j'observai le va-et-vient incessant des mototaxis sur le fleuve. Arrimés à certains d'entre eux, les traîneaux de fabrication artisanale – de simples caisses en aggloméré montées sur patins – ne m'inspiraient que modérément confiance, mais je n'avais pas d'autre option.

En regardant de plus près, je vis qu'une piste avait été aménagée au milieu du fleuve. Le vent avait soufflé la neige, dégageant de grandes plaques de glace vive, noire et craquelée par endroits. À cette vue, mon inquiétude grandit encore, et je sentis mon estomac se nouer. Un des chauffeurs me fit signe d'approcher. C'était un gars au visage ravagé par l'acné, qui portait un pantalon en Goretex et une grosse parka d'hiver à capuche. Il prenait dix dollars pour la traversée. Je me rassurai en songeant qu'il avait sûrement envie de rentrer chez lui en fin de journée, et ne prendrait donc pas de risque inconsidéré.

Surmontant mon appréhension, je montai dans le traîneau et m'installai sur la banquette arrière.

– C'est bon ? Alors accroche-toi, petit, OK ?

Le moteur hurla, le traîneau se cabra et partit en avant. Je me cramponnai à mon siège. Le vent, glacial, s'engouffrait en sifflant entre les planches disjointes. Je vis Moosonee rapetisser rapidement, puis disparaître derrière un dédale de petites îles couvertes d'arbustes et de buissons.

« Si la glace rompt, me dis-je, cette caisse sera mon cercueil ! »

Le fleuve s'étirait tel un long ruban blanc uniformément gelé. Cependant, malgré l'épaisseur de la glace, on devinait la puissance du courant en dessous. Transi, je grelottais misérablement, et me demandai une fois de plus ce qui avait bien pu me passer par la tête : sauter dans le premier avion et parcourir des milliers de kilomètres, tout ça pour rencontrer un type qui avait failli me tuer, c'était vraiment n'importe quoi !

Au bout d'un temps interminable, la motoneige s'arrêta à côté d'un grand bâtiment en bois au toit pentu, dont je sus d'instinct que c'était un hôtel. Sans doute encore un souvenir de mes jeunes années…

Je tendis au pilote un billet de dix dollars.

– *Miigwetch*, me dit-il avec un sourire qui plissa son vilain visage.

Louise m'avait expliqué comment me rendre chez Tony Loon. J'épaulai mon sac et me mis en marche. Je n'avais pas parcouru cent mètres sur la piste damée par de nombreux passages d'engins que mon téléphone vibra. Je fis halte pour le consulter. C'était Tony Loon. Il était désolé, mais il avait eu un contretemps et ne pourrait pas me conduire à la cabane de mon père avant jeudi. Départ treize heures. Même endroit.

– Et merde ! pestai-je.

Vingt dollars aller-retour pour me retrouver le bec dans l'eau, c'était dur. D'autant que jeudi, c'était le surlendemain, et rien ne garantissait que Tony n'aurait pas encore changé d'avis d'ici là. Mais c'était mon seul espoir de me rendre au camp de chasse, et, comme je ne connaissais personne en dehors de Louise, je n'avais pas d'autre choix que de retourner chez elle en attendant.

Ravalant ma déception, je fis demi-tour et revins vers le fleuve.

– Tu as oublié quelque chose ? me lança le pilote.

– Mon contact m'a planté.

Le type sourit de toutes ses dents.

– Comment elle s'appelle ?

– Tony Loon, répondis-je avec abattement. Il devait me conduire jusqu'à mon père.

– Et ton père, c'est qui ?

– Greg Cheechoo.

La bouche ouverte, l'homme me fixa quelques instants avec incrédulité, puis il balbutia :

– Ça alors... Jacob ?

Je fis oui de la tête.

– Jacob Cheechoo, répéta-t-il, abasourdi. Je ne t'aurais pas reconnu.

– On s'est déjà rencontrés ?

Décidément, je ne pouvais pas faire un pas sans croiser quelqu'un qui se souvenait de moi. C'était dingue ! Je me sentais totalement étranger à ce pays, mais les gens d'ici me voyaient comme l'un des leurs. C'était d'autant plus troublant que j'ignorais ce qu'ils savaient de moi. De même que j'ignorais s'ils étaient copains ou non avec mon père…

– Et comment ! s'esclaffa l'homme. Mike ! Greg et moi, ça fait un bail qu'on se connaît.

Je lui expliquai que Tony Loon avait proposé de m'emmener rejoindre mon père, mais qu'il avait dû reporter son départ au surlendemain.

– Malheureusement, je n'ai que très peu de temps, conclus-je d'une voix morne.

Tournant la tête en direction du fleuve, Mike regarda s'approcher un mototaxi.

– Les clients n'ont pas l'air de se bousculer, aujourd'hui, réfléchit-il tout haut. En partant tout de suite, j'aurais le temps de faire l'aller-retour dans la journée. Si tu veux, je t'emmène.

Mon cœur fit un bond dans ma poitrine.

– C'est vrai ? Et vous… vous savez où se trouve sa cabane ?

– Pour sûr ! Et appelle-moi Mike, OK ? Je t'ai connu quand tu étais tout petit.

Ôtant son gant, il me tendit la main. Je la serrai avec effusion.

Et moi qui avais cru devoir retourner chez Louise et me morfondre pendant deux jours ! C'était presque trop beau pour y croire.

– Merci, Mike, une chance que je t'aie rencontré.

Il détela le traîneau et arrima mon sac à son porte-bagages.

– Je dois d'abord faire un saut chez moi. Il faut que je me change et que je fasse le plein.

Me fixant entre ses cils, il ajouta :

– Tu es assez couvert ? Sur la bécane, ça caille.

– J'ai un caleçon long sous mon pantalon, confirmai-je.

Il leva le pouce en signe d'approbation.

Je pris place derrière lui et agrippai le bas de sa parka. Après avoir longé la berge un petit moment, il piqua dans la forêt et atteignit une bicoque en bois entourée d'un terrain à l'abandon. L'ensemble semblait avoir connu des jours meilleurs. Près de la maison se trouvaient un pick-up, deux motoneiges rouillées à moitié désossées, et un bateau retourné couvert de neige.

– Attends-moi ici, dit Mike, j'en ai pour une minute.

En réalité, je dus patienter un bon quart d'heure avant de le voir revenir avec un jerricane, une toque en fourrure sur la tête, un masque de ski sur le front, et un fusil en bandoulière.

– Pourquoi ce fusil ? m'étonnai-je.

– J'ai entendu dire à la radio tout à l'heure qu'un ours avait été vu dans le secteur, m'expliqua-t-il en remplissant son réservoir. Il fait trop chaud pour la saison, si bien que les ours polaires ne peuvent pas rester dans la baie d'Hudson, où ils trouveraient des phoques pour se nourrir. La faim les pousse toujours plus vers le sud.

Je ne trouvais pas qu'il faisait si chaud, mais peut-être les animaux percevaient-ils les choses autrement ? L'espace d'un instant, j'envisageai de renoncer.

Mon désarroi devait se lire sur mon visage, car Mike éclata de rire :

– T'en fais pas, petit. Là où on va, il n'y a aucun risque qu'on le croise. Simplement, je prends toujours mon fusil quand je pars en forêt ! Au cas où je tomberais sur un caribou, tu comprends ?

– Ah, oui, acquiesçai-je en espérant de toutes mes forces ne croiser ni ours ni caribou en cours de route.

– Au fait, tu as des gants ?

– Oui ! répondis-je en prenant les moufles en peau dans mon sac.

En plus d'être merveilleusement chaudes et confortables, elles étaient parfaitement à ma taille.

– Le trajet va nous prendre combien de temps ? demandai-je, un peu inquiet.

– C'est difficile à dire, hésita Mike. Le campement de ton père est à plus ou moins quatre-vingts kilomètres d'ici. Mets ta capuche et ferme-la bien, ensuite on y va.

J'obtempérai, puis m'assis à califourchon derrière lui.

– C'est bon ? demanda-t-il en chaussant ses lunettes. OK, alors accroche-toi !

Il tira d'un coup sec le câble de démarrage, le moteur pétarada et le pot d'échappement cracha un nuage noir et nauséabond qui me piqua les narines. Puis Mike donna un grand coup d'accélérateur, et je dus me retenir à lui pour ne pas tomber en arrière. Après avoir contourné la maison, nous nous enfonçâmes dans la forêt par un chemin cabossé.

En un rien de temps, mes réticences fondirent comme neige au soleil. Car c'était cool ! Vraiment génial ! Nous avions laissé l'île derrière nous et remontions le fleuve à près de soixante kilomètres/heure. Il y avait des traces de patins dans tous les sens ; le ciel était bleu, la glace étincelait au soleil, et je regardais le paysage défiler à toute vitesse.

J'avais un bruit effroyable dans les oreilles, les vapeurs d'essence étaient pestilentielles, et pourtant je sentais monter en moi une euphorie indescriptible. Mon corps se rappelait ! D'un seul coup, je me revis à l'avant d'un traîneau, mon père derrière moi, en train de pousser des hurlements enthousiastes, et il s'en fallut de peu que je me laisse aller à crier de joie, comme un enfant.

Je me sentais revivre ! Dans un éclair de lucidité, je compris que c'était exactement ce que j'étais venu chercher : vivre, enfin ! La partie de mon être à laquelle je n'avais pas eu accès pendant des années se réveillait, se souvenait, et ne demandait qu'à s'épanouir.

Tout en observant les arbres de part et d'autre du fleuve, je songeai que je n'avais jamais été aussi près du but. Cette fois, ça y était. Au rythme où nous allions, les quatre-vingts kilomètres ne nous prendraient pas plus de deux heures.

Ma seule crainte était que mon père se sente piégé en me voyant débarquer à l'improviste.

« D'après Louise, je lui ai manqué…, essayai-je de me rassurer. Pourvu qu'elle ait dit vrai ! Pourvu qu'il soit content de me voir ! »

Je nous imaginais assis devant un poêle, en train de nous raconter toutes nos années loin l'un de l'autre, et de tout nous dire jusqu'à ce qu'il ne subsiste plus le moindre malentendu entre nous. J'étais terriblement impatient.

Soudain, la motoneige s'éleva dans les airs. Le temps que je comprenne ce qui se passait – nous avions pris de plein fouet une congère gelée –, l'engin atterrit une dizaine de mètres plus loin, et je sentis une onde de choc se propager dans toute ma colonne vertébrale. Je me cramponnai de plus belle à mon chauffeur et me serrai contre lui, car je commençais à avoir sérieusement froid : mes vêtements soi-disant techniques n'étaient pas faits pour ce genre de sport, et j'avais les joues en feu. Seuls mes pieds et mes mains n'étaient pas complètement frigorifiés.

« *Miigwetch*, Luke, songeai-je avec reconnaissance. Tu es un frère pour moi. »

Je n'avais aucune idée de la distance qu'il nous restait encore à parcourir. J'avais l'impression de foncer à travers un dédale inextricable de petites îles couvertes de végétation arbustive et de bancs de sable hérissés de roseaux gelés qui se ressemblaient tous et ne me permettaient pas de m'orienter. Enfin, au bout d'un moment qui me parut une éternité, Mike piqua à gauche et quitta le fleuve pour s'enfoncer dans le bush, cet enchevêtrement obscur de saules, d'aulnes et de bouleaux nains caractéristique du Grand Nord canadien.

Je remarquai dans la neige de nombreuses traces de scooters ainsi que des empreintes d'animaux. En plus des ours, il devait y avoir aussi des loups… Les loups, j'aimais bien. J'avais été contaminé par Ben : quelques années auparavant, une meute avait été réintroduite dans les montagnes d'Allemagne et elle s'était si bien acclimatée qu'elle avait fait des petits. Ben, qui n'avait alors que douze ans, avait salué cette initiative avec enthousiasme, il s'était même inscrit à une association pour la protection des animaux.

– Tu te rends compte ? s'était-il enflammé à l'époque. La vie sauvage à notre porte ! C'est génial, non ?

Mais ici, c'était différent. Pour la bonne raison que nous étions au milieu de nulle part, sans la moindre porte à l'horizon.

Un vol d'oiseaux blancs s'égailla à grands battements d'ailes. Mike avait ralenti l'allure. Car il avait besoin de toute son attention pour manœuvrer entre les bosses, contourner les branches et les arbres morts, ou franchir les ruisseaux gelés. Quant à moi, je n'en pouvais plus. J'avais la nuque raide et tous les muscles du dos endoloris. J'espérais que nous n'en aurions plus pour longtemps.

Le soleil avait disparu soudainement et, depuis, je claquais des dents. Ça ne m'amusait plus du tout de foncer à travers ces paysages d'hiver désolés avec ce vacarme dans les oreilles et des vapeurs d'essence qui me montaient aux narines. Je n'avais plus qu'une envie : arriver à destination, si possible avant d'être transformé en glaçon.

Brusquement, comme s'il avait lu dans mes pensées, Mike immobilisa le scooter. J'étais si engourdi que j'eus toutes les peines du monde à me mettre debout et laissai échapper un gémissement.

Mike se leva d'un bond, aussi frais et dispos que s'il se réveillait de sa sieste.

– C'est ta première sortie en traîneau ? demanda-t-il avec un sourire narquois.

Je secouai la tête.

– Je ne crois pas. Il me semble avoir fait une virée avec mon père, une fois, quand j'étais petit.

Ôtant le gant de sa main droite, Mike ouvrit le panneau latéral de son bolide et inspecta la mécanique.

– Un souci ?

– La courroie est sur le point de lâcher, répondit-il. Mais t'inquiète, j'en ai une de rechange en cas de besoin !

– On est encore loin ? demandai-je, l'air aussi dégagé que possible, en décrivant de grands moulinets avec mes bras pour activer la circulation.

– Encore une vingtaine de kilomètres. Ça ne devrait plus être long.

J'avais besoin de pisser. Je n'étais pas sûr de tenir

jusqu'à l'arrivée ; mais, d'un autre côté, l'idée d'enlever des épaisseurs par ce froid me faisait hésiter.

– Comment va ta mère ?

Je m'attendais tellement peu à cette question que j'en oubliai mes problèmes de vessie.

– Bien. Elle était complètement opposée à ce que je vienne.

– Christine ne peut tout de même pas t'empêcher de voir ton père !

J'en eus le souffle coupé. Après toutes ces années, il se rappelait le prénom de ma mère ?

– Elle ne m'a jamais dit de qui j'étais le fils. Je ne le sais que depuis huit jours. Et encore, je l'ai appris par hasard.

Mike poussa un long sifflement.

– Tu n'as pas de souvenirs de Greg ? s'étonna-t-il en me fixant entre ses cils.

– J'ai perdu la mémoire dans un accident de voiture quand j'avais quatre ans, expliquai-je. Je ne me rappelle rien de ce qui s'est passé avant.

Mike hocha la tête.

– Je vois. Et, maintenant que tu sais qui est ton père, tu as fait tout ce chemin pour le rencontrer.

– C'est ça, acquiesçai-je. J'espère qu'on va pouvoir recommencer à zéro et rattraper toutes les années qu'on a perdues.

Les yeux sombres de mon interlocuteur étaient toujours dardés sur moi. Je crus y voir briller une lueur indéfinissable.

– Eh ben, quelle histoire ! s'exclama Mike. Seulement c'est pas une raison pour moisir ici. En route !

– Je… j'ai besoin de faire un tour…

– OK, grouille-toi.

Apercevant un bosquet d'épicéas, je m'en approchai en m'enfonçant jusqu'aux genoux dans la neige. Une fois à l'abri, je dus ouvrir ma parka, baisser mon pantalon et le caleçon long pour me retrouver en boxer et pouvoir enfin me soulager.

Je n'avais pas tout à fait fini mon affaire quand j'entendis le vacarme du moteur au démarrage.

– Ça va, j'arrive, grommelai-je en me dépêchant de me rhabiller.

Au même instant, la motoneige émit un rugissement prolongé. Puis le bruit décrut rapidement.

– Bordel de merde, m'écriai-je en me précipitant en avant. Qu'est-ce que…

Je débouchai du bosquet juste à temps pour voir Mike et sa bécane disparaître dans la forêt.

Après être resté quelques instants les bras ballants, je revins en courant à l'endroit où nous nous étions arrêtés. Dans ma hâte, je me pris les pieds dans une racine et m'étalai de tout mon long dans la neige. J'en avais partout. Dans le cou, dans les yeux, et jusque dans la bouche.

– Salaud ! hurlai-je en m'étouffant de rage et de désespoir. Salaud !

Le pire, c'était que je ne pouvais m'en prendre qu'à moi. Comment avais-je pu être aussi stupide ?

4

Au milieu de nulle part

Les derniers échos du moteur s'étaient tus. Je me redressai et chassai la neige de mes vêtements, qui commençaient déjà à prendre l'eau. J'entendais battre mon sang dans mes tempes, et mon cœur tambourinait si fort dans ma poitrine que je ne percevais plus aucun autre bruit.

« Mike essaie peut-être de tester la courroie du ventilateur, me dis-je pour me rassurer. Ou alors il me bizute à sa façon. Comme son histoire d'ours polaire : du bluff ! Il sait que je ne connais rien à rien alors il me fait marcher... »

– Arrête tes conneries, Mike ! hurlai-je.

Silence de mort.

Je me rhabillai – méthodiquement, cette fois – et revins à l'endroit où nous nous étions arrêtés. Contre toute raison, je refusais toujours de croire que Mike m'avait abandonné.

« C'est un gars sympa. Il sera de retour dans une minute. Et il me demandera en se marrant si j'ai bien flippé... »

Cependant, à la vue de mon sac de sport, je perdis définitivement tout espoir. Mike m'avait laissé seul au milieu de nulle part, ce qui revenait à me donner en pâture aux bêtes féroces, sans doute après m'avoir piqué mon fric avant de se tirer.

– L'enfoiré ! pestai-je en me jetant sur mon sac pour en vérifier le contenu.

À ma grande surprise, il ne manquait rien : mon portefeuille était toujours dans la poche intérieure, de même que mon passeport, mon billet d'avion et ma réservation de train pour Cochrane.

Perplexe, je me demandai ce qui avait bien pu passer par la tête de cet abruti pour qu'il me largue en pleine nature. Je ne lui avais rien fait ! C'était même lui qui m'avait proposé de me conduire au camp de chasse... Plus je me creusais la cervelle, moins je m'expliquais son comportement. J'avais dû tomber sur un cinglé.

Les doigts tremblants, je composai le numéro de Louise. Hélas, comme je m'y attendais, il n'y avait pas le moindre réseau. Louise m'avait expliqué que le téléphone marchait dans un rayon de quarante kilomètres autour de Moosonee, mais pas au-delà.

Je me livrai à un rapide calcul : il était un peu moins de quatre heures de l'après-midi. D'après Mike, j'étais à vingt kilomètres du camp de chasse, soit soixante de Moosonee, et vingt de la zone couverte par l'opérateur local. J'étais en excellente condition physique ; à raison de cinq kilomètres par heure, une moyenne à mon avis très raisonnable, je pourrais marcher jusqu'à ce que je capte un signal. Cependant, j'aurais à me déplacer de nuit…

À cette perspective, je fus saisi d'effroi. D'un seul coup, ma situation m'apparut dans toute son horreur : j'étais totalement livré à moi-même, et dans l'environnement le plus hostile qu'on puisse imaginer.

– Et merde ! m'écriai-je. Merde ! Merde ! Merde !

Lorsque je me fus un peu calmé, je fus frappé par le silence qui régnait autour de moi. Pas un bruit de moteur à des kilomètres à la ronde, pas le moindre écho de la civilisation…

Le jour commençait à pâlir. À moins d'un miracle, alors que je n'étais pas dans mon élément et que je ne connaissais rien à la vie dans le Grand Nord, j'allais devoir passer la nuit dehors, seul et totalement sans défense.

À cette pensée, je fus pris de sueurs froides. Même si j'estimais avoir toutes les chances de revenir à Moosonee sain et sauf, je sentais monter en moi une terreur sans nom qui m'empêchait de respirer. Il fallait que je réagisse, sinon j'allais perdre tous mes moyens.

Je décidai de retourner vers le fleuve en suivant la trace de la motoneige. La Moose River était le principal axe de communication dans la région. Avec un peu de chance, j'y rencontrerais quelqu'un…

Avant de me mettre en route, j'ouvris mon sac et me livrai à un rapide inventaire des objets qui pourraient m'être utiles. J'avais encore deux barres de céréales, un sachet de Haribo glané à la réception de l'hôtel, et une bouteille d'eau minérale à moitié entamée. Plus mon Opinel, le briquet que j'avais pris sans réfléchir dans le tipi de mon père, et quelques vêtements de rechange.

J'allais refermer mon sac quand mon estomac se manifesta bruyamment. Je pris une barre de céréales, hésitai un bref instant à la garder pour plus tard, mais ne pus résister à la tentation et n'en fis qu'une bouchée. Après quoi je bus un peu d'eau et me sentis ragaillardi.

À Cochrane, il avait fait jour jusque vers huit heures, je pouvais donc m'attendre à ce que ce soit pareil ici. Si je voulais atteindre le fleuve avant la nuit, je ne devais pas perdre une minute. Mon sac sur l'épaule, je me mis résolument en marche.

Je progressais à un rythme satisfaisant, sans trop me fatiguer et en ne m'écartant jamais des rails creusés par la motoneige, si bien que je commençai à reprendre confiance. Au bout d'un moment, je parvins à un embranchement : d'un seul coup, il n'y avait plus une, mais deux traces ! Je mis la main en visière et regardai autour de moi. Dans une direction comme dans l'autre, le paysage était exactement le même : des aulnes, de sombres épicéas, des arbres morts... De la neige croûtée dépassaient les extrémités dénudées de plants de myrtilles, telles des milliers de petites pattes d'araignée.

Les pistes se ressemblaient tellement que je n'avais aucun moyen de savoir par où nous étions arrivés. Jamais je ne m'étais senti aussi bête. J'avais du sang cree dans les veines et j'étais incapable de distinguer une trace fraîche d'une plus ancienne ! Comme je regrettais de ne pas avoir mieux écouté Ben quand il me bassinait les oreilles avec ses histoires de scouts et de camps de survie…

Désemparé, je m'adossai à un arbre et me laissai aller au découragement. J'avais faim, je ne savais pas quoi faire, et je n'avais aucune idée de l'endroit où je me trouvais. Car j'ignorais si Mike était resté sur la Moose River ou s'il l'avait quittée pour remonter l'Abitibi, son principal affluent.

J'essayai de me ressaisir. Ce n'était pas ça le plus important. Que je sois arrivé par un cours d'eau ou par un autre, l'essentiel était d'y revenir. Et pour cela je devais profiter du soleil, dont j'apercevais le disque blanc à travers les cimes.

Je n'étais pas resté immobile très longtemps et pourtant j'étais frigorifié. Grâce aux mukluks et aux moufles de Luke, j'avais les pieds et les mains bien au chaud, mais ni ma veste ni mon pantalon n'étaient assez étanches au froid et à l'humidité. Si je ne voulais pas geler sur place, il fallait que je bouge.

Je rabattis ma capuche avec une pensée pour Ben et son sempiternel bonnet de laine («Trente pour cent de la chaleur corporelle s'échappe par la tête ! ») et consultai ma montre. Cinq heures moins cinq. J'avais encore trois heures de jour devant moi, si l'on pouvait parler de jour au vu du peu de luminosité qui subsistait.

D'un seul coup, trois mots s'imposèrent à moi avec une évidence fulgurante : *Food, fire, shelter*[1].

Était-ce un souvenir de mes vacances d'été avec Ben ? À la fin de notre première année de lycée, nous étions partis dans le Harz chez sa grand-mère. À l'époque, Ben était déjà passionné de nature. Nous avions passé deux semaines à construire des cabanes et à pêcher dans la rivière avec des lignes que nous fabriquions nous-mêmes, nous nourrissant de baies, de champignons et de poissons que nous faisions griller sur des piques au-dessus du feu de bois, et dormant dans des sacs de couchage à la belle étoile.

Ben avait toujours été fan de livres d'aventures. Il avait dévoré *Robinson Crusoé* et *L'appel de la forêt*, et connaissait par cœur plusieurs manuels de survie. Et ses films préférés étaient *Into the Wild* et *Alabama Moon*.

Mon savoir à moi était d'un autre ordre. Il me venait du plus intime de mon être. *De la nourriture, du feu, un abri*, c'étaient les trois choses dont on avait besoin pour survivre dans le bush. D'où tenais-je cela ? De mon père, très certainement, d'autant plus que je m'étais rappelé ces termes en anglais. Greg m'avait-il appris d'autres règles de base qui dormaient, enfouies au plus profond de ma mémoire ? Et si oui, pouvais-je en raviver le souvenir d'une façon ou d'une autre ?

Avec une barre de céréales, du feu et un couteau pour me défendre au cas où, je n'étais pas complètement

1. « De la nourriture, du feu, un abri ».

démuni. Reprenant courage, je choisis une des deux traces et me remis en route. Contrairement à ce que j'avais cru, je n'étais pas seul : des branches craquaient, j'entendais des grognements et repérai dans la neige des empreintes griffues qui faisaient davantage penser à des prédateurs qu'à des caribous ou des cerfs… Mais il y avait pire : plus le jour baissait, plus la température dégringolait. Et je ne pouvais pas utiliser la lampe torche de mon téléphone sous peine de vider la batterie.

À un moment donné, la forêt s'éclaircit et je débouchai sur une vaste étendue dégagée où poussaient ici et là de petits bosquets d'épinettes. C'était bien ce que je craignais : je n'avais pas suivi la bonne trace.

Ce vallon battu par les vents était le dernier endroit où j'avais envie de passer la nuit, mais il était trop tard pour que je revienne sur mes pas. Je n'avais pas d'autre choix que de bivouaquer.

Regardant autour de moi, j'aperçus à la lisière de la forêt un creux entre deux rochers qui me sembla un emplacement optimal. En m'en approchant, je faillis me prendre les pieds dans une carcasse d'élan dépassant de la neige. Les bois étaient énormes ; en les garnissant de branchages, je pourrais m'en servir comme coupe-vent. J'allai poser mon sac à l'endroit que j'avais repéré, et revins chercher la paire de bois. J'eus toutes les peines du monde à la dégager. L'ensemble pesait au moins vingt kilos ! Dire que des animaux se baladent avec un tel poids sur la tête…

Pendant l'heure qui suivit, je me concentrai sur ce que j'avais à faire : couper des rameaux de sapin, ramasser du bois mort et, surtout, tenir la peur à distance. Par chance, mon Opinel était bien aiguisé. Je réussis en un temps record à rassembler une montagne de pousses de conifères, que j'étalai dans le creux entre les rochers. Je coupai ensuite de grosses branches que je plantai en cercle dans la neige de façon à obtenir un semblant de tipi, puis colmatai les brèches avec l'empaumure et de la verdure. Cela fait, je reculai d'un pas et contemplai mon œuvre. Je pouvais être fier du résultat. Cependant, un coup d'œil vers le ciel me fit déchanter. S'il se mettait à pleuvoir, je serais trempé jusqu'à l'os.

Deuxième étape : lancer le feu. Je pris mon récapitulatif de vol, le déchirai en deux et en fis une boulette que je plaçai sur un lit de lichen, édifiai une petite pyramide de brindilles et de bois mort par-dessus, et l'allumai avec mon briquet. Une flammèche bleue courut sur les bords du papier, qui se mit à noircir. Craignant qu'il ne s'éteigne, je soufflai dessus avec précaution. Des étincelles jaillirent et les brindilles s'enflammèrent avec un crépitement qui me fit chaud au cœur. J'attendis quelques minutes, puis ajoutai quelques grosses branches. Et ne tardai pas à avoir devant moi un magnifique brasier. D'un seul coup, l'obscurité me sembla moins profonde.

Je pris dans ma poche mon dépliant touristique et l'étudiai à la lumière des flammes. L'Abitibi figurait bien sur la carte. Elle se jetait dans la Moose River à une trentaine de kilomètres au sud de Moosonee. Je me rappelai que Mike avait constamment longé la rive gauche, mais qu'il s'était enfoncé dans les terres en piquant à gauche. En toute logique, je devais être entre les deux cours d'eau. Une fois que j'aurais laissé ce vallon derrière moi, si je marchais tout droit trois ou quatre kilomètres, je devrais arriver à l'Abitibi. De là, il me serait facile de rejoindre Moosonee.

J'avais un plan d'action, un abri rudimentaire et du feu. Restait la question de la nourriture. Tant que j'avais été occupé, je ne m'en étais pas rendu compte, mais la faim me tenaillait l'estomac. Je vidai la bouteille d'eau jusqu'à la dernière goutte et m'autorisai à manger la barre de céréales, que je mastiquai avec application. Jamais je n'avais trouvé ça aussi bon ! Hélas, il me sembla avoir encore plus faim après qu'avant.

Assis en tailleur devant le feu, je m'abîmai dans la contemplation des flammes qui léchaient le bois en ronronnant allègrement quand une brusque détonation me fit sursauter. Il me fallut quelques secondes pour comprendre que personne ne m'avait tiré dessus. Ce n'était rien, juste une poche de résine qui avait éclaté sous l'effet de la chaleur. Remis de ma frayeur, je regardai s'envoler vers le ciel une nuée d'étincelles, fine poussière d'étoiles incandescentes.

Les ténèbres emplissaient la nuit. De la forêt me parvenaient les sons les plus étranges. Je savais que des bêtes rôdaient autour de mon bivouac et tentai de me les représenter. C'était le genre d'animaux que je n'avais vus jusqu'à présent que dans des zoos. De nuit, le moindre son était amplifié et tout n'en paraissait que plus terrible et menaçant. D'autant que le ciel boréal était d'un noir absolu.

« Tu rêvais d'expériences fortes, eh bien, tu es servi ! » songeai-je avec amertume, allongé sur les pousses de sapin qui tapissaient le sol de mon abri, mon Opinel à la main et la tête calée sur mon sac de sport.

Pour être servi, j'étais servi : j'avais la peur au ventre, une faim de loup et j'étais transi jusqu'à la moelle des os.

Était-ce l'effet de l'obscurité qui m'entourait ? Toujours est-il que je me mis à broyer du noir. L'idée d'être livré à moi-même en pleine nature me rendait malade et j'avais tellement peur de me faire dévorer par des bêtes féroces que je me sentais incapable de dormir.

À ce moment-là, j'aurais donné n'importe quoi pour être fort et courageux. Au lieu de ça je me mis à sangloter comme un bébé : j'avais froid, j'avais faim, j'étais malade de terreur. Mais, vaincu par la fatigue, je finis par sombrer dans un sommeil agité.

Je devais avoir dormi un certain temps lorsqu'un bruit inquiétant me réveilla. Alarmé, je tendis l'oreille. Pour ne pas mourir de froid, j'avais superposé tous les vêtements à ma disposition, mais la température était tombée nettement au-dessous de zéro si bien que je grelottais.

Ben m'avait assuré un jour que le meilleur moyen de combattre l'hypothermie était de se branler. Je ne sais pas où il avait trouvé ça, sans doute dans un de ses guides de survie, en tout cas je ne l'avais pas cru. Mais, au point où j'en étais, cela valait peut-être la peine d'essayer ?

Je n'avais pas eu le temps d'esquisser un geste que j'entendis des craquements et des halètements en provenance de la forêt. Terrifié, je retins mon souffle. Qu'était-ce ? Un animal nocturne ? Un prédateur aux griffes et aux crocs acérés prêt à faire de moi son dîner ? En proie à la panique, je me dis que je ne reverrais jamais ma mère et mon petit frère. Ni Ben. Je mourrais sans avoir retrouvé mon père…

Le feu n'était pas complètement éteint. Le cœur battant à tout rompre, je rampai à moitié hors de mon abri et le rechargeai à la hâte. Les flammes suffiraient-elles à dissuader mon visiteur d'approcher ? Il fallait l'espérer. Car, si j'étais attaqué par un loup ou un ours affamé, ce n'était pas avec mon misérable couteau que je pourrais me défendre.

Tous les sens aux aguets, je m'efforçai de ne pas bouger, mais je claquais tellement des dents que cela devait s'entendre à plusieurs mètres à la ronde.

« Du calme, Jacob ! m'exhortai-je. Bon sang, tiens-toi tranquille ! »

Jamais je n'avais été aussi proche du désespoir. Jamais encore je ne m'étais senti aussi seul et abandonné. Et jamais je n'avais attendu l'aube avec une telle anxiété.

Lorsque le jour se leva enfin, je jetai un coup d'œil à l'extérieur de ma tanière et m'en extirpai avec précaution.

Bien qu'épuisé et fourbu, j'avais survécu à cette nuit de cauchemar ; cependant, je mourais de faim et de soif. Il fallait absolument que je boive.

Il ne me restait plus une goutte d'eau. Je ramassai une poignée de neige et la laissai fondre dans ma bouche. Une erreur qui se solda aussitôt par une crampe d'estomac.

J'entendis la voix de Ben :

– Ne mange jamais de neige !

Certes ! Mais qu'aurais-je pu faire d'autre ?

En guise de petit déjeuner, je me contentai de nounours Haribo que je mastiquai lentement en espérant qu'ils me donneraient assez d'énergie pour tenir jusqu'au fleuve.

Je n'avais plus besoin de toutes mes épaisseurs. J'ôtai mes vêtements en trop, chargeai mon sac et me mis en marche.

J'en voulais mortellement à Mike et me demandai s'il avait agi avec préméditation : avait-il proposé de m'emmener avec *l'intention* de me débarquer en pleine nature ? Ou avais-je dit quelque chose qui lui avait déplu ? Plus j'y réfléchissais, plus je me disais qu'il devait y avoir un lien entre son geste et le fait que j'étais le fils de Greg Cheechoo. Je ne savais rien de mon père et ignorais quel genre d'homme il était. Louise Koostachin m'avait assuré que c'était quelqu'un de bien, mais elle non plus, je ne la connaissais pas. De quoi Greg avait-il pu se rendre coupable envers Mike pour que celui-ci se venge sur moi de façon si cruelle ?

Je marchai un long moment sur les traces de la motoneige. J'avais certainement parcouru cinq bons kilomètres, et pourtant je n'avais toujours pas croisé le fleuve. M'étais-je trompé ? Mike avait-il remonté l'Abitibi et non la Moose River ? Je m'arrêtai et tirai une nouvelle fois le dépliant de ma poche. À la lumière du jour, je m'aperçus qu'il y avait un troisième cours d'eau, plus à l'est. Si ce cinglé de Mike avait suivi l'Abitibi, je tomberais tôt ou tard sur un de ses affluents. Mais il y avait tellement de petites îles et de bras d'eau dans tous les sens que c'était difficile d'y voir clair.

Une bourrasque de vent me fit tituber. Je repris ma marche en rêvant de trouver le fleuve derrière les grands arbres que je distinguais à l'horizon. Car j'avais remarqué que ceux qui poussaient sur les berges étaient souvent d'une taille supérieure. Le poids de mon sac commençait à se faire sentir. Cependant, ce n'était pas le moment de flancher. Le souffle rauque, je m'obligeai à mettre inlassablement un pied devant l'autre.

Hélas, plus j'avançais, plus il me semblait que le rideau d'arbres s'éloignait. D'un seul coup, le vent s'était levé et le plafond nuageux s'était abaissé. Je me rendis compte alors avec effroi que tout était blanc autour de moi. Levant la tête, je sentis les premiers flocons sur mon visage.

Totalement pris de court, je restai planté dans la neige en maudissant mon imprudence et ma naïveté. Comment avais-je pu être assez stupide pour m'en remettre au premier venu sous prétexte qu'il était cree et connaissait mon père ? Jamais, au grand jamais je n'aurais dû prendre place sur son engin de malheur !

J'avais dix-huit ans et, oui, j'allais faire *corps* avec la nature. Au sens premier du terme : pour l'instant, j'étais encore en vie, mais je ne tarderais pas à disparaître. Là aussi, au sens propre : non seulement j'allais mourir, mais il ne resterait rien de moi sinon peut-être quelques os nettoyés à blanc, rongés jusqu'à la moelle par les loups et les ours. Personne ne trouverait jamais mon cadavre. Ma mère et Jonas me pleureraient devant un tombeau vide, Stefan prendrait un air affecté, mais au fond il serait soulagé. Cette pensée était si insupportable que je fus pris d'un haut-le-cœur.

À quoi bon gémir sur mon sort ?

Il neigeait à présent à gros flocons. Une lumière blafarde filtrait encore à travers les nuages, mais le vent soulevait des tourbillons de neige qui se mélangeait à celle qui tombait du ciel, si bien que je n'y voyais quasiment plus rien. Tout, absolument tout, se confondait dans une blancheur sans fin et sans substance : le haut, le bas, la terre et le ciel. Les distances étaient abolies, on ne percevait ni formes ni contours et encore moins la ligne d'horizon, au point que je craignis de me dissoudre, moi aussi, dans cet océan de blancheur mouvante et glacée.

Brusquement pris d'un vertige épouvantable, je perdis l'équilibre. Le monde vacilla autour de moi, et je m'écroulai face contre terre. La neige qui avait pénétré dans mes narines m'empêchait de respirer. À moitié asphyxié, je fus tenté de rester couché… pour ne plus jamais me relever.

Au bout de quelques minutes, pourtant, j'entendis au fond de moi une petite voix qui disait : « Allez, Jacob ! Tu peux y arriver... Tu *dois* y arriver... Il faut juste que tu te bouges, et vite, sinon tu vas devenir dingue ou mourir de froid – ou les deux. »

M'arrachant à mon linceul, j'avançai à l'aveuglette dans le brouillard en me traînant lamentablement. À un moment, je réussis à me mettre debout. Je n'avais toujours pas la moindre visibilité mais m'obligeais à mettre un pied devant l'autre. Ne pensant plus à rien, j'avançais comme un automate dans le blanc environnant. Mais mes forces diminuaient rapidement et mes jambes refusèrent bientôt de me porter. Je n'avais pas fait de vrai repas depuis les muffins de la veille, n'avais pas fermé l'œil de la nuit, et ma marche épuisante dans le froid et la neige avait eu raison du peu d'énergie qui me restait.

Au prix d'un effort dont je ne me serais pas cru capable, je me traînai jusqu'à la lisière de la forêt. De même que la tempête menaçait d'effacer de la surface de la Terre ma vie, mes espoirs et mes questions, la poudreuse avait recouvert toutes les traces à une vitesse impressionnante. Je n'avais aucun mal à imaginer les titres des journaux : « Un jeune Allemand de père algonquin disparu dans le Grand Nord ! Son corps déchiqueté retrouvé près d'une rivière ! »

Je repoussai ces idées noires. Surtout, ne pas me laisser aller. J'avais suivi une trace, elle menait nécessairement quelque part. Sans doute y avait-il dans les environs une cabane ou une ligne de pièges qu'un chasseur ne tarderait pas à venir relever.

Le tout était de savoir quand.

J'avais une soif de pendu et la faim me tordait l'estomac. Jamais je n'aurais imaginé que cela pouvait faire aussi mal. Ni que je serais prêt à manger n'importe quoi pour échapper à cette torture.

De la neige dépassaient les extrémités de buissons faisant penser à des pieds de myrtilles, et cela me donna une idée. Je les dégageai du plat de la main et découvris, accrochées aux branches, quelques petites baies rouges qui ressemblaient à des canneberges. Je me jetai dessus en priant le ciel de ne pas me tromper, et en fis fondre quelques-unes sur ma langue. Elles avaient un goût acidulé, un rien amer, mais pas désagréable.

Après en avoir ingurgité un peu plus d'une vingtaine, je décidai de poursuivre l'expérience en essayant de manger de la mousse. Ce ne serait certainement pas aussi riche en vitamine D, mais au moins ça me remplirait l'estomac. J'en cueillis une poignée que je réduisis en bouillie en la mâchant longuement, puis je l'avalai et fis descendre le tout avec un peu de neige. Je n'avais toujours pas trouvé de ruisseau où remplir ma gourde.

Entre-temps, la tempête avait redoublé d'intensité. Désormais, je m'enfonçais jusqu'à mi-cuisses dans la poudreuse et j'étais si exténué que je n'arrivais presque plus à avancer. J'avais espéré que mon maigre repas m'aurait redonné assez d'énergie pour atteindre la rivière, mais je dus me rendre à l'évidence : vu mon état de fatigue, si je ne dressais pas très vite mon campement pour la nuit, je n'en aurais bientôt plus la force.

Comme la veille, je creusai un trou dans la neige au pied d'un sapin. Puis j'en rehaussai les bords en les rapprochant jusqu'à ce qu'ils se rejoignent. Ayant réussi à faire un semblant d'igloo, j'en tapissai le sol avec des branchages. Je n'en pouvais plus, mais je me fis violence et réussis encore à ramasser du bois. Je tentai d'y mettre le feu à l'aide d'une page de mon carnet de chants, mais le bois n'était pas assez sec et mon papier se consuma sans donner de flamme. Après quelques essais infructueux, je renonçai et me recroquevillai dans ma tanière.

S'il avait été à ma place, Ben aurait certainement su comment faire prendre du bois mouillé ! J'aurais tant voulu qu'il soit là pour me donner des conseils... Hélas, je ne pouvais attendre de secours de personne.

J'allumai mon téléphone. Pas de réseau. Je m'y attendais, mais la déception n'en fut pas moins cruelle. Et, surtout, je n'avais presque plus de batterie. Même si je réussissais à me rapprocher assez de Moosonee pour avoir une connexion, je ne pourrais pas appeler.

J'étais frigorifié et j'avais le moral au plus bas, mais j'avais atteint un tel degré d'épuisement que je ne tardai pas à m'endormir d'un sommeil agité. Au moindre bruit suspect, je sursautais, alarmé, avant de retomber presque aussitôt dans l'hébétude.

Un long moment s'était écoulé lorsque je fus réveillé par un besoin pressant. N'ayant pas d'autre choix, je sortis dans la nuit noire et constatai avec effroi qu'il neigeait toujours. Je levai la tête, cherchant désespérément une trouée ou une éclaircie dans le ciel, quand un hurlement lugubre déchira le silence. Moins d'une seconde plus tard, d'autres lui répondirent en chœur. Le chant du loup ! D'un seul coup je compris la justesse de cette expression : si menaçant qu'il fût, ce concert avait quelque chose de beau et envoûtant, pour ne pas dire magique.

Je rejoignis mon igloo en quelques bonds et m'y tapis en tremblant de tous mes membres. Couteau à la main, je résolus de me défendre jusqu'à mon dernier souffle, mais le froid et l'angoisse eurent raison de ma détermination, et je glissai dans l'inconscience avec le sentiment que je ne reverrais jamais le jour.

5

Face-à-face mortel

J'aurais été bien incapable de dire combien de temps j'avais dormi. Lorsque j'émergeai de mes limbes, une faim mordante me vrillait l'estomac, si aiguë que je faillis me sentir mal à l'idée de devoir me contenter de quelques baies gelées, de lichen et de neige.

Je rampai hors de l'igloo en me tordant de douleur. Dehors, une lumière aveuglante me força à fermer les yeux. Je mis la main en visière pour me protéger du soleil et ne soulevai les paupières que graduellement.

Autour de moi, la neige étincelait de mille feux. Il avait neigé toute la nuit, mais à présent un soleil radieux faisait briller l'air pur comme du cristal. À chaque expiration, un long panache de fumée blanche sortait de ma bouche. Le thermomètre avait dû descendre très largement au-dessous de zéro.

J'avais beau plisser les yeux le plus possible, la luminosité me donnait mal à la tête. J'allai pisser au pied d'un arbre (ce fut vite expédié, signe que j'étais en voie de déshydratation), puis revins chercher mon barda. C'est alors que j'aperçus des empreintes dans la neige : un gros coussinet à l'arrière, quatre doigts, des griffes droites… J'avais beau ne rien y connaître, étant donné ce que j'avais entendu la veille, je me dis qu'il devait s'agir d'un loup. Un gros mâle, sans doute.

Et rien ne garantissait qu'il était reparti ! À cette pensée, je sentis tout courage m'abandonner. J'avais les doigts si gelés que je n'arrivais même pas à remonter la fermeture à glissière de ma parka. Dans ces conditions, à quoi bon lutter ? Autant me coucher tout de suite dans la neige et attendre que le froid fasse son œuvre. Ou ce loup. Ou le monstre poilu qui hantait mes cauchemars…

« Stop ! me sermonnai-je. Tu n'es pas encore mort ! »

Bon sang, c'était trop bête. Je n'allais pas baisser les bras si près du but ! J'avais peut-être encore une chance de rencontrer mon père, de reprendre les choses là où nous les avions laissées ; et pour cela je devais trouver le moyen de rester en vie.

Le plus urgent était de me réchauffer. Et de surmonter la peur qui me coupait bras et jambes. Je soufflai sur mes mains et les frappai l'une contre l'autre jusqu'à ce que mes doigts aient retrouvé assez de mobilité pour remonter ma fermeture éclair, puis remis mes moufles avec un soulagement indicible.

J'aurais aimé retourner à l'embranchement où je m'étais trompé, mais je ne pouvais pas revenir sur mes pas :

non seulement la neige avait effacé toutes les traces, mais, dans le vallon, le vent avait formé des congères plus hautes que moi, que je n'aurais jamais la force d'escalader. Sans parler de la réverbération, si intense à terrain découvert que je risquais de perdre la vue. Je n'avais donc pas d'autre option que de poursuivre à travers la forêt en espérant déboucher sur un affluent de la Moose ou de l'Abitibi.

Je marchais courbé pour éviter les branches basses qui me griffaient le visage ou s'accrochaient à ma parka, m'enfonçant parfois jusqu'à mi-cuisses dans la neige ou me prenant les pieds dans des racines. J'essayais autant que possible de suivre des pistes d'animaux. Quand je croisais des buissons, je m'arrêtais pour glaner des canneberges ou des myrtilles gelées. À un moment, je tombai par hasard sur une cache d'écureuil, qui me fournit quelques misérables noisettes.

Malgré ces maigres en-cas, mes forces déclinaient d'heure en heure. J'étais obligé de m'arrêter de plus en plus souvent pour reprendre mon souffle, et je regardais chaque fois avec plus d'angoisse autour de moi. Car, depuis que j'étais parti, j'avais la désagréable impression d'une présence. Mon visiteur nocturne m'avait-il suivi ? Et si oui, lequel ? Le loup dont j'avais vu les empreintes ? Ou le monstre de mes cauchemars, qui, non content de hanter mes nuits, me pourchassait désormais dans la journée ?

Mon mystérieux compagnon se déplaçait au même rythme que moi, plus silencieux qu'une ombre. Tous les sens aux aguets, je m'usais les yeux à scruter les sous-bois pour tenter de l'apercevoir à travers les saules dénudés et les bouleaux nains. En vain. Pourtant, j'étais de plus en plus certain d'être observé, et cela me rendait dingue.

Je me demandais combien de temps encore je tiendrais le coup : mes lèvres n'étaient plus que plaies, mes jambes ne me portaient presque plus, mon estomac criait famine et mon moral était au plus bas. Plus d'une fois, je songeai à abandonner, mais continuai d'avancer comme un automate.

Je finis par apercevoir de grands arbres semblables à ceux que j'avais vus au bord de la rivière, et l'espoir me donna la force de me traîner jusque-là.

Cette fois, je ne m'étais pas trompé ! J'avais réussi ! J'avais atteint une rivière, peu importait laquelle ! Fou de joie, j'en oubliai ma fatigue et je me mis à courir. Dans ma hâte, je faillis me cogner à une sorte de filet pendu à un arbre, qui produisit un étrange bruit de crécelle. Levant les yeux, je vis avec horreur qu'il contenait des ossements.

– Que… qu'est-ce… ? m'étranglai-je en reculant d'épouvante, le regard fixé sur le macabre assemblage d'os et de crânes retenus entre eux par des lanières de cuir.

C'était la chose la plus horrible et la plus terrifiante que j'avais jamais vue. S'agissait-il d'une pratique occulte ? Était-ce l'œuvre d'un fou ? Ou avais-je été suivi non par un animal, mais par ce cinglé de Mike ? Dans ce cas, qu'avait-il l'intention de faire de moi ? Mon squelette finirait-il par se balancer au bout d'une branche ?

Je m'enfuis le plus vite possible de cet endroit maudit, pressé d'atteindre la rive et de pouvoir enfin m'orienter.

En fait de rivière, il n'y avait devant moi qu'un large ruban uniformément blanc. Tandis que je tentais de déterminer le sens du courant, je fus frappé par le silence qui régnait autour de moi. Un silence inhabituel et oppressant. Me retournant, je balayai du regard les taillis en bordure de forêt, et il me sembla que les taches noires des bouleaux étaient autant d'yeux fixés sur moi. Soudain, je tressaillis. Ce n'était pas qu'une impression ! Là, derrière les troncs, une ombre…

Un écureuil lança un cri apeuré qui me glaça le sang. Au même instant, je vis une masse compacte se faufiler entre les arbres, une masse avec des griffes et des crocs… Un ours ! Immobile derrière un arbuste, il poussa un grognement hargneux. Je sentis sur ma langue un goût de bile. Cette fois, c'était la fin. Je n'en réchapperais pas.

Je voulus crier pour lui faire peur, mais aucun son ne sortit de ma bouche. Quant à courir, ce n'était pas la peine d'y songer : mon cerveau avait beau m'ordonner de m'enfuir, mes jambes ne m'obéissaient pas. L'ours et moi nous faisions face, nous jaugeant mutuellement à distance.

Quelques secondes s'écoulèrent, interminables. Jusqu'au moment où l'animal chargea. Ce fut comme si j'avais reçu une décharge d'adrénaline. D'un seul coup je cessai de penser et me mis à courir comme un fou. Mais l'ours était beaucoup plus rapide que moi. Je ne pouvais rien faire, à part peut-être essayer de grimper à un arbre.

Je n'en eus pas le temps. L'ours m'avait déjà rejoint. Les yeux agrandis par l'horreur, je le vis se dresser de toute sa hauteur à quelques mètres de moi. Sa grosse tête était à hauteur de mon visage. Il était à peine plus grand que moi, mais, face à lui, je me sentis soudain minuscule. Il avait des yeux très noirs, son mufle épaté était brillant d'humidité, et ses muscles saillaient sous son plastron de fourrure pâle.

Tout mon sang reflua dans mes veines. Pendant un court instant, l'ours rejeta la tête en arrière, puis il retomba lourdement sur ses pattes avant. De la fumée s'échappait de sa gueule et de ses naseaux. Par un étrange mécanisme psychique, je cessai d'avoir peur et notai que sa fourrure était hirsute. Elle lui battait les flancs, lui donnant l'air de quelqu'un qui flotte dans ses vêtements. Ce fut ma dernière pensée lucide. Car il leva sa grosse patte et l'abattit sur moi.

D'un bond, je tentai de m'abriter derrière un bouleau, mais, après avoir lacéré l'écorce de l'arbre, les griffes de l'animal m'entaillèrent le front. Une brûlure cuisante m'arracha un cri perçant. Tout devint rouge autour de moi. Je saignais sans doute abondamment.

Dans un sursaut d'énergie, je levai mon sac au-dessus de ma tête et cherchai à frapper mon agresseur avec ; soudain, mes doigts se crispèrent et mes muscles se contractèrent. Pris de convulsions, je m'écroulai.

« Oh, non, songeai-je, pas maintenant ! Pitié, non ! »

Enfant, j'avais souvent fait des crises de tétanie, mais il y avait longtemps que cela ne m'était plus arrivé. Et voilà que cela me reprenait, au pire moment possible !

Tout mon corps était agité de soubresauts incontrôlables, si bien que je fus incapable de me relever. Et, même si je l'avais pu, je n'aurais pas résisté à l'assaut suivant. Frappé à la cuisse, je tombai à la renverse. Mon agresseur posa sa grosse patte velue sur ma poitrine et, pesant sur moi de tout son corps, planta ses crocs puissants dans mon épaule. Sa mâchoire se referma comme un étau, me tailladant les chairs. Une douleur fulgurante me vrilla le cerveau, me privant de toute faculté de penser. Fou de douleur, je me mis à hurler...

Soudain, il y eut une détonation. Relâchant son étreinte, l'ours tourna la tête en direction de la rivière et, la truffe frémissante, se mit à humer l'air avec frénésie. Il semblait hésiter quand un autre tir déchira le silence. Touché, l'ours poussa un rugissement terrifiant. Craignant qu'il ne se jette sur moi avec une rage décuplée, je fis le mort. Dans l'état où j'étais, ce n'était pas très difficile.

Ce cinglé de Mike était revenu. Le fils de pute.

Une langue chaude et râpeuse me léchait le visage. J'essayai d'ouvrir les yeux, mais je ne vis qu'une sorte de brouillard gras strié de rouge. Comme de très loin me parvint alors une voix d'homme :

– Arrête, Shadow ! Va plutôt chercher l'ours !

Deux doigts rugueux se posèrent sur mon cou. Je compris que quelqu'un me prenait le pouls.

– Tu peux te lever, petit ? demanda gentiment la voix.

Je battis des paupières. Cette fois, j'y voyais un peu plus clair. Penché sur moi, un visage tanné me scrutait avec bienveillance. Une nuée de vapeur blanche s'échappait de sa bouche. Une barbe grise et drue, des joues fripées, des yeux noirs profondément enfoncés dans leurs orbites… ce n'était pas Mike. Dieu merci.

Je voulus répondre, mais aucun son ne sortit de ma gorge. Après mes crises, je mettais toujours du temps à retrouver l'usage de la parole.

– *Ashtum*, il faut que tu te lèves, mon garçon. Courage, je vais te donner un coup de main.

Je tentai de me redresser, sans succès : j'avais le bras coincé. L'homme dégagea la sangle de mon sac et me tendit la main. Une douleur atroce irradia dans mon bras, m'arrachant un cri animal.

Mon sauveur me palpa le bras jusqu'à l'épaule, me souleva par les aisselles et me remit sur pied. A priori, je n'avais rien de cassé. Dans mon malheur, j'avais eu de la chance…

Me sentant flageoler, je m'appuyai de mon bras valide contre le tronc lacéré par les griffes de l'ours, et remarquai une grande tache rouge sombre dans la neige. Était-ce mon sang ou celui de l'ours ? me demandais-je, troublé.

Le vieil homme s'aperçut de ma confusion.

– Il n'est que blessé, déclara-t-il, laconique. Mon traîneau est sur l'autre rive, on va traverser la rivière. Il faut que tu tiennes le coup jusque-là, petit. Je ne peux pas te laisser ici : si l'ours revenait, tu n'aurais aucune chance.

Après avoir recouvert la flaque de branchages et d'une épaisse couche de neige, il chargea mon sac sur son épaule, chaussa ses raquettes et se mit en marche. Nous n'étions qu'à une centaine de mètres de la berge opposée, mais la traversée me parut interminable. Grâce aux raquettes, mon sauveur avançait sans difficulté tandis que je m'enfonçais à chaque pas dans la poudreuse. Il n'arrêtait pas de se retourner, autant pour vérifier si je le suivais que pour scruter les taillis à la recherche de l'ours.

Je ne pouvais pas poser le pied par terre sans sentir un courant d'air froid dans le haut de ma cuisse, et l'humidité poisseuse dont mon pantalon était complètement imbibé. Je devais saigner beaucoup. Pour l'instant, la blessure ne me faisait pas mal, mais il était clair que ça ne durerait pas.

Si je n'avais pas eu l'espoir que le vieux me conduirait directement à l'hôpital de Moosonee, où l'on panserait mes plaies et me donnerait de quoi calmer la douleur, je n'aurais jamais eu la force de continuer. Mais cette perspective me donnait du courage et, puisant dans mes dernières réserves, je me traînai derrière mon sauveur. Jusqu'au moment où mes genoux se dérobèrent. Tout devint noir autour de moi et je piquai du nez dans la neige.

Lorsque je revins à moi, j'étais attaché à une sorte de barquette à fond plat en plastique jaune qui glissait dans la neige. Pas de bruit de moteur, pas de gaz d'échappement. Je n'entendais que le souffle du vieux qui marchait devant moi, harnaché à son traîneau, son fusil dans la main droite.

Sa grosse parka de camouflage était rafistolée dans le dos avec du ruban adhésif gris.

À la moindre bosse, le traîneau penchait d'un côté ou de l'autre et chaque écart, chaque soubresaut me mettait à la torture. Je recevais sans cesse des paquets de neige dans la figure, j'avais mal, j'avais froid, et je ne tardai pas à sombrer de nouveau dans l'inconscience.

6

Travaux d'aiguille

Des gémissements plaintifs me parvenaient régulièrement, comme étouffés par un brouillard épais. Je mis un moment à comprendre qu'il s'agissait de mes propres plaintes. Mais c'était bon signe : si j'avais mal, ça voulait dire que j'étais encore en vie.

J'étais allongé sur le dos dans un endroit surchauffé qui sentait le feu de bois. Quelqu'un inspectait chaque parcelle de mon corps. Ce devait être le vieil homme, me dis-je en gardant les yeux fermés, car je me sentais encore trop faible pour me confronter à la réalité.

Il me sembla qu'une main chaude se posait sur ma poitrine ; des doigts palpèrent mon épaule avec précaution puis je sentis la brûlure d'une lame chauffée à blanc. Je me cabrai avec un hurlement d'animal blessé puis retombai, exténué, et cherchai mon salut dans les ténèbres.

Lorsque je revins à moi, mon cri résonnait encore dans mes oreilles. J'avais le goût du sang dans la bouche, et ma langue pâteuse me collait au palais. Quelqu'un me lavait délicatement le visage ; parfois un filet d'eau me chatouillait la nuque. J'avais le front brûlant et des élancements si insupportables dans l'épaule et la cuisse que je n'osais pas remuer le petit doigt.

Celui qui s'occupait de moi écarta une de mes paupières entre le pouce et l'index, et braqua une lumière sur moi.

– Hey, regarde-moi !

La voix n'était pas celle du vieux. J'entrouvris les yeux avec circonspection et découvris un visage penché sur moi. Des cheveux noirs, des pupilles d'un brun très sombre, des lèvres pleines, une longue tresse qui m'effleurait la poitrine... C'était Kim, la fille qui m'avait envoyé balader dans le *Polar Bear Express* !

De stupeur, je fus incapable de dire quoi que ce soit.

– Désolée de t'avoir bousculé, s'excusa-t-elle. Je ne savais pas que tu étais conscient.

– Je... je ne sens plus mon bras, balbutiai-je d'une voix que je ne reconnus pas moi-même.

– T'inquiète, répondit Kim, tu es toujours entier. Tu veux voir ?

Tournant la tête, je découvris que j'avais deux trous de la taille d'une cerise dans l'épaule gauche. Le sang coulait. Une odeur de fer me souleva l'estomac ; mes oreilles se mirent à bourdonner.

– Tu m'as fait un mal de chien, grondai-je entre mes dents. T'étais vraiment obligée de me charcuter comme ça ?

– C'était le seul moyen, acquiesça-t-elle, le visage

grave. En s'écoulant, le sang évacue les germes et les bactéries. Tu veux garder ton bras, oui ou non ?

Je soupirai. Où était le vieux qui m'avait sauvé la vie ? Pourquoi me retrouvais-je d'un seul coup entre les mains de cette sadique ?

– Je suis où, en fait ? demandai-je.

– En sécurité, répondit-elle. Tu peux t'estimer heureux : l'ours ne t'a mordu qu'à un seul endroit, et il t'a lâché dès le premier coup de feu. Tu aurais pu avoir l'épaule en bouillie ou le bras arraché…

Heureux ? Ce n'était pas le terme que j'aurais employé…

Kim se consacra ensuite à ma blessure à la cuisse. Au contact de sa main, je me mordis les joues pour ne pas crier et me redressai en sursaut, mais elle me plaqua en arrière et me maintint fermement. Elle était plus forte que je ne l'aurais cru. Cependant, j'avais eu le temps de voir la serviette posée à côté d'elle avec, disposés dessus, des ciseaux, du fil et une aiguille courbe.

– Qu'est-ce que c'est que ça ? me rebiffai-je avec l'impression de n'avoir échappé au précédent cauchemar que pour être précipité dans un autre.

Prenant mon élan, je réussis à me redresser assez pour examiner ma jambe gauche. J'avais trois profondes entailles du genou jusqu'à l'aine.

– Oh, merde ! m'exclamai-je, affolé. Je pisse le sang.

– T'inquiète ! fit Kim une nouvelle fois. C'est superficiel, tu ne vas pas en mourir. Il faut juste que tu te tiennes tranquille le temps que je te rafistole, OK ?

Me *rafistoler* ?

Paniqué, je voulus me lever, mais ce mouvement eut raison de ma résistance et je retombai en arrière. Des étoiles dansèrent devant mes yeux. Je tremblais tellement que je craignis de faire une nouvelle crise.

– Respire ! ordonna Kim, la main sur mon front. Inspire, expire… inspire, expire…

Prenant exemple sur elle, je réussis à me calmer.

– Tu t'en remettras, je te le promets, assura-t-elle en me fixant de ses prunelles marron où brillait un reflet gris.

Pour la première fois, sa voix légèrement rauque me parut presque douce.

– Les choses ne sont jamais aussi dramatiques qu'elles le paraissent, enchaîna-t-elle. Tu es entier et tu n'as rien de cassé. Ça risque de piquer un peu, mais ce n'est qu'un mauvais moment à passer.

– Je t'en supplie, emmène-moi à Moose Factory, implorai-je. À l'hôpital, ils sauront quoi faire.

J'étais malade de honte. Depuis quand est-ce que je n'avais plus pleurniché comme ça ?

– Je ne sais pas si tu t'en rends compte, répliqua Kim avec irritation, mais je fais tout ce que je peux pour t'aider. Alors arrête tes jérémiades, OK ?

Je la regardai avec stupeur.

– Moose Factory est à plus de soixante kilomètres d'ici, poursuivit-elle sèchement. On est en pleine tempête de neige et tu pisses le sang. Donc, personne ne va nulle part. Je te recouds, un point c'est tout. Quand tu seras de nouveau sur pied, tu iras où tu voudras.

– Super programme, raillai-je pour me donner bonne contenance.

Kim me souleva la tête d'une main et, de l'autre, me présenta des comprimés.

– Qu'est-ce que c'est ?

– Des antibiotiques. Et un antalgique. Tire la langue !

Elle me mit les cachets sur la langue et approcha de mes lèvres une tasse en fer-blanc qui contenait un liquide brûlant. J'en bus quelques gorgées. C'était une décoction de plantes au goût de médicament, horriblement sucrée de surcroît, mais qui me sembla délicieuse.

– C'est bon, tout est parti ?

Joignant le geste à la parole, Kim m'ouvrit le bec pour vérifier si j'avais bien avalé les quatre comprimés, puis fit un rouleau avec un morceau de cuir et me le fourra d'autorité dans la bouche.

Cette fois, c'était plus que je ne pouvais supporter. Je secouai la tête avec véhémence.

– Chtop ! Che feux chffffoir...

– Quoi encore ?

Passablement agacée, Kim m'ôta mon bâillon.

– Je voudrais savoir à quoi m'attendre...

– T'as pas confiance ? demanda-t-elle avec un sourire narquois. T'as tort : j'ai toujours été la première de ma classe en travaux manuels.

Je me résignai à mon sort. À mon réveil, tout à l'heure, j'avais cru que le pire était derrière moi, mais ce n'était visiblement pas le cas. Je nageais en plein cauchemar. Un de ceux dont on n'arrive pas à sortir…

Quelque part au fond de moi, pourtant, je sentais confusément que l'indifférence et la froideur de Kim étaient surjouées. À sa manière, cette fille essayait de tromper mon angoisse. Cependant, vu ce qu'elle s'apprêtait à me faire subir, je pensais avoir droit à un minimum d'égards.

Le cœur battant à tout rompre, je fermai les yeux et priai le ciel que cette épreuve se termine au plus vite.

L'ours, le garçon du train, le sang… Cette scène, Kim l'avait vécue en songe, quelques semaines auparavant. Depuis, elle avait fait beaucoup d'autres rêves, mais celui-ci l'avait touchée au cœur, si bien qu'elle en avait conservé un souvenir très net.

Son peuple accordait une grande importance aux songes. Il y avait toujours beaucoup à en apprendre, surtout lorsqu'on pouvait en discuter avec quelqu'un, comme Anak, par exemple. Mais pas cette fois : le *man-tay-o*, le visiteur de son rêve, Kim n'en avait parlé à personne, pas même au vieil homme. Elle avait gardé le secret pour elle, et maintenant ce secret se trouvait dans son lit.

Kim observa le blessé, plus tout à fait un enfant mais pas encore un homme. Il avait le visage gris de douleur et d'épuisement, une profonde entaille au-dessus de l'arcade sourcilière, les lèvres éclatées, et ses cheveux longs jusqu'à l'épaule étaient trempés de sueur. Ses pommettes saillantes et ses dents très blanches et parfaitement alignées ne laissaient aucun doute sur ses origines. Un Cree. Ses yeux bruns étaient tachetés de vert, et ils la fixaient avec une terreur sans nom.

– Ne me regarde pas comme ça, ordonna Kim. Ça me déconcentre.

– Tu... tu as déjà recousu quelqu'un ? balbutia Jacob.

– Ne pose pas de questions, OK ? Je fais gaffe, je te promets.

Il portait autour du cou une amulette en tête de loup. Son torse nu était en nage, et son cœur battait si violemment dans sa poitrine que Kim craignait pour sa vie.

Il n'était pas le seul à avoir peur : elle était terrifiée, elle aussi. Mais elle ne devait surtout pas le lui montrer.

Jacob inspira une ou deux fois à fond, puis il émit un son inarticulé. Refus ou résignation ? Kim pensait que c'était un oui, mais elle voulait être sûre.

– Tu me fais confiance ?

Il acquiesça d'un battement de cils.

Elle entreprit d'abord de nettoyer les plaies à l'aide d'une décoction de plantes. La réaction fut instantanée : les muscles de Jacob se contractèrent sous sa peau et il se mit à respirer bruyamment, le souffle court. De toute évidence, il faisait son possible pour ne pas broncher, mais la douleur qui se lisait dans ses yeux démentait ses efforts pour paraître brave et courageux. Bientôt de grosses larmes roulèrent sur ses joues.

Jusqu'à présent, bien qu'il ne fût qu'un *man-tay-o*, Jacob s'était plutôt bien comporté. Tout en espérant qu'il continuerait, Kim désinfecta les différentes lésions avec un spray antiseptique, puis les tamponna avec un chiffon propre.

À ses pieds se trouvait un seau rempli de neige qu'Anak avait eu la bonne idée de lui apporter avant de partir à la recherche de l'ours. Kim prit un sac en plastique, le remplit de neige et l'enroula dans un T-shirt propre, puis l'appliqua délicatement sur la cuisse du blessé.

La triple estafilade avait cessé de saigner, mais le froid aiderait les vaisseaux sanguins à se resserrer et limiterait l'inflammation, ce qui lui faciliterait la tâche.

Kimiwan Hunter l'avait appris à ses dépens, le froid avait un pouvoir anesthésiant. Elle était déjà passée par bien des souffrances et savait par expérience qu'on pouvait survivre à toutes. Avec le temps, leur souvenir s'estompait même un peu.

Elle se lava soigneusement les mains avec du savon, chaussa ses lunettes et pria le Gitche Manitou de l'assister. Puis elle tamponna la première des trois entailles avec un linge sec, et se mit au travail.

Kim posa une poche de glace sur ma jambe. Le froid me fit du bien et m'apporta un soulagement immédiat… jusqu'à ce qu'elle m'explique que c'était le seul moyen dont elle disposait pour m'anesthésier ! Je crus à une blague, mais, en la voyant enfiler du fil dentaire dans une aiguille courbe, je fus pris de sueurs froides. Du *fil dentaire* ! Elle prétendait me recoudre sans anesthésie avec du fil dentaire !

Je n'eus pas le loisir de protester, car elle me fourra son horrible boudin de cuir dans la bouche.

– C'est pour éviter que tu te mordes la langue, tu comprends ?

Je compris qu'il était inutile de protester. On m'avait déjà fait des points de suture : une fois après une chute à vélo, et une autre suite à un accident de skate. Mais, à l'hôpital, on m'avait toujours endormi avant.

Kim retira la poche de glace de ma jambe et la plaça sur mon épaule. Je m'efforçai de ne pas bouger et contrôlai ma respiration. C'était tout ce que je pouvais faire. Jamais je ne m'étais senti aussi vulnérable. Jamais je n'avais eu autant conscience de ma misérable condition d'être humain fait d'os, de muscles, d'organes et de peau. Et d'un cerveau, qu'en cet instant-là j'aurais voulu pouvoir débrancher.

– Courage ! dit-elle.

Je craignais de ne pas pouvoir éviter une nouvelle crise de tétanie mais n'eus pas le temps de m'appesantir sur cette question, car Kim rapprocha les bords de la plaie et y enfonça son aiguille. J'avais beau m'être préparé à la douleur, je tressaillis des pieds à la tête et mordis dans mon bâillon pour ne pas hurler.

Suivit une brûlure atroce au passage du fil. Je me demandais bien ce que ç'aurait été sans la poche de glace et les cachets que Kim m'avait fait prendre. Chaque point, chaque maudit nœud avec lequel elle le concluait était une torture. Je me cramponnais de toutes mes forces à la fourrure sur laquelle j'étais couché. Des points noirs et rouges dansaient devant mes yeux. Kim faisait de son mieux, mais elle enchaînait non-stop : rapprocher les bords, les pincer entre le pouce et l'index, piquer, tirer le fil, nouer, couper et recommencer, tout ça dans le plus grand silence. Je n'avais pas le temps de souffler entre deux points que déjà elle enchaînait sur le suivant.

Si elle m'avait parlé, j'aurais pu penser à autre chose. Mais, quand je soulevai une paupière, je vis qu'elle était trop concentrée sur son travail pour pouvoir bavarder en même temps. Elle était tout entière à sa couture.

À un moment donné, je cessai de compter les points. Mais j'étais à bout de forces et, malgré toutes mes bonnes résolutions, je commençai à me tordre comme un ver coupé. D'un seul coup, Kim sembla se rappeler que j'existais, car elle s'interrompit et demanda d'un ton soucieux :

– Tu as besoin d'une pause ?

J'acquiesçai avec fièvre.

Kim posa son aiguille pleine de sang sur le linge à côté d'elle, puis empoigna le seau.

– OK. N'essaie pas de t'enfuir, je reviens dans une minute.

Très drôle !

La sueur qui ruisselait sur mon visage me chatouillait le cou. Avec mon bâillon dans la bouche, j'avais la langue desséchée. Or, quand je me redressai sur mes coudes, je vis que seules deux des trois entailles étaient recousues. Avec les brins qui dépassaient, j'avais l'impression d'avoir du fil barbelé dans la cuisse.

Kim ne tarda pas à revenir. Elle était allée chercher de la neige fraîche dont elle emplit une nouvelle poche qu'elle appliqua sur la cuisse. Au bout de cinq minutes à peine, la glace émigra sur mon épaule, et Kim se remit à l'ouvrage.

Lorsqu'elle en eut fini avec ma cuisse, elle s'attaqua à mon arcade sourcilière. Entre-temps, mon cerveau devait avoir fabriqué une telle dose d'endorphine que je ne me rendais presque plus compte de rien. Jusqu'au moment où Kim noua le dernier point, coupa le fil et poussa un ouf de soulagement :

– Terminé !

C'était fini, j'étais *rafistolé*.

D'un seul coup, je sentis les larmes me monter aux yeux. En l'espace de quelques heures, j'avais connu le froid, la faim et la peur, j'avais failli me faire dévorer par un ours et enduré des souffrances inimaginables, mais j'étais toujours de ce monde. Je pouvais m'estimer heureux.

Je me raclai la gorge, histoire d'attirer l'attention sur moi. Kim comprit tout de suite. Elle m'ôta le bâillon plein de bave et je pus enfin respirer normalement. Ou presque. Car j'avais la mâchoire si contractée que je pouvais à peine desserrer les dents.

– Merci ! croassai-je, exténué.

S'étant débarrassée de ses lunettes, Kim retira la serviette pleine de sang sur laquelle reposait ma jambe gauche. Puis elle étala de la pommade sur mes plaies et me banda l'épaule et la cuisse. Cette opération terminée, elle m'aida à enfiler une chemise en flanelle à carreaux beige et marron, me fit asseoir et me coinça un coussin en fourrure dans le dos. Puis elle me recouvrit d'une couverture à la fois très chaude et légère comme une plume.

– Bien installé ?

J'acquiesçai d'un signe de tête. Même si je pensais le contraire. La position assise me faisait mal et je peinais toujours à respirer. En plus de mes blessures apparentes, je devais avoir des hématomes et quelques côtes cassées.

– Où est le vieux qui m'a sauvé la vie ? articulai-je en manquant de m'étouffer tellement j'avais la langue enflée.

– Anak ? Il est parti à la recherche de l'ours. Il l'a blessé, ce qui le rend très dangereux.

– Il l'était déjà avant, objectai-je avec un semblant de rire. Il m'a attaqué alors que je ne lui avais rien fait.

– Tu lui avais demandé la permission de pénétrer sur son territoire ?

C'était donc ça le problème : j'étais un intrus. Et j'étais tombé sur des genres de Gardiens de la Terre.

– Tu vis toute seule ici avec le vieux ? hasardai-je pour changer de sujet.

– En quoi est-ce que ça te regarde ? me rembarra-t-elle en plissant les yeux avec méfiance.

– Écoute, Kim…

En entendant son prénom, elle sursauta comme si je l'avais écorchée vive, mais j'enchaînai sans me laisser interrompre :

– J'ai erré deux jours dans la forêt sans eau et sans nourriture par un froid polaire et j'ai failli me faire bouffer par un ours, alors je cherche à savoir à qui je dois la vie et dans quel lit je me trouve, c'est si difficile à comprendre ?

– Comment sais-tu que je m'appelle Kim ? Je ne t'ai jamais dit mon nom !

En temps normal, je l'aurais sûrement mouchée avec une réplique bien sentie. Mais je devinais tant de défiance chez elle que je préférai m'en tenir aux faits. Je lui racontai ma rencontre avec Louise Koostachin et le petit déjeuner au cours duquel celle-ci m'avait montré des photos de mon père.

– Il y en avait aussi une de Luke et toi, conclus-je. Je t'ai reconnue tout de suite.

Kim détourna les yeux, visiblement très contrariée. Je ne comprenais pas. Que pouvait-il y avoir de mal à ce que je sache son prénom ?

– Louise t'a dit autre chose sur moi ? s'enquit-elle au bout d'un moment.

– Seulement que tu es sortie avec son fils Luke.

« Lequel est mort dans un incendie », ajoutai-je mentalement en me gardant bien de le formuler à voix haute.

Pendant une fraction de seconde, ses yeux brillèrent d'un éclat argenté. Puis elle se tourna de nouveau vers moi et murmura :

– Le lit dans lequel tu te trouves, c'est le mien. Et Anak est mon *moshum*.

– Ce qui veut dire ?

– Mon aïeul.

– Qu'auriez-vous fait si l'ours m'avait tué ?

– On t'aurait enterré dignement, je suppose, répondit-elle avec un haussement d'épaules.

Son impassibilité me laissa d'abord pantois. Puis la colère et le désespoir reprirent le dessus. J'allais lui dire ma façon de penser quand mon estomac fit entendre une série de gargouillis sonores. Kim fronça les sourcils.

– Quand as-tu mangé pour la dernière fois ?

– Tu veux dire autre chose que du lichen et des canneberges gelées ? répliquai-je avec amertume. Il y a deux jours.

– Il nous reste un peu de ragoût, annonça Kim en se levant. Attends-moi, je vais te le faire réchauffer.

Sur ces mots, elle disparut dans la pièce attenante.

Seul pour la première fois depuis mon réveil, je promenai le regard autour de moi. La chambre dans laquelle j'étais ne mesurait pas plus de vingt mètres carrés. Une petite fenêtre laissait filtrer une lumière grise. Dehors, il neigeait à gros flocons. Kim n'avait pas menti.

Une lampe tempête posée sur un tabouret à côté du grand lit en simples planches réchauffait la pièce de sa lumière dorée. J'en déduisis qu'il n'y avait pas l'électricité. Des vêtements et des peaux pendaient à de gros clous plantés dans les murs lambrissés. Une étagère faisant office de tête de lit accueillait quelques livres et des boîtes de conserve. Pour le reste, le mobilier se résumait à une petite table devant la fenêtre, une chaise, une armoire et un coffre en bois.

Un poêle à bois en fonte noire au tuyau tarabiscoté ronronnait dans un coin de la pièce, diffusant une chaleur appréciable. Quel luxe d'être dans un vrai lit après le trou dans la neige que j'avais connu ! Et j'allais enfin pouvoir me nourrir…

« Comme quoi on apprend vite à apprécier les choses simples… »

Kim revint quelques instants plus tard, les bras chargés d'un petit plateau sur lequel fumait une assiette creuse en émail remplie d'un ragoût à l'odeur appétissante. L'ayant posée sur mes genoux, elle s'assit au bord du lit. Sa longue tresse de cheveux noirs et brillants entremêlés de fils blancs pendait sur sa poitrine.

Je voulus prendre la cuillère, mais j'étais si faible que ma main retomba sur le lit. Fronçant les sourcils, Kim vint à mon secours.

– Et ton père, tu l'as retrouvé ? demanda-t-elle en me présentant une cuillerée de ragoût.

Bien que le plat fût indiscutablement à base de viande, j'ouvris le bec comme un oisillon. C'était un cas de force majeure, me dis-je. Une question de vie ou de mort. Je mettrais mon régime et mes convictions entre parenthèses le temps qu'il faudrait et, pour commencer, je mangerais cette barbaque jusqu'à la dernière bouchée. D'ailleurs, ce n'était pas de la viande d'élevage, mais un aliment traditionnel local, songeai-je pour soulager ma conscience.

– Non, répondis-je, à deux doigts de défaillir. Greg est à son camp de chasse. J'ai voulu aller le rejoindre… et tu connais la suite.

Kim suspendit son geste.

– Quoi ? Tu as essayé d'aller là-bas à pied ?

– S'il te plaît, implorai-je. Je meurs de faim.

Elle m'enfourna la cuillère dans la bouche. J'avalai la première bouchée sans prendre le temps de mâcher et je la sentis descendre dans mon œsophage.

– J'ai pris un taxi, expliquai-je. Le pilote m'a assuré qu'il savait où était la cabane de Greg et a proposé de m'y emmener. On a remonté le fleuve. À un moment, Mike a prétexté une panne pour me larguer, et il s'est tiré. Quel enfoiré ! J'ai tenté de revenir sur mes pas, mais j'ai suivi une piste qui n'était pas la bonne et je me suis perdu.

– Attends une seconde, intervint Kim, qui avait changé de couleur. Tu as bien dit que le type s'appelle Mike ? Mike Meenish ?

– Possible. Je donnerais cher pour savoir ce qui est passé par la tête de ce salaud.

– Mmh… Et Greg, c'est ton père ?

– Greg Cheechoo, oui.

Kim ferma les yeux, comme si elle avait besoin de digérer l'information. Lorsqu'elle les posa de nouveau sur moi, ils étaient plus sombres que la nuit.

– Le fils de Greg est mort.

– Faux ! protestai-je. Tu vois bien que non, je suis vivant… Enfin… à moitié seulement, plaisantai-je pour détendre l'atmosphère.

Kim secoua la tête.

– Alex Cheechoo est mort il y a deux ans. Dans un incendie.

– Hein ? couinai-je d'une voix qui dérapa dans les aigus. Qu'est-ce que c'est que cette histoire ?

Pour toute réponse, Kim m'enfourna une nouvelle cuillerée dans la bouche. Les questions se bousculaient dans mon esprit. Un vrai tourbillon, comme les flocons de neige que j'apercevais par la fenêtre : avais-je eu un demi-frère ? Cet Alex… avait-il pris ma place ? Avait-il mené la vie qui aurait dû être la mienne ? Et pourquoi Louise ne m'en avait-elle pas parlé quand je l'avais interrogée à ce propos ?

– Je te le jure, tout ce que je t'ai dit est vrai, déclarai-je après m'être plus ou moins ressaisi. Ma mère est allemande. Elle a épousé mon père et on a vécu à Moosonee jusqu'à mes quatre ans. Après, ça n'a plus marché entre mes parents. Ma mère s'est tirée et elle m'a emmené en Europe avec elle.

Silence. Puis, deux cuillerées plus tard :

– Quel âge tu as ?

– Dix-huit ans.

Elle commençait à m'énerver avec son interrogatoire, mais je n'avais aucun moyen de lui échapper : je n'étais même pas capable de tenir ma cuillère tout seul !

– Qu'est-ce qui t'a pris de vouloir débarquer après tout ce temps ?

– Ma mère ne m'a jamais dit qui était mon père. Ni que j'avais vécu à Moosonee et que j'avais du sang cree dans les veines. Je ne l'ai appris que la semaine dernière.

– Tu ne t'es jamais regardé dans la glace ?

– Elle a toujours prétendu que j'étais le fruit d'une aventure sans lendemain avec un Asiatique.

Kim étouffa un petit rire. Elle avait l'air de trouver ça drôle ! Bon sang, j'étais sous le choc de ce qu'elle venait de m'annoncer, et elle rigolait !

Redevenue sérieuse, elle demanda :

– Tu n'as aucun souvenir de ton père ?

– Non… à part quelques flashs, et encore, seulement depuis que je suis ici.

Prenant son poignet, je guidai sa main jusqu'à l'assiette, ce qui me valut deux cuillerées d'affilée. Ce ragoût était délicieux et cela me faisait un bien fou de manger quelque chose de chaud. Pourtant, je me sentais de plus en plus exténué.

– Donc, Mike t'a abandonné au milieu de nulle part et tu as marché au hasard.

– Pas tout à fait. J'ai cru qu'en allant tout droit, je tomberais sur une rivière. C'est là que la tempête s'est levée. D'un seul coup, tout est devenu blanc autour de moi…

Je frémis à ce souvenir.

– Je ne savais plus où étaient le haut ni le bas, c'était affreux.

– Tu es tombé sur un voile blanc, m'expliqua Kim. C'est un phénomène atmosphérique fréquent dans nos régions : il n'y a plus de contrastes, la terre se confond avec le ciel et on a l'impression d'être dans une balle de ping-pong.

Une définition certes objective, mais qui ne rendait absolument pas compte du vertige qui m'avait saisi, ni de la panique et de l'angoisse mortelle qui s'étaient emparées de moi.

– J'ai continué à avancer. Mais je n'avais plus rien à boire ni à manger.

– Il ne faut jamais manger de neige, j'espère que t'es au courant, me rabroua-t-elle. Sinon, le corps se refroidit. C'est un coup à y laisser sa peau.

– Bah, entre mourir de froid et se faire dévorer par un ours, je crois que j'aimerais mieux la première solution.

– Pas si sûr…

– Quand je me suis aperçu de sa présence, l'ours me suivait depuis un bout de temps…

À cette évocation, un frisson me parcourut l'échine. Je revoyais la scène comme si j'y étais.

– Heureusement que ton *moshum* était là pour me sauver la vie, Kim, enchaînai-je très vite pour chasser ces images terribles de mon esprit. Sans lui, il ne resterait plus grand-chose de moi à l'heure qu'il est.

– À la fin de leur hibernation, les ours sont particulièrement agressifs. Ils ont faim, tu comprends. Mais tu as eu tort de vouloir t'enfuir.

Comment le savait-elle ? Le vieux m'avait-il vu prendre mes jambes à mon cou ? Mais, dans ce cas, pourquoi avait-il attendu le dernier moment pour tirer ?

– Ne jamais partir en courant quand on est face à un ours, martela Kim. C'est la dernière chose à faire.

Elle avait certainement raison. Sauf que je n'avais pas la moindre intention de me frotter une nouvelle fois à un ours.

– Il faut lui parler, poursuivit Kim, imperturbable.

Lui parler ? Et puis quoi encore ?

– J'ai essayé de faire front, tentai-je de me défendre. Mais quand il s'est dressé devant moi…

– C'était pour te faire peur, me coupa Kim. *Maskwa* cherchait juste à t'impressionner.

– Alors disons que *Maskwa* a très bien réussi.

Désignant du menton l'assiette malheureusement vide, je demandai :

– C'était délicieux. Qu'est-ce que c'était ?

– Un civet d'écureuil. Spécialité d'Anak. Tu en veux encore ?

Je réprimai un haut-le-cœur. Du civet d'écureuil ? D'un seul coup, mon ventre devint dur comme du béton.

– C'est bon, non merci.

– Très bien, fit Kim en se levant. Et maintenant, essaie de dormir un peu, OK ? Je te laisse, j'ai du travail.

Elle ôta le coussin que j'avais dans le dos et m'aida à m'allonger. Dès que je fus étendu, la tension, la douleur et les émotions de ces dernières heures se relâchèrent. Fermant les yeux, je m'endormis d'un sommeil de plomb.

7

Les démons

Jacob Cheechoo ! Dès l'instant où il lui avait dit son nom dans le train, Kim avait eu une sorte de prémonition, et elle avait tout fait pour infléchir le cours des évènements. Mais nul n'échappe à son destin. Jusqu'à Moosonee, elle avait pu tenir Jacob à distance, mais, depuis qu'il se trouvait là, dans la cabane où elle vivait avec Anak, ce n'était plus possible.

Après avoir rangé, fait la vaisselle et lavé linges et serviettes, la jeune fille retourna dans la chambre pour voir le blessé. Physiquement, Jacob ne ressemblait absolument pas à son demi-frère : il était grand, mince, athlétique, et il avait les traits délicats, tandis qu'Alex avait été petit et râblé. Un garçon dur envers ceux qu'il n'aimait pas, et ils étaient nombreux. À un moment, Kim était sortie avec lui. Mais c'était de l'histoire ancienne…

L'ours, le garçon du train, le sang, tout ce qu'elle avait vu en rêve s'était réalisé. Elle devrait se tenir sur ses gardes ; le retour de Jacob allait tout chambouler. Elle avait souhaité l'avoir près d'elle, il était là, mais il ne fallait pas qu'il reste.

Une chance qu'il ait été aussi musclé, songea-t-elle. Les dents de l'ours avaient rencontré de la résistance et les tendons avaient tenu, sans quoi il aurait sans doute eu le bras arraché. Si ses plaies ne s'infectaient pas, il se remettrait vite et disparaîtrait de sa vie avant d'avoir approché son cœur de trop près.

Autant elle supportait vaillamment le fardeau de ses souvenirs, autant elle ne se sentait pas de taille à affronter l'espérance.

Dans quelques jours, Darrell, le neveu d'Anak, viendrait leur apporter des vivres et chercher les dernières peaux. Il ramènerait Jacob à Moosonee sur sa motoneige et la vie reprendrait son cours. Une vie sans surprise. Un peu monotone, c'est vrai...

Cependant, à quoi bon se bercer d'illusions ? Au fond d'elle-même, Kim savait que rien ne serait plus comme avant. Jacob était blessé, et il n'y avait qu'un lit pour eux deux. Qu'elle le veuille ou non, elle devrait le partager avec lui. Une proximité beaucoup trop dangereuse à son goût.

Kim avait d'autres sujets d'inquiétude. Non seulement Jacob n'avait aucun souvenir de son père, mais il venait à peine de découvrir qu'il avait eu un demi-frère. Curieux comme il l'était, il allait poser des questions, forcément ! Des questions qui provoqueraient des remous...

Lui, il cherchait à renouer avec le passé. Contrairement à elle, qui faisait tout ce qu'elle pouvait pour l'oublier.

Le bruit de la porte d'entrée l'arracha à ses réflexions. Elle revint dans la pièce principale et trouva Anak en train de se déchausser. Après avoir mis ses grosses bottes à sécher, le vieux ôta sa parka et son pantalon, et les accrocha à une longue perche suspendue au plafond devant la cheminée.

– As-tu retrouvé grand-père l'ours, *moshum* ? s'enquit-elle.

– *Mona*. Avec toute cette neige, on n'y voit pas à trois mètres. J'y retournerai demain.

Kim connaissait assez Anak pour savoir qu'il aurait préféré ne pas avoir à tirer. « Si tu abats un ours, disaient les Anciens, son esprit te retrouvera et te prendra tes enfants. » Heureusement, les enfants d'Anak avaient émigré en ville. À la mort de sa femme, le vieil homme avait légué sa maison à sa sœur et s'était retiré dans la forêt, où il vivait désormais de la chasse et de la pêche à la manière des Anciens. Une décision que ni sa fille ni son fils n'avaient approuvée.

Il se lava les mains dans une cuvette réservée à cet effet à côté de l'évier.

– Comment va le gamin ?

– Je l'ai recousu et lui ai donné à manger, répondit Kim. À présent, il dort. Il dit s'appeler Jacob et être le fils de Greg Cheechoo.

Anak s'essuya les mains en silence, puis passa dans la chambre et étudia le visage du dormeur. Kim le rejoignit sans bruit. Elle se pencha au-dessus du lit, glissa avec précaution une main sous la chemise de Jacob, et fit apparaître l'amulette en forme de tête de loup.

Le vieil Algonquin plaqua ses deux mains sur sa bouche.

– Il prétend n'avoir appris qu'il était cree que la semaine dernière, chuchota Kim. Sa mère lui aurait menti sur ses origines.

Anak hocha la tête.

– Cette amulette est celle d'Isaac Cheechoo, murmura-t-il, les larmes aux yeux. Et ce gamin ressemble à s'y méprendre à Greg au même âge. Mon esprit niait l'évidence, mais mon cœur l'avait deviné.

– Pareil pour moi, articula Kim dans un souffle.

Elle observa son aîné à la dérobée. Celui-ci contemplait Jacob avec une tendresse qu'elle ne lui avait connue pour personne. Isaac Cheechoo, le père de Greg, avait été son meilleur ami, et tous deux avaient été liés par une bien triste histoire.

D'un seul coup, Kim sentit que quelque chose s'était mis en marche. Quelque chose que rien ni personne ne pourrait arrêter. Les démons du passé s'étaient réveillés et ils ne se calmeraient pas tant que Jacob serait là.

– Je me rappelle très bien Jacob quand il était bébé, déclara Anak une fois attablé devant le reste de ragoût d'écureuil et des galettes d'orge revenues à la poêle. C'était un enfant charmant. Christine, sa mère, avait débarqué à l'époque où Moosonee attirait encore les touristes. Greg avait réussi à la séduire, et tous les hommes de la région la lui enviaient.

Kim ne s'était jamais intéressée à cette histoire. Elle en avait entendu parler par Alex, c'est tout. Alex... L'autre fils de Greg. Celui qu'il avait eu avec Nora Sutherland, une Cree de Moose Factory.

Après avoir vidé son calumet dans un cendrier, Anak le bourra avant de reprendre :

– Sur l'île, Nora et Alex, et sur la rive, Christine et Jacob, expliqua-t-il. Pauvre Christine ! Nora lui a mené la vie dure... Cette fille n'a jamais voulu admettre que Greg ait pu lui préférer une Blanche, y compris après leur mariage. À force de vexations, elle a réussi à faire perdre à Christine son entrain et son sourire. Et cette femme qui était la joie de vivre incarnée est devenue l'ombre d'elle-même. Elle était trop jeune et pas de taille à lutter contre une telle adversaire. Quand ils considèrent que quelqu'un ne fait pas partie du clan, les gens d'ici peuvent être très cruels.

Le vieux alluma son calumet et aspira à petites bouffées. Des volutes de fumée bleue au parfum poivré s'élevèrent autour de lui.

– Greg et Christine se querellaient souvent, en général à cause de Nora. Un soir où ils s'étaient disputés, une fois de plus, Greg a eu un accident de voiture qui lui a valu de la prison. Christine l'a quitté. Elle est partie avec son fils sous le bras et a rompu tout contact avec lui. Greg en a eu le cœur brisé.

– Il n'a jamais revu son fils ?

– *Mona.*

– Et il a épousé Nora alors qu'elle lui avait pourri la vie ?

– Il a cru qu'il aurait la paix. Hélas, ce mariage a été encore plus désastreux que le précédent.

La suite, et ce qui était arrivé à Alex, Kim n'avait pas besoin qu'il le lui raconte. Car cette histoire était aussi la sienne.

Elle était sortie avec Alex, ce garçon triste et mélancolique qui rendait malheureux tous ceux qui l'approchaient.

– Jacob m'a raconté qu'il a été pris en mototaxi par un certain Mike, de Moose Factory, expliqua-t-elle. Le type a accepté de l'emmener au camp de chasse de Greg, mais, aux deux tiers du trajet, il l'a débarqué et a fait demi-tour en le laissant seul dans la forêt.

– Mike ? releva le vieux, un pli soucieux en travers du front.

Il n'en dit pas plus. Mais Kim n'avait aucun mal à deviner ce qu'il pensait.

– Dis-moi, Kimiwan, commença-t-il en posant sur elle un regard plein d'affection, est-ce que cela te pose un problème de partager ta chambre avec lui ?

Repoussant Mike Meenish de son esprit, Kim haussa les épaules :

– C'est un lit double. Et puis, comme ça, si son état empire, je m'en rendrai compte tout de suite.

Je patauge dans la neige. Il fait nuit, atrocement froid et il neige. Les flocons tourbillonnent en rafale autour de moi. Je marche droit devant moi sans jamais m'arrêter, et pénètre toujours plus avant dans la forêt. En me faufilant sous les arbres, je reçois des paquets de neige qui me brûlent les joues. La poudreuse crisse sous mes pas. La nuit est glaciale et j'ai peur.

Un loup hurle dans le lointain. Mais ce n'est pas ce qui me terrifie le plus.

Du bois mort craque dans mon dos. Quelqu'un me suit, je le sens. Alors je me mets à courir. Mais il y a trop de neige, mes jambes se fatiguent vite. Je m'arrête pour jeter un coup d'œil en arrière, et aperçois un être velu à la silhouette monstrueuse et à la mine épouvantable. Le cœur battant à tout rompre, je hurle pour appeler mon père.

Le monstre me talonne de près. Les branches se cassent sur son passage. Je me retourne un quart de seconde et me remets à courir, mais je bute contre un obstacle et je m'étale de tout mon long dans la neige. J'en ai partout, dans le cou, dans le nez, dans la bouche, et mon cri s'étrangle dans ma gorge.

Seul, livré aux ténèbres, le cœur tambourinant dans ma poitrine et en proie à une angoisse sans nom, je flottais à mi-chemin entre le rêve et la réalité quand mes propres râles me réveillèrent. Lorsque j'ouvris les yeux, j'étais plongé dans le noir complet. J'avais le front brûlant, la langue en feu, des élancements dans l'épaule et des picotements insupportables dans la cuisse : mon corps n'était que souffrance et l'obscurité ne faisait qu'accentuer la douleur. Soudain, quelqu'un bougea à côté de moi. J'entendis le frottement d'une allumette, puis la lumière de la lampe tempête se répandit dans la pièce, et Kim se pencha sur moi. Elle me fixa d'un air préoccupé, presque tendre. Décidément, je devais rêver ! Mais elle toucha mon front et je frissonnai à ce contact bien réel. J'en aurais pleuré de soulagement.

– Tu as de la fièvre, constata-t-elle.

D'une main, elle me souleva la tête et, de l'autre, me présenta un mug.

– Bois, ordonna-t-elle. Tu dois t'hydrater le plus possible.

C'était toujours la même potion infâme. Mais j'avais si soif que j'aurais pu en avaler des litres – au risque de ne plus contrôler ma vessie. Je ne voyais pas où il aurait pu y avoir des toilettes dans cette cabane de trappeur, ni comment je pourrais résoudre ce problème autrement que par une galère quelconque, si bien que je repoussai l'échéance.

– *Miigwetch*, dis-je avec reconnaissance.

J'entendis craquer les lattes du plancher. Puis la porte du poêle à bois s'ouvrit en grinçant. Kim y enfourna quelques bûches, raviva le feu et alla éteindre la lumière.

– S'il te plaît, implorai-je. Ne t'en va pas, je t'en supplie.

Elle s'assit au bord du lit. Elle portait un pyjama en polaire trois fois trop grand pour elle.

– Est-ce que je vais mourir ?

La question m'avait échappé et j'en fus le premier surpris. Mais Kim ne sembla pas s'en émouvoir.

– *Mona*, fit-elle calmement. Pas si tu décides que non. Tu souffres peut-être mille morts, mais ce n'est pas ça qui va te tuer.

– C'est pourtant l'impression que j'ai, murmurai-je en espérant un peu de pitié.

– Je vais te chercher un antalgique.

Pour la pitié, je repasserais. Mais je n'étais pas contre un antalgique.

Mes comprimés avalés, je retins Kim par la manche.

– Kimiwan…

– On ne meurt pas comme ça ! se déroba-t-elle. Tu vas te remettre. Et maintenant, essaie de dormir, OK ?

– Impossible.

Poussant un soupir, j'avouai du bout des lèvres :

– J'ai envie de pisser…

Kim leva les yeux au ciel.

– Pourquoi tu ne l'as pas dit plus tôt ? Attends une minute…

« Exactement la réaction que j'attendais… », ne pus-je m'empêcher de penser.

Elle sortit de la pièce et revint quelques secondes plus tard, un seau à la main.

– Bon, alors amène-toi, ordonna-t-elle. Je gèle et j'aimerais bien retourner au lit.

Le feu avait beau ronronner dans le poêle, il faisait vraiment froid. Rassemblant tout mon courage, je m'assis péniblement et fis pendre mes jambes l'une après l'autre. Jusque-là, tout allait bien, même si j'étais aussi moulu que si j'étais passé dans une essoreuse. Mais à peine avais-je posé le pied par terre que tout se mit à tourner autour de moi. Je me cramponnai à la tête de lit pour ne pas tomber. Au moindre de mes mouvements, une douleur atroce me vrillait le cerveau. Les genoux flageolants, je réussis néanmoins à atteindre le mur d'en face et m'y appuyai de mon épaule valide. Kim me présenta le seau. D'un regard suppliant, je la suppliai de s'éloigner. Mais elle déclara avec un sourire narquois :

– Allez, baisse ton pantalon et sors ton petit Jacob. Tu dois pouvoir y arriver tout seul, non ?

Mon « petit Jacob » ? Déjà que je brûlais de fièvre, je me sentis devenir cramoisi. J'aurais voulu disparaître dans un trou de souris.

– Pose le seau, tu veux bien ?

Elle fit ce que je lui demandais et se détourna enfin, tout en décochant, perfide :

– Malheur à toi si tu vises à côté !

Cette fille me rabaissait plus bas que terre et je ne pouvais rien faire ! Poussant un juron, je libérai mon « petit Jacob ».

La délivrance attendue ne vint pas tout de suite, sans doute parce que je m'étais retenu trop longtemps. Puis quelques gouttes crépitèrent au fond du seau, suivies d'un jet puissant, et j'éprouvai un soulagement indicible. Cependant, le flot semblait ne jamais vouloir se tarir… Cette situation était de loin la plus gênante que j'aie connue de toute ma vie.

– Eh ben… il y avait urgence ! commenta Kim pour achever de m'humilier.

Curieusement, cela ne me fit ni chaud ni froid. D'une part, parce que j'avais renoncé à tout espoir de faire bonne figure devant cette fille. Et, de l'autre, parce que je me sentais mieux. Les médicaments avaient commencé à faire effet. Au point que mon cauchemar s'éloignait…

Kim sortit avec le seau. Je me traînai jusqu'au lit et me réfugiai sous l'épaisse couverture en fourrure. Kim ne tarda pas à revenir. Elle éteignit la lumière et je sentis le matelas ployer légèrement sous son poids. D'un seul coup, je pris conscience qu'elle avait dormi à côté de moi.

Comment avais-je pu ne pas y penser plus tôt ? Évidemment ! C'était son lit !

Les yeux ouverts dans l'obscurité, Kim tentait de calmer les battements de son cœur. Jacob était beaucoup trop proche d'elle ! Pas seulement physiquement : il était trop proche de sa vie, de ses pensées et de ses sentiments. Au cours des deux années qui venaient de s'écouler, elle s'était forgé une carapace pour que rien ne puisse atteindre son cœur meurtri. Mais la carapace avait dû se fendiller, car Kim n'était plus si insensible, et ça la troublait. Pire : elle sentait renaître en elle des espoirs insensés, totalement irrationnels...

Avait-elle été à ce point en mal d'amour pour que son désir se porte sur Jacob, un *man-tay-o* ? Elle devrait se confronter à son rêve, sans quoi le chaos prendrait des proportions terribles.

Jacob brûlait de fièvre, ce qui n'avait rien d'étonnant puisque les dents d'ours étaient des nids à microbes. Il luttait pour sa survie, or son état risquait d'empirer encore. À un moment, il s'était agité dans son sommeil et avait appelé son père. Kim avait dû se faire violence pour ne pas le réveiller, mais elle n'en avait rien fait : les rêves sont des portails qui s'ouvrent sur la vérité, raison pour laquelle il ne faut jamais les interrompre.

Comme elle, Jacob devrait se confronter à ses cauchemars. Même s'il avait vécu à des milliers de kilomètres de la terre de ses ancêtres et ne savait rien des esprits, des songes et des traditions. Pour Kim, c'était quelque chose d'inimaginable, et elle préférait ne pas penser à la souffrance que cela avait dû être pour lui d'être ainsi coupé de ses racines. Peut-être avait-il besoin de soutien.

– Tu dors ? chuchota-t-elle tout bas.

– Non...

– Tu me racontes ton rêve ?

Tout était si parfaitement silencieux qu'elle l'entendit déglutir.

– Pourquoi tu me demandes ça ?

– Pendant que tu dormais, tu as parlé...

– Qu'est-ce que j'ai dit ?

– Tu as appelé ton père.

Il grommela quelques mots en allemand.

– Quand on est sous l'emprise d'un mauvais rêve, le meilleur moyen de s'en libérer, c'est d'en parler à quelqu'un, assura-t-elle dans le noir. Tu peux me faire confiance : je m'y connais...

De la part de quelqu'un de dix-sept ans, une telle affirmation pouvait paraître très présomptueuse. D'un autre côté, Anak lui avait beaucoup appris sur le pouvoir et la signification des songes, et elle pensait sincèrement pouvoir aider Jacob.

À son silence, elle devina qu'il hésitait. Et il y avait de quoi : vu la façon dont elle l'avait traité, elle devait être la dernière personne à qui il aurait envie de se confier.

– D'accord, céda-t-il avec un soupir alors qu'elle ne s'y attendait plus. À condition que tu ne te moques pas de moi.

– Je te le promets.

Pendant quelques instants, on n'entendit que le crépitement du feu dans le poêle. Puis Jacob commença :

– Ce maudit rêve me poursuit depuis que je suis tout petit...

D'une voix douce comme de la fourrure, il lui raconta la fuite éperdue dans la forêt, le monstre à ses trousses, la chute dans la neige et la sensation d'étouffer...

– C'est là que je me réveille en sueur…, conclut-il, épuisé.

Kim réfléchit quelques instants avant de demander :

– Ce monstre… tu l'as vu ?

– Aperçu, seulement ; il est énorme, poilu, et il pousse des hurlements terrifiants.

– Mmh, fit Kim en se rapprochant légèrement de Jacob. À mon avis, tu as rêvé d'un être surnaturel que les Anciens nomment le Wendigo, le mangeur d'hommes. Il y a très longtemps, les Anciens ont assimilé la faim et la méchanceté à un démon au cœur de glace. Cette légende s'est transmise de génération en génération, les parents la racontent encore à leurs enfants pour les dissuader de sortir seuls la nuit.

– Le Wendigo…, répéta Jacob, songeur. Ça me rappelle vaguement quelque chose, en effet. Peut-être une histoire que mon père me racontait quand j'étais petit. Mais je ne m'en souviens pas.

– La mémoire s'exprime aussi à travers les rêves, observa Kim.

Et elle ajouta très vite :

– Les histoires, c'est un bon remède contre la douleur. Tu veux que je t'en raconte une ?

Jacob ayant acquiescé d'un vague murmure, elle commença :

– Il y a très longtemps, lors d'un hiver particulièrement glacial, un jeune guerrier cree partit dans le bush pour chasser, car sa femme, son fils et lui n'avaient plus rien à manger. Mais il avait fait si froid cette année-là que les animaux se terraient. La croûte de neige était dure et lisse comme du verre. Lorsque le jeune homme rentra chez lui, à moitié mort de froid et de faim après des jours et des jours de traque infructueuse, il trouva sa femme et son fils déjà raides dans le tipi.

À ces mots, Jacob laissa échapper un petit gémissement.

– Fou de douleur, le jeune guerrier ralluma le feu dans le foyer et veilla les siens toute la nuit, poursuivit Kim. Le lendemain matin, il ne put les enterrer tant le sol était dur. Il les enveloppa dans des peaux qu'il suspendit à des branches très élevées afin que les charognards ne puissent pas les atteindre.

Kim tendit l'oreille. Jacob respirait plus régulièrement, à présent.

– La nuit suivante, le guerrier entendit des voix. Sa femme et son fils l'appelaient. Il sortit de son tipi et alla les rejoindre. À son retour, il se rendit compte qu'il était suivi. Entendant crisser la neige derrière lui, il se retourna et découvrit une créature hideuse à la fourrure hirsute, aux yeux brillants et aux longs crocs jaunes et pointus. Cette créature, il la reconnut tout de suite : c'était le Wendigo, le mangeur d'hommes au cœur de glace. À cette vue, son cœur se figea, et à compter de ce jour il n'éprouva plus aucune des émotions humaines. Hiver après hiver, il revenait dans la forêt à la recherche de nouvelles victimes...

Lorsque Kim se tut, Jacob demeura silencieux. C'était tout juste si elle l'entendait respirer. S'était-il endormi ? Était-ce là tout l'effet que lui avait fait son récit ?

– Hey, tu m'écoutes ? demanda-t-elle tout bas.

– Oui, oui. Ce guerrier... il a mangé sa femme et son enfant, c'est ça ?

– Ah, tu vois : tu as déjà entendu cette histoire !

Baissant d'un ton, la jeune fille enchaîna :

– Autrefois, lorsque ceux de notre clan menaient encore une existence itinérante, la région du Muskeg était surnommée « le pays de la faim ». L'hiver, le gibier venait à manquer. N'ayant pas de quoi se nourrir, les gens mouraient, et leurs proches n'avaient d'autre recours que de les manger pour survivre. Mais, en s'adonnant à cette pratique, ils devenaient à leur tour des Wendigos, insatiables, et il fallait les éliminer avant qu'ils ne causent plus de dégâts.

– Tu veux dire... les tuer ? s'étonna Jacob. Mais je croyais que le Wendigo était un esprit !

– Seuls les grands chamanes possédaient ce pouvoir, expliqua Kim. Mais il y a encore une chose que tu dois savoir : manger de la neige, cela glace le cœur.

Jacob réprima un hoquet.

– Pas de panique, le rassura-t-elle en souriant dans l'obscurité. Ton cœur bat toujours, c'est bon. Une fois de plus, tu as eu beaucoup de chance.

– Tu m'en vois ravi.

– Et moi donc !

– Mon rêve… tu sais ce qu'il signifie ?

– Non. Tout ce que je sais, c'est que tu ne dois pas en avoir peur. Un jour, tu comprendras ce qu'il y a derrière.

Kim remonta son sac de couchage jusqu'à son menton et attendit les yeux fermés que Jacob se soit rendormi. Là, elle lui raconta une tout autre histoire.

8

Les esprits

Le lendemain matin, je me réveillai avec la bouche pâteuse et une fièvre de cheval. J'avais mal partout, avec des élancements insupportables dans la jambe gauche et des fourmillements au niveau des points de suture qui étaient une torture. J'avais l'impression de me consumer de l'intérieur et j'étais en nage alors même que je grelottais…

Le feu ronflait dans le coin de la pièce. Les esprits déchaînés tempêtaient dans le gros tuyau du poêle. Dans la pièce à côté, Kim et son grand-père s'entretenaient dans leur langue. Tendant l'oreille, je reconnus des sonorités familières, mais le sens de ce qu'ils disaient m'échappait totalement. Qui donc était cette fille mystérieuse ? Vivait-elle vraiment seule avec son aïeul à l'écart de toute civilisation ? Et par quel prodige avait-elle pu monter dans le *Polar Bear Express* au milieu de nulle part ?

Les questions se bousculaient dans ma tête. Mais elles attendraient. Car, une fois encore, la priorité était de vider ma vessie et, ce coup-ci, j'étais déterminé à mener cette opération en toute discrétion. Une lumière tamisée filtrait par la fenêtre. Serrant les dents, je parvins à me lever et me traînai sans bruit jusqu'au seau posé près de la porte. J'en ôtai le couvercle et réussis à le poser par terre sans me trahir. Hélas, dès l'instant où les premières gouttes tintèrent dans le seau, les voix se turent dans la pièce voisine.

Et merde…

Kim avait-elle résolu de respecter davantage mon intimité ? Quoi qu'il en soit, elle me laissa le temps de me recoucher avant de faire son apparition. Dans le clair-obscur du petit matin, son visage me parut plus doux. Elle posa la main sur mon front.

– Tu as de la fièvre, ce n'est pas bon, constata-t-elle, un pli soucieux entre les deux yeux. Anak va t'examiner. Ensuite, je renouvellerai tes pansements.

Sur ces mots, elle alluma la lampe, repoussa la couverture et commença à défaire mes bandages.

– *Wachiya*, Jacob ! Comment ça va, ce matin ?

Tournant la tête, je vis l'aïeul de Kim s'encadrer dans la porte. Il portait un jean retenu par de larges bretelles, et une chemise en flanelle à carreaux rouges et noirs.

– Grâce à vous, je suis en vie, répondis-je. Je ne vous remercierai jamais assez, monsieur.

– Anak, corrigea le vieil homme avec un sourire. Appelle-moi Anak. Ou grand-père, si tu préfères.

Se penchant sur moi, il approcha le nez de mes points

de suture et se mit à les renifler. Son souffle chaud me chatouillait la cuisse.

– De ce côté-ci tout va bien ! décréta-t-il à mon grand soulagement. Les plaies ont commencé à cicatriser.

Cependant, ce n'était pas fini. Kim m'aida à retirer ma manche pour lui montrer mon épaule. Mon buste et mes bras étaient entièrement couverts d'ecchymoses. Le pansement avait collé à la plaie, Kim le retira d'un coup sec. Comme je l'avais craint, les lésions s'étaient infectées : c'était vilain, très enflé, et surtout cela sentait mauvais. Kim posa délicatement un doigt sur la boursouflure. Rien qu'à ce contact, je sentis une douleur fulgurante, si vive que je faillis tourner de l'œil. Serrant les dents, je me forçai à regarder. Un liquide jaunâtre et sanguinolent suintait des deux trous. Tout devint noir devant mes yeux.

Dans un demi-coma, j'entendis Anak parler à sa petite-fille. Elle lui répondit en cree, puis il quitta la pièce.

– Désolée, s'excusa Kim sur un ton sincère. Je ne voulais pas te faire mal.

Était-ce la même fille que la nuit précédente ?

– Quel est le problème ? demandai-je quand la douleur eut un peu diminué. Qu'a dit ton grand-père ?

– La plaie est infectée. C'est pour ça que tu as de la fièvre. Mais Anak sait comment la soigner.

– Comment ? m'affolai-je. En la cautérisant encore avec une lame chauffée à blanc ?

– T'inquiète ! s'exclama Kim avec un sourire amusé. Il va te préparer une pommade à base de vesse-de-loup séchée et d'aiguilles de sapin. Il est parti en cueillir des fraîches.

– Et si ça ne marche pas ?

– Dans ce cas, fit-elle en hochant la tête, ça sera l'épreuve du feu.

– Très drôle, grommelai-je en retombant en arrière.

– Hey, on utilise cet onguent depuis des centaines d'années, alors détends-toi, OK ?

– Je préfèrerais des antibiotiques, grognai-je, maussade.

– Eh bien, à ce propos…

Comme si elle n'avait attendu que cet instant, elle me présenta quatre comprimés et un mug de son horrible potion.

– C'est quoi, cette mixture ? m'enquis-je après avoir avalé mes cachets.

– Spécialité du Labrador ! Une infusion à base d'écorce de saule, c'est de l'aspirine naturelle.

Sur ces mots, elle disparut dans la pièce à côté et en revint quelques instants plus tard avec une bassine d'eau chaude, prête à jouer les infirmières.

– Pourquoi ne m'emmenez-vous pas à l'hôpital de Moose Factory ? hasardai-je une nouvelle fois, quoique sans grand espoir.

Poussant un soupir, Kim posa son récipient sur le tabouret, et déclara :

– T'es peut-être pas au courant, mais l'hôpital Weeneebayko de Moose Factory est le plus miteux et le moins bien équipé de tout le Canada !

Sans me demander mon avis, elle commença à nettoyer délicatement mes plaies, et enchaîna :

– Il a été construit en 1950 pour soigner les Inuits et les Premières Nations atteints de la tuberculose. C'était pratique, tu comprends : sur l'île, les malades étaient en quarantaine !

– Et il n'a jamais été rénové depuis ?

– Il est toujours dans son jus.

Je la regardai d'un air incrédule. Elle m'adressa un de ces sourires indéchiffrables dont elle avait le secret.

– J'étais sûre qu'une fois averti, tu ne voudrais plus y aller ! Avec Anak et moi, tu es en de bien meilleures mains, je t'assure.

Génial ! Du civet d'écureuil, une fille qui me rafistolait avec du fil dentaire et m'expliquait sans sourciller que je rêvais d'un esprit cannibale au cœur de glace, une pommade à base de vesse-de-loup, et maintenant un hôpital archaïque, c'était du délire ! Tout cela ne pouvait pas être vrai, j'allais me réveiller, forcément…

Hélas, la douleur était tout ce qu'il y avait de plus réel, même si Kim prenait d'infinies précautions pour me faire le moins mal possible. Parfois, elle me souriait pour m'encourager, et je lui retournais son sourire. Ou plutôt j'essayais.

Anak tenait le récipient, Kim y préleva un peu de pâte verte et tiède qu'elle appliqua du bout des doigts sur les plaies de Jacob. Celui-ci serrait les dents, mais elle voyait bien qu'il souffrait le martyre. Au bout d'un moment, incapable de retenir ses larmes plus longtemps, il cacha son visage derrière son coude et donna libre cours à sa douleur. Kim en eut le cœur serré.

Il fallait espérer que les antibiotiques et l'onguent d'Anak agiraient rapidement. Car elle ne supportait plus de lui faire mal, et l'idée qu'il garderait d'elle le souvenir d'une tortionnaire lui brisait le cœur. Elle voulait qu'il la trouve sympa.

Elle lui banda l'épaule et la cuisse. Il avala encore quelques cuillerées de porridge, puis sombra de nouveau dans l'inconscience.

Je passai le reste de la journée dans les limbes, terrassé par la fièvre. J'avais perdu toute notion du temps quand Anak et Kim me sortirent du lit. J'étais en nage et tremblais de la tête aux pieds. Après m'avoir enfilé des bottes et enroulé dans une couverture, ils me conduisirent dehors. Je n'eus pas la force de protester. De toute façon, j'étais sûr qu'ils agissaient pour mon bien.

Le froid polaire me prit par surprise. L'air glacial me brûlait les bronches. Il neigeait, c'était à peu près la seule chose dont je me rendais compte. Je ne distinguais même pas les contours de la maison. Chaque pas était une torture. Je m'accrochais désespérément à Anak : s'il n'avait pas été là pour me soutenir, je serais tombé comme une masse. Heureusement, le vieil homme était aussi robuste que j'étais sans forces.

Il me traîna jusqu'à une espèce de petit tipi à moitié enseveli sous la neige. D'un seul coup, je reçus une onde de chaleur dans la figure. L'air me manqua, et je perdis connaissance.

Lorsque je revins à moi, quelqu'un jouait du tambour ou du tambourin à côté de moi. Une odeur de plantes aromatiques me monta aux narines. Je transpirais par tous les pores de ma peau. Ouvrant les yeux, je ne vis tout d'abord qu'un nuage de vapeur ; puis les longues perches d'un tipi émergèrent du brouillard.

Exception faite de mon caleçon et de mes bandages, j'étais quasiment nu, allongé sur des fourrures près d'une sorte de fosse remplie de pierres incandescentes qui dégageaient une chaleur invraisemblable. À l'extérieur de la tente, un feu projetait une lumière changeante sur les parois de peau.

Le tambour battait en sourdine. Ouvrant à demi les paupières, je mis un moment à identifier ce qui passait et repassait devant mes yeux. Un éventail de plumes rayées, me sembla-t-il. Quelqu'un fredonnait en cree :

– *Wey ya a wey e ha yo…*

Je reconnus la voix d'Anak. Mon esprit embrumé par la fièvre ne percevait que des bribes de mots. Cependant, certaines sonorités me semblèrent familières. Je reconnus *Gitche Manitou*, par exemple, qui désignait le Grand Esprit ; ou *na pay shih*, le garçon, et *tipi skakay,* cette nuit…

Le rythme lancinant du tambour avait quelque chose d'envoûtant et apaisant à la fois qui me prenait aux tripes.

Torse nu, Anak se balançait d'avant en arrière en me caressant inlassablement la figure avec son éventail de plumes. Tout cela me paraissait totalement irréel. La chaleur était étouffante. J'avais des difficultés à respirer, et la sueur dégoulinait sur mon front.

– Tes blessures te rappelleront toute ta vie que tu t'es frotté à un ours, l'animal le plus redoutable de la forêt, psalmodia Anak. Mais à présent tu dois leur permettre de guérir. Ne retiens pas les esprits de la fièvre ! Qu'ils te quittent et emportent avec eux le feu qui te brûle ! Qu'ils te laissent vivre et revoir ton père !

Bercé par ses incantations rituelles, je m'abandonnai à ce qui m'arrivait. Peu à peu, je me mis à mieux respirer. Je sentis qu'on me lavait et séchait, puis quelqu'un me fit boire une décoction.

Lorsque j'émergeai de ma torpeur au milieu de la nuit, Kim me tenait la main, assise à mon chevet. J'aurais été incapable de dire comment j'étais revenu à la cabane. Je me rappelais seulement qu'il avait fait nuit noire.

À mon réveil, le lendemain matin, j'avais les idées claires, la vessie prête à éclater et le ventre creux. Je tendis l'oreille. Tout était silencieux. La lumière du jour filtrait par la petite fenêtre de la chambre. Kim n'était pas à côté de moi. M'avait-elle tenu la main toute la nuit ?

J'avais encore un peu de fièvre, mais je me sentais tout de même beaucoup mieux. Était-ce l'effet de l'onguent, des antibiotiques ou de l'étrange cérémonie dans le tipi ? Quoi qu'il en soit, la magie avait opéré.

Je m'assis au bord du lit. Je portais un T-shirt propre et de grosses chaussettes de laine. Sur le tabouret près du lit se trouvait un pantalon de jogging noir.

En me soulageant dans le seau, j'aperçus mon sac de sport dans un coin de la pièce. Mon caleçon était maculé de sang, aussi décidai-je d'en changer. En fouillant dans mes affaires pour en prendre un nouveau, je fus tenté de mettre un jean plutôt que le bas de jogging informe préparé par Kim, mais je me dis que je ne supporterais jamais d'être serré, et optai pour le confort.

M'habiller ne fut pas une mince affaire. Cependant, une fois vêtu de propre et les idées à peu près en place, il me sembla être redevenu moi-même.

Je ne savais ni quelle heure il était, ni où étaient Kim et Anak. Du coup, je fis le tour du propriétaire. La veille, ils m'avaient fait traverser la pièce principale dans un sens et dans l'autre, mais je ne me rappelais pour ainsi dire rien.

La grande salle servait à la fois de séjour, de chambre pour Anak, de cuisine et d'atelier. Le lambris devait être très ancien, car le bois avait pris une teinte foncée presque noire. À droite et à gauche de la porte, deux petites ouvertures diffusaient une lumière blafarde.

L'atelier et le coin couchage étaient dans un désordre indescriptible tandis que la cuisine et le séjour étaient impeccablement rangés. Des poêles et des casseroles cabossées pendaient au-dessus du fourneau, et des bocaux variés étaient alignés sur une étagère rudimentaire. Sous le plan de travail équipé d'un évier émaillé étaient empilées de grandes boîtes en fer-blanc qui devaient contenir les réserves de nourriture.

Sur la paillasse d'Anak se trouvait un gros sac de couchage bleu en duvet. Les affaires du vieil homme étaient simplement accrochées au mur : plusieurs paires de mukluks, deux fusils, des cannes à pêche, des rouleaux de fil de fer, des pièges et un certain nombre d'outils divers et variés. Je repérai aussi un tambourin, une simple peau tendue sur un cercle de bois. Était-ce celui dont le rythme lancinant m'avait apaisé lors du rituel de guérison ?

Je grelottais. Ce n'était pas étonnant, car, dans la cheminée, le feu était presque éteint. Je soufflai sur les braises et disposai de nouvelles bûches par-dessus. Le bois prit presque immédiatement, et les flammes s'élevèrent, inondant la pièce de leur chaleur bienfaisante.

Je profitai de ma solitude pour fureter un peu dans la pièce. Sous l'évier je découvris un miroir fendu. L'image qu'il me renvoya me causa un choc : le teint cadavérique, des cernes violacés sous les yeux et les pommettes encore plus saillantes que d'habitude, je ne ressemblais à rien. La fêlure du miroir coupait mon visage de bas en haut, me donnant l'impression d'être en deux morceaux.

Avec précaution, je décollai le pansement qui recouvrait mon arcade sourcilière, et m'examinai. J'avais quatre points de suture. La cicatrice était propre et nette, les points serrés, mais je garderais toute ma vie la marque indélébile de ma rencontre avec l'ours – « l'animal le plus redoutable de la forêt », selon les mots d'Anak.

Dans mon malheur, j'avais vraiment eu de la chance. Je ne connaissais pas une fille au monde en dehors de Kim qui aurait été capable de me recoudre ainsi. Faire un pansement, c'était à la portée de n'importe qui. Mais des points de suture, c'était une autre affaire. J'avais hâte de raconter tout ça à Ben et Jonas : ils ne voudraient pas me croire ! Mais, quand je leur montrerais mes cicatrices, ils seraient bien obligés de s'incliner.

D'un seul coup, je sentis une grosse boule dans ma gorge. Je voulais rentrer chez moi. Je n'avais rien à faire dans cette cabane de trappeur ! Je voulais fuir, retourner auprès des miens, répéter avec mes potes les dernières chansons que j'avais écrites, traîner avec Ben au milieu de son foutoir, regarder une série télé dans mon lit... Bref, retrouver mon univers. L'aventure, les démons, les esprits, les scènes d'horreur, tout ça c'était très bien derrière un écran. Pas dans la vraie vie.

Je m'approchai d'une des petites fenêtres. Je voulais voir à quoi ressemblait le paysage, et où était le tipi dans lequel Kim et Anak m'avaient fait transpirer la veille au soir. Mais je ne distinguai que du blanc.

Je décidai de sortir. Malheureusement, j'eus beau m'arc-bouter sur la poignée de toutes mes forces, la porte refusa de s'ouvrir. Je dus me rendre à l'évidence : Kim et le vieux m'avaient enfermé.

Bon sang, pourquoi avaient-ils fait une chose pareille ? Pour que je ne puisse pas m'en aller ? Je tentai de me calmer. S'ils avaient jugé bon de me cloîtrer, ce ne pouvait être que pour mon bien. Mais où étaient-ils, à présent ? Quelque part au milieu de l'immensité arctique ? Je frémis en pensant à tous les dangers qui les guettaient : dans les parages, il y avait un ours blessé. Et ce cinglé de Mike…

À l'idée qu'il leur était peut-être arrivé malheur, je sentis mon pouls s'accélérer. Je m'appuyai contre la porte et fermai les yeux pour ne pas me laisser envahir par la panique. Ce n'était pas le moment de faire une nouvelle crise.

J'avais souvent eu des convulsions quand j'étais petit. Cela commençait par des crampes et des tremblements incontrôlables dans les bras et les jambes. Une fois calmé, je ne me rappelais quasiment rien de ce qui s'était passé. Les médecins avaient d'abord diagnostiqué une forme d'épilepsie. Mais, en l'absence de troubles neurologiques, ils avaient révisé leur position et conclu à une maladie psychosomatique. En d'autres termes, j'étais taré.

Après un an de séances hebdomadaires chez le docteur Borowski, je m'étais mis à la batterie, tapant sur tout ce que je rencontrais, des casseroles aux boîtes de conserve en passant par les poubelles. Les crises avaient commencé à s'espacer. Plus une pratique sportive régulière, et les choses étaient rentrées dans l'ordre. Jusqu'à ma rencontre fatidique avec l'ours.

Ben et moi avions fondé notre groupe trois ans auparavant. Moi à la batterie, lui à la guitare. Rashad nous avait rejoints assez vite. Lui jouait du clavier. Il était originaire du Soudan et avait une voix extraordinaire qui lui valait d'avoir toutes les filles à ses pieds quand il chantait. Nous avions choisi de nous appeler « Dead Spot », et depuis un an nous nous produisions de temps à autre. On faisait appel à nous pour des *gigs* lors de fêtes de village ou des avant-concerts. À l'automne précédent, nous avions décroché la troisième place à un concours régional, et notre premier album sortirait bientôt.

Je reportai mon attention sur le tambour accroché au mur. Relativement plat, il devait avoir vingt-cinq à trente centimètres de diamètre. Je l'aurais volontiers examiné de plus près. L'envie de l'essayer et de lui arracher les sonorités profondes qui m'avaient envoûté la veille me démangeait. Mais j'étais trop intimidé et je respectais trop Anak pour oser y toucher.

Je remis deux autres bûches dans la cheminée, avançai une chaise et m'assis devant le feu. Mes sens étaient aiguisés. Je percevais la chaleur des flammes avec une acuité inhabituelle, et entendais sourdre l'angoisse à travers les battements de mon cœur. Résolu à ne pas me laisser submerger par mes émotions, je m'efforçai de ramener mes pensées à la raison.

« Pas de panique, Jacob. Il ne peut rien t'arriver. Kim et Anak ne vont pas tarder, tout va bien… »

Je passai un long moment assis à ne rien faire, sinon regarder les flammes orangées lécher goulûment le bois sec qui craquait et lançait des escarbilles. Soudain, des pas lourds martelèrent le plancher de la véranda. La porte s'ouvrit d'un coup, et Kim s'engouffra à l'intérieur, auréolée d'un nuage de neige, les joues rougies par le froid. Elle parut soulagée de me voir.

– Ah, tu es levé ! me lança-t-elle en tapant des pieds sur le seuil. Comment ça va ?

– Où étais-tu ? répliquai-je sur le ton du reproche. Et pourquoi m'as-tu enfermé ?

Sourcils froncés, elle me dévisagea quelques instants d'un air surpris. Puis elle éclata de rire.

– Enfermé ? En voilà une idée, Jacob Cheechoo ! La porte coince un peu, c'est tout. Pour l'ouvrir, il suffit de la soulever légèrement.

« Bon sang, ce que je peux être bête ! » songeai-je, furieux contre moi-même.

Décidée à me rendre la monnaie de ma pièce, Kim contre-attaqua :

– Puisque ça t'intéresse de savoir où j'étais, je suis allée relever ma ligne de pièges. KFC ne livre pas jusqu'ici, figure-toi !

Joignant le geste à la parole, elle agita une touffe de poils sous mon nez.

Je reculai vivement.

– Qu'est-ce que c'est que ça ?

– Ton déjeuner. Un rat musqué. Ici, on dit *wacask.*

Après s'être débarrassée de ses vêtements d'extérieur et les avoir mis à sécher sur les longues perches pendues devant la cheminée, Kim étendit une toile cirée sur la table et s'assit pour dépecer et vider la bestiole. Trop content de ne plus être seul et désœuvré, j'approchai une chaise et la regardai travailler.

À l'aide d'un couteau bien aiguisé, elle trancha d'abord la fourrure sur toute la longueur de l'abdomen, puis fit de même avec la membrane située sous la peau. Après quoi elle retira les intestins, un amas visqueux de viscères bleuâtres à l'odeur pestilentielle, et les plaça dans une assiette en fer-blanc. Je réprimai un haut-le-cœur. La nausée me soulevait l'estomac, mais je réussis à ne pas le montrer.

Cette opération terminée, Kim retourna la fourrure et détacha la tête. Celle-ci alla rejoindre les intestins dans l'écuelle émaillée ; quant à la peau, Kim la disposa à l'envers sur un rondin, un peu comme un préservatif géant. Au moment où je me faisais cette réflexion, nos yeux se croisèrent. Je me sentis devenir cramoisi, mais Kim, la fille des bois, n'avait apparemment pas ce genre de pensée.

La chair rose du rat musqué luisait à la lumière des flammes. Kim commença à la détailler. Lorsqu'elle rencontrait un os ou des cartilages, la lame de son couteau grinçait. Les mains pleines de sang, Kim travaillait d'une main experte. Là où il y avait eu une créature animée et haletante, elle ne voyait qu'un tas de chair et d'os.

Tout à coup, elle s'interrompit et me fixa entre ses cils.

– Pourquoi tu me regardes comme ça ? Il y a un problème ?

– Je... je suis végétarien, bredouillai-je.

Une lueur amusée passa dans ses yeux. Et, pour la seconde fois en moins d'un quart d'heure, elle s'esclaffa. Quand elle riait, son visage était complètement différent. Ses yeux brillaient et ses dents blanches étincelaient. On aurait dit qu'un rayon de soleil illuminait la pièce. Elle était incroyablement belle.

– Mon pauvre ! s'exclama-t-elle. Je te plains !

Vexé et furieux, je ne répondis rien. Elle pouvait penser ce qu'elle voulait, je ne renoncerais pas à mes convictions.

– Sérieux, tu ne manges pas de viande ? demanda-t-elle sur un ton radouci.

– Non, les animaux aussi ont une âme.

L'argument était usé jusqu'à la corde. Hélas, je n'avais rien de mieux à avancer.

Le visage de Kim s'assombrit.

– À qui le dis-tu, Jacob d'Allemagne ? Il n'y a pas un animal dans la forêt qui ne soit mon frère.

Ce fut mon tour de rigoler.

– C'est pour ça que tu les tues ?

– Oui ! Parce que j'ai besoin de leur viande pour me nourrir. Et de leur peau pour me vêtir. En vendant leur fourrure, je gagne de quoi acheter de la farine, des fèves, du riz, des pâtes, des antibiotiques, de l'essence, des munitions, des pièges... Les Cree sont des chasseurs, Jacob. Notre pacte avec les animaux remonte à la nuit des temps. Ils donnent leur vie en échange de la nôtre. C'est ainsi que notre peuple perdure.

– Un pacte ? m'étranglai-je. Ah oui ! Et quel est l'animal qui l'a signé ? L'ours ? Ou l'écureuil, peut-être ?

Kim leva les yeux au ciel.

– Tu te moques de réalités auxquelles tu ne comprends rien, Jacob. Tu crois que c'est facile de suivre les traditions des Anciens à une époque où tout le monde a un smartphone, et où les gens se disent sur WhatsApp où trouver les plus belles perches à tipi ? Où les trappeurs vont relever leurs pièges en hélicoptère et où on passe pour un arriéré si on n'a pas de motoneige ? Anak et moi, on s'efforce de vivre à l'ancienne. Car, une fois que les traditions se seront perdues, alors ce sera la fin.

Sa voix était dénuée de colère, mais j'y décelai une telle tristesse que je regrettai mes propos. J'avais dû lui paraître terriblement imbu de ma personne. Or c'était la dernière chose que je voulais. Et pas seulement parce que je la croyais capable de me jeter à la porte si elle me prenait en grippe. Non, par respect pour elle, j'étais prêt à manger de son *wacask* et de toutes les bestioles qu'elle rapporterait dans sa besace.

– Je n'ai pas critiqué le fait que toi, tu manges de la viande, tentai-je de me rattraper. J'ai juste dit que moi, j'ai fait le choix inverse.

– Il y a une raison ?

Levant les yeux, je vis qu'elle était sérieuse. Je pris une profonde inspiration et expliquai :

– La première fois que j'ai visité les installations de mon beau-père, c'était dans le cadre d'un projet scolaire.

De ce qu'il m'a montré, tout était super propre et parfaitement organisé. Et pourtant le souvenir des truies entassées les unes sur les autres dans leur box minuscule et des petits qu'on castrait sans anesthésie m'a hanté pendant des semaines.

Kim fit la grimace. C'était la réaction classique. Quand j'évoquais les porcelets, tout le monde tordait le nez.

– Quelques semaines plus tard, j'y suis retourné avec ma mère, poursuivis-je. Stefan et elle se sont enfermés dans le bureau pour régler je ne sais quel problème. Moi, je suis resté dehors. Un des hangars était ouvert, alors j'y suis entré. La puanteur était abominable. Les porcs pataugeaient dans une boue immonde, les mangeoires étaient pleines de merde. Des conditions indignes, même pour des cochons. L'eau qu'on leur donnait à boire était sale, et d'ailleurs tous n'en avaient pas. Des porcelets crevés gisaient dans la fange au milieu des vivants, et plusieurs truies étaient couvertes de plaies.

Je me sentais mal rien que d'y repenser. Le tas de viscères dans l'assiette n'était rien à côté de ce que j'avais vu.

– Ce jour-là, j'ai compris ce que cachaient les hangars de Stefan. J'ai commencé à me renseigner sur les élevages en batterie, et j'ai cessé de manger de la viande.

Kim se leva sans un mot. Elle versa de l'eau dans une marmite, y ajouta différentes herbes ainsi que les morceaux de chair rose tendre, et mit le tout à bouillir sur la cuisinière. Jusque-là, elle m'avait écouté, mais cela ne me suffisait pas. Je voulais qu'elle comprenne ma position, si bien que je continuai à argumenter :

– Pour qu'ils ne tombent pas malades à cause des conditions sanitaires déplorables dans lesquelles ils végètent, Stefan gave ses animaux d'antibiotiques. Tout ça pour que les consommateurs allemands paient leur jambon moins cher. Mais les porcs ne sont pas que de la viande sur pattes ! Ils ont cinq sens, comme nous ! Tu savais qu'ils ont quatre-vingt-dix pour cent d'ADN commun avec l'homme ? Les trois quarts de leur temps, ils le passent à chercher leur nourriture, prendre soin d'eux et jouer. Et leur orgasme peut durer une demi-heure !

Kim accueillit cette dernière réflexion avec une moue ironique, mais j'étais lancé et rien ne pouvait plus m'arrêter.

– Combien de volailles, de vaches, de lapins et de porcs vivent entassés dans des cages ou en stabulation pour être ensuite abattus à la chaîne ? Tout ça à cause d'une consommation de viande qui n'en finit pas d'augmenter ! Je trouve que les animaux devraient avoir le droit de vivre – et de mourir – dans un environnement conforme à leurs besoins naturels.

Comme souvent lorsque j'abordais ce sujet, je m'étais laissé emporter. Je jetai un coup d'œil en direction de Kim et guettai sa réaction. Impassible, elle ouvrit une trappe dans le plancher et en retira des carottes et des pommes de terre. Après les avoir épluchées et taillées en gros cubes qui allèrent rejoindre les morceaux de rat musqué, elle demanda :

– Ça y est ? Tu as fini ?

– Si ce que je te raconte ne t'intéresse pas, dis-le ! répondis-je en fixant sa tresse soyeuse d'un œil maussade.

Kim fit volte-face. Fronçant les sourcils, elle brandit son couteau dans ma direction :

– Est-ce que ça t'est déjà arrivé d'avoir faim, Jacob ? Pas faim au sens où tu l'entends quand ton plat se fait attendre au restaurant, non ! Faim comme si une bête féroce te dévorait de l'intérieur !

Je repensai à l'histoire du Wendigo et aux famines qui avaient fait rage dans cette région, si terribles que des malheureux en avaient été réduits à se manger entre eux. Ce n'était qu'une légende, bien sûr, mais elle contenait sans doute une part de vérité, comme la plupart des mythes.

– Oui, grognai-je. J'ai eu faim au point de bouffer des canneberges gelées, du lichen et même du ragoût d'écureuil.

– Tu ne savais pas ce qu'il y avait dedans ! objecta Kim.

– Je ne suis pas stupide, Kim. Ce n'est pas parce que je suis végétarien que je ne sais pas reconnaître de la viande.

Un sourire passa sur son visage.

– Tu sais comment nous autres les Cree appelons un végétarien ?

Je lui tournai le dos, me demandant quelle pique elle allait encore me décocher.

– Un mauvais chasseur.

Je trouvai ça si drôle que malgré moi j'éclatai de rire. Ce qui me fit mal dans tout le thorax, si bien que je me calmai très vite.

– Je comprends que tu ne veuilles pas consommer de viande d'élevage, déclara Kim d'une voix radoucie. Mais, tant que tu seras ici, tu ne pourras pas être végétarien. Pour guérir et maintenir ton corps à bonne température, tu as besoin de graisse et de protéines. Si ça peut te rassurer, tout ce qui vit dans la forêt a les mêmes droits que nous. Avant de tuer un animal, nous lui demandons son accord, et il se sacrifie pour que nous vivions. En échange de quoi nous lui témoignons notre respect de différentes manières.

Cette histoire d'être d'accord ou pas me paraissait de la foutaise. Que le chasseur ait du respect pour sa proie, ça, je voulais bien l'admettre : ce que faisaient Kim et Anak n'avait évidemment rien de comparable avec ce qui se passait dans nos abattoirs. Mais le résultat était le même : à la fin, on supprimait un être vivant.

Je gardai cette réflexion pour moi. En revanche, une question me brûlait les lèvres :

– Combien de temps vais-je devoir rester ici, d'après toi ?

– C'est difficile à dire, répondit Kim en évitant de croiser mon regard. Darrell devrait venir à motoneige dans les prochains jours pour nous ravitailler en produits frais et emporter nos peaux à Moose Factory. Il pourra peut-être te prendre avec lui.

– Pourquoi « peut-être » ?

Cette fille avait le don de me rendre fou.

– Tout dépend du fleuve et de l'état de la glace.

Je n'en revenais pas.

– Et vous ? Vous n'avez pas de bécane ?

Kim fit signe que non.

– Anak déteste ce genre d'engins. Il dit qu'ils font beaucoup trop de bruit et chassent les animaux. Quant à ma Yamaha, elle a rendu l'âme il y a quelques semaines. J'ai cassé un patin. Il a fallu que Darrell vienne me chercher à la gare pour m'amener jusqu'ici.

– Mais, bon sang, il doit bien y avoir un moyen de me rapatrier en ville ! m'écriai-je, abasourdi. Vous n'avez pas un radiotéléphone ?

Visiblement surprise par ma véhémence, Kim secoua la tête.

– Non, Anak n'a aucun moyen de communiquer avec l'extérieur. J'ai essayé plusieurs fois de le convaincre d'avoir un téléphone, au cas où il aurait des ennuis, mais il m'a toujours objecté qu'il s'en était passé toute sa vie et que c'était très bien ainsi. Sans parler du fait que ça coûte horriblement cher et qu'il ne pourrait sans doute pas se l'offrir.

Je n'en croyais pas mes oreilles.

– OK, va pour Darrell. Il arrive quand, exactement ?

Kim haussa les épaules.

– Je ne sais pas. Mercredi ou jeudi, sans doute. Ses peaux et les nôtres doivent être expédiées à temps pour la grande vente aux enchères de Toronto.

– On est quel jour ?

– Samedi, je crois. Pourquoi ?

Et merde. À ce compte-là, je ne serais pas à Moosonee avant quatre ou cinq jours. Au mieux. Or j'avais un train pour Cochrane le vendredi, afin de pouvoir regagner Timmins, où j'embarquerais pour l'Allemagne le samedi. À supposer que mon père soit rentré de son camp de chasse, j'aurais tout juste le temps de l'apercevoir. À moins de devoir repartir sans même l'avoir croisé. Et dire que j'avais englouti toutes mes économies dans ce voyage ! Ce n'était pas ainsi que je m'étais imaginé les choses.

– La cabane de mon père, est-elle vraiment dans le coin ? Ou Mike m'a-t-il raconté des conneries dès le début ?

– Je ne sais pas exactement, je n'y suis jamais allée. Mais, d'après Anak, c'est à une trentaine de kilomètres d'ici.

– Il ne pourrait pas m'y emmener ?

– Tu as encore de la fièvre et ne tiens pas sur tes jambes, rétorqua Kim. Et, de toute façon, on ne peut pas traverser le Muskeg à pied, c'est trop dangereux. Sans parler du fait qu'il n'a pas fini de neiger.

– Le Muskeg ?

– Les terres marécageuses. C'est ainsi que nous autres *Mushkegowuk* nommons notre territoire.

Levant les yeux au ciel, elle précisa :

– Et *Mushkegowuk*, ça veut dire « les Cree du marais ». Ton moi profond ne sait vraiment rien de tout ça ?

– Bon sang, combien de fois faudra-t-il te le répéter ? m'irritai-je. Pourquoi crois-tu que j'ai fait ce voyage, à part pour faire la connaissance de mon père et découvrir d'où je viens ?

Kim me lança un regard noir.

– Dans ce cas, ce n'est pas une semaine de plus ou de moins qui va faire une différence. Au lieu de remercier le Gitche Manitou d'être encore en vie, d'avoir un toit et de quoi te nourrir, tu t'agites et ne rêves que d'aller te jeter dans les pattes de l'ours !

– Bien sûr que je suis reconnaissant, protestai-je en regrettant de m'être emporté.

– Ce n'est pas l'impression que j'ai !

– Essaie de comprendre, Kim : il faut que je voie mon père.

– Tu le verras. Peut-être pas aujourd'hui ni demain, mais bientôt.

Je soupirai :

– J'ai une réservation sur un vol au départ de Timmins dans huit jours. Ça signifie que je dois prendre le train vendredi au plus tard. J'ai profité des vacances de Pâques pour venir, mais je dois être rentré à temps pour reprendre les cours dès le lundi.

Kim haussa un sourcil.

– Intello, par-dessus le marché ?

Décidément, chaque fois que j'ouvrais la bouche, ça me revenait comme un boomerang. Ravalant ma mauvaise humeur, je répliquai :

– Non. Simplement, je suis en plein Abitur. En Allemagne, on a un système de contrôle continu. Si je ne passe pas les épreuves, je peux dire adieu à mes études l'année prochaine.

– Des études de quoi ? demanda-t-elle en fourrageant dans le feu.

Je lui jetai un regard en biais. Sa question traduisait-elle un intérêt réel pour mes projets ? Ou cherchait-elle juste à me ridiculiser une fois de plus ? À force, je commençais à me méfier.

– Anglais et musicologie, lâchai-je après hésitation.

Elle se mit à rire.

– Parce que la musique, ça s'étudie ? Je croyais plutôt qu'on en jouait !

Son rire acheva de me déstabiliser. Quand elle riait, elle était si pétillante que j'en oubliais le nombre de fois où elle s'était payé ma tête en me prenant pour un idiot.

– Je joue dans un groupe, grognai-je. Plus tard, je veux devenir prof d'anglais et de musique[1]. Mais il faut absolument que j'aie mon Abitur si je veux pouvoir partir de chez moi. Je ne supporterai pas de vivre un an de plus sous le même toit que Stefan.

– De ce point de vue, il me semble que tu es assez loin de chez toi, Jacob d'Allemagne ! lança Kim, dont les yeux brillaient d'un éclat malicieux.

– Génial, raillai-je sur un ton sinistre. C'est fou ce que ça m'aide.

– Eh ben ! s'exclama-t-elle en haussant les épaules. Anak a peut-être raison quand il dit que les Allemands n'ont pas d'humour.

---

1. Les enseignants allemands enseignent deux matières.

– Je ne suis qu'à moitié allemand, je te rappelle !

– Tu es comme les pommes, Jacob : rouge de peau et blanc dedans ! Quand on te voit, on croit que tu es l'un des nôtres, mais tu es allemand jusqu'au bout des ongles.

C'était injuste. Elle savait pertinemment que j'avais vécu coupé de mes racines. Mais elle n'en tenait aucun compte.

– Et toi, tu es un joli cactus bourré d'épines, rétorquai-je avec humeur. Qui s'y frotte s'y pique.

Détournant les yeux, elle s'empara d'une cuillère en bois et finit de préparer le rat musqué, que nous mangeâmes dans le plus grand silence.

J'avais touché un point sensible, visiblement.

9

Le cœur de l'ours

Sitôt le déjeuner terminé, je retournai me coucher. Mon corps exigeait du repos : j'avais encore beaucoup de fièvre et mes blessures me faisaient toujours très mal.

Je passai l'après-midi dans une torpeur comateuse, et j'aurais sans doute dormi jusqu'au lendemain si Kim n'était pas venue me réveiller. Elle posa sur mon front une main douce et fraîche, et je sentis mon cœur s'emballer. J'aurais bien aimé que cet instant se prolonge.

– Lève-toi, Jacob ! m'ordonna-t-elle. Anak a abattu ton ours, et il veut que tu manges le cœur.

Une odeur de barbecue confirma ses paroles.

– Pourquoi tu ne lui as pas dit que je suis végétarien ? maugréai-je.

– Ne discute pas, Jacob, s'il te plaît. C'est important : il s'agit de l'esprit de l'ours et du tien.

Je poussai un soupir. Le vieux m'avait sauvé la vie. Et Kim m'avait piqué au vif avec son histoire de pomme,

« rouge de peau, blanc dedans ». Cette pensée me taraudait. Pour montrer ma bonne volonté, je m'arrachai à mon lit et la suivis dans la grande salle.

Anak avait dépecé l'ours et mis le cœur à cuire dans une poêle en fonte. De la pointe de son couteau, il en préleva une petite portion qu'il lança avec une pincée de tabac dans la cheminée. La viande prit feu et se consuma en grésillant.

Se penchant vers moi, Kim me chuchota à l'oreille :

– La fumée emporte l'esprit de Maskwa dans la forêt.

Lorsque le morceau fut réduit en cendres, le vieil homme découpa le reste du cœur en tranches assez épaisses et déposa solennellement la plus belle dans mon assiette. L'odeur de la viande grillée me soulevait l'estomac.

– Désolé, balbutiai-je, la gorge nouée. Je ne me sens pas capable d'avaler ça. Cet ours est mort à cause de moi.

– Tu aurais préféré que ce soit lui qui te mange ? répliqua Kim du tac au tac.

– Non, mais tu m'as dit toi-même que je n'aurais pas dû m'introduire sur son territoire. Si j'avais su, il serait peut-être encore en vie à l'heure qu'il est.

– C'était son destin, objecta Anak. Ce n'est pas ta faute, Jacob.

Je dus avoir l'air surpris, car il reprit :

– Cet ours était notre frère. Il est mort pour que tu vives, voilà pourquoi tu lui dois le respect. En mangeant son cœur, tu t'appropries sa force. Une force dont tu as besoin pour guérir, mon garçon.

Il avait une façon de m'appeler « mon garçon » qui me bouleversait. J'interrogeai Kim du regard, et elle me fit signe d'accepter. Cette fois, il n'y avait pas la moindre ironie dans ses yeux ; elle paraissait très sérieuse, au contraire. Et donc, même si je ne comprenais pas quel rôle était le mien, je devais faire ce qu'on me demandait. C'était le minimum.

La viande était cuite à point, c'était déjà ça. Je m'inclinai, par reconnaissance, par respect, et aussi pour moi, pour faire corps avec le peuple auquel j'appartenais par mon père. Je voulais être un *Mushkegowuk*, comme Kim et Anak. Au moins à demi.

Me faisant violence, je portai un bout de viande à ma bouche et fus agréablement surpris. En fait, elle était vraiment délicieuse. Incroyable ! J'avais peut-être des instincts primitifs insoupçonnés, en fin de compte.

Lorsque nous eûmes fait honneur au cœur de l'ours et qu'il n'en resta plus une miette, Kim se leva et ouvrit un bocal de fruits au sirop. Je me jetai dessus, trop heureux de pouvoir avaler quelque chose de sucré. Soudain, je me rendis compte que mes hôtes me dévisageaient comme une bête curieuse. Le vieux Cree et sa petite-fille étaient unis par une grande complicité. Ils n'avaient pas besoin de se parler pour se comprendre et deviner les attentes de l'autre, tandis que je n'arrivais toujours pas à savoir ce qu'ils pensaient de moi.

Soudain, Anak éclata de rire – il lui manquait une dent – et ses yeux prirent la forme de petits croissants de lune. C'était génial de le voir se marrer, même à mes dépens. Mille fois mieux, en tout cas, que d'essuyer sa colère ou sa déception. Du coup, je me mis à rire à mon tour. Il y avait longtemps que cela ne m'était plus arrivé et, même si cela me faisait un mal de chien, je me sentis revivre.

Kim me regardait d'un air impénétrable qui me désarçonna un peu, et je me demandai si j'avais loupé quelque chose. Mais je n'eus pas le temps de m'appesantir sur cette question, car Anak alla décrocher son tambour et se mit à jouer. Les baguettes recouvertes de cuir de cerf virevoltaient entre ses mains. Il commença par un tempo lent qui me donna la chair de poule. Ça n'avait rien à voir avec ce que je ressentais lorsque j'étais moi-même à la batterie. Anak avait des rythmes qui me prenaient aux tripes. Ce tambour était pour lui bien plus qu'un instrument : il accompagnait tous les moments de sa vie, aussi bien la chasse ou les rituels de guérison que l'invocation des esprits.

– Le chasseur joue du tambour pour que le cœur de l'ours recommence à battre, m'expliqua Kim en se penchant vers moi. Ainsi, l'ordre est rétabli.

C'était si simple, pourquoi se prendre la tête ?

Lorsque le son du tambour se fut tu, le vieux se mit à raconter comment les ancêtres des Cree s'étaient établis dans le Nord. Jusqu'à une époque récente, les différents clans avaient mené une existence itinérante, chassant, pêchant et relevant leurs pièges.

– Chez nous, il existe un terme qui désigne les activités de chasse, de pêche et de trappe, m'apprit-il. C'est le *nitao*. Les Anciens récoltaient des noisettes, des racines, des plantes médicinales et des fruits. Nous n'étions pas riches, mais le peu que nous avions, nous le mettions en commun. Si dure que fût l'existence, elle n'en était pas moins belle. Jusqu'au jour où l'homme blanc est arrivé et a voulu échanger nos peaux contre des dollars. Dès lors, notre univers a basculé.

Il fit une courte pause avant de reprendre :

– Au lieu de tuer exclusivement pour se nourrir, certains des nôtres se sont mis à chasser pour de l'argent, sans répit pour les animaux. Voilà pourquoi l'équilibre du Muskeg a été rompu. Il a fallu des décennies avant que le gibier nous le pardonne.

« L'équilibre », songeai-je. Pour les Cree, tuer était une question d'équilibre.

– Un bon chasseur est quelqu'un qui prend très au sérieux sa responsabilité envers sa prise, mon garçon, poursuivit Anak. Quand nous tuons un animal, nous utilisons tout de lui : sa peau, ses bois, sa viande et jusqu'à ses entrailles. Contrairement à tous ces Blancs sans foi ni loi qu'on voit passer à Moosonee et qui se contentent de rapporter leurs trophées à la maison.

Qu'aurais-je pu répondre à cela ? Depuis que j'étais chez eux, Kim et Anak essayaient de me convaincre qu'il n'y avait rien de mal à tuer du gibier. Soit. Mais jamais je ne pourrais trouver ça *bien*.

– Tu manges du poisson ? demanda Kim.

– Ça m'arrive.

– Parce que les poissons n'ont pas d'âme ?

– Si, concédai-je, furieux de m'être encore laissé piéger. Tous les animaux sont sensibles à la douleur, y compris les poissons. Mais Ben, mon meilleur ami, est passionné de pêche, alors je mange ceux qu'il attrape.

– Parce qu'ils n'ont pas de fourrure toute douce ni de beaux yeux bruns ?

– Parce que ceux qu'il pêche dans les rivières ne viennent pas de bassins d'élevage dégueulasses où on les gave de soja, de maïs et d'antibiotiques !

Désolé de m'être emporté, je levai un regard contrit en direction d'Anak.

– Kim m'a expliqué pourquoi tu es végétarien, Jacob, déclara le vieil homme. Ton beau-père a très mal agi, j'espère que les esprits des animaux le puniront pour le tort qu'il leur a causé.

Les esprits… à voir. En tout cas, moi, je n'étais pas resté inactif.

Un jour où Stefan avait fait une intoxication alimentaire qui l'avait conduit à l'hôpital, ma mère avait dû se rendre au bureau pour régler différents problèmes. J'avais sauté sur l'occasion pour l'accompagner.

– J'ai filmé les conditions de vie des cochons et pris des photos en douce, racontai-je à Anak, et j'ai envoyé le tout à une association de défense des animaux qui a alerté les services vétérinaires. Résultat, Stefan a été attaqué en justice.

– Tu as fait condamner ton beau-père ? demanda Kim, vivement impressionnée.

– Pas directement. Mais c'est vrai qu'en signalant les faits à l'association, j'ai déclenché les poursuites. Stefan m'en veut à mort. J'ai trahi son secret, alors, pour se venger, cet abruti a trahi celui de ma mère, il a sorti que mon père était un ivrogne. Un ivrogne et un Peau-Rouge !

Anak se leva sans mot dire. Il alla chercher son calumet et en bourra le fourreau avec application. Après l'avoir allumé, il tira dessus à petites bouffées, et dit en me fixant à travers la fumée :

– Greg Cheechoo est un excellent chasseur. Et, pour ça, il faut être pur de cœur et d'esprit, Jacob. Jamais un ivrogne ne fera un bon chasseur. Les animaux le tiendront toujours à distance.

– Je ne connais rien à la chasse, répondis-je. Tout ce que je sais, c'est que ma mère a décidé de rentrer en Allemagne parce que mon père a failli me tuer. Je suis resté trois jours dans le coma, et depuis je n'ai jamais pu me souvenir de ma vie d'avant.

Le vieillard tira de nouveau sur son calumet. Un nuage de fumée bleue me dissimula son visage.

– Ce qui s'est réellement passé ce jour-là, ton père est le seul à le savoir, déclara-t-il enfin. Il faut que tu en parles avec lui.

– Pourquoi croyez-vous que je suis là ? m'exclamai-je avec désespoir. Si seulement je n'étais pas coincé ici !

Kim leva les yeux au ciel, prête à répliquer, mais son aïeul lui fit signe de se taire, et elle rentra dans sa coquille.

– Ce qui t'est arrivé n'est pas le fait du hasard, mon garçon. Si tu as atterri chez nous, c'est dans un but précis.

– Un but précis ? répétai-je, abasourdi. Désolé, je ne comprends pas.

– Chaque chose en son temps. En attendant, au lit ! Il est tard.

Kim avait éteint la lumière. De la pièce voisine me parvenaient les ronflements d'Anak. Malgré ma fatigue, je n'arrivais pas à dormir.

– Kim ?

– Mmh ?

– Je peux te poser une question ?

– Bien sûr.

– Mon frère Alex, tu l'as connu ?

À côté de moi, Kim se raidit.

– Forcément, répondit-elle avec un soupir. Quand on vit dans un village comme Moose Factory ou Moosonee, on se connaît tous plus ou moins. Alex était du même âge que moi. On se voyait de temps en temps.

– Comment ça : du même âge que toi ? relevai-je, stupéfait.

J'étais parti du principe qu'Alex avait été conçu après mon départ. Comme remplaçant, pour ainsi dire.

– Il a grandi à Moose Factory, dans la réserve. Si tu retrouvais la mémoire, tu te le rappellerais peut-être.

Il me fallut un moment pour digérer l'information.

– C'était mon frère aîné ?

– Non, l'aîné, c'est toi. Mais c'est à peu près tout ce que je sais.

Je sentis un drôle de nœud à l'estomac. Avais-je été injuste envers ma mère ? Mon père l'avait-il épousée alors qu'il avait déjà une liaison avec une autochtone ? Dans ma colère, j'avais coupé court à ses explications. À présent, je regrettais de ne pas l'avoir laissée parler.

– Il… il était comment ? hasardai-je. Je lui ressemble ?

De nouveau, la réponse se fit attendre.

– *Mona*. Alex était plus petit et plus trapu que toi. Mais il avait les mêmes yeux. Il était… il pouvait être très drôle, mais les autres ne comprenaient pas toujours son humour. C'était un excellent chasseur, comme son père. Et il était parfaitement au courant des légendes et des traditions. Il n'est pas né, celui qui aurait pu le coller sur ce sujet.

« Excellent chasseur, comme *son* père », me répétai-je avec un pincement au cœur. Au fond, j'étais jaloux. Jaloux, et terriblement triste. Certes, ni Alex ni moi n'étions responsables des dégâts causés par mon père. Mais, à présent, je devais faire le deuil d'un frère que je n'avais même pas connu. Jamais je ne pourrais pardonner ça à mes parents.

– Que lui est-il arrivé ? demandai-je. Tu m'as dit qu'il est mort dans un incendie.

À côté de moi, Kim hésita avant de répondre :

– Oui, avec trois autres jeunes. À Moosonee, il y avait une maison inoccupée, un peu à l'écart en direction de la baie. C'était leur QG. Ils se retrouvaient entre copains pour… enfin, tu imagines.

Ce n'était pas très difficile à deviner. Et j'avais toutes les raisons de penser que Luke, le copain oublié de mes premières années, comptait parmi les victimes. Pas étonnant que Kim ait du mal à en parler. Cependant, j'avais besoin de comprendre certaines choses.

– Continue. Qu'est-ce qui s'est passé ?

– Pourquoi tiens-tu à le savoir ?

– Parce que je ne savais pas que j'avais un frère jusqu'à ce que tu me l'apprennes ! Parce que je ne le verrai jamais ! Et parce que ça m'aiderait à y voir plus clair.

– Pose la question à ton père, Jacob.

– Quand ? Je ne suis même pas certain de le croiser avant de partir ! Je t'en prie, Kim.

– Soit, finit-elle par céder.

Cependant, elle demeura un long moment silencieuse avant de commencer :

– Il y a deux ans, nous avons eu un hiver particulièrement rigoureux. Les températures dépassaient à peine les moins trente degrés. À Moosonee et Moose Factory, les gens se terraient chez eux. Dans la maison dont je t'ai parlé, il y avait un vieux poêle à bois et des lampes à pétrole ou des bougies, car il n'y avait pas l'électricité.

Très émue, elle poursuivit d'une voix rauque, si basse que je dus tendre l'oreille :

– Les flics ont dit qu'ils devaient avoir pas mal picolé et fumé, car ils étaient tous défoncés quand le feu est parti, et ils ne se sont rendu compte de rien. Greg a été le premier à voir l'incendie. Il quadrillait le quartier en voiture à la recherche d'Alex par peur qu'il ne fasse une connerie, quand il a aperçu les flammes. Il n'a rien pu faire. Alex, Luke et deux filles de chez nous étaient déjà morts à son arrivée. Ça a été un choc pour toute la communauté.

– Quelle histoire horrible...

Je n'osai imaginer la douleur de mon père, à qui cet accident avait pris le seul fils qui lui restait. Pareil pour Louise Koostachin.

– Luke et moi, nous nous entendions très bien, il paraît. On a fait notre cérémonie de première sortie ensemble.

Kim fronça les sourcils.

– *Toi*, tu as eu une cérémonie de première sortie ?

– Eh bien, oui, figure-toi. Louise m'a montré des photos.

– Alors il y a peut-être une chance que tu deviennes un vrai Cree !

– Tu te moques encore de moi...

– Écoute, abrégea Kim, je tombe de sommeil. Cesse de te faire des nœuds au cerveau : ton père sera content de te voir. Et maintenant, on dort !

Malgré ma fatigue, je restai longtemps sans pouvoir fermer l'œil. Pauvre Greg, comme je le plaignais ! Regarder brûler cette maison sans pouvoir arracher son fils et les trois autres au brasier, quelle épreuve cela avait dû être...

Jusque-là, je n'avais éprouvé que de la colère et du ressentiment à l'encontre de mes parents. À présent, je compatissais. Ni l'un ni l'autre n'avait eu la vie facile...

Soudain, je crus entendre un sanglot, suivi de hoquets désespérés, et je compris que Kim pleurait.

C'était ma faute : en la forçant à me parler de Luke et Alex et des circonstances de leur mort, j'avais fait remonter des souvenirs douloureux. J'aurais voulu la prendre dans mes bras et la consoler, mais j'avais trop mal à l'épaule. Et j'avais surtout peur de sa réaction. Car elle avait peut-être envie d'être réconfortée, mais certainement pas par *moi*.

Kim pleurait en silence, s'efforçant de retenir ses larmes et de refouler ses souvenirs. Pour ne pas remuer le couteau dans la plaie. Alex, Luke, Viola et Niska... L'incendie... Allongée dans le noir, la jeune fille sentait les choses lui échapper.

Sans parler du trouble qu'elle éprouvait à voir Jacob tomber amoureux d'elle. Il se rapprochait tellement ! Et le pire, c'était qu'il ne semblait pas s'en rendre compte. Elle était obligée de le tenir à distance, et c'était l'épreuve la plus difficile que son cœur ait eu à endurer depuis de longs mois.

Jacob... Avec sa carrure d'athlète, ses dents parfaites, ses grandes mains à la peau si douce, ses yeux bruns tirant sur le vert et son regard limpide... Kim avait beau s'en défendre, elle se sentait irrésistiblement attirée par lui.

Elle luttait, car, après ce qu'elle avait vécu avec Alex, elle s'était juré de ne se laisser séduire par personne. Le fait que Jacob était le demi-frère d'Alex ne lui facilitait pas la tâche : Jacob croyait qu'elle avait été la copine de Luke. C'était exact, mais en partie seulement. Au moment de l'incendie, Luke et elle ne sortaient déjà plus ensemble. Kim n'avait pas pu résister au charme et aux promesses d'Alex. Il lui avait fait part de son rêve de fonder un camp pour enfants orphelins qui apprendraient à vivre à l'ancienne dans la forêt...

Ce projet aurait pu aboutir si Alex n'avait été rongé par la colère. Peut-être auraient-ils réalisé leur rêve ensemble, tous les deux. Mais Alex était mort depuis deux ans. Et voilà que l'incroyable s'était produit : à peine débarqué d'Allemagne pour faire la connaissance de son père – lequel ne se doutait de rien –, Jacob se retrouvait dans son lit.

Alertée par un bruit régulier, Kim tendit l'oreille. À côté d'elle, Jacob frappait en cadence contre la tête de lit, imitant une des rythmiques dont Anak avait le secret. Au bout d'un moment, s'enhardissant, il se mit à fredonner :

– *Wey-ah-hey-hey-yoh, weho-he-weho-he, wey-ah-heyhey-hey-yoh.*

Il avait trouvé le moyen de la consoler sans la toucher. Elle en fut émue aux larmes.

Fermant les yeux, elle se laissa bercer par la voix douce et chaude qui se frayait un chemin jusqu'à son cœur.

10

Les yeux du loup

Réveillé par un bruit strident entêtant, je mis un moment à comprendre qu'il s'agissait d'une tronçonneuse. Lorsque Anak vint voir comment j'allais, quelques instants plus tard, ses vêtements étaient imprégnés de l'odeur du bois et de la résine.

– Tes plaies cicatrisent bien et tu n'as plus de fièvre, m'annonça-t-il avec satisfaction. Tu seras bientôt remis, mon garçon.

De fait, je me sentais beaucoup mieux que la veille. Et cela, grâce à Kim et Anak. Peut-être aussi à l'ours dont je m'étais approprié la force en mangeant le cœur, qui sait ?

Une fois que Kim eut changé mes pansements, nous prîmes un café et des pancakes avec du miel et de la confiture de myrtille. Tout en me régalant, je me confondis en remerciements auprès de Kim et Anak pour tout ce qu'ils faisaient pour moi.

– Vous m'avez sauvé la vie. Si je peux vous aider d'une manière ou d'une autre, je le ferai avec plaisir.

– C'est gentil de le proposer, mon garçon, observa Anak. Mais pas tout de suite. Tu dois te reposer encore quelques jours.

J'accusai le coup. Quelques jours ? On était dimanche. Mes chances de rencontrer mon père et de passer du temps avec lui fondaient comme neige au soleil.

Le petit déjeuner terminé, le vieux Cree mit un thermos de thé dans sa besace, prit son fusil et partit chasser. Après avoir débarrassé, je m'attaquai sans un mot à la vaisselle. J'avais regardé la veille comment faisait Kim, car il n'y avait pas l'eau courante, mais ce n'était pas compliqué. Elle s'assura que je m'y prenais correctement, puis disparut dans sa chambre. Elle en ressortit quelques instants plus tard, vêtue d'un pantalon étanche et d'une grosse parka, sa toque en fourrure à rabats profondément enfoncée sur son front.

– Où tu vas ? demandai-je en m'essuyant les mains avec un torchon.

– Relever une ligne de pièges pas loin d'ici. Je n'en ai pas pour très longtemps. Je serai de retour dans une heure ou deux, maximum.

Cela m'ennuyait qu'elle s'en aille, parce que j'appréhendais de rester seul. Mais je ne l'aurais avoué pour rien au monde.

Par contre, j'avais une question :

– Au fait, où sont les toilettes ?

Pour toute réponse, Kim désigna le seau en fer-blanc près de la porte. J'en avais encore fait usage la nuit précédente. Tant qu'il s'agissait de pisser, ça allait, mais à terme, ce n'était pas une solution.

Je secouai la tête.

– Non, pas ça. Je vais mieux, je peux me déplacer. Vous devez bien avoir des toilettes quelque part ?

– Le cabanon en planches à côté de la réserve de bois, indiqua Kim. Allons-y, je t'accompagne.

– Pas la peine. Je me débrouillerai.

Kim haussa les épaules.

– Comme tu préfères, fit-elle avec une moue dubitative. Mais, si tu sors, couvre-toi, OK ? Et fais gaffe à ton petit Jacob, il ne faudrait pas qu'il gèle en cours de route !

Je me retins d'éclater de rire. Sans que je puisse m'expliquer comment ni pourquoi, j'avais l'impression qu'au fond, cette fille m'aimait bien. Peu à peu, je m'habituais à son humour dévastateur. Pire encore : j'y prenais goût.

Avec ma patte folle, l'aller-retour aux toilettes promettait d'être une véritable expédition. Voilà pourquoi je résolus de retarder ce moment le plus possible et d'économiser mes forces en attendant.

Je rechargeai le feu dans le poêle, allumai la lampe tempête, pris un livre sur l'étagère et m'installai confortablement dans le lit, bien au chaud sous la couverture.

Quand j'avais demandé à Kim de quoi était faite cette merveille de douceur et de légèreté, elle m'avait expliqué qu'il s'agissait de fines lanières de fourrure que l'on avait tressées entre elles avant de les assembler. La question de savoir combien de bêtes à poils il avait fallu tuer pour en arriver à cette couverture de deux mètres par deux m'avait fugitivement traversé l'esprit. Mais je ne m'y étais pas arrêté, car j'aimais trop son moelleux et la sensation de bien-être et de volupté qu'elle me procurait. Sans oublier le fait qu'elle était imprégnée de l'odeur de Kim, ce qui n'était pas pour me déplaire.

Le livre que j'avais choisi était un recueil de contes et de légendes cree. Un rapide coup d'œil à la table des matières, et j'optai pour la légende de la « Femme des Terres sauvages ». Un sujet qui me paraissait d'actualité.

Il y était question de voyages oniriques dans lesquels les gens rencontraient toutes sortes de créatures terrifiantes aux pouvoirs surnaturels, comme un oiseau-tonnerre, un souffleur de vent ou le Wendigo. La femme des Terres sauvages était de celles-là. D'une beauté incomparable, elle était capable de transporter n'importe quel homme à l'endroit qu'il voulait, de lui montrer des choses qu'il n'avait encore jamais vues auparavant, et de faire son bonheur en l'initiant à des plaisirs insoupçonnés.

« Pas mal », me dis-je, curieux de savoir la suite.

Les hommes qui avaient croisé en songe la femme des Terres sauvages s'accordaient pour dire qu'avant même de la voir, ils avaient senti son parfum. Elle les avait invités à la suivre, et aucun d'eux n'avait pu résister à son appel. Ce qu'elle leur avait offert ensuite allait bien au-delà du plaisir physique. La femme des Terres sauvages leur avait fait connaître l'extase.

Je me promis de m'essayer à ce genre de voyage. Et pourquoi pas maintenant, puisque je n'avais rien de mieux à faire ? Seulement, pour réussir, il y avait certaines conditions à remplir. Dans les rêves, pas plus que dans la réalité, on n'avait rien sans rien !

Tout d'abord, c'était écrit noir sur blanc, il fallait avoir moins de vingt ans.

« Jusque-là, tout va bien », pensai-je.

Il fallait aussi avoir une certaine habitude des songes. Dommage. Je ne faisais que des cauchemars, et ils me ramenaient toujours au Wendigo.

« Bah, tentai-je de me consoler, c'est toujours mieux que rien. »

Le candidat devait en outre se rendre dans le bush, jeûner et renoncer aux plaisirs de ce monde. Sur ce point, j'avais eu largement mon compte !

Restait qu'on ne pouvait espérer se retrouver dans les bras de la belle que si un ancien vous conduisait à elle. Car il était dangereux de se lancer seul dans cette aventure. Cette femme avait le pouvoir de vous faire perdre la raison. Près d'elle, on oubliait tout : sa famille, ses amis et sa vie. On n'aspirait plus qu'à rester éternellement dans la forêt pour ne plus jamais la quitter. Chaque fois qu'on tentait de revenir à la réalité, elle vous ensorcelait et vous ramenait dans le bush.

Malgré son côté tragique, cette histoire me plaisait. L'idée de pouvoir se transporter dans un univers fantastique par la seule force de la pensée, et de faire l'amour à une femme divinement belle jusqu'à plus soif ne manquait pas de piquant. Je trouvais d'ailleurs assez marrant que mes ancêtres aient eu ce genre de fantasmes...

Après avoir posé le livre, éteint la lumière et fermé les yeux, j'essayai de me représenter une magnifique jeune femme, nue dans la forêt. Ce n'était pas très difficile : elle avait des yeux sombres légèrement obliques, et des cheveux très noirs avec une mèche blanche sur le côté. Hélas elle n'était pas nue, mais vêtue d'un pyjama à carreaux en flanelle informe trois fois trop grand pour elle.

Je n'aurais pas su dire combien de temps j'avais dormi. Par contre, une chose était sûre : je ne pouvais pas différer plus longtemps mon expédition aux toilettes.

Je décidai de garder mon jogging. La cahute n'était pas bien loin, mon petit Jacob ne gèlerait pas en si peu de temps.

Je n'avais pas anticipé qu'il serait si difficile de mettre ma veste, qu'Anak ou Kim avait rafistolée avec du ruban adhésif. Je pouvais plier le bras gauche mais pas bouger l'épaule, si bien que j'eus toutes les peines du monde à enfiler la manche. Heureusement, Kim n'était pas là pour me voir me contorsionner en gémissant misérablement. Cette opération terminée, je chaussai mes mukluks et j'ouvris la porte.

La cabane en rondins écorcés était entourée d'une galerie surmontée d'un large avant-toit. Du bois était entreposé le long des murs jusqu'à hauteur d'homme. En voyant dans un coin une niche tapissée de mousse et de lichens, je me rappelai qu'Anak avait eu un chien avec lui lorsqu'il m'avait arraché aux griffes de l'ours. Il avait dû l'emmener.

M'avançant de quelques pas, je regardai autour de moi. La cabane se trouvait dans une petite clairière bordée d'épicéas, de mélèzes, de bouleaux nains et de saules dont les branches chargées de neige ployaient parfois jusqu'à terre. Non loin de la maison se trouvait le tipi dans lequel Anak m'avait fait transpirer en invoquant les esprits. Un énorme tas de bois fraîchement coupé était entreposé à côté. Et, pendues à une longue perche supportée par des branches fourchues, des peaux tendues sur des cadres ovales séchaient à l'air libre.

À ma droite, la surface plane de la rivière uniformément blanche scintillait à travers les arbres. Creusé dans la neige à force d'avoir été piétiné, un chemin conduisait au cabanon abritant les latrines.

J'avais une quarantaine de mètres à parcourir.

Une bagatelle… du moins je le croyais. Car, au bout de quelques pas, je crus que je n'y arriverais jamais. Jusqu'alors, j'avais toujours pu prendre appui sur un meuble ou me tenir aux murs mais, là, à terrain découvert, je me rendais compte que j'avais présumé de mes forces. J'avais des élancements dans les jambes et soufflais comme un phoque à cause du froid. Bêtement, je n'avais pas pris la peine de remonter ma fermeture éclair, si bien qu'une bise glaciale s'engouffrait sous ma veste. Bref, je mis un temps fou à atteindre la cahute. Quand j'y parvins enfin, j'étais exténué et grelottais des pieds à la tête, mais j'avais le sentiment d'avoir accompli un exploit sportif. Cette victoire, et la perspective de ne plus avoir à user du seau – en tout cas pas dans la journée –, me remontèrent un peu le moral.

Au retour, je m'aperçus qu'il y avait une remise accolée à la maison. Un peu plus loin, en contrebas en direction du fleuve, un chapelet d'ossements et de crânes d'animaux pendait à un arbre. J'avais déjà vu un mobile de ce genre à l'endroit où l'ours m'avait attaqué. Intrigué, je m'en approchai pour l'examiner. Je ne sais pas pourquoi, cela me fit penser à l'histoire du Wendigo qui n'avait pas pu enterrer sa femme et son fils, et je frissonnai à ce souvenir. Je me promis d'en parler à Kim lorsqu'elle reviendrait.

Mon marathon m'avait fait transpirer et j'étais en nage. Si je ne voulais pas attraper la mort, j'avais intérêt à rentrer, d'autant plus qu'il avait recommencé à neiger. Le ciel déversait un déluge de gros flocons qui tombaient à une vitesse impressionnante, comme s'ils étaient pressés de toucher le sol. J'allais faire demi-tour quand je vis que la porte de l'appentis était fermée par un simple loquet de bois. Et s'il y avait une motoneige à l'intérieur ? C'était peu probable, pourtant je ne pus résister à l'envie de vérifier. Un bref coup d'œil autour de moi pour m'assurer que je ne risquais pas d'être pris sur le fait et…

Mon sang se figea dans mes veines.

À six ou sept mètres de moi, il y avait un loup !

Haut de quatre-vingts centimètres environ, l'animal avait une grosse tête triangulaire, le museau allongé, le poil gris brun et les oreilles noires, et il me fixait de ses yeux dorés fendus en oblique. Jamais on ne m'avait dévisagé de cette manière.

Mon cœur tambourinait dans ma poitrine. J'entendais battre mon sang contre mes tempes.

« Ne jamais partir en courant », m'avait dit Kim à propos de l'ours. Était-ce valable aussi face à un loup ? Devais-je lui parler, à lui aussi ?

– *D'où tu sors ?* improvisai-je mentalement, car je me sentais incapable d'articuler un son. *Es-tu vraiment réel ?*

– *À toi de répondre à cette question*, crus-je lire dans son regard.

Il avait l'air de me trouver très appétissant. Or je n'avais aucune envie que Kim me recouse une nouvelle fois.

– *Va-t'en !* ordonnai-je avec toute l'autorité dont j'étais capable, en tout cas par la pensée.

À force, sa façon de darder sur moi son iris jaune me mettait mal à l'aise, comme si, au-delà de mon apparence physique, il cherchait à savoir ce que j'avais dans le ventre. Il devait voir que j'avais peur. De lui et de tout ce qui m'environnait.

– *Tu as faim ou tu veux seulement jouer avec moi ?*

– *Très drôle*, signifièrent les yeux d'ambre.

Durant cet échange muet, j'avais reculé centimètre par centimètre jusqu'à la porte de la remise. Je suais sang et eau. De mon bras valide, je soulevai le loquet derrière moi. Par chance, il n'opposa aucune résistance.

Si je me débrouillais bien, je serais peut-être assez rapide pour me faufiler à l'intérieur avant que le loup ne me saute à la gorge. Avec sa mâchoire puissante et ses crocs acérés, il pouvait transformer un homme en charpie.

Grâce à Ben, je m'étais intéressé à la réintroduction des loups en Allemagne. Je savais qu'ils étaient craintifs et s'en prenaient rarement aux humains. Cependant, le spécimen qui me faisait face était énorme. Je n'avais aucune idée de ce qu'il me voulait, mais une chose était sûre : il était tout sauf effarouché.

Après m'être raclé la gorge, je pris mon air le plus naturel et tentai de l'amadouer :

– Hey, je ne fais que passer, OK ? Je ne te veux aucun mal, alors ce serait génial que de ton côté tu me laisses tranquille aussi… Je n'ai rien contre les loups, je le jure. Et tu ne me fais pas l'effet de quelqu'un qui n'a pas mangé depuis dix jours… Sans parler du fait qu'il doit y avoir mieux que moi à croquer. Tu trouveras bien un élan ou un orignal dans les parages ? De la bonne viande cent pour cent bio !

N'importe quoi !

Tout en débitant mes conneries, j'avais effectué un quart de tour à gauche. D'un geste vif, j'ouvris la porte, me ruai à l'intérieur et refermai précipitamment derrière moi. Une odeur de charogne et de viande faisandée me sauta aussitôt aux narines. Pire que ça, même. Cet endroit puait la merde. C'était insupportable ! Était-ce ce qui avait attiré le loup ? Étais-je pris au piège, enfermé dans le noir avec cette puanteur infecte ?

Bon sang, il devait bien y avoir un moyen de bloquer cette maudite porte de l'intérieur ? Tâtonnant dans l'obscurité, je sentis un crochet sous mes doigts, mais ne trouvai pas l'attache correspondante. Seule solution : m'arc-bouter, les mains à plat sur les planches.

Je restai ainsi quelques instants mais ne tardai pas à avoir les doigts gelés. Il était évident que je ne tiendrais pas longtemps. Tremblant de tous mes membres, j'entrouvris très légèrement la porte. À ma grande surprise, le loup avait disparu. Mais ça ne voulait pas dire qu'il était parti ! Il était peut-être tapi quelque part et attendait que je mette le nez dehors pour me sauter dessus.

Le rai de lumière qui filtrait à travers la porte entrouverte suffisait à y voir à peu près clair. J'aperçus des bocaux sur une étagère… des bidons en métal alignés par terre… et la peau de l'ours, tendue sur un cadre en bois. Derrière, il y avait une hache à long manche, la lame plantée dans un billot. Si le loup m'attaquait, je pourrais m'en servir comme arme.

Sans cesser de surveiller l'entrée, je fis trois pas à reculons et m'emparai de l'outil. Soudain, ma tête heurta quelque chose de lisse et froid. Je levai les yeux pour voir ce que c'était, et découvris avec horreur un écorché pendu au bout d'une corde.

Poussant un hurlement, je voulus prendre mes jambes à mon cou, mais je trébuchai sur un des bidons, qui se renversa dans un fracas épouvantable. Ma jambe vrilla, et je m'étalai par terre. Sous la violence du choc, je faillis m'évanouir. Un bourdonnement me remplit les oreilles, une douleur atroce irradia dans mon corps et je fus pris de tremblements incontrôlables.

Je me pris la tête dans les mains et attendis que la crise soit passée. C'était tout ce que je pouvais faire. Ça, et essayer de respirer normalement. Peu à peu, les tremblements diminuèrent d'intensité.

– Mais enfin qu'est-ce que tu fais là ?

Kim ! J'étais sauvé !

Elle déversa sur moi des flots de paroles dont je ne compris pas un mot, sinon qu'elle était furieuse. Ôtant les mains de devant mes yeux, je la vis se pencher sur moi avec inquiétude. Elle me tendit la main avec un hochement de tête désapprobateur et m'aida à me remettre sur pied.

– C'est… c'est quoi, ce truc ? balbutiai-je, encore sous le coup de la frayeur, en désignant de l'index la dépouille pendue au plafond.

– Ça ? répéta-t-elle d'une voix radoucie. C'est Maskwa, ton ours ! Sans leur fourrure, les ours ressemblent beaucoup aux humains. Voilà pourquoi nous nous sentons si proches d'eux.

Voyant que j'osais à peine lever les yeux, Kim fronça les sourcils.

– Qu'est-ce que tu croyais ?

– Rien, fis-je en secouant la tête. Simplement, j'ai eu peur.

– Allez, avance ! ordonna Kim en m'entraînant vers la sortie.

Pendant un court instant, je craignis qu'elle ne me chasse de chez elle et me renvoie d'où j'étais venu, mais elle me conduisit jusqu'à la maison. Je n'étais pas assis depuis trente secondes qu'elle laissa éclater sa colère :

– Je peux savoir ce que tu fabriquais dans la remise, Jacob ? Qu'est-ce qui t'a pris d'aller fouiller là-dedans ?

– Je ne fouillais pas, répliquai-je. Je suis allé aux toilettes et, au retour, je me suis retrouvé face à un énorme loup. J'ai réussi à me réfugier dans l'appentis. À l'intérieur, il y avait une hache ; j'ai pensé que je pourrais me défendre avec, mais il faisait noir et...

Je laissai ma phrase en suspens. Kim riait aux éclats !

– Je ne vois pas ce qu'il y a de drôle ! grommelai-je, déconcerté.

– C'était Shadow ! expliqua-t-elle lorsqu'elle eut retrouvé son sérieux. Il vit avec nous.

Je secouai la tête avec véhémence.

– C'était un loup, je t'assure.

– En partie, admit Kim avec un hochement de tête. Son père était un loup. Et son grand-père aussi.

Je ne trouvais ce pedigree qu'à moitié rassurant.

– D'ailleurs, tu lui dois la vie, précisa Kim. C'est Shadow qui a conduit Anak jusqu'à toi.

Je crus qu'elle me faisait marcher, une fois de plus. Mais elle avait l'air tout à fait sérieuse.

– Comment ça ?

– Anak te racontera.

– Ce loup, il est inoffensif ?

– Pas toujours, admit-elle en remettant des bûches dans la cheminée. Mais j'ai l'impression qu'il t'aime bien.

Je me levai pour enlever ma veste et me rassis tout de suite après. J'étais vidé. Ma mésaventure m'avait traumatisé, et j'avais les jambes en coton.

Après s'être débarrassée elle aussi de ses vêtements chauds, Kim alluma le feu dans la cuisinière à bois, mit de l'eau à bouillir et y jeta une poignée d'herbes aromatiques. Elle était sans cesse en mouvement et vaquait à mille occupations, accomplissant apparemment sans effort des tâches parfois très physiques alors qu'elle était toute menue.

– Kim ?

– Oui ? répondit-elle en venant s'asseoir en face de moi.

– Dans la remise, il y a un truc qui pue. C'est quoi ?

– L'appât que fabrique Anak pour attirer les renards. Il récupère des déjections de mouffettes et d'autres animaux. Une recette dont il garde le secret.

– Je comprends. Et les guirlandes d'ossements qui pendent dans les arbres, c'est vous qui les avez mises ?

– Oui, pourquoi ?

– C'est un peu macabre, comme déco, non ?

– L'esprit des animaux réside dans leurs os, commença Kim, à qui j'étais reconnaissant d'avoir bien précisé : « des animaux ». En accrochant leurs ossements dans les arbres, nous leur témoignons du respect. Sans cela, après, la chasse ne serait pas bonne. Car les esprits seraient courroucés et se retireraient au plus profond de la forêt.

L'explication était loin d'être lumineuse, cependant elle me plaisait bien, et les chapelets d'os avaient perdu leur côté effrayant. Les efforts que déployaient Kim et Anak pour ne pas contrarier les esprits, et le soin qu'ils prenaient des abats des animaux me remplissaient d'admiration.

Je me fis la réflexion que les abattoirs et les fermes d'élevage d'Europe et d'ailleurs étaient sans doute pleins d'esprits en colère dont la vengeance devait s'exercer d'une manière ou d'une autre. Par exemple en nous rendant résistants aux antibiotiques ou en nous transmettant des germes et des virus si nous consommions de la viande.

Me prenant la main, Kim me fixa d'un air interrogateur.

– Ça va, Jacob ?

Non, ça n'allait pas. Pas du tout, même. Mais comment aurais-je pu le lui avouer ?

– Oui, pourquoi ?

M'avait-elle surpris en pleine crise ? J'espérais que non, car j'aurais eu vraiment honte qu'elle me voie dans cet état. Et je n'avais aucune envie d'en parler.

– Tu as... tu as une sale tête.

Je me forçai à sourire.

– Merci, j'apprécie le compliment. Tout va bien, je t'assure. Je suis crevé, c'est tout.

– Tu aurais dû rester au chaud, observa Kim sur un ton désapprobateur. Cette sortie était prématurée. Va te recoucher et repose-toi. Pendant ce temps, je vais nous faire des spaghettis.

Je ne demandais que ça. Quelques secondes plus tard, je me glissai sous la couverture de fourrure et m'endormis aussitôt.

Après avoir mis un couvert pour deux et posé sur la table le plat de pâtes à la sauce tomate, Kim alla réveiller Jacob. Celui-ci était profondément endormi. Elle s'assit sur le bord du lit et le contempla tendrement. Elle aurait pu rester ainsi pendant des heures.

À quoi bon s'en défendre ? Elle espérait qu'il resterait longtemps. Grâce à lui, sa carapace s'était fissurée, son cœur s'était remis à battre et elle sentait renaître en elle des désirs qu'elle n'avait plus éprouvés depuis des mois. Le regarder ne lui suffisait plus. Elle voulait aussi le toucher. Mais pour cela il lui faudrait attendre le lendemain, quand elle changerait ses pansements. Alors elle pourrait sans se trahir effleurer de nouveau du bout des doigts la peau lisse et ferme qu'elle brûlait d'explorer.

Kim était inquiète. Dans la remise, elle avait surpris Jacob en position fœtale. Était-il malade ? Et, si oui, pourquoi le lui avait-il caché ? Il s'était vite ressaisi, mais elle avait eu l'impression qu'il avait honte. Lorsque Anak l'avait ramené, le premier jour, elle avait fouillé son sac de fond en comble. Elle y avait trouvé un ou deux trucs qui l'avaient renseignée sur lui, mais pas de médicaments.

Elle soupira. Elle s'était sans doute trop moquée de lui pour qu'il se sente en confiance.

11

Une fenêtre sur le passé

Je dormis jusqu'au dîner. Kim, étrangement silencieuse, réchauffa les spaghettis, qui étaient délicieux. Je la complimentai d'un sourire ravi. Ma sieste m'avait fait un bien fou : j'avais repris des forces et je me sentais détendu. Lorsque Anak bourra son calumet, je me calai sur ma chaise. L'heure du conte pouvait commencer, j'étais tout ouïe.

– L'ours t'a suivi un bon moment, commença-t-il en allumant sa pipe. Mais Shadow veillait sur toi.

Je jetai à Kim un regard peiné. Comme je l'avais craint, elle s'était empressée de raconter à son aïeul comment s'était terminée ma première tentative de sortie. Cependant, Anak n'y fit aucune allusion, ce dont je lui fus très reconnaissant.

Était-ce Shadow que j'avais entendu hurler lors de ma première nuit de solitude dans le bush ? me demandais-je en écho aux paroles du vieux. Ce n'était pas impossible. Cependant, je n'eus pas le temps de m'appesantir sur cette question, car Anak poursuivait déjà :

– L'ennemi n'est pas toujours là où on le croit, Jacob. On pense qu'il est dans le bush, mais en réalité il se trouve dans notre tête.

Pointant son calumet dans ma direction, il poursuivit :

– L'amulette que tu portes autour du cou…

Sortant mon pendentif de dessous ma chemise, je dis :

– Elle me vient de mon père.

– Qui la tenait de son père, Isaac Cheechoo ; ton *moshum*.

– Tu… tu as connu mon grand-père ? balbutiai-je, sidéré.

Oubliées, mes frayeurs de la journée ! Mes pensées s'entrechoquaient dans ma tête.

– Je l'ai même très bien connu. Isaac était mon meilleur ami. J'étais avec lui lorsqu'il a sculpté cette amulette. Tu as notre histoire dans le sang, mon garçon ; que tu le veuilles ou non.

Je ne comprenais rien à ses propos. Mais j'avais conscience qu'une porte s'ouvrait sur mon passé, et qu'Anak s'apprêtait à me révéler quelque chose d'essentiel.

– Je suis né sur l'île de Moose Factory, reprit-il. En 1954, des prêtres et des religieuses catholiques sont venus nous chercher, ma sœur Sally et moi, pour nous emmener au pensionnat Sainte-Anne de Fort Albany. J'avais quatre ans, et Sally, sept. Ils nous ont arrachés de force à nos parents. Nous ne savions pas combien de temps nous resterions là-bas, et ne voulions pas partir de chez nous. Nous avons crié et pleuré tant et plus, mais les missionnaires ont dit à nos parents que nous recevrions une instruction digne de ce nom. Ces « écoles résidentielles » n'avaient d'écoles que le nom, Jacob. C'étaient des prisons, et les religieux, des tortionnaires.

Au dire du vieux Cree, les garçons et les filles étaient logés dans des bâtiments distincts, et les enfants n'étaient autorisés à avoir aucun contact entre eux.

– Je ne voyais Sally que de loin, poursuivit Anak. Les bonnes sœurs nous interdisaient de nous parler. Et nous ne pouvions pas nous entraider, ce qui est totalement contraire aux valeurs des Cree. Ils voulaient nous briser, Jacob. Ils disaient que nous avions tout faux. Notre façon de prier, notre façon de vivre et de nous habiller, notre langue et notre culture : ils rejetaient tout en bloc. Leur but, c'était de nous « assimiler », ce qui revenait à nous anéantir. Dans ces « pensionnats autochtones », les enfants des Premières Nations ne recevaient pas la même éducation que les Blancs. On nous forçait à travailler dur. Nous faisions le ménage et la cuisine, coupions du bois et nous occupions du potager…

La pipe d'Anak s'était éteinte. Il la ralluma et un nuage de fumée bleue le dissimula à ma vue, si bien que j'eus l'impression, lorsqu'il reprit son récit, d'entendre parler un esprit.

– Quinze jours après notre arrivée, un nouveau groupe nous a rejoints. Pour entrer dans l'école, il fallait franchir une passerelle en bois. Ce qui m'a frappé, c'est que les enfants avançaient tous la tête basse. Ils ne riaient pas, ne bavardaient pas. Comme s'ils savaient ce qui les attendait. Comme s'ils pressentaient qu'en franchissant ce pont ils pénétraient dans un univers impitoyable où on leur ferait perdre toute leur joie de vivre et leur humanité.

Je ne m'imaginais que trop les horreurs que me décrivait Anak. Plus il parlait, plus mon cœur se serrait.

– Ton grand-père Isaac était originaire de Peawanuck, un village sur la rivière Winisk, un peu au nord d'ici, reprit le vieux. Il était dans ce groupe-là. Nous, les garçons, dormions dans des dortoirs de cent. Isaac s'est vu désigner le lit à côté du mien. En deux semaines, je m'étais endurci. Car j'avais compris de quoi il retournait dans ce bagne pour *Indiens*. Mais Isaac était quelqu'un de sensible et solitaire. La première nuit, il a beaucoup pleuré. Il ne parvenait pas à refouler ses larmes.

Fermant les yeux, Anak prit une profonde inspiration avant de reprendre d'une voix éraillée :

– J'ai essayé de le consoler. Je lui ai fait signe de se calmer, de ne pas faire de bruit. En vain, hélas. Une bonne sœur l'a entendu en faisant sa ronde, et elle l'a roué de coups.

Ouvrant les paupières, Anak enchaîna en fixant la table sans la voir :

– Ton *moshum* n'a plus jamais pleuré, Jacob. Sauf une fois, beaucoup plus tard, mais c'est une autre histoire.

Plus je l'écoutais, plus l'étau qui me serrait le cœur m'empêchait de respirer. Mais Anak n'en avait pas encore terminé.

– Ils nous battaient à la moindre occasion. Ils nous

enfermaient au cachot et nous étions mal nourris. Voilà pourquoi nous les haïssions.

– Mais vous ne vous êtes pas plaints à vos parents ? m'exclamai-je avec indignation. Ils n'auraient sûrement pas accepté qu'on maltraite leurs enfants de cette manière !

Anak demeura quelques instants silencieux, se contentant de tirer sur sa pipe, puis il me répondit avec gravité :

– Au début, les religieux ont fait pression sur ceux qui refusaient de leur confier leurs enfants en les menaçant de ne plus leur acheter leurs peaux. Par la suite, ils les ont carrément menacés de prison.

À ma grande surprise, j'appris que peu d'enfants rentraient dans leur village pendant les vacances ; la plupart ne revoyaient leurs parents qu'à la fin de leur scolarité.

– En dépit de toutes les manœuvres d'intimidation, certains parents venaient parfois chercher leurs enfants et s'enfuyaient avec eux dans le bush. Ils aimaient mieux mourir de faim que de les renvoyer dans cet enfer.

Complètement sous le choc, j'essayais de digérer ce que je venais d'entendre. C'était la première fois qu'on me racontait une histoire qui me concernait indirectement. Une bribe de mon passé, si terrible que j'en étais bouleversé.

– Tu n'avais jamais entendu parler de ça, n'est-ce pas ? demanda Kim avec une douceur qui contrastait avec l'ironie mordante à laquelle elle m'avait habitué.

Je fis non de la tête. Je mesurais mieux, à présent, l'étendue de ce que j'avais encore à apprendre sur mes origines.

– Le pensionnat Sainte-Anne n'était pas un cas isolé, expliqua Kim. Il y avait des « écoles résidentielles » dans tout le Canada. Les missionnaires se sont rendus coupables de kidnapping, de lavage de cerveau et de maltraitance. De nombreux enfants y ont laissé la vie. Ou alors ils sont morts peu après, des suites des violences qu'ils avaient subies. Ceux qui sont passés par là sont restés traumatisés toute leur vie. On les appelle les « survivants ».

La gorge sèche, je déglutis avec peine.

Était-ce pour ça que ma mère m'avait emmené en Allemagne ? Pour m'éloigner non de mon ivrogne de père, mais des histoires liées à son peuple et sa famille ? *Ma* famille ?

– C'est horrible. Dire que… je ne sais même pas vraiment qui je suis ni ce que je fais ici.

Jamais je n'avais été aussi perturbé. Ces dernières années, je m'étais très souvent senti comme une coquille vide. Le vide avait commencé à se combler, mais il se remplissait d'histoires et d'images si déconcertantes que j'en avais le vertige.

– Je crois que nous sommes tous à la recherche d'une indication sur ce que nous sommes, dit Anak. Il est parfois difficile de se frayer son propre chemin. La plupart des gens n'osent pas s'y risquer. Mais tu es là, Jacob. Il faut du courage pour venir dans le Nord quand on a toujours vécu en ville, à l'étranger, et que l'on ne sait rien du Muskeg. Avec le temps, tu apprendras à voir les choses à la manière des Cree, et non d'un *man-tay-o*.

Avec le temps ? Il en avait de bonnes ! Le temps, je n'en avais pas, justement. Tout ce que je voulais, c'était rencontrer mon père et rentrer chez moi.

Se levant, le vieil homme posa la main sur mon épaule droite. Puis il enfila sa veste et sortit pour son habituel tour du soir aux toilettes.

Mon séjour dans cette cabane tirait à sa fin. Mais, avant de partir, je voulais absolument en apprendre davantage sur mon grand-père. Qu'était-il devenu, une fois libéré ? Hélas, à son retour, Anak se mettrait au lit, comme toujours à cette heure-ci. Il se levait à l'aube, démarrait le feu dans la cheminée et la cuisinière, et coupait du bois. Puis il prenait son petit déjeuner avant de partir chasser et relever ses pièges. Son emploi du temps était immuable.

– Qu'est-ce que c'est, un *man-tay-o* ? demandai-je à Kim.

– Un étranger. Ou quelqu'un qui a longtemps vécu ailleurs.

Elle avait entrepris de laver la vaisselle. J'attrapai un torchon pour essuyer. Ce que je venais d'apprendre sur ces écoles me trottait dans la tête.

– Ces pensionnats…, commençai-je. Ça me pose plein de questions.

– J'imagine. Mais le sujet est trop douloureux, grand-père s'était juré de ne plus jamais l'évoquer. Le fait qu'il ait fait l'effort de t'en parler prouve combien il t'apprécie. Tu représentes beaucoup pour lui. Mais tu dois lui laisser du temps.

Du temps, encore du temps ! Ça commençait à bien faire. Cependant, je me surpris à acquiescer :

– Je comprends.

J'enfilai ma veste et je pris une lampe électrique pour faire, moi aussi, un tour aux WC. Je n'étais qu'à moitié rassuré, ce qui devait être écrit en grosses lettres fluorescentes sur mon visage, car Kim me proposa une nouvelle fois son aide :

– Tu veux que je t'accompagne ?

Ses yeux pétillaient de malice. Ce qu'elle m'énervait à se moquer de moi ! Je n'aurais pas dit non mais me contentai de hausser mon épaule valide.

– Hey ! Pourquoi tu ne réponds pas ?

– Tu me prends pour un bébé, c'est ça ?

– Tu as peur d'aller dehors.

– Ben oui, figure-toi ! explosai-je. Pour moi, le bush est un milieu hostile. Si tu te promenais de nuit dans les rues de Berlin, tu aurais la trouille, Kim ! Ou alors rien ne t'effraie ?

La question la prit au dépourvu. À la façon dont elle me regarda sans répondre, je devinai que cette fille courageuse était bel et bien rongée par l'angoisse.

– Qu'est-ce qu'il y a, Kim ? Pourquoi es-tu si dure ?

Je crus qu'elle allait se livrer, mais, au moment où elle posait son torchon, Anak revint, et elle lança :

– Allons-y !

Je la suivis dehors. La température avait considérablement baissé. Mais, si je frissonnais, ce n'était pas de froid. À l'extrémité de la véranda, Shadow hurlait à la lune.

Kim avait pris une lampe tempête, mais cette précaution s'avéra inutile. La clairière autour de la maison baignait dans une lumière fantomatique, à croire qu'elle était sous le feu de projecteurs extraterrestres.

Renversant la tête en arrière, je vis onduler dans le ciel nocturne des écharpes lumineuses d'un vert fluo fantastique. Je mis un moment à comprendre de quoi il s'agissait. Une aurore boréale ! C'était le spectacle le plus extraordinaire que j'aie jamais vu, un ballet d'effilochures vertes et jaunes dont la neige réfléchissait les chatoiements féeriques.

Muet de stupeur, je m'arrêtai pour contempler ce spectacle incroyable. Kim était tellement habituée au phénomène qu'elle continuait d'avancer comme si de rien n'était. Je me hâtai de la rattraper, tous les sens aux aguets, à l'image de mes ancêtres lorsque les esprits mauvais rôdaient autour de leur tente en plein cœur de l'hiver arctique.

Parvenu à la cahute, je m'inclinai galamment.

– Les dames d'abord !

Quelques minutes plus tard, Kim me tendit la lampe électrique et je disparus à mon tour. Soudain, alors que je ne m'y attendais plus, la réponse à ma question me parvint de derrière la porte :

– C'est juste pour te taquiner, Jacob. Je ne pense pas ce que je dis.

Je ne pus m'empêcher de sourire.

De retour à la cabane, je me retournai pour admirer une dernière fois l'aurore boréale avant de rentrer.

– Nous allons avoir de la tempête, annonça Kim, un pli soucieux en travers du front.

– Qu'est-ce qui te fait croire ça ?

– Quand la lumière est particulièrement intense et qu'elle papillote de cette façon, c'est le signe qu'une tempête se prépare. Elle ne nous arrivera peut-être pas cette nuit ni demain, mais on n'y échappera pas.

La pensée que je ne réussirais jamais à quitter cet endroit me traversa l'esprit. Mais j'étais tellement subjugué par la magie de cet instant que cela ne me fit ni chaud ni froid.

Shadow n'avait pas bougé d'un pouce. Il n'arrêtait pas de japper et de gémir, lançant parfois de longs hurlements dans le ciel nocturne.

– Qu'est-ce qu'il a ? demandai-je à Kim. Pourtant il devrait avoir l'habitude !

– Nous autres Cree, nous croyons que ces rayons verts sont les esprits des morts qui tentent d'entrer en communication avec nous. Quand les loups hurlent ainsi, c'est qu'ils reconnaissent ceux des leurs qui ne sont plus là.

– Cette idée me plaît bien, murmurai-je.

De fait, il n'était pas difficile d'imaginer des silhouettes et des formes humaines ou animales dans les lambeaux de lumière mouvante qui irisaient le ciel.

Lorsque nous rentrâmes, Anak dormait déjà. Après m'être brossé les dents, je passai dans la chambre et rajoutai trois grosses bûches dans le poêle, qui se mit aussitôt à ronfler.

Adossé à la tête de lit avec un gros oreiller en fourrure dans les reins, j'attendis que Kim me rejoigne. Elle portait son pyjama en flanelle et de grosses chaussettes de laine. Ses longs cheveux soyeux formaient un voile noir autour de son visage. Elle s'allongea à côté de moi et se glissa dans son sac de couchage. Me sentant rougir, je détournai la tête.

– Ça ne va pas ? me demanda-t-elle.

– Si…, murmurai-je avec un soupir.

«À part qu'on est dans le même lit et que ça me plaît ! » songeai-je.

– Tu as très mal ?

Et comment ! Avec vingt-sept points de suture (j'avais compté), il pouvait difficilement en être autrement. Mais les plaies cicatrisaient bien et, peu à peu, la douleur devenait supportable. Du moins tant que je pensais à autre chose.

Cependant, mes blessures physiques n'étaient pas ce qui me tourmentait le plus. Après tout ce que m'avait raconté Anak, j'avais conscience que mes racines ne s'arrêtaient pas à Greg Cheechoo, que je devais remonter beaucoup plus loin en amont, et que je retirerais infiniment plus de ce voyage que je ne l'avais imaginé. Or je n'étais pas sûr de le vouloir.

– J'ai mal, oui et non, répondis-je. Depuis que je suis là, j'ai l'impression de ne pas avoir encore commencé à vivre.

Je marquai une pause avant de poursuivre :

– Ma mère n'aurait jamais dû me mentir. Elle a trahi ma confiance. Toute ma vie j'ai cru que je n'avais personne au monde, à part elle. Mais maintenant c'est différent. Je ne sais pas comment je vais pouvoir la regarder dans les yeux quand je rentrerai. Quant à Stefan, après le coup de couteau que je lui ai planté dans le dos, il me haïra jusqu'à la fin de ses jours.

Se redressant à demi, Kim appuya la tête sur son coude.

– À mon avis, tu as le mal du pays ! observa-t-elle gentiment. Tu as toutes les raisons d'en vouloir à ta mère, et ton beau-père est un misérable ; pourtant, tu as le cafard.

Le mal du pays, c'était un truc de filles. Les mecs avaient le cuir plus épais. Mais cette réflexion ne m'étonnait pas de Kim. De toute façon, elle me prenait pour une lavette.

– J'ai aussi un petit frère, concédai-je. Jonas. Il a neuf ans. Et c'est vrai que lui, il me manque. Lui, et Ben.

Dépliant le bras droit, je montrai ma cicatrice à Kim.

– Nous sommes frères de sang. De nous deux, c'est lui le plus sioux.

Kim sourit largement.

– Et ta copine, elle ne te manque pas ?

– Quelle copine ? demandai-je.

– Tu n'as pas de petite amie ?

Visiblement stupéfaite, Kim s'assit sur le lit.

– Pas pour l'instant.

Pourquoi n'avais-je pas répondu non, tout simplement ? Quelques semaines auparavant, j'avais rompu avec Julia. De même que j'avais rompu avec Sarah, Emma et Doris. Aucune de ces filles ne m'avait jamais fait ressentir ce que Ben semblait éprouver quand il parlait de sa copine Leyla. Quand ils étaient ensemble, il avait l'air sur un nuage. Ce qui les liait relevait pour moi d'un mystère que je n'arrivais pas à percer…

Chaque fois que je sortais avec une fille, c'était pareil : au début, je croyais être tombé sérieusement amoureux. Mon cœur se dégelait. J'allais enfin commencer à vibrer, vivre quelque chose de profond, de grand et de sublime. Ce coup-ci, ça marcherait… Mais, dès que la fille disait vouloir passer plus de temps avec moi ou me demandait où j'en étais de mes sentiments, je disjonctais et j'inventais un truc débile qui la blessait. Elle voulait qu'on en parle, moi pas. On se séparait. Je me cherchais une autre copine, et c'était reparti pour un tour.

Un silence embarrassant s'était installé dans la pièce. Je m'étais attendu à une remarque acerbe de Kim, mais elle me regardait sans rien dire. Gêné, je m'apprêtai à lui avouer que je n'étais pas doué avec les filles. Allez savoir pourquoi. D'habitude, je n'étais pas très enclin à m'épancher sur ce genre de sujet. Mais la beauté bouleversante de l'aurore boréale m'avait rendu sentimental.

Je fus d'autant plus surpris d'entendre Kim demander tout à coup :

– C'est comment, l'Allemagne ? C'est beau ?

– Pourquoi cette question ?

– Comment fait-on pour vivre dans un pays si petit ? Tu arrives à te sentir libre ?

Libre ? Ce n'était pas le terme que j'aurais employé. Non du fait de l'exiguïté du pays, mais à cause de ma mère et Stefan.

– Je ne sais pas, éludai-je. Je viens d'avoir dix-huit ans et je suis ici en pleine forêt canadienne alors que je devrais être en train de réviser mes examens, c'est une certaine forme de liberté…

À sa façon de me regarder, je compris que Kim espérait autre chose.

– En ce moment, en Europe, c'est le printemps, tentai-je d'expliquer. Le soleil brille, les jours rallongent, et on entend chanter les oiseaux. Les premières fleurs sortent de terre. Les enfants sont en vacances, on décore des œufs de Pâques que l'on accroche dans les arbres, et des millions de lapins en chocolat envahissent les vitrines des magasins…

Kim avait raison : j'avais le mal du pays.

12

Danseur des neiges

Le lendemain matin, en renouvelant mes pansements, Kim parut gênée. C'était bien la première fois qu'elle me donnait cette impression ! Peut-être parce qu'elle savait que je n'avais pas de copine, ou qu'elle ne me voyait plus seulement comme le *man-tay-o* qui avait fait irruption dans sa vie.

Elle se pencha sur moi pour me bander l'épaule, si près que je respirais son odeur. Kim ne portait ni parfum, ni lotion pour le corps, elle sentait le sapin et la farine, ce qui me sembla extraordinairement excitant.

Bon sang, elle me soignait depuis le début, alors pourquoi était-ce différent, tout d'un coup ? Pourquoi son odeur me mettait-elle dans un tel état ? Qu'est-ce qui avait changé entre nous, et pourquoi ?

– Pour un demi-Cree, tu es plutôt courageux, observa-t-elle sans me regarder.

Parlait-elle sérieusement ?

– Je lutte.

– Je suis si horrible que ça ?

Haussant mon épaule valide, je lâchai :

– Disons qu'au début, tu m'intimidais.

Kim égrena un petit rire. J'aimais beaucoup quand elle avait cet air amusé. En fait, j'aimais tout de cette fille.

– Le rire te va bien.

Aussitôt, elle baissa la tête. J'avais dû appuyer sur un point sensible sans le savoir.

Que m'arrivait-il ? Ce que j'éprouvais en présence de Kim, était-ce ce dont j'avais toujours rêvé ? Je n'en avais pas la moindre idée. Tout ce que je savais, c'était que j'avais une envie folle de lui caresser la joue et lui dire que non, elle n'était pas du tout horrible. Que je comprenais pourquoi elle était parfois agressive. Et que, du coup, je ne m'en formalisais plus.

Nous entendîmes alors Anak revenir de sa corvée de bois. Le charme était rompu. Kim alla rejoindre son grand-père ; je m'habillai, puis allai mettre le couvert.

Pour le petit déjeuner, Kim servit des muffins aux raisins qu'elle avait fait cuire à la poêle. Je me jetai dessus, mais l'ambiance n'y était pas. Anak semblait avoir mal aux reins. Il se tenait les côtes et ne cessait de souffler et soupirer. Au moment de quitter la table, il eut beaucoup de mal à se lever. Ce qui ne l'empêcha pas de partir relever ses pièges, tout courbé en deux qu'il était.

– S'il ne le faisait pas, ça porterait malheur, m'expliqua Kim en se préparant elle aussi à sortir.

J'avais à présent la maison pour moi tout seul. Certes, j'étais au chaud, mais j'aurais mille fois préféré accompagner Kim et Anak. Seulement, pour ça, il aurait fallu que je sois en forme, et c'était encore loin d'être le cas.

Je tâchai de me rendre utile : après avoir lavé et essuyé la vaisselle, je rechargeai le feu, donnai un coup de balai et rangeai un peu. Il y aurait sûrement eu des tas d'autres choses à faire, mais, à ma grande honte, j'ignorais absolument lesquelles.

J'aurais pu me recoucher et me plonger dans le recueil de légendes cree, mais d'une part je n'avais pas envie de lire pour l'instant, et de l'autre je ne m'étais pas lavé depuis des jours.

Je remplis une marmite de neige que je mis à fondre sur la cuisinière, puis versai l'eau chaude dans une grande bassine. Je dus recommencer l'opération à plusieurs reprises, car j'avais beau tasser la neige, je n'obtenais à la fin qu'un très petit volume d'eau. Je réalisai soudain combien il pouvait être fastidieux de faire la cuisine, la vaisselle ou la lessive dans ces conditions.

Après avoir verrouillé la porte, je me lavai de la tête aux pieds à l'aide d'un gant de toilette trouvé dans l'armoire à côté des serviettes. J'étais couvert de bleus dont la couleur variait du noir au jaune.

J'enfilai un caleçon et un T-shirt propres, troquai le pantalon de jogging contre mon jean, et lavai mes vêtements sales dans le baquet. Puis je les rinçai à l'eau claire et les mis à sécher devant le feu. J'étais exténué, mais je me sentais quand même nettement plus frais.

Ayant épuisé toutes les distractions possibles, je décidai de lire et feuilletai le recueil de légendes au hasard. Je m'arrêtai sur celle de Wisakedjak[1] et des danseurs aux yeux fermés.

«Wisakedjak avait convié tous les volatiles des marais à un grand banquet. Pour les attirer, il avait caché différentes mélodies dans son havresac. Il les ravissait par sa musique et leur demandait de danser les yeux fermés. Puis il leur tordait le cou en riant: "Belle fête, n'est-ce pas?" Seul un canard, plus méfiant que les autres, ouvrit les yeux et avertit les autres oiseaux, si bien que tous s'enfuirent à tire-d'aile...»

En refermant le livre, je m'aperçus que j'étais en larmes. Cette histoire me rappelait quelque chose. Mon père avait dû me la raconter quand j'étais petit, et, pendant que je lisais, il m'avait semblé entendre sa voix, comme l'autre jour dans le train.

Je mesurai soudain combien mon père me manquait.

Plus tard, je me rendis aux toilettes. Quand je sortis de la cahute, Shadow me barrait la route. J'avais espéré qu'il serait parti à la chasse avec Anak, mais il m'attendait, me fixant attentivement de ses yeux jaunes fendus en oblique. J'avais beau savoir qu'il ne me ferait pas de mal, je sentis mon pouls s'accélérer.

---

1. Wisakedjak : le mésangeai du Canada, aussi appelé geai gris (en anglais, *whisky jack*), est un des rares oiseaux capables de survivre à la rigueur de l'hiver arctique.

– *Wachiya*, Shadow ! dis-je en faisant crânement un pas vers lui.

Il ne bougea pas d'un pouce.

« Salut, gamin ! » semblait dire son regard.

De même que Kim, il n'avait pas l'air de me prendre au sérieux. J'aurais voulu que ça me soit égal, mais ce n'était pas le cas. J'étais un *man-tay-o*, quelqu'un qui avait vécu à l'étranger. Mais j'étais né ici : je voulais renouer avec mon histoire et avoir le sentiment d'appartenir à mon peuple.

Parvenu à un mètre de l'animal, je m'agenouillai dans la neige et lui tendis la main, paume ouverte. Il était énorme et sa fourrure gris brun chatoyait au soleil. Mon cœur battait à tout rompre. Si étrange que cela puisse paraître, j'avais l'impression que ce loup me connaissait mieux que moi-même.

«Alors, tu crois que je suis réel, maintenant ?» entendis-je dans ma tête.

– Oui, murmurai-je. *Miigwetch*, Shadow. Merci d'avoir veillé sur moi.

Il renifla ma main et la lécha de sa langue râpeuse. Entendait-il mon cœur cogner dans ma poitrine ? Non de peur, cette fois, mais de joie et d'excitation. Je n'aurais pas cru cela possible, mais j'étais heureux de le voir. Je lui grattai la tête derrière les oreilles et lui caressai l'encolure. Sous son poil dru et rêche, je devinais des instincts sauvages ainsi qu'une sorte de loyauté innée.

Je pris le chemin du retour. Shadow ne semblait pas décidé à me lâcher. Je trouvai tellement extraordinaire de marcher côte à côte avec un loup qu'au lieu de rentrer à la cabane, je bifurquai en direction du fleuve. Si je voulais me rendre à Moosonee pour retrouver mon père, il me suffirait de remonter le courant en direction du nord. Maintenant que j'avais un garde du corps, c'était peut-être jouable…

En moi s'affrontaient le *man-tay-o* habitué à la vie citadine et le Cree marqué au fer rouge par ses premières années chez les siens. «Tu as notre histoire dans le sang, mon garçon ; que tu le veuilles ou non», avait dit Anak.

Shadow et moi étions seuls au monde : lui, le trois-quarts loup, et moi, le demi-Cree, tous deux abîmés dans la contemplation du fleuve gelé. Autour de nous, tout était plongé dans un silence surnaturel, comme si le temps s'était figé dans la glace.

Ce loup, j'en étais convaincu, était un trait d'union entre moi et mon grand-père Isaac, ce garçon qui avait tant souffert d'être séparé de sa famille pendant toutes ses années d'internat, et qui, une fois adulte, avait sculpté l'amulette que je portais autour du cou. L'histoire de cet homme ne me sortait plus de l'esprit.

Perdu dans mes pensées, je ne m'étais même pas rendu compte que je grelottais. Contrairement à Shadow, assis dans la neige, qui semblait dans son élément. De toute évidence, il était mieux armé que moi pour affronter la dureté de cette existence. Tandis que je lui grattais distraitement la tête derrière l'oreille, j'eus la sensation que lui et moi étions mystérieusement liés.

Alerté par un crissement de pas dans la neige, je me retournai et découvris Kim avec une hache dans une main et, dans l'autre, quatre poissons argentés pendus à un fil. Shadow bondit jusqu'à elle et lui sauta au cou en jappant. Elle détacha un des poissons et le lui donna. Il n'en fit qu'une bouchée.

– Qu'est-ce que tu fais ici ? me demanda-t-elle, le front plissé par l'inquiétude. Tu as l'air gelé !

Mon cœur bondit dans ma poitrine. Elle se faisait du souci pour moi !

– Je fais connaissance avec le Cree qui sommeille en moi et je tente d'apprivoiser Shadow, expliquai-je. On bavardait, tous les deux.

– Ah oui ? s'étonna-t-elle avec une moue dubitative qui me fit rire.

– Où as-tu pêché ces poissons ?

– Dans un lac, pas loin d'ici, m'apprit-elle en se dirigeant vers la maison.

Lui emboîtant le pas, je voulus savoir pourquoi Anak n'avait pas emmené Shadow avec lui.

Elle répondit :

– C'est un loup, il fait ce qu'il veut. Il lui arrive de disparaître pendant des jours, et puis il revient. Il a peut-être une copine quelque part.

De retour dans la cabane, je regardai Kim écailler et vider les poissons. De la pointe de son couteau, elle incisa la peau le long de l'arête dorsale jusqu'à la queue et préleva les filets un par un.

Lorsqu'elle eut terminé, elle les fit frire à la poêle. En accompagnement, nous mangeâmes du riz et des petits pois en boîte, aussi fades qu'incolores. Cependant, je me gardai de tout commentaire, et fis honneur au déjeuner. Le poisson était délicieux.

– Merci d'être allée pêcher, déclarai-je avec reconnaissance. C'est sympa.

– Ne va pas en déduire quoi que ce soit, se défendit-elle en me fixant d'un air indéfinissable.

– Message reçu ! acquiesçai-je avec un sourire. Mais quand même : *miigwetch* !

Après le déjeuner, Kim alla fendre du bois. Posté derrière la fenêtre à côté de l'évier, je la voyais lever la lourde hache à long manche, et l'abattre d'un coup sur le billot. Ça paraissait facile. Kim était menue, mais vive et adroite. J'admirais son indépendance, sa capacité à se prendre en main et à vivre de la façon qui lui plaisait, passant le plus clair de ses journées à trapper, chasser ou pêcher, et à accomplir toutes sortes de tâches essentielles à la survie dans le bush, comme fendre du bois, aller chercher de l'eau ou tanner les peaux. Rien à voir avec les préoccupations des filles avec qui j'étais sorti en Allemagne.

M'arrachant à mes réflexions, j'enfilai ma veste et sortis l'aider. Le thermomètre affichait dix degrés au-dessous de zéro, mais il me suffit de m'activer pendant cinq minutes pour avoir trop chaud. Je rassemblai les bûches dans un grand panier que nous portâmes sur la véranda où était stocké le bois pour le feu.

Kim gardait le silence. Elle me décochait parfois un coup d'œil en coin. Depuis la veille, elle avait une façon étrange de me regarder, comme si elle attendait quelque chose de moi. Ce qui me perturbait au plus haut point et me faisait complètement paniquer.

J'avais mal partout. Je ne pouvais pas me baisser sans que ça tire sur mes points de suture, ni lever le bras sans que mon épaule me lance. Mais la douleur n'était plus aussi intense, et elle me distrayait des pensées qui m'agitaient.

La corvée de bois terminée, mon T-shirt étant complètement trempé, j'allai en mettre un propre. Le genre d'opération qui me prenait deux fois plus de temps que d'habitude. Torse nu, j'enfilais la manche gauche avec précaution quand je me sentis observé. Je me retournai et découvris Kim, debout dans l'embrasure de la porte.

Je crus qu'elle allait encore me décocher une de ses remarques perfides, mais elle traversa la pièce sans un mot et alla prendre une boîte à couture et un petit rouleau de cuir dans l'armoire. Je me demandais ce qu'elle avait. Elle avait eu tout le loisir de découvrir mon anatomie en pansant mes plaies, donc ce n'était pas de me voir torse nu qui pouvait la gêner. Et pourtant il me semblait avoir aperçu une lueur nouvelle dans ses yeux sombres.

Lorsque je la rejoignis dans la grande salle, Kim avait chaussé ses lunettes et cousait à la lumière de la lampe tempête. Je m'assis en face d'elle. Elle était concentrée sur son ouvrage, une pièce de cuir qu'elle assemblait à petits points bien nets, bien réguliers, comme lorsqu'elle m'avait recousu, moi. À ce souvenir douloureux, je me mordis les lèvres.

– C'est censé être quoi ?

– Un pantalon.

– Kim ?

Levant la tête, elle me regarda par-dessus ses lunettes.

– Je peux te poser une question ?

– Je t'écoute.

– Quand tu es montée dans le train au milieu de nulle part, tu venais d'où, en fait ?

– De Camp Ajuawak. C'est un centre d'accueil que Pauline a ouvert avec ton père. Les ados et les jeunes adultes en difficulté y apprennent à survivre dans le bush.

– Le *nitao*, c'est ça ?

Kim acquiesça.

– Greg est un super pédagogue. Il est patient et sait s'y prendre avec les gamins. Pour eux, c'est un héros. Et ils adorent Pauline.

Je n'en crus pas mes oreilles.

– Tu arrivais directement de chez mon père ?

– Oui. Mais je ne l'ai pas vu, il était parti relever une ligne de pièges plus au nord. C'est pour ça que Pauline m'avait demandé de venir m'occuper des gamins. Elle m'embauche de temps à autre, ce qui m'arrange bien parce que j'ai besoin d'argent pour faire réparer ma motoneige. Les peaux ne rapportent quasiment plus rien. Il y a trop d'opposants à la fourrure en Europe.

Je dévisageai Kim avec stupeur, ne sachant pas si elle se moquait de moi ou si elle parlait sérieusement.

– Si ce n'est pas rentable, alors pourquoi vis-tu ici avec ton grand-père ?

– Parce que chaque jour avec lui est un privilège.

– Tu ne souffres pas de la solitude ?

– J'ai Anak et Shadow, éluda-t-elle sans lever la tête. Et il y a toujours beaucoup à faire.

– Certes. Mais, en général, les filles préfèrent voir des amis, sortir au ciné ou aller danser…

– Qui te dit que je ne danse pas ? répliqua-t-elle en daignant enfin lever les yeux.

– Avec Anak ?

Posant son ouvrage sur ses genoux, Kim assena :

– Quand vas-tu arrêter de me poser des questions, Jacob Cheechoo ?

– Quand tu arrêteras de faire des mystères !

Kim secoua la tête et se pencha de nouveau sur sa couture, mais j'eus le temps de voir qu'elle souriait.

– Tu ne rêves pas de te marier un jour et d'avoir des enfants ?

– Je n'ai même pas dix-huit ans, dit-elle. Tu ne crois pas que j'ai le temps ?

Malgré ses efforts pour paraître enjouée, il était clair que le sujet la mettait mal à l'aise.

– Certes, concédai-je. Mais une jolie fille comme toi… vivre au milieu des bois avec des ours et des loups pour unique compagnie… Tu n'as pas envie de voir des jeunes ?

Kim se raidit.

– Ma vie me convient très bien telle qu'elle est, Jacob. Je ne veux dépendre de personne. Cette terre, c'est chez moi, c'est elle qui a fait de moi celle que je suis, et elle ne m'a jamais déçue.

– Je comprends, mentis-je.

En vérité, ça me semblait inconcevable. Déjà que Moosonee et Moose Factory étaient des patelins paumés à l'écart de toute civilisation ! Pour des jeunes qui avaient envie de découvrir le monde et de faire quelque chose de leur vie, ça devait être un enterrement de première classe. Mais cette cabane au milieu de nulle part ? Avec pour seule compagnie un vieillard et un loup plus ou moins apprivoisé ?

Il devait y avoir une autre explication.

Nous restâmes quelques instants silencieux. À un moment, Kim leva sur moi un regard insondable.

Jusqu'alors, je n'avais connu que des filles diversement bavardes, qui faisaient étalage de leurs sentiments dans l'espoir que j'extérioriserais les miens. Mais Kim n'ouvrirait jamais son cœur à un *man-tay-o*, c'était évident.

Dommage.

Jacob avait une odeur qui lui plaisait, très différente de celle des garçons qu'elle avait laissés l'approcher jusque-là. Elle lui coula un regard en biais. Il avait de beaux yeux et un sourire chaleureux mais ne cherchait pas à l'impressionner comme tous les jeunes Cree de la région. Contrairement à lui, jamais aucun d'eux ne se serait abaissé à dire : « J'ai peur » ou « Je ne sais pas ». Mais ses aveux de faiblesse n'étaient pas exempts de courage. Et, bien qu'elle ait tout fait pour le repousser en l'humiliant et se moquant de lui, il était amoureux d'elle. Elle s'en était rendu compte à sa manière non de la regarder, mais de détourner les yeux, justement. Et cela transparaissait dans les questions qu'il lui posait.

Mais leur histoire n'avait pas d'avenir. Darrell ne tarderait plus ; il conduirait Jacob à Moosonee, et elle pourrait dire adieu au garçon de son rêve. Elle se retrouverait seule avec son aïeul et un loup, sans les regards, les questions et les réflexions de Jacob. Et surtout sans ce désir qu'il ne pouvait lui cacher et qui semblait le déstabiliser autant qu'elle.

Comment expliquer qu'elle se soit habituée si vite à sa présence ? Au rythme de sa respiration quand il dormait à côté d'elle ? À sa voix, ses cauchemars, ses craintes et son sourire…

Une part d'elle-même n'aspirait qu'à s'abandonner à ce garçon qui lui était apparu en rêve, tandis que l'autre s'en défendait. D'où les propos blessants et désobligeants qu'elle avait tenus, et dont elle n'était pas fière. N'empêche. Il valait mieux pour eux deux qu'elle garde ses distances. C'était plus raisonnable.

Si Jacob avait entrepris ce voyage, c'était pour rencontrer son père, pas dans l'idée de rester à Moosonee. Et puis, de toute façon, elle ne pourrait jamais vivre ailleurs que dans cette région. Le Muskeg était toute sa vie, elle lui appartenait corps et âme.

Si un jour son cœur consentait à battre de nouveau, ce serait nécessairement pour un chasseur. Quelqu'un qui serait en harmonie avec la nature, qui en connaîtrait les dangers et les pièges. Il aurait sans doute de mauvaises dents, les joues rougies par le froid et les mains rêches à force d'avoir fendu du bois, il saurait réparer un scooter et des moteurs hors-bord. La plupart du temps, il se promènerait en tenue de camouflage et bottes à neige. Mais il ne sentirait jamais aussi bon que Jacob Cheechoo.

Je sus qu'Anak était de retour en l'entendant taper des pieds sur la véranda. Il rapportait deux lièvres, qu'il donna à Kim en disant qu'il avait aussi attrapé une martre et une mouffette, puis il disparut dans la remise pour dépouiller ses proies et en tendre la peau sur des cadres.

Toujours aussi experte, Kim dépeça et éviscéra les lièvres, et mit la viande à rissoler dans une sauteuse. Je l'aidai à éplucher des carottes et des pommes de terre. Une heure plus tard, le repas était sur la table.

Tandis que nous mangions, je vis Anak faire la grimace à plusieurs reprises, ce qui n'échappa pas à Kim, qui le surveillait d'un air inquiet. Mais à ma grande surprise, après avoir bourré sa pipe une fois le déjeuner terminé, le vieil homme sortit l'étui d'un violon. L'instrument était presque aussi endommagé que l'étui, mais Anak le cala sur son épaule et entama une gigue écossaise.

Électrisé par la musique, je me mis aussitôt à taper des pieds et battre le rythme sur la table. Kim se dandinait sur sa chaise. Mais bientôt cela ne lui suffit plus, elle se leva et commença à danser. Sa natte voltigeait autour d'elle, ses pieds claquaient sur le plancher, et elle se déhanchait en tapant dans ses mains. Je n'en croyais pas mes yeux. Elle était méconnaissable.

Mes jambes me démangeaient. L'archet d'Anak volait sur les cordes. Le vieux enchaînait morceau sur morceau en souriant de son sourire édenté. Je savais que j'aurais mal à mes points de suture mais, n'y tenant plus, je me levai et me mis moi aussi à danser. J'essayai d'imiter les mouvements de Kim, ce qui la fit éclater de rire.

L'espace d'un instant, rien n'exista plus pour moi que cette cabane isolée dans la forêt, avec Kim et son entrain contagieux, ce vieux Cree et son violon, et le chaos de mes sentiments. Rien d'autre.

Lorsque je pris le chemin de la cahute avec Kim, la musique m'avait tellement enivré que j'en avais encore des frissons. Il avait recommencé à neiger, et la danse des flocons tourbillonnant dans l'obscurité me donna de l'audace. Prenant Kim par la taille, je la fis tournoyer dans la neige. Les cristaux de glace pétillaient sur nos visages. Kim riait aux éclats, découvrant ses dents blanches étincelantes. C'était si merveilleux de danser avec elle qu'en cet instant, il n'y avait pas un endroit au monde où j'aurais voulu être, sinon ici, dans ce décor féerique.

Lorsque j'attirai Kim à moi pour l'embrasser, je pensais uniquement à l'instant présent. Mais elle se contenta de me frotter le nez, avant de se dérober d'une pirouette et s'enfuir en riant, me laissant complètement déconfit, les bras ballants et le cœur battant la chamade. Je ne voulais pas laisser s'éloigner le bonheur fugace que je venais de connaître, mais ne savais comment le retenir.

Ce soir-là, Kim éteignit la lumière sitôt couchée. J'ouvris la bouche pour parler, mais aucun son ne franchit mes lèvres. Qu'aurais-je pu lui dire ? Que j'étais amoureux d'elle ?

– J'ai passé une soirée merveilleuse, murmurai-je. Dors bien.

– Toi aussi, Jacob.

J'étais trop près d'elle pour pouvoir fermer l'œil. Sa respiration était régulière, signe qu'elle ne pensait pas à moi comme je pensais à elle.

De toute façon, mon départ approchait à grands pas. D'ici quelques jours, je m'en irais sur la motoneige de Darrell et remonterais le fleuve. Mon père devait m'attendre à Moosonee. En tout cas, je l'espérais. Car, dès le samedi, je monterais dans l'avion pour rentrer chez moi.

Mais était-ce vraiment chez moi ? Quand je pensais à ma vie à Iéna, tout ce qui avait fait mon quotidien jusque-là me paraissait fade et inconsistant : le lycée, mon groupe, Stefan, le sport, les filles... La vraie vie, c'était ici et maintenant.

Après si peu de temps, comment était-ce possible ?

À force de me tourner et de me retourner dans le lit, je me retrouvai collé contre Kim. Elle était emmitouflée telle une momie dans son sac de couchage, d'où ne dépassaient que ses cheveux. Leur odeur de sapin me fit penser à la femme des Terres sauvages, avec laquelle on ne pouvait pas coucher sans en être changé à jamais.

Je n'avais même pas embrassé Kim, seulement dormi à côté d'elle. Et pourtant je n'étais déjà plus le même.

13

En pleine confusion

Le lendemain matin, je me sentais beaucoup mieux : j'avais encore mal à l'épaule mais, à présent que je n'avais plus le bras bandé – Kim avait estimé la veille qu'un simple pansement suffirait –, j'arrivais à le bouger. La cicatrisation de ma cuisse gauche était en bonne voie, si bien que j'exigeai de refaire mes pansements moi-même. Je ne voulais plus que Kim me touche, ça me mettait dans tous mes états.

Restait mon arcade sourcilière.

– La plaie est bien refermée, observa Kim. Il est temps d'enlever les fils.

– D'ac, je m'en occupe. Tu as des petits ciseaux ?

– Comme tu voudras, fit-elle d'une voix où perçait l'admiration.

Elle alla me chercher ses ciseaux de couture et une pince à épiler. Je me plaçai devant le miroir fêlé et tentai délicatement de couper le premier nœud. Mais ce n'était pas aussi facile que je l'avais cru. Les points étaient serrés, et surtout je manquais de lumière. Résultat, je ratai mon coup et me griffai avec la pointe de la lame. Une goutte de sang perla au coin de l'œil.

– Laisse-moi faire, proposa Kim gentiment. Ce serait dommage que tu t'amoches.

Me sentant rougir, j'allai m'asseoir dans la pièce à côté. Kim alluma la lampe au-dessus de la table et me fit pencher la tête en arrière. Puis elle sectionna les fils un par un et les retira à l'aide de la pince. J'avais fermé les yeux, mais je sentais son souffle chaud sur ma figure. Mon cœur battait à un rythme effréné. Je brûlais de prendre Kim dans mes bras et de la serrer contre moi, et dus me faire violence pour ne pas bouger.

– C'est bon ! annonça-t-elle lorsqu'elle eut fini. Tu auras une cicatrice, mais elle s'estompera avec le temps. Et puis, les cicatrices augmentent les chances auprès des filles, c'est bien connu !

Elle me sourit, mais ce sourire avait quelque chose de forcé. Je la retins par le bras.

– Kim…

Secouant la tête, elle se dégagea vivement. Au même instant, Anak revint avec un fagot de bois. Kim remplit un thermos de thé et le tendit à son grand-père. Ils échangèrent quelques mots en cree qui les firent rire, puis le vieux sortit à nouveau.

– Qu'y a-t-il de si drôle ? demandai-je.

– Je lui ai dit que tu avais fait la vaisselle et le ménage pour me draguer, et il a répondu que c'était bon pour les femmes, et qu'un gars qui ne sait ni chasser ni trapper ne peut pas être un bon parti pour une Cree. Tu ne connais rien à la forêt, tu ne sais ni tuer une oie, ni coudre des mocassins, et tu serais incapable de survivre trois jours dans le bush.

Trois, peut-être pas, mais j'avais survécu à deux, et j'estimais cette performance plus qu'honorable, en tout cas pour une première fois.

Mon torchon dans les mains, je restai quelques instants sans savoir quoi dire. J'avais essayé de me rendre utile, mais ce n'était pas ce que Kim attendait d'un garçon. Soit dit en passant, Anak n'avait pas prononcé plus de deux phrases, j'étais donc certain que cette histoire de tuer un animal ou coudre des mocassins était son invention à elle.

Vexé, je balançai mon torchon sur l'évier.

– Je ne suis pas un trappeur, c'est vrai. Mais je ne suis pas un idiot pour autant. C'est juste que je n'ai pas besoin de chasser pour survivre. Quand j'ai besoin de quelque chose, je n'ai pas à le coudre ou le tuer, ni à risquer ma vie, je l'achète dans un magasin !

Cessant de sourire, Kim siffla entre ses dents :

– Soit, Jacob Cheechoo ! Mais dans ce cas, qu'est-ce que tu sais faire ?

– Ce que je sais faire ? répétai-je, sidéré.

– Oui.

Sur le moment, je ne trouvai rien à répondre. Je n'avais aucune compétence susceptible de l'impressionner. Rien de comparable à ce putain de *nitao*, en tout cas.

– Je sais réparer un ordinateur, finis-je néanmoins par dire. Ou un vélo.

Elle me toisa avec une telle froideur que mon ego déjà fortement entamé en prit un coup. Poussé dans mes retranchements, je me demandai ce que j'avais fait d'intéressant dans ma vie jusque-là, à part aller au lycée et en rapporter des notes à peu près convenables.

Haussant les épaules, je marmonnai :

– Je ne sais pas. Mon truc, c'est le sport : la natation, la course à pied, le VTT. Et je joue de la musique. Je compose…

Je me mordis les lèvres. En Allemagne, j'aurais peut-être eu du succès avec ça. Mais pas là.

Kim haussa les sourcils. Son regard en disait long. De toute évidence, elle me prenait pour un incapable. Mais je refusai de m'avouer vaincu.

– Il doit bien y avoir quelque chose d'utile que tu saches faire ! insista-t-elle.

– La musique, c'est utile, rétorquai-je. Ça rend les gens heureux. Hier soir, quand Anak a joué, tu as ri et dansé, et tu étais très belle.

Kim détourna la tête, mais j'avais eu le temps de voir le rouge lui monter aux joues. Elle enfila sa parka et ses bottes, et prit un fusil sur le râtelier.

– À chacun de faire ce pour quoi il est doué, lançai-je tandis qu'elle ouvrait la porte pour sortir. Là d'où je viens, en tout cas, c'est comme ça.

Kim se retourna sur le seuil.

– Dommage que tu aies oublié d'où tu viens vraiment.

Bon sang, qu'est-ce qu'elle croyait ? Qu'elle pouvait m'enfoncer et se tirer ? Ça, c'était fini. À présent, je me sentais assez fort pour aller dehors. J'enfilai mes mukluks, ma parka, mon bonnet et des gants, et je me précipitai derrière elle.

Dans un premier temps, elle m'ignora. Mais, au bout d'un moment, elle ralentit le pas, ce dont je lui fus reconnaissant. Nous suivions une piste creusée dans la neige à force d'avoir été piétinée. Parfois, j'entendais un bruit sec dans les buissons, mais Kim poursuivait son chemin imperturbablement.

– Les empreintes du renard sont plus petites que celles du loup, et ses pas sont plus courts, m'apprit-elle. Les lièvres et les martres s'abritent dans les fourrés. Les animaux nous sentent arriver bien avant que nous puissions les repérer.

Malgré moi, je ralentis l'allure. J'étais obligé de m'arrêter souvent pour reprendre mon souffle. Soudain un énorme paquet de neige me tomba sur la tête. Kim se retourna, prête à voler à mon secours, mais, en me voyant m'ébrouer et me secouer, elle éclata de rire. Pour la première fois, je me fis la réflexion qu'elle n'aurait plus beaucoup l'occasion de rire lorsque je serais parti. Cependant, comme si elle avait lu dans mes pensées, elle reprit aussitôt son sérieux.

– Tu dois faire plus attention à ce qui se passe autour de toi, Jacob, m'avertit-elle. Être toujours aux aguets, tendre l'oreille et ne jamais baisser ta garde.

Les mâchoires d'acier du piège à levier s'étaient refermées sur une martre. L'échine brisée, celle-ci avait deux taches de glace bleu pâle à la place des yeux, des caillots de sang brun rouge entre les dents, et sa fourrure soyeuse était hérissée de givre.

S'agenouillant dans la neige, Kim détendit le ressort accroché à un arbre, puis libéra le petit corps sans vie. Combien de fois avait-elle accompli ces gestes ? Pour elle, il ne s'agissait que d'une occupation banale, mais je savais que je n'oublierais jamais cette martre inerte.

– *Miigwetch*, murmura Kim. Merci pour ta vie et ta jolie fourrure.

Elle mit le cadavre dans sa besace, inséra un nouvel appât dans le piège et dissimula celui-ci sous la neige.

Ainsi, chaque fois qu'elle allait en forêt, Kim avait pour objectif d'abattre ou de prendre une bête dans ses collets. N'éprouvait-elle aucune émotion à ces mises à mort ? S'était-elle jamais demandé s'il existait des alternatives ?

Se relevant, elle épousseta son pantalon. Nos regards se croisèrent. Elle me dévisagea quelques instants d'un air indéfinissable, puis déclara :

– OK, continuons !

Je n'aurais pas su dire quelle distance nous avions parcourue. Je savais seulement que la piste était de plus en plus étroite, que nous nous enfoncions de plus en plus dans la neige, et que j'étais au bord de l'épuisement. Je ne pouvais pas m'éloigner davantage de la cabane sans risquer de ne pas pouvoir rentrer.

– Kim, commençai-je, je…

D'un geste impérieux, elle me fit signe de me taire et épaula son fusil, canon vers le haut. Tout en espérant qu'elle n'allait pas encore tuer quelque chose, je levai les yeux et découvris des oiseaux blanc et noir à peu près gros comme des perdrix, qui picoraient des bourgeons à la cime d'un arbre.

Un premier coup de feu me fit sursauter, aussitôt suivi d'un second. Touché, les deux fois ! Une nuée d'oiseaux s'égailla en poussant des cris perçants. Quittant le sentier, Kim se dirigea vers l'endroit où étaient tombés les infortunés volatiles.

L'un des deux avait été tué net, l'autre était blessé. Il battait encore des ailes et son sang rouge vif se répandait dans la neige. Il avait la tête tournée vers moi et me fixait de son petit œil noir. Kim s'accroupit, le saisit à deux mains et lui tordit le cou d'un geste sec. Le craquement me fit froid dans le dos. Les battements d'ailes cessèrent aussitôt.

J'éprouvais un étonnant mélange de répugnance et de fascination à regarder Kim se procurer notre nourriture. L'ensemble du processus – départ à la chasse, mise à mort, dépeçage, éviscération, dissection, préparation et dégustation – formait un tout. Chez nous, personne ne se demandait de quel animal provenaient ses boulettes de viande, son steak ou son salami.

Lorsque, de retour à la cabane, Kim commença à plumer les oiseaux – elle m'avait appris que c'étaient des lagopèdes –, j'avais encore le craquement sinistre des vertèbres dans les oreilles. Kim avait du duvet blanc plein les cheveux, ce qui lui donnait un air assez comique.

Ne voyait-elle les animaux qu'avec l'œil froid du chasseur ? J'étais sûr que non. Elle vivait en harmonie avec la nature ; elle chassait, mais elle y mettait du cœur. Pour elle comme pour tous les Cree, tuer et manger du gibier relevait d'une démarche spirituelle. Il n'y avait rien d'écœurant à ça, parce que tout se faisait dans un profond respect de la proie et de son esprit.

N'empêche que ça me posait problème. Pour moi, la chasse était une pratique d'un autre âge, complètement dépassée, et qui n'avait plus lieu d'être.

Plongée dans ses pensées, Kim vidait les oiseaux. Jacob s'était retiré dans la chambre. La sortie l'avait épuisé, ce qui n'avait rien d'étonnant : il était encore beaucoup trop faible pour marcher longtemps dans la forêt, surtout par ce froid.

Cependant, si elle ne se trompait pas, la fatigue n'était pas la seule raison à ce repli. Elle revoyait son expression horrifiée lorsqu'elle avait tordu le cou au lagopède. Rien que de très normal, pourtant. Pour elle, c'était presque un geste secourable, car rien n'était pire que de blesser un animal sans l'achever.

Kim n'attendait pas de Jacob, un *man-tay-o*, qu'il comprenne tout, tout de suite. Elle respectait sa profonde aversion pour la chasse. Mais elle n'aimait pas se sentir jugée. D'autant qu'il touchait un point sensible. Anak chassait sans états d'âme, car il n'avait jamais rien connu d'autre, mais Kim s'était souvent demandé si c'était nécessaire.

Poser des pièges n'était plus rentable. L'opposition des protecteurs de l'environnement avait fait chuter les cours à un niveau abyssal. À des prix aussi dérisoires, cela ne valait pas la peine de se tuer à la tâche, et encore moins de sacrifier des animaux. Mais si on renonçait, que se passerait-il ensuite ? Il y avait un moment que Kim se débattait avec cette question, et en l'interpellant sur le sujet Jacob ne faisait qu'aggraver son dilemme. Cependant, plus il avançait d'arguments contre la chasse et la trappe, plus elle se sentait obligée de justifier les modes de vie traditionnels.

Elle était de plus en plus attirée par lui, et il y avait très longtemps qu'elle ne s'était pas sentie aussi bien. Elle aurait presque été prête à faire quelques concessions. Mais dès l'instant où Darrell arriverait, aussi sûr que la glace fondait au printemps, Jacob disparaîtrait de sa vie à tout jamais.

Dans son cœur, pourtant, elle espérait. Elle se prenait à rêver que Jacob s'entendrait bien avec son père. Car, alors, il reviendrait peut-être à Moosonee passer du temps avec lui pour apprendre à connaître le peuple cree. Qui sait s'ils n'auraient pas une petite chance, dans ce cas ?

À mon retour dans la grande salle, Kim s'affairait aux fourneaux. J'étais affamé. Pas autant que l'autre jour dans la forêt, mais quand même assez pour avoir des gargouillis à l'estomac. D'un seul coup, j'eus la nostalgie du réfrigérateur plein à craquer dans lequel je n'avais qu'à me servir chez Stefan.

Je m'assis sur le banc près du lit d'Anak. De la main droite, je caressai la fourrure soyeuse du dessus de la pile prête à partir avec Darrell. Je ne pouvais m'empêcher de penser au renard qui en avait été dépouillé.

Cependant, levant la tête, j'éprouvai le besoin de m'excuser :

– Désolé pour tout à l'heure, Kim ; d'habitude, je ne chasse que dans les supermarchés...

– Je ne t'ai pas demandé de venir.

– C'est vrai. Mais je voulais voir.

– La mort fait partie de la vie, Jacob. C'est une vérité universelle.

– À t'entendre, on pourrait croire que la mort de ces animaux est une nécessité, Kim. Pourtant, rien ne vous impose de vivre ici, Anak et toi. Vous pourriez vous installer à Moosonee ou Moose Factory. On trouve tout ce qu'on veut au Northern Store : de la farine, du pain, des légumes, du from...

– Et de quoi vivrions-nous ? me coupa-t-elle. Avec quoi pourrions-nous nous offrir tout ça ?

– Tu pourrais travailler. Et Anak touche certainement une retraite…

– Une retraite ? s'esclaffa Kim avec un rire amer. Tu rêves ! Et moi, je ferais quoi ? Caissière au supermarché ? Non, mais tu m'y vois ?

Un point pour Kim, je devais le reconnaître.

– Tu as raison, reprit-elle. De nos jours, on n'est plus obligé de trapper et chasser pour survivre. Mais, pour la plupart d'entre nous, passer régulièrement du temps dans le bush est une nécessité vitale. C'est ce qui fonde notre culture et notre identité, Jacob. Si plus personne ne perpétue les traditions, c'est toute notre culture qui est condamnée à disparaître.

Je ne trouvai rien à répondre. Elle avait raison, je m'en rendais compte. D'autant qu'elle défendait un héritage qui était aussi le mien. Jamais je ne m'étais senti aussi écartelé. D'un seul coup, mes racines cree prenaient le pas sur tout ce qui avait fait ma vie d'avant : mon choix d'être végétarien, ma haine de Stefan, mon combat contre la maltraitance des animaux, mon amour de la musique et du sport… Et mes rêves d'un avenir dans lequel je mettrais le plus de distance possible entre ma famille et moi.

Par quel mystère avais-je pu me retrouver coincé depuis des jours dans cette cabane au fond des bois où bêtes et humains coexistaient dans une sorte d'harmonie originelle ? Je menais la vie à laquelle ma mère m'avait arraché sans me demander mon avis quatorze ans auparavant. La nature qui m'entourait faisait vibrer quelque chose que j'avais sans doute toujours eu en moi, mais qui avait été longtemps refoulé.

Le monde de mes ancêtres cree était impressionnant. Tout un univers d'histoires tragiques, de rituels et de savoirs ancestraux s'ouvrait à moi à une vitesse telle que j'en avais le vertige. J'essayais d'absorber tout cela sans me laisser submerger, mais c'était difficile.

– À quoi tu penses ? questionna Kim avec un regard triste.

Je secouai la tête.

– À rien.

– Tu n'aurais pas dû me suivre.

– Ce n'est pas ça, Kim. Simplement…

– Tu ne devrais pas essayer de toujours tout comprendre, Jacob. Donne-toi du temps, et laisse une chance à ta part de Cree.

Incapable d'articuler un son, j'acquiesçai d'un signe de tête.

Ce soir-là, après le dîner, Kim nous servit à chacun un gobelet de thé, et Anak bourra son calumet. J'attendais ce moment avec impatience, sachant que l'occasion d'en apprendre plus sur mon grand-père ne se représenterait sans doute plus. Si tout allait bien, Darrell arriverait le lendemain. Il m'emmènerait à Moosonee et je ferais enfin la connaissance de mon père.

Anak reprit son histoire là où il l'avait laissée. Mais, au lieu de revenir sur mon aïeul, il nous raconta d'abord ce qui était arrivé à sa sœur Sally, avec laquelle il avait été emmené de force au pensionnat Sainte-Anne.

– Elle était de trois ans mon aînée, commença-t-il. Elle logeait dans le bâtiment des filles. Pendant tout le temps que nous avons passé là-bas, je ne l'ai aperçue que deux fois, de loin, et nous n'avons jamais pu nous parler. J'ai appris beaucoup plus tard qu'à l'âge de treize ans, elle avait été violée et engrossée par un des missionnaires. Lesquels lui ont fait porter le chapeau et lui ont retiré son enfant à la naissance. Par la suite, elle a sombré dans l'alcoolisme et elle est morte avant quarante ans.

Ma gorge se serra. Je comprenais, à présent, pourquoi Anak avait mis deux jours à reprendre la parole. Il ne pouvait faire état de ces horreurs qu'à doses homéopathiques, sans quoi la souffrance aurait été insoutenable. Ça me laissait le temps de digérer ses révélations, à moi aussi.

Anak demeura un long moment silencieux avant de reprendre d'une voix brisée :

– Ton *moshum* et moi avons essayé trois fois de nous enfuir. Les deux premières, ils nous ont retrouvés, jetés au cachot et privés de nourriture. La troisième tentative a été la bonne. J'avais seize ans, Isaac, dix-sept. C'était l'automne, nous avons marché pendant des semaines à travers les marais. À la première neige, nous sommes tombés sur une cabane où nous avons été recueillis par une famille de chasseurs. Je n'ai revu mon père et ma mère que l'été d'après. Je devais avoir à peu près ton âge, Jacob.

Anak nous expliqua que ses parents lui étaient devenus étrangers. Ils parlaient une langue qu'il ne comprenait plus. Après quelques mois, il les avait quittés pour aller tenter sa chance à la ville, de même qu'Isaac.

– À peine arrivé à un endroit, je m'enfuyais comme si j'avais eu les esprits à mes trousses, se rappela Anak. J'en suis même arrivé à penser que j'étais fou. Ça n'a changé qu'à Moose Factory, lorsque j'ai rencontré Mary, mon épouse. Un jour, elle m'a regardé dans les yeux et m'a demandé : « De qui as-tu peur, Anak Sutherland ? » Je lui ai raconté ce que j'avais vécu. Et c'est ce qui m'a libéré. J'ai compris la gravité de ce qu'on m'avait fait subir. Sans Mary, je n'aurais pas pu surmonter ce traumatisme. Sans elle, et sans cette cabane, que j'ai construite au début de notre vie commune, quand j'avais besoin de passer du temps dans le bush pour être seul avec mes démons.

Je découvris que des milliers d'enfants des Premières Nations du Canada avaient partagé le triste sort d'Anak et de mon grand-père. Beaucoup d'entre eux étaient morts de malnutrition, certains s'étaient suicidés ou avaient péri en essayant de fuir leur enfer.

– Officiellement, trois mille, précisa Kim. Mais ce nombre est sans doute largement sous-estimé. On découvre encore des tombes dans les environs immédiats des écoles.

– Sans parler de tous ceux qui ont sombré dans l'alcoolisme ou la folie, ajouta Anak en plantant son regard dans le mien. Les violences qu'ils avaient subies les ont tués à retardement. Ma sœur Sally et ton *moshum*, Jacob, ne s'en sont jamais remis.

– Que lui est-il arrivé ? demandai-je d'une voix tremblante.

– Un beau matin, Isaac a débarqué à Moose Factory. Il avait vingt-six ans, et il buvait. Il ne voulait pas que je le sache, mais ça crevait les yeux. Voyant qu'il avait besoin d'aide, j'ai accepté de l'héberger pendant quelque temps. Ce n'était pas un hôte facile à vivre, si bien qu'au bout d'un moment, Mary en a eu assez. J'ai dû demander à Isaac de se chercher un autre gîte… Deux mois plus tard, il a épousé Alice Nakogee, ta *kokum*, et il s'est installé chez elle. Ton père est né l'année d'après. Au fil du temps, nous nous sommes vus de moins en moins souvent.

Anak marqua une pause, les yeux fixés sur le fond de son gobelet. Puis il reprit d'un ton monocorde :

– Ayant entendu dire qu'il buvait, couchait avec n'importe qui et battait sa femme et son fils, je suis allé le trouver. Et je lui ai dit ma façon de penser. Quand j'ai vu combien il avait honte et à quel point il était malheureux, j'ai décidé de lui donner une seconde chance. Je l'ai amené ici, dans cette cabane, en espérant que la vie au grand air le guérirait. Pendant quelques semaines, j'ai cru que ça suffirait. Quand il avait trop soif et que son corps réclamait de l'alcool, Isaac hurlait à la mort. Il pleurait et se lamentait, mais il tenait le coup, ne buvait que du thé et l'eau du fleuve. Peu à peu, il a compris qu'il payait pour les crimes des missionnaires, et qu'il était sur le point de bousiller sa femme et son fils, comme on l'avait bousillé lui.

Anak se tut, l'air soudain absent et la mine si sombre que je tendis le dos, redoutant la suite.

– Un jour, il s'est enfoncé dans le bush et n'en est pas revenu, conclut-il. Je suis parti à sa recherche. J'ai bien retrouvé l'amulette qu'il avait sculptée devant moi, mais je ne l'ai jamais revu.

Hein ? C'était ça, la fin de l'histoire ? Mon grand-père avait disparu ?

– Mais..., balbutiai-je, au comble de la déception.

Anak secoua la tête.

– Désolé, mon garçon. Je ne peux rien te dire de plus. Si tu veux en apprendre davantage, il faut que tu interroges ton père.

« Je voudrais bien, songeai-je avec amertume. Mais quand ? »

14

Du sang dans la neige

Le lendemain après le petit déjeuner, Kim examina ma cuisse gauche. Lorsqu'elle se pencha sur moi, une partie de mon anatomie s'emballa dangereusement, mais je réussis à la dissimuler sous la couverture de fourrure, que je ramenai à moi l'air de rien.

– Ça fait mal ? demanda Kim.

– Tant que tu n'appuies pas dessus, non.

– La cicatrice est belle, observa-t-elle. Je vais t'enlever les fils.

– Maintenant ? m'affolai-je.

– Oui, pourquoi ? Ce sera sûrement plus agréable après.

– Ça ne peut pas attendre un peu ?

– T'inquiète, je ferai très attention.

– Je sais. Mais je préfèrerais me donner un jour de plus.

– Soit, céda-t-elle. Comme tu veux.

Anak était parti très tôt relever une ligne de pièges. Je regrettais qu'il ait emmené Shadow, car j'avais adoré notre petite conversation de la veille. En me rendant à la cahute, je me dis qu'ils allaient me manquer, tous les trois : Shadow, le trois-quarts loup, Anak, le vieux Cree en qui j'avais trouvé un grand-père, et Kim, la jolie garde-malade à laquelle je m'étais attaché malgré moi.

Le ciel était couvert, d'un gris plombé qui annonçait la neige. Kim avait peut-être vu juste, après tout. En revenant à la cabane, je la vis sortir de la remise une barquette en plastique jaune. Je reconnus le traîneau dans lequel Anak m'avait transporté. Un fusil attendait près de la porte.

– Tu pars chasser ? lançai-je, navré.

Je ne m'expliquais pas ma déception. Il n'y avait là rien d'inhabituel, c'était ce qu'elle faisait tous les jours.

– Je dois nous procurer de la viande, Jacob. Ce n'est pas avec des lièvres et quelques perdrix qu'Anak et moi pourrons tenir le coup.

– Comment ça ?

– La chair des petits animaux est pauvre en graisse et en calories. Quand on ne se nourrit que de ça, à la longue, on attrape des maux de tête et des diarrhées, on s'anémie et on n'a plus la même résistance au froid. On appelle ça la « faim du lapin ».

– Qu'est-ce que tu espères prendre ? demandai-je en désignant le traîneau du menton.

Secouant la tête, elle répondit avec une moue embarrassée :

– Je ne peux pas te le dire, Jacob. C'est un secret entre ma proie et moi.

Cette réponse m'intrigua tellement que j'en oubliai Darrell, qui devait arriver sous peu.

– Je peux t'accompagner ?

Kim fronça les sourcils. Ma demande n'avait pas l'air de l'enthousiasmer. Elle ouvrit la bouche, sans doute pour me décourager, mais se ravisa. Dix minutes plus tard, tirant derrière moi la barquette jaune, je m'engageais à sa suite sur la piste qui menait au lac, une étendue d'eau tout en longueur, bordée de buissons et de grands arbres alignés en rangs serrés. Nous en avions presque fait le tour lorsque Kim découvrit des empreintes de sabots fourchus dans la neige croûtée.

– *Atik*, chuchota-t-elle. Un caribou.

Parlant tout bas, elle m'expliqua que ces animaux vivaient seuls ou en petits groupes. Dans le cas présent, il s'agissait d'un individu isolé. Les yeux brillants, Kim prit son fusil dans sa main droite. Tout dans son attitude trahissait la fièvre qui l'avait saisie. Si ce caribou était encore dans les parages, son sort était scellé.

Kim me fit signe d'abandonner le traîneau et de la suivre sans faire de bruit. La trace faisait le tour d'un épais taillis. Nous nous avançâmes avec d'infinies précautions. Soudain, Kim se figea. Se retournant à demi, un doigt sur les lèvres, elle m'intima par gestes de rester où j'étais.

À environ trente mètres de nous, un caribou broutait du lichen sur un tronc d'arbre. Il avait de longues jambes, la tête et l'arrière-train d'un brun foncé presque noir qui contrastait avec le blanc crémeux de son encolure, et arborait une paire de bois majestueuse.

Kim épaula son fusil, plaqua la crosse tout contre sa joue et, tout en murmurant quelque chose en cree – sans doute une prière –, elle évalua la distance dans le viseur. Puis elle inspira à fond et appuya sur la détente. Le caribou s'affaissa.

Nous courûmes jusqu'à lui. Bien que Kim ait visé avec le plus grand soin, il n'était que blessé. Il roulait les yeux, donnait des coups de tête à droite et à gauche et faisait des efforts désespérés pour se relever.

En quelques jours, je m'étais habitué par la force des choses à voir mourir des animaux. Mais ce regard fou de terreur et ce grand corps palpitant, ainsi que l'odeur de fourrure mouillée, de sueur et de sang me soulevèrent l'estomac.

Kim ajusta un second tir. Le caribou fut agité d'un dernier soubresaut, ses yeux devinrent vitreux, ses pattes cessèrent de s'agiter, et il s'éteignit dans un râle.

Kim fit un pas en avant et trancha la gorge de l'animal. Un flot de sang vermeil se répandit dans la neige. Réprimant un haut-le-cœur, je détournai la tête et tentai de penser à autre chose. Pas question de craquer devant Kim.

Le drame sanglant qui venait de se jouer au bord du lac était affreux et cruel. Mais, si j'essayais de me rappeler mes jeunes années, mes racines, la cérémonie des premiers pas, peut-être en comprendrais-je le sens ?

Kim attendit que le caribou soit vidé de son sang, puis elle dispersa du tabac au-dessus de sa tête en lui expliquant pourquoi elle avait dû le tuer, disant qu'elle avait besoin de sa viande, de sa peau et de ses os. Après l'avoir remercié, elle se mit au travail : de la pointe de son couteau, elle trancha la peau et les tissus de la panse, puis retira les viscères, mettant au jour une cavité rouge vif d'où s'élevait une vapeur âcre. Ses gestes vifs et précis montraient qu'elle savait exactement ce qu'elle avait à faire.

À un moment, elle me jeta un regard en coin. Je compris qu'elle avait besoin d'aide.

– Que veux-tu que je fasse ? demandai-je.

– Va chercher le traîneau, déplie la bâche et étends-la au fond.

Je m'empressai de lui obéir. Tout en m'éloignant, je respirai plusieurs fois à fond et me promis de ne jamais chasser. Si je commençais à tuer des animaux, je ne pourrais plus me regarder dans la glace.

Cependant, ce qui était vrai pour moi ne l'était pas pour Kim. Lorsque nous prîmes le chemin du retour avec les quartiers de caribou enveloppés dans la bâche, je n'étais plus tout à fait le même. Elle pouvait bien agir comme elle l'entendait, ce n'était plus un problème pour moi.

Pour le déjeuner, nous mangeâmes des bannocks – des pains d'orge cuits à la poêle –, et des steaks de caribou, que je dévorai, à croire que mon organisme affaibli savait d'instinct ce qui était bon pour lui.

Anak nous rejoignit en début d'après-midi. Il était bredouille, mais écouta avec des yeux brillants le récit de notre aventure. Il se restaura à son tour, et but deux tasses de café avec beaucoup de sucre. Puis il échangea quelques mots en cree avec Kim et repartit.

– Il retourne à la chasse ? m'étonnai-je.

– Non, répondit Kim en secouant la tête. Il va fumer la viande dans le tipi.

– Il a besoin d'aide ?

– Je ne serais pas surprise qu'il préfère être seul. Mais tu peux quand même lui poser la question.

Je jetai un coup d'œil par la fenêtre. Il avait recommencé à neiger. Du trou d'évacuation en haut du tipi s'élevait de la fumée. Anak avait beau ne pas le montrer, il n'avait pas l'air d'aller bien. Et je n'étais pas le seul à m'en inquiéter. Kim se faisait du souci aussi, cela se voyait.

Après avoir enfilé ma parka, je sortis dans le froid. Shadow montait la garde à l'entrée du tipi, un amas de viscères entre les pattes. Je frappai à la porte.

– Anak ?

Le panneau de bois s'écarta. L'ancien passa la tête dans l'ouverture.

– As-tu besoin que je t'aide, *moshum* ? proposai-je.

– Je me débrouille très bien tout seul, déclina-t-il. Retourne plutôt voir Kimiwan, mon garçon.

Pour être honnête, je ne demandais pas mieux.

De retour à la cabane, je trouvai Kim, lunettes sur le nez, en train de broder des perles. Sur la table étaient disposées six petites assiettes plates en émail blanc contenant respectivement des perles vertes, rouges, blanches, jaunes, bleues et noires.

– Je crains qu'Anak nous cache quelque chose, dis-je en m'asseyant en face d'elle. J'ai l'impression qu'il souffre, et qu'il s'isole pour ne pas nous affoler.

Kim acquiesça d'un signe muet mais elle avait les yeux humides.

– Ça ne va pas, Kim ? hasardai-je.

– Si, ça va, répondit-elle d'une voix qui démentait ses paroles.

Ayant essuyé du revers de sa manche les larmes qui roulaient sur ses joues, Kim reprit son ouvrage, piquant des perles une à une de la pointe de son aiguille pour les coudre sur le cuir clair. Soudain, elle s'interrompit et déclara :

– Parce que je tue des animaux pour survivre, tu me trouves insensible et cruelle, c'est ça ?

Comme Jacob gardait la tête baissée, elle enchaîna :

– Tu te crois meilleur que moi sous prétexte que tu ne manges pas de viande ?

Secouant la tête, Jacob osa enfin lever les yeux sur elle.

– Non. Simplement, je n'avais jamais vu mourir un aussi gros animal. Ce caribou... il y avait une telle tristesse dans ses yeux que j'ai eu mal pour lui.

Les paroles de Jacob venaient du cœur, et elle en fut profondément touchée. De tous les garçons qu'elle connaissait, aucun n'avait autant d'empathie pour les êtres vivants.

– Moi aussi, Jacob, avoua-t-elle. Mais c'est ainsi.

Il acquiesça d'un signe de tête.

– Je ne te juge pas. Et mon but n'est pas que tu remettes en question tes choix et ton mode de vie...

Pourtant, il avait semé le doute dans son esprit, et en cet instant elle n'était pas loin de le haïr. Car, désormais, elle ne pourrait plus jamais abattre un animal sans se rappeler ses paroles et la façon dont il l'avait regardée dans la forêt.

D'un seul coup, Kim me sembla terriblement fragile et vulnérable. Entre ses mains naissaient de jolis motifs floraux bleus. Un travail magnifique. Si elle le voulait, elle pourrait certainement en vivre. À Moose Factory, il y avait un « Centre d'interprétation culturelle cree ». Avait-elle déjà songé à y exposer ses œuvres ?

Elle ne semblait pas d'humeur à bavarder. Peut-être était-elle parvenue à la conclusion que je n'en valais pas la peine ? Le *nitao* n'était pas mon truc, j'étais sensible à la souffrance des animaux et ne voyais pas la nécessité de les tuer. Pour elle, je n'étais pas vraiment un homme.

Mais peut-être m'aimait-elle plus qu'elle ne le laissait paraître ? Peut-être lui arrivait-il la même chose qu'à moi ? Cette pensée me faisait peur. J'enfilai ma parka et pris la fuite.

Kim n'avait pas levé les yeux. J'en déduisis qu'elle était contente de ne plus m'avoir sur le dos. Je restai un instant debout sur le pas de la porte, les bras ballants. Jusqu'au moment où j'aperçus le tas de bois et la hache à long manche plantée dans un billot. Fendre du bois, c'était une occupation tout indiquée pour quelqu'un qui avait besoin de se défouler.

Je n'avais encore jamais manié la hache, mais ça ne devait pas être bien compliqué. Je plaçai un rondin sur le billot, levai l'outil au-dessus de ma tête et l'abattis de toutes mes forces.

Raté ! Ce n'était pas aussi facile que je l'avais imaginé. J'avais visé trop à droite. Déséquilibrée, la hache m'échappa des mains et alla se planter dans la neige. Le rire sardonique d'un Wisakedjak, sorte de grosse corneille bleue, se fit entendre dans les arbres.

Malgré l'élancement douloureux que mon geste avait provoqué dans mon épaule gauche, je fis une deuxième tentative. Cette fois, je réussis mon coup, mais en partie seulement, car la lame se coinça au milieu du rondin. Après avoir tiré en vain sur le manche pour l'en retirer, je soulevai le tout à bout de bras, ce qui me demanda un effort terrible, et le fracassai sur le billot.

Au rire moqueur de l'oiseau s'ajouta celui de Kim. Faisant volte-face, je la vis qui se tenait les côtes.

– À présent, j'ai un nom cree à te donner ! s'esclaffa-t-elle. « Le-garçon-qui-ne-sait-pas-manier-la-hache » !

J'étais si content qu'elle daigne me parler que je souris.

– Je suis ridicule, je sais, grognai-je. Et alors ? Je n'ai jamais eu à fendre du bois : chez moi, il suffit d'appuyer sur un bouton pour allumer le chauffage. Mais, si tu m'apprenais, je pourrais peut-être me rendre utile !

Ignorant mes sarcasmes, Kim plaça un nouveau rondin sur le billot et s'assura qu'il était bien centré. Puis elle me prit la cognée des mains, plia légèrement les genoux et frappa sans forcer, en plein dans le mille. La bûche éclata avec un craquement sec.

– L'essentiel n'est pas de frapper fort, m'expliqua Kim, mais d'utiliser la gravité.

Me redonnant l'outil, elle me montra comment placer mes mains sur le manche. Il me fallut plusieurs essais avant de comprendre le truc, mais bientôt les bûches commencèrent à voler. Nous en remplîmes une pleine panière que nous transportâmes sur la véranda.

Entre-temps s'était levé un vent violent, et la forêt retentissait de ses mugissements lugubres. Courbés en deux, la tête rentrée dans les épaules pour échapper aux tourbillons de neige qui nous fouettaient le visage, nous tendîmes une bâche au-dessus du tas de bois. Était-ce la tempête annoncée par Kim ? Tandis que j'essayais de la fixer de mes doigts gourds, je priai le ciel pour qu'elle cesse avant le soir et n'empêche pas Darrell d'arriver. Je devais absolument repartir le lendemain, c'était ma dernière chance de passer au moins une soirée avec mon père.

Anak ne tarda pas à nous rejoindre dans la cabane. Ses vêtements étaient imprégnés de l'odeur du bois et de la viande fumée. Il ne desserra pas les dents de la soirée et alla se coucher tout de suite après le dîner. Je me retirai dans la chambre avec Kim pour le laisser se reposer.

– Qu'est-ce qu'il a ? demandai-je.

– Je ne sais pas exactement. Mais je crains que ce ne soit très grave.

15

Une bonne leçon

Au matin, la tempête s'était calmée. Il ne neigeait plus, mais le vent avait formé d'énormes congères et il y avait des branches cassées un peu partout. Je voulus me rendre à la cahute, ce qui s'avéra une véritable expédition parce que je m'enfonçais dans la poudreuse jusqu'à mi-cuisses quasiment à chaque pas.

Au retour, j'allai chercher une pelle dans la remise, déblayai devant la cabane et creusai un nouveau chemin jusqu'au cabanon. Huit jours s'étaient écoulés depuis ma rencontre avec l'ours. Pelleter me faisait mal à l'épaule, certes, mais ce n'était rien à côté de ce que j'avais enduré au début.

Anak ne se leva qu'une fois le petit déjeuner servi. Chacun de nous eut droit à un bol de porridge enrichi de noisettes et de fruits secs, ainsi qu'à du thé noir avec du lait en poudre.

Le repas terminé, Kim et Anak échangèrent quelques mots en cree. Puis Anak revint à l'anglais, et je compris qu'il renonçait à aller relever ses pièges. À cause des congères, dit-il. Cependant, il n'y avait qu'à le voir grimacer de douleur quand il se croyait seul pour deviner qu'il souffrait bien plus qu'il ne voulait l'avouer.

Son état se dégradait rapidement, et cela me rendait fou de ne rien pouvoir faire pour lui, et d'être réduit à attendre que Darrell arrive. J'essayais de me convaincre que Kim et son cousin savaient ce qu'ils faisaient, et qu'ils avaient l'habitude de ce genre de situation, mais ça ne m'empêchait pas de m'inquiéter.

Kim s'était remise à sa broderie. Anak étendit une toile cirée en bout de table et commença à nettoyer son fusil. Cet homme-là ne savait pas rester inactif, il fallait toujours qu'il ait les mains occupées.

Je me retirai dans la chambre et rassemblai mes affaires. Je voulais être prêt quand Darrell arriverait. Prêt à m'enfuir d'ici, loin de cette vie primitive, loin de Kim et de mes sentiments pour elle, dont je ne m'étais ouvert à personne sinon à mon carnet, qui s'était enrichi d'un nouveau texte de chanson.

Posté à la fenêtre, je contemplais distraitement le paysage. La nuit précédente, j'avais rêvé que je couchais *avec* Kim – et non à côté d'elle. Depuis, ce rêve délicieux ne me sortait plus de l'esprit.

– Je crains que Darrell ait dû retarder son départ, murmura Kim du bout des lèvres.

– Hein ? m'exclamai-je en me retournant. Mais pourquoi ? Il a arrêté de neiger !

– Pour l'instant.

– Mais je dois repartir demain ! protestai-je avec un regard implorant en direction d'Anak.

Celui-ci secoua la tête d'un air navré.

– Dans ce cas, je pars, déclarai-je d'un ton résolu. Je vais très bien, je serai là-bas avant ce soir.

– Je crains que ce ne soit pas une bonne idée, objecta Kim.

– Vous ne pouvez pas me retenir de force.

Kim et son aïeul échangèrent un coup d'œil indéchiffrable. Le vieil homme secoua de nouveau la tête, puis il se concentra sur son travail.

J'étais catastrophé. Non seulement j'allais rater mon train et louper ma correspondance, mais surtout Anak avait besoin de soins, c'était évident. S'il n'était pas hospitalisé très vite, il risquait de mourir sur place. Tout ça parce que son neveu était en retard.

Kim savait recoudre une plaie, préparer des onguents et des potions à base de plantes, mais elle n'était pas médecin. Il fallait que j'aille chercher de l'aide.

– Je dois me rendre à Moosonee, insistai-je. Ça ne peut plus attendre : maintenant, mon père est certainement au courant de ma venue, et il doit se demander où je suis passé. Quant à ma mère, sans nouvelles de moi depuis huit jours, elle doit être super inquiète.

– D'accord, abrégea Kim à ma grande stupeur. Mais, dans ce cas, je viens avec toi. Prends tes affaires. Je nous prépare un en-cas et on y va.

– Par un temps pareil, c'est de la folie, tenta de s'interposer Anak. Et tu n'es pas assez solide pour une telle expédition, Jacob.

– Le temps n'est pas si catastrophique que ça, plaidai-je. Et il n'y a pas beaucoup de congères sur la rivière.

– Laisse, *moshum*, intervint Kim. Tu vois bien qu'il est décidé… Cette tête de mule ne changera pas d'avis.

Je rougis de honte. Ce qui ne m'empêcha pas de me préparer : caleçon long, pantalon étanche, polaire, parka… Je superposai les couches en toute hâte.

– Ce n'est pas la peine que tu viennes, Kim, décrétai-je une fois habillé. Je suis capable d'y arriver tout seul.

Faisant la sourde oreille, elle revêtit son équipement.

– Tu te surestimes, Jacob, assena le vieux en me toisant d'un air sévère.

Je n'aimais pas l'idée de le laisser. D'un autre côté, si nous parvenions à atteindre Moose Factory avant ce soir, un hélicoptère viendrait le chercher à la première heure le lendemain, et il pourrait encore être sauvé.

Anak saisit la main que je lui tendais. Mais, quand je pris congé de lui, il détourna la tête. Je n'aurais pas su dire s'il m'en voulait de mon départ précipité, ou s'il était ému et ne voulait pas le montrer.

J'enfilai mes mukluks, pris mon sac et sortis. Kim, qui

m'attendait déjà sur le pas de la porte, me présenta une paire de raquettes.

– C'est pour quoi faire ?

– Ne pose pas de questions.

– Mais je n'ai jamais marché avec ça ! me récriai-je.

– Eh bien, tu vas apprendre, répliqua-t-elle sèchement.

Se baissant, elle ajusta mes raquettes à mes pieds, chaussa les siennes et s'élança en disant :

– Fais comme moi !

Autant, quand je la regardais, ça semblait facile, autant j'avais du mal à ne pas m'emmêler les pinceaux. Les jambes légèrement écartées, je fis quelques pas mal assurés. Heureusement, je ne tardai pas à piger le truc, si bien qu'au bout de quelques mètres cela allait déjà beaucoup mieux.

Nous couvrîmes les premiers kilomètres en un temps record. La surface du fleuve n'était pas aussi plane que je l'avais cru, mais nous trouvions toujours un espace où passer entre les congères. La neige crissait sous nos pieds. Kim n'avait pris qu'un sac léger, et elle avançait d'un pas alerte.

J'étais malheureusement beaucoup plus chargé, et transpirais sous le poids de mon sac. Lorsque nous nous étions mis en route, un soleil blanc transparaissait encore dans le ciel blafard. Mais depuis il avait recommencé à neiger, et un vent glacé en provenance de la baie s'était mis à souffler.

Kim se retournait régulièrement pour vérifier si je suivais. Alors que je me serais plutôt attendu à un regard réprobateur, du genre « Je-te-l'avais-bien-dit », elle semblait surtout inquiète. Le vent mugissait autour de nous. La neige nous fouettait le visage, et se logeait jusque dans mes narines, si bien que j'avais du mal à respirer. Nous avancions courbés en deux, à deux ou trois kilomètres/heure tout au plus. À ce rythme-là, jamais nous ne serions à Moosonee avant la nuit.

Je faillis demander à Kim de rebrousser chemin. Cela aurait été mille fois plus raisonnable, et pourtant je n'en fis rien. Je tenais à lui prouver que j'avais de l'endurance, que j'étais un homme, un vrai. Serrant les dents, je marchais dans ses pas en m'efforçant de ne pas me laisser distancer, mais il m'arrivait de la perdre de vue tant la neige tombait dru autour de nous.

J'avais des élancements dans la cuisse et transpirais sous mes vêtements. Ce qui m'interdisait de m'arrêter sous peine d'être aussitôt transpercé par le froid. Le porridge de ce matin ne suffisait pas. J'aurais eu plus d'énergie, et mon corps aurait mieux emmagasiné la chaleur si j'avais mangé un bon steak de caribou.

Je n'arriverais jamais au bout, c'était de la folie pure. Même si j'avais honte de le reconnaître, j'avais encore présumé de mes forces. Pire, par mon orgueil et mon inconscience, je nous avais mis en danger tous les deux.

– OK, tu as gagné ! capitulai-je. On fait demi-tour ?

Pas de réponse. Kim avait disparu.

– Kim ! hurlai-je. Bon sang, à quoi tu joues ? Ce n'est pas drôle !

Sa silhouette apparut dans l'opacité blanche. Je poussai un ouf de soulagement.

– Qu'est-ce qu'il y a ? cria-t-elle pour couvrir le bruit de la tempête.

– Anak avait raison, avouai-je, je n'ai pas la résistance nécessaire.

Cet aveu me coûtait tellement que j'en avais les larmes aux yeux. J'étais épuisé, j'avais mal partout et flageolais sur mes jambes.

Dans l'état où j'étais, je ne voyais pas comment je pourrais regagner la cabane. Pourtant, il allait bien falloir. Je pivotai sur moi-même mais me pris les pieds dans mes raquettes et faillis tomber la tête la première.

« Du calme, m'exhortai-je. Pas de panique, ça va aller... »

Après avoir fait demi-tour, je repartis en suivant la trace que nous avions faite à l'aller, mais la neige avait déjà commencé à recouvrir nos pas.

– Jacob, stop ! cria soudain Kim dans mon dos.

Je m'immobilisai le temps qu'elle me rejoigne.

– Passe-moi ton sac !

– Pas question, résistai-je.

La laisser porter mes affaires aurait été le comble de l'humiliation.

– C'est moi qui nous ai attirés dans ce merdier, je porterai mon sac jusqu'à la maison, déclarai-je.

Avais-je bien dit : « la maison » ?

Sur cette déclaration, je voulus me remettre en route. Mais Kim en décida autrement. D'une tape dans le dos, elle me fit perdre l'équilibre, et je m'étalai de tout mon long. Rapide comme l'éclair, elle me retourna comme une crêpe et s'empara de mon sac.

– Je n'en peux plus, haletai-je, vaincu. Je vais rester ici. Toi, rentre !

– *Ka-ma-che !* s'énerva-t-elle. Lève-toi, espèce d'idiot !

Se baissant, elle me saisit la main droite et tira dessus de toutes ses forces. À peine m'étais-je remis péniblement debout qu'elle épaula mon sac et ordonna :

– En avant ! Dépêche-toi !

J'avais perdu toute notion du temps lorsque Shadow sortit soudain de nulle part. Je fus si heureux de le voir que les larmes me montèrent aux yeux.

– *Tu es fier de toi ?* attaqua-t-il d'entrée de jeu.

– *Non.*

– *Qui as-tu voulu sauver ? Toi ? Ou Anak ?*

– *Les deux. Anak a besoin de soins.*

– *Il ne veut pas aller à l'hôpital. C'est là que sa femme est morte.*

– *Je ne savais pas.*

– *Il y a beaucoup de choses que tu ne sais pas.*

Sans Shadow, je n'aurais peut-être pas tenu le coup jusqu'au bout. Il marchait à côté de moi et sa présence me donnait le courage d'avancer. À force de mettre inlassablement un pied devant l'autre, je réussis je ne sais comment à atteindre la cabane. Je traversai sans un mot la grande salle, où Anak dormait déjà, me débarrassai de mes vêtements glacés et me mis directement au lit. Nous n'avions pas dû marcher plus de trois heures, mais j'étais exténué. Exténué, et malade de terreur à l'idée pourtant absurde que j'allais rester coincé jusqu'à la fin de mes jours dans cette cabane de trappeur au fond des bois, cerné par des loups et des ours, et obligé de chasser pour me nourrir. Je me roulai en boule sous la couverture et tentai de ne plus penser à rien.

Lorsque j'ouvris les yeux, mes vêtements avaient été mis à sécher et un feu ronflait dans le poêle. Pelotonné dans le lit sous l'épaisse fourrure moelleuse, je m'y trouvais si bien que je n'aurais voulu être nulle part ailleurs. Je n'aspirais qu'à y rester jusqu'à la fin de l'hiver en attendant de pouvoir regagner Moosonee à la nage.

Kim entrebâilla la porte.

– J'ai fait réchauffer de la soupe, tu es en état de te lever ?

– Oui, grommelai-je. Mais je n'ai pas envie.

– Tu as besoin de quelque chose ?

– Non.

– Holà ! s'exclama-t-elle en venant s'asseoir au bord du lit. Et si, au lieu de te morfondre, tu essayais d'être optimiste ? Tu disposes encore de quelques jours pour devenir un vrai Cree ! Tu as déjà appris à fendre du bois et à marcher avec des raquettes. Demain, je t'apprendrai à coudre des mocassins.

Quelques jours ? Si c'était une plaisanterie, elle ne me faisait pas rire.

– Ton grand-père est malade, Kim. Il devrait être hospitalisé.

– Je sais, acquiesça-t-elle en baissant la tête.

– Sans Shadow, je ne sais pas si j'aurais réussi à revenir jusqu'ici. Maudite tempête !

– Pourtant, je t'avais prévenu, dit-elle en me fixant de ses grands yeux bruns.

– Exact. Mais, si tu t'y attendais, pourquoi as-tu proposé de m'accompagner ?

– Parce que tu avais besoin d'une bonne leçon. Et que ni Anak ni moi ne voulions que tu y laisses ta peau.

– Tu dois me prendre pour un crétin, supposai-je, penaud.

Hochant la tête, Kim murmura :

– Et puis, j'espérais qu'on y arriverait.

– C'est ma faute, regrettai-je. Tu as dû faire demi-tour à cause de moi.

– T'inquiète. Seule, je n'aurais pas pu couvrir les soixante kilomètres jusqu'à Moosonee par ce temps. Dans cette région, c'est la météo qui décide ce qu'on peut faire ou non.

– Mais, si ton cousin n'arrive pas, que va devenir Anak ?

– Il ne va plus tarder. La tempête s'est calmée. Avec un peu de chance, il sera là avant ce soir.

Darrell ne vint pas.

Cependant, Anak devait se sentir un peu mieux, car

il alla à la pêche avec Kim. Ou alors il ne supportait plus d'être enfermé entre quatre murs.

Après m'être lavé, je fis un peu de ménage. Puis je m'assis à la grande table et commençai à écrire :

Chers Kim et Anak,

Je vous remercie du fond du cœur pour tout ce que vous avez fait pour moi. Vous m'avez sauvé la vie, vous m'avez soigné, nourri, et au cours des quelques jours que j'ai passés chez vous j'ai beaucoup appris. Vous n'imaginez pas ce que cela représente pour moi. À présent, je ne suis plus tout à fait le même : je me sens moins blanc à l'intérieur et je ne trouve pas ça désagréable !

Je compte revenir cet été pour faire enfin la connaissance de mon père. J'espère vous revoir à cette occasion.

Miigwetch,

Jacob Cheechoo

Je pliai la feuille en quatre et la glissai dans ma poche avec l'intention de la laisser sur la table quand je partirais le lendemain matin.

Dans trois jours, je serais de retour à Iéna. Je retrouverais ma mère, qui m'avait menti, Stefan, qui me détestait, et Jonas, pour qui j'avais vraiment de l'affection ; je reprendrais mon régime végétarien, sortirais avec des filles que je n'aimais pas, et jouerais de la musique avec Ben et Rashad.

Il s'était écoulé moins de deux semaines depuis que je m'étais réfugié chez Ben après mon altercation avec mon beau-père, or il me semblait que cela remontait à des années. J'étais parti sur un coup de tête, sans me douter une seule seconde que je me retrouverais au milieu de nulle part, que j'y trouverais ma place et y vivrais une expérience si extraordinaire que ma vie en serait entièrement chamboulée. J'avais appris à goûter des plaisirs simples : un bon feu, une nourriture saine, les histoires d'un vieil Algonquin ou la complicité d'un loup…

Et j'étais tombé amoureux d'une fille qui avait changé mon regard sur les choses.

16

Un bain glacé

Des coups sourds en provenance de la véranda m'arrachèrent à mes réflexions. Shadow ! Pourquoi pleurait-il comme ça ? Et pourquoi grattait-il furieusement à la porte ?

Je bondis de ma chaise. À peine avais-je entrouvert qu'il me sauta dessus et me tira frénétiquement par la manche, comme pour m'entraîner dehors. J'enfilai mes mukluks et ma parka en espérant qu'il n'était rien arrivé au cousin de Kim, et sortis en toute hâte.

Shadow partit en flèche, non en direction du fleuve, mais droit vers le lac.

« Oh, non, pas Anak ! » songeai-je en me ruant derrière lui sur le sentier.

Le lac n'était qu'à trois cents mètres de la cabane, trois cents mètres qui me parurent éternels.

« Bon sang, s'il était aussi mal en point, il n'avait qu'à rester dans son lit ! » pestai-je en courant aussi vite que mes jambes me le permettaient.

Je trouvai le vieil homme étendu sur la berge. Shadow lui donnait des coups de tête en poussant des gémissements plaintifs sans qu'Anak réagisse. Le vieux respirait, mais il était évanoui. Qu'était-il arrivé ? Et où était Kim ?

Je balayai les alentours du regard. Soudain, mon cœur s'arrêta. À quelque distance de la rive, la tête de Kim dépassait d'un trou dans la glace. Ses moufles noires s'agrippaient désespérément au bord.

– Tiens bon, Kim ! criai-je en me précipitant à son secours. J'arrive !

Je m'avançai vers elle avec précaution, testant la glace du bout du pied à chaque pas. Moins épaisse que je ne l'aurais pensé, elle craquait dangereusement sous mon poids, mais elle portait. Shadow, qui m'avait suivi, bondissait comme un fou autour du trou d'eau en poussant des jappements déchirants. À cet endroit du lac, l'eau ne pouvait pas être très profonde ; le problème était que Kim n'avait aucune prise. Depuis combien de temps luttait-elle pour sa survie ? Je l'ignorais. Mais une angoisse mortelle se lisait dans ses yeux sombres.

Parvenu non loin du trou, je me mis à plat ventre, jambes écartées pour mieux répartir mon poids, et tendis le bras.

– Ta main ! dis-je.

Kim leva la main droite. Je la saisis par le poignet et tirai dessus de toutes mes forces, en vain, car ses vêtements gorgés d'eau la retenaient en arrière. Mais la peur me donna des forces insoupçonnées ; avec une témérité dont je ne me serais pas cru capable, je m'avançai jusqu'à pouvoir empoigner aussi sa main gauche et, sans perdre une seconde, je reculai centimètre par centimètre.

Les yeux agrandis par l'horreur, nous nous regardions sans échanger une parole, haletants et soufflants, nous appliquant uniquement à synchroniser nos efforts. À un moment, alors que Kim était à moitié hors de l'eau, je crus avoir gagné la partie. Mais un craquement sinistre se fit entendre et la glace commença à se fissurer derrière elle.

Mû par l'énergie du désespoir, je donnai un coup de reins magistral et me jetai en arrière. Hors d'haleine, nous roulâmes sur le côté. La manœuvre avait réussi ! Mais la glace continuait à se rompre. Bien qu'épuisés, nous nous enfuîmes en rampant, et ne nous arrêtâmes pour reprendre notre souffle qu'une fois en sécurité.

Allongée sur le dos, Kim tentait de reprendre sa respiration. Encore tout tremblant, je me penchai sur elle et écartai de son visage ses cheveux trempés.

– On ne peut pas rester ici, lui dis-je. Viens !

Nous regagnâmes la terre ferme à quatre pattes. C'est alors que Kim aperçut Anak. Trop faible pour courir, elle se traîna jusqu'à lui en pleurant.

– *Moshum ! Moshum !*

Je m'agenouillai près du vieux et pris son pouls.

– Il est vivant ! confirmai-je avec soulagement, tout en me demandant comment procéder, sachant que je ne pourrais jamais les porter tous les deux.

Au même instant, Anak revint à lui.

– Kim est tombée à l'eau, lui expliquai-je en peu de mots. Je la ramène au chaud et je reviens vous chercher, d'accord ?

– Occupe-toi d'elle, répondit-il, une main sur mon épaule. Je compte sur toi.

Il n'y avait pas une minute à perdre. Soulevant Kim par les aisselles, je l'aidai à se mettre debout. Mais au bout de quelques pas à peine ses jambes se dérobèrent sous elle. Je la pris dans mes bras et entrepris de la porter jusqu'à la cabane. Je n'étais pas encore remis de notre expédition du matin et j'avais affreusement mal à la cuisse et à l'épaule, mais il fallait que je tienne le coup, c'était une question de vie ou de mort.

Parvenu à la cabane, j'installai Kim sur une chaise devant la cheminée, disposai trois grosses bûches sur les braises rougeoyantes et ranimai le feu en toute hâte. Puis je commençai à la déshabiller. La veste en daim, les mukluks, son pantalon… tout était trempé. Une flaque ne tarda pas à se former sur le plancher.

– Que s'est-il passé, Kim ? demandai-je en déboutonnant son chemisier de mes doigts gourds.

– Anak… je… je…

Elle claquait tellement des dents que les mots ne réussissaient pas à franchir ses lèvres bleues. Elle grelottait et tremblait de tous ses membres. Épaisseur après épaisseur, je continuai à la débarrasser de ses vêtements jusqu'à ce qu'elle n'ait plus sur elle qu'une culotte et un maillot.

– Le T-shirt aussi, ordonnai-je. Lève les bras !

Elle secoua la tête, ce dont je me réjouis, car c'était le signe qu'elle n'avait pas perdu de sa combativité. Son maillot trempé lui collait à la peau, laissant voir tout ce qu'il y avait à voir. Ses petits seins étaient parfaitement galbés, les mamelons, marron foncé.

– Inutile de protester, Kim, insistai-je. Il le faut.

Pour toute réponse, elle me décocha un de ses regards impossibles à déchiffrer. Tant pis. Je pris son T-shirt par l'ourlet et tentai de le lui ôter, mais elle gardait les bras obstinément le long du corps.

– À quoi tu joues ? m'énervai-je. Tu crois que je n'ai jamais vu une fille nue ? Ou tu tiens à attraper une pneumonie ?

« S'il n'est pas déjà trop tard », ajoutai-je mentalement, la peur au ventre.

– Aid… aid…

Ses dents s'entrechoquaient si fort que je mis un moment à comprendre qu'elle essayait de me dire quelque chose.

– Qu'est-ce qu'il y a, Kim ? demandai-je, cette fois avec toute la douceur dont j'étais capable.

– Je n… ne pp p… pas… lever… bras, balbutia-t-elle. Aide-m… moi.

– OK, fis-je gentiment.

La prenant dans mes bras, je l'emmenai dans la chambre à coucher, lui levai les bras et ôtai son maillot. Ce que je découvris alors me laissa sans voix.

Une partie de son ventre et de ses hanches était marbrée de vilaines boursouflures rose pâle qui flétrissaient son corps par ailleurs parfait.

Ces cicatrices, la mèche blanche… c'étaient des stigmates de l'incendie qui avait coûté la vie à mon demi-frère Alex ainsi qu'à Luke. Quand le feu avait pris, Kim se trouvait dans la maison avec les autres !

Elle poussa un gémissement étouffé.

– Désolé, murmurai-je, le cœur serré à la vue de ses yeux pleins de larmes.

Je lui abaissai les bras, l'emmitouflai dans la couverture de fourrure, allumai le poêle et soufflai sur les braises jusqu'à ce que le feu en rougisse les parois.

Puis je pris une serviette éponge dans l'armoire, revins à Kim et lui séchai les cheveux le mieux possible. Mes pensées tourbillonnaient comme les flocons de neige dans la tempête. Kim avait-elle honte de ses cicatrices ? Était-ce pour ça qu'elle vivait retranchée du monde ? Se sentait-elle coupable d'avoir survécu ? Ou y avait-il encore autre chose que j'ignorais ?

Mais l'heure n'était pas aux questions. Dans l'immédiat, il fallait que je m'occupe d'Anak.

– Je vais chercher ton grand-père, d'accord ? lui dis-je, une main sur son front. Je reviens tout de suite.

Elle acquiesça d'un battement de cils.

Le vieil homme avait trouvé assez de force pour parcourir la moitié du chemin. Je me précipitai à sa rencontre.

– Comment va-t-elle ? s'enquit-il dès que je l'eus rejoint.

– Elle est au lit et au chaud, tentai-je de le rassurer. Et toi, *moshum* ? Qu'est-ce qui ne va pas ?

Anak tordit la bouche.

– Je crains d'avoir une appendicite. Ces derniers jours, j'ai eu plusieurs fois très mal au ventre. Chaque fois, c'est passé… Mais tout à l'heure la douleur a été si forte que j'ai perdu connaissance.

Sans doute Kim l'avait-elle vu tomber. Elle avait dû se précipiter à son secours, et la glace avait rompu sous son poids… En attendant, Anak était très malade et Kim, en hypothermie. À supposer que Darrell arrive, il devrait les emmener tous les deux à l'hôpital. Et moi, que je le veuille ou non, je resterais en arrière.

En pleine nature, la moindre imprudence pouvait être fatale, je venais d'en avoir deux démonstrations éclatantes en une seule journée. Dans les deux cas, cela aurait pu très mal se terminer si Shadow n'avait pas été là. Soutenant Anak par les aisselles, je le ramenai chez lui. Mais il souffrait tellement qu'il se pliait de douleur tous les deux ou trois mètres, ce qui m'obligeait à m'arrêter pour lui laisser le temps de souffler.

De retour à la cabane, il s'effondra sur son lit.

– Occupe-toi de Kimiwan, dit-il. Je vais d'abord me reposer un peu. Ensuite, je nous ferai du thé.

Grâce au feu qui brûlait dans le poêle, la chambre à coucher était devenue une étuve. Mais Kim frissonnait tellement que le lit en tremblait, et elle claquait des dents de manière inquiétante.

Pour l'avoir lu dans les manuels de survie de Ben, je savais qu'en cas d'hypothermie, il n'y avait que deux remèdes possibles : soit un bon bain chaud, soit la chaleur humaine. Un bain étant exclu, ne me restait que la seconde option. Je devais me coucher près de Kim et la prendre dans mes bras.

Tout en ôtant mes vêtements, je m'excusai :

– Désolé, Kim… C'est le seul moyen.

Comprenant ce que j'avais en tête, Kim paniqua. Tout à coup, les rôles étaient inversés. De nous deux, c'était elle qui était en danger de mort, et moi qui tentais de la sauver. Pour quelqu'un d'aussi indépendant qu'elle, c'était dur à admettre, mais il n'y avait pas d'alternative et elle le savait mieux que personne.

Lorsque je n'eus plus sur moi que mon caleçon, je murmurai :

– Je vais me serrer contre toi. Laisse-moi faire, tu veux bien ?

Joignant le geste à la parole, je me glissai sous la couverture et m'étendis près d'elle avant qu'elle ait pu protester. Le contact de sa peau nue contre la mienne me fit l'effet d'une décharge électrique. Elle ressentit sans doute la même chose que moi, car elle poussa un petit cri et tenta de s'écarter. Mais je la pris par la taille et la serrai contre moi. Elle n'essaya pas de résister.

Elle était glacée et raide comme un bout de bois, contrairement à moi qui brûlais de toutes les fibres de mon être et ne pensais qu'à lui communiquer la chaleur qui courait dans mes veines. Nous n'étions plus séparés par rien, toute frontière entre nous était abolie, et il me fallait toute la force de ma volonté pour faire abstraction du corps lisse et ferme que je tenais entre mes mains, de cette peau si douce mais très abîmée au niveau des reins. Pour me distraire de l'excitation qui me gagnait, j'essayai de compter ses côtes, mais c'était peine perdue.

Au bout d'un moment, Kim cessa de trembler, et je la sentis se détendre. Se libérant de mon étreinte, elle s'écarta de moi, se retourna et planta ses yeux dans les miens. Elle était toujours entièrement nue et beaucoup trop proche de moi. Ce qui se passa ensuite me prit totalement au dépourvu : avançant la main, elle m'effleura la joue et, d'un geste très tendre, posa un doigt sur mes lèvres.

– *Miigwetch*, Jacob, murmura-t-elle.

Sur ces mots, sans crier gare, elle enfouit ses mains glacées sous mes aisselles. Je crus que j'allais devenir fou.

Son visage n'était qu'à quelques centimètres du mien. Les yeux dans les yeux, nous demeurâmes un long moment sans parler. Il n'y avait rien à dire. Et, après ce que nous venions de vivre, nous avions besoin de temps pour nous remettre.

Jusque-là, je m'étais toujours demandé ce que cela faisait d'être amoureux ; à présent, j'avais la réponse : l'amour s'imposait à moi sans qu'il me soit possible de lutter contre. À quoi bon me voiler la face ? J'aimais Kim, la fille des bois, rien ni personne ne pourrait y changer quoi que ce soit. Mes sentiments étaient sans commune mesure avec ce que j'avais connu précédemment. C'était très pur et très beau, tellement que ça me faisait presque peur.

La morsure du désir devenait insupportable, il fallait que je me sauve. Que je fuie loin de cette cabane et de cette fille avant de me laisser aller à des actes que je pourrais regretter plus tard.

Je m'écartai de Kim et l'entendis soupirer. Au même instant, Anak entra dans la pièce avec un mug de thé fumant à la main. Voilà qui réglait le problème. Je me rhabillai sous la couverture.

– Comment va-t-elle ? interrogea Anak en désignant Kim du menton.

– Mieux, répondit Jacob en remontant discrètement la fermeture éclair de son pantalon.

Il était pressé de se rhabiller, songea-t-elle. Il la fuyait, elle et son ventre couturé de cicatrices.

Il savait à quoi elle ressemblait. Il avait vu les marques hideuses que le feu avait laissées sur son corps. Une des plaques d'isolation du plafond avait fondu et lui était tombée dessus alors qu'elle était évanouie. Si Greg Cheechoo n'avait pas fracassé la fenêtre quelques secondes plus tard, s'il ne l'avait pas arrachée aux flammes, elle aurait péri, comme les autres.

Quand Jacob l'avait prise dans ses bras, quand il l'avait serrée contre lui, Kim avait senti l'espace d'un instant qu'il éprouvait la même chose qu'elle. Elle repensait à son souffle chaud sur sa nuque, à son cœur dont elle avait entendu les battements désordonnés, et ce souvenir la rendait folle.

Remontant la couverture de fourrure jusqu'à son menton, elle s'assit dans son lit et déclara d'une voix aussi assurée que possible :

– Ne parlez pas de moi comme si je n'étais pas là !

S'asseyant au bord du lit, Anak lui tendit le mug de thé. Sa main tremblait.

– Bois, jeune fille, dit-il. J'ai mis beaucoup de sucre, ça va te faire du bien.

Kim but à petites gorgées. Si son corps s'était réchauffé, elle se sentait glacée à l'intérieur. Debout dans l'embrasure de la porte, Jacob se tenait l'épaule. Les efforts qu'il avait faits pour la sortir de l'eau et la ramener à la maison devaient avoir ravivé ses blessures.

Elle chercha son regard. Mais, lorsque leurs yeux se rencontrèrent, le garçon détourna la tête et disparut dans la salle.

– Va t'allonger, *moshum* ! commanda Kim. Je m'habille, et ensuite tu me montreras où tu as mal.

Restée seule, Kim prit des vêtements secs dans l'armoire et se couvrit chaudement. Elle était très fatiguée, mais elle n'avait rien de cassé. Jacob lui avait sauvé la vie. D'instinct, il avait fait tout ce qu'il fallait faire.

« Enfin, presque… », songea-t-elle en essuyant une larme.

Anak l'attendait sur son lit. Elle lui palpa le ventre avec précaution, effleurant à peine l'endroit qu'il disait le plus sensible.

– Il faut que tu ailles à l'hôpital. Pourvu que Darrell soit là demain ! En attendant, je te défends de te lever. Je vais t'appliquer un cataplasme.

Pendant que Jacob allait chercher de la neige, elle prépara une bouillie à base de farine et d'huile de ricin dont elle badigeonna le dos et le bas-ventre de son aïeul. Puis elle fit fondre la neige rapportée par Jacob et, lorsque l'eau commença à bouillir, elle la versa sur du gingembre qu'elle venait de piler. C'était un antibiotique naturel : avec un peu de chance, cela aiderait à réduire l'inflammation.

Anak avait de la fièvre. Jacob se chargea de le faire boire à la petite cuillère. Il faisait preuve d'une patience exemplaire, mais Kim s'enfuit précipitamment.

Elle ne supportait plus d'être dans la même pièce que lui.

17

Brûlures à vif

L'infusion de gingembre avait dû lui faire du bien, car Anak s'était endormi. Je croyais que Kim était allée aux toilettes mais, en entendant le bruit régulier de la cognée, je compris à ma grande honte qu'elle était sortie fendre du bois. Moi qui tenais à peine sur mes jambes, je n'osais imaginer dans quel état d'épuisement elle se trouvait, elle...

J'enfilai ma parka, chaussai mes mukluks et allai la rejoindre. Je la vis lever la hache et l'abattre sur un rondin. Contrairement à son habitude, elle n'avait pas attaché ses cheveux, qui voltigeaient devant son visage. Elle plaça un nouveau rondin sur le billot, prête à recommencer.

– Kim ! appelai-je.

Pas de réponse. J'aurais été transparent qu'elle n'aurait pas fait plus attention à moi.

– Kim ! répétai-je.

Abaissant son outil, elle leva vers moi ses yeux noyés de larmes. Doucement, pour ne pas la brusquer, je fis un pas en avant, lui retirai la hache des mains et la pris dans mes bras.

– Ne pleure pas ! Il fait noir, rentrons…

Nous remplîmes la panière de bois et la portâmes à l'intérieur. Anak dormait toujours. Je ranimai le feu sans faire de bruit et suivis Kim dans la chambre. Je rechargeai le poêle, et nous nous assîmes face à face, chacun adossé à un bois du lit.

– Tu ne veux pas me dire ? hasardai-je.

– Quoi donc ?

– Ce qui s'est passé. Tes cicatrices… tu étais dans la maison avec les autres, c'est ça ?

Serrant les lèvres, elle fit signe que oui.

– Tu pourrais m'en parler ?

– À quoi ça servirait ?

– Je ne suis peut-être pas chasseur, mais je sais écouter.

Elle hésita longuement, le regard dans le vague, puis dit en détournant la tête :

– C'est une histoire horrible.

– Peut-être. Mais je veux l'entendre.

Suivit un long silence. Je crus que Kim n'y arriverait pas, mais elle se fit violence et commença d'une voix monocorde :

– Il était une fois une fille de Moose Factory qui aimait rire et danser. À l'école, elle travaillait bien ; elle s'intéressait aux vieilles légendes, elle était bien élevée, et ses parents lui avaient appris tout ce que l'on doit savoir pour survivre dans la forêt. Elle connaissait les plantes et les animaux mieux que personne, et pouvait prédire le temps qu'il ferait. Mais un jour son père tomba malade et il mourut...

Kim marqua une pause et se moucha avant de reprendre en butant sur les mots :

– La mère de la fillette ne pouvait pas vivre seule, si bien qu'elle ne tarda pas à se remarier. Mais son nouveau compagnon était un homme mauvais. Il buvait, battait sa femme, et parfois aussi la fille...

Chaque mot qu'elle prononçait me faisait mal pour elle.

– Je suis désolé, murmurai-je dans l'obscurité.

– Ne m'interromps pas.

– OK, promis-je.

– J'ai arrêté d'aller à l'école et me suis mise à traîner avec d'autres jeunes, poursuivit-elle d'un ton morne. Nous nous retrouvions dans une maison à l'abandon. Nous avions tous nos difficultés, que nous cherchions à oublier en nous réfugiant dans l'alcool et la drogue ou en nous racontant des histoires. Mais un soir, il y a deux ans, le feu s'est déclaré...

– Tu es la seule à avoir survécu, chuchotai-je. Et cette mèche blanche que tu as dans les cheveux... elle date de là.

Kim ne répondit pas tout de suite. Je lui laissai le temps dont elle avait besoin, puis elle lâcha au compte-gouttes :

– Luke et moi, on était montés se coucher à l'étage. Les autres étaient au rez-de-chaussée. J'ai entendu des cris, c'est ce qui m'a réveillée. La maison était en flammes.

Le feu était parti du poêle et il s'était propagé jusqu'à l'escalier. Je… j'ai secoué Luke, mais il était défoncé. La fenêtre était coincée, je n'ai pas réussi à l'ouvrir. La dernière chose dont je me souviens, c'est la lumière des phares sur les murs. J'ai su après que c'était Greg…

La voix de Kim se brisa.

– Lorsque je suis revenue à moi, j'étais dehors, à plat ventre dans la neige. Il faisait un froid polaire, mais j'avais l'impression de brûler vive. C'était une torture… Pourtant, j'ai essayé de me lever. Je voulais aller chercher les autres… J'étais sous le choc, tu comprends. La maison était en flammes, il y avait un type debout sur le toit de son pick-up qui tentait désespérément de grimper sur le toit de la véranda. Mais tout à coup il y a eu une détonation et toutes les vitres ont volé en éclats. Malgré le vacarme, j'ai entendu un hurlement.

– Bon Dieu ! laissai-je échapper.

– Ce cri, je ne l'oublierai jamais, Jacob, dit Kim entre deux sanglots. Ton père m'avait sortie du brasier et il tentait d'y retourner quand le souffle de l'explosion l'a catapulté à plusieurs mètres de là…

Je ne dis rien. Kim se leva pour recharger le poêle. La porte en métal grinça sur ses gonds.

Je n'osais pas imaginer ce que ça avait dû être pour mon père de voir cette maison se faire dévorer par les flammes en sachant que son fils se trouvait à l'intérieur, et de ne rien pouvoir faire. Kim m'avait prévenu : cette scène n'était pas de celles qu'on se remémore volontiers.

Elle se rassit en tailleur en face de moi. Ses cheveux longs lui tombaient sur la poitrine.

– Il y a une chose que je ne t'ai pas dite, Jacob : Mike Meenish a lui aussi perdu un enfant dans l'incendie : sa fille, Viola, qui était ma meilleure amie. Il ne s'en est jamais remis. Un jour, il a jeté à la figure de ton père que c'était la faute d'Alex si Viola s'était trouvée dans la maison ce soir-là, que c'était son bon à rien de fils qui l'avait poussée à se droguer…

– Tu crois qu'il a voulu se débarrasser de moi par vengeance ? demandai-je. Pour faire payer à Greg la mort de sa fille ?

– Je ne peux pas l'affirmer, répondit Kim. Mais je ne vois pas d'autre explication. D'après ce qu'on raconte, Mike a perdu la raison. Depuis la mort de Viola, il n'a pas cessé de chercher un coupable. C'est devenu une telle obsession chez lui que sa femme l'a quitté.

– Pourtant, quand il m'a fait traverser le fleuve sur sa motoneige, il m'a paru tout à fait normal, observai-je. Autrement, je n'aurais jamais accepté sa proposition de m'emmener au camp de chasse.

– Après le départ de sa femme, il a vécu quelque temps dans le Sud. Quand il est revenu, l'hiver dernier, il était à peu près d'aplomb. Au moins en apparence.

– Ce type m'a donné en pâture aux bêtes sauvages, simplement parce qu'un gars dont j'ignorais l'existence a filé du shit à sa fille ?

Le comportement de Mike prenait subitement tout son sens. Plus tordu que ça, ça n'existait pas : en revenant, moi, le fils perdu, j'avais réveillé sa jalousie, et je lui avais offert par la même occasion la possibilité de remettre les compteurs à zéro.

– C'est vrai ? demandai-je en cherchant le regard de Kim. Mon frère était un dealer ?

– Il…

Laissant sa phrase en suspens, Kim baissa les yeux.

– C'est mon frère, j'ai le droit de savoir, insistai-je. S'il te plaît.

– Il était en souffrance, Jacob. Greg s'est toujours occupé de lui le mieux possible, c'est sûr ; mais Alex s'est toujours senti impuissant à le consoler de la perte de son autre fils, celui qui était en Allemagne. Ça le rendait malade…

C'était un comble !

– J'ignorais que j'avais un frère et pourtant je lui ai pourri la vie ! m'exclamai-je avec amertume.

– Ce n'est pas ta faute.

– Mais c'est l'impression que j'ai.

– D'après Anak, chacun est seul responsable de sa destinée, répliqua Kim. Que ton frère se drogue, c'était déjà difficile pour Greg. Mais, quand Alex a commencé à fournir les jeunes du village, Greg l'a menacé de le dénoncer aux flics.

– Et c'est là que la maison a brûlé…

Kim acquiesça d'un signe muet.

Quand je pensais aux hasards qui m'avaient conduit à Kim et Anak, aux chemins détournés par lesquels j'étais arrivé à cette cabane, je me dis qu'on ne comprenait peut-être la logique des évènements qu'à retardement.

Rassemblant tout mon courage, je tendis le bras et pris la main de Kim.

– Et toi, Kim ? Comment est-ce que tu t'en es sortie ? Pourquoi as-tu choisi de vivre ici, seule au milieu de nulle part avec un vieillard ?

Kim retira prestement sa main.

– Parce que le bush est le seul endroit au monde où personne ne me fait du mal.

Elle demeura quelques instants silencieuse, comme s'il y avait autre chose qu'elle hésitait à me confier. Puis elle déclara :

– Quand on m'a relâchée de l'hôpital, je ne suis pas retournée à Moose Factory. J'étais en proie à un terrible sentiment de culpabilité : Luke, Alex, mes copines Viola et Niska, ils étaient tous morts. Je craignais les esprits. Je suis allée dans un internat à Timmins. J'ai repris les cours, rattrapé mon retard, et il m'a semblé que, malgré tout, j'avais peut-être une chance de m'en sortir. Mais…

– Quoi ?

– Je suis tombée amoureuse.

Kim se mordit les lèvres ; visiblement, cet aveu lui coûtait. Cependant, elle se força à poursuivre :

– Un type de ma classe, Thomas… Il était blanc et beau gosse. Et moi, pauvre imbécile, j'ai cru qu'il m'aimait autant que je l'aimais. Quelle erreur ! Je ne l'ai compris que le jour où je me suis déshabillée devant lui…

Elle soupira.

– Je ne lui avais pas dit, pour l'incendie. Quand il a vu mes cicatrices, il a éclaté de rire ! Il avait parié avec ses copains qu'il mettrait la jolie petite Indienne dans son lit, et il était arrivé à ses fins. J'avais seize ans. J'ai lu une telle répugnance dans ses yeux que ça m'a tuée.

Du revers de sa manche, elle essuya les larmes qui roulaient sur ses joues, renifla un grand coup et poursuivit :

– S'il n'y avait eu que son regard, Jacob… Mais non ! Il n'a rien trouvé de mieux à faire que de raconter la chose à tout le monde. Je suis devenue la risée du lycée. On m'appelait la sorcière, ou *Burning Kim*.

Sans m'en apercevoir, j'avais serré les poings. Moi qui étais incapable de faire du mal à une mouche, si j'avais rencontré ce salaud dans un couloir, je lui aurais cassé la figure sans hésiter.

– Je suis retombée dans l'engrenage, expliqua Kim. J'ai séché les cours, je me suis mise à traîner avec des gens peu recommandables. J'étais au fond du trou, Jacob.

Elle caressa la couverture de fourrure du plat de la main comme elle aurait cajolé un animal.

– On m'a renvoyée à Moose Factory. Chez ma mère et son ivrogne de mari. Entre-temps, ils avaient eu un gamin, il n'y avait pas de place pour moi à la maison, et dans le village tout le monde me regardait de travers. On aurait dit que c'était ma faute si les autres étaient morts et moi pas. Un jour, j'en ai eu marre…

Je ne dis rien. Je ne voulais surtout pas la brusquer et j'attendis qu'elle reprenne.

– Ce que je vais te raconter, je n'en ai encore jamais parlé à personne, Jacob, dit-elle, la tête basse. Je suis partie dans le bush… C'était là que j'avais été le plus heureuse. J'ai erré plusieurs jours dans la forêt, cherchant la mort. Mais elle n'a pas voulu de moi. Je n'avais rien oublié de ce que mon père m'avait appris. J'ai vécu comme une bête pendant des semaines. Puis l'automne est arrivé, les nuits ont fraîchi. J'avais faim, j'avais froid. Un beau matin, je me suis réveillée avec un grand loup gris en face de moi. J'ai cru que ma délivrance était arrivée…

– Shadow, devinai-je.

– C'est grâce à lui qu'Anak m'a trouvée. J'étais maigre à faire peur, j'avais des griffes à la place des ongles et du crin sur la tête. Anak m'a recueillie et s'est occupé de moi. Il m'a coupé les ongles et les cheveux, m'a lavée, soignée et nourrie comme un bébé. Après, il m'a emmenée relever ses collets avec lui et m'a appris à chasser. Peu à peu, grâce à la proximité de la nature, j'ai repris possession de mon corps. Shadow et Anak m'ont sauvé la vie.

– Mais alors…, murmurai-je, stupéfait, Anak n'est pas ton grand-père ?

Au moment où je prononçais ces paroles, je compris que Darrell n'était sans doute pas davantage son cousin.

Et je ressentis un pincement désagréable. Était-ce de la jalousie ?

– Anak est mon *moshum*, expliqua Kim. Il n'y a pas de lien du sang entre nous. Ce qui nous lie, c'est de vivre ici, en communion avec la nature.

Quatre heures s'étaient écoulées, et Kim ne dormait toujours pas. Allongée dans le noir, elle écoutait la respiration de Jacob. Elle n'aurait jamais pensé que ce serait si libérateur de tout lui confier. Elle s'était déchargée d'une partie de son fardeau ; à présent, c'était lui qui en portait le poids.

Ce qu'elle lui avait dit à propos d'Alex, en particulier, l'avait beaucoup affecté, alors même qu'il n'avait pas connu son frère.

Jacob poussa un soupir. Il ne dormait pas, lui non plus. À quoi pensait-il ? À son père ? À son demi-frère ? À la femme des Terres sauvages ?

La veille, pendant qu'il était aux toilettes, Kim était tombée sur son cahier. Elle n'avait pu résister à la tentation de le feuilleter, et elle y avait découvert des ébauches de chansons. L'une s'appelait « Le voile blanc », l'autre « Danseur des neiges ». La seconde l'avait émue aux larmes, car il y était question d'un garçon dansant dans la neige avec la femme des Terres sauvages :

I will never see you again, Wilderness Woman,
I want to let you know,
I will always carry you inside me.

I am the snow dancer, lost in nothing.
I am the snow dancer, and you are away from me[1].

Combien de fois avait-elle rêvé de rencontrer quelqu'un comme Jacob! Par la force de ses songes, elle l'avait attiré depuis les lointaines contrées où il habitait jusque dans cette cabane en rondins, et elle était tombée amoureuse de lui. Mais la présence du jeune homme avait ruiné le fragile équilibre qu'elle avait réussi à retrouver. Son âme était troublée, et son corps la trahissait. Car elle ne voulait pas qu'il se contente de la regretter, non. Lorsqu'il rentrerait dans son pays, là-bas, en Europe, il devrait la désirer si douloureusement qu'il ne pourrait faire autrement que de lui revenir...

Or, pour le rendre fou de désir, elle n'avait que cette nuit-là.

Je rêvais de la femme des Terres sauvages, et me complaisais dans des fantasmes lorsque Kim vint se blottir contre moi. J'en eus le souffle coupé. Ce corps ferme et souple contre le mien était tout ce qu'il y avait de plus réel !

Cette fois, c'était mon tour d'être raide comme un bout de bois. Retenant ma respiration, je sentis Kim glisser la main sous mon caleçon et commencer à me caresser. Poussant un gémissement, je la saisis par le poignet.

---

1. « Je ne te reverrai jamais plus, femme des Terres sauvages, / Mais je veux que tu saches / Que je te porterai toujours en moi. / Je suis le danseur des neiges, perdu dans le néant. / Je suis le danseur des neiges, et tu es loin de moi. »

– Qu'est-ce que tu fais ? demandai-je dans un soupir.

Pour toute réponse, Kim demeura quelques instants immobile, la main sur mon bas-ventre, puis elle se libéra de mon étreinte et retira son bras.

« Bon sang, Jacob, c'est pas possible d'être aussi con ! » me reprochai-je. J'avais dans mes bras une fille extraordinaire qui me faisait savoir on ne peut plus clairement ce qu'elle attendait de moi, et tout ce que je trouvais à dire, c'était : « Qu'est-ce que tu fais ? »

D'habitude, mon « petit Jacob » ne se faisait jamais prier. Là, rien, le calme plat… J'en avais tellement honte que je ne savais plus où me mettre. Notre histoire survivrait-elle à un pareil fiasco ? Je n'avais pas la réponse à cette question, mais, rien que de me la poser, j'étais complètement bloqué.

– Kim, suppliai-je. Je… je pars demain.

– Raison de plus.

– Je ne crois pas que ce soit une bonne idée…

– Comme tu voudras, murmura-t-elle avec tant de douleur dans la voix que j'en aurais pleuré. Je comprends.

– Non, tu ne comprends pas. Tu es la fille la plus belle et la plus merveilleuse que j'aie jamais croisée. Ce qui m'arrive n'a rien à voir avec tes cicatrices. Mais je pars demain. Et j'ai peur que ce soit encore plus difficile si… Pitié, Kim, ne me rends pas les choses encore plus compliquées qu'elles ne le sont déjà…

– C'est bon, dit-elle sur un ton qui trahissait l'intensité de sa déception.

Kim roula sur le côté. Je me blottis contre elle et la serrai dans mes bras comme je l'avais fait dans l'après-midi pour la réchauffer, le cœur si débordant d'amour que j'en avais du mal à respirer. Pris au dépourvu par une excitation inattendue, je me sentis chavirer complètement. Mais, à cet instant-là, des râles inquiétants se firent entendre dans la pièce attenante, et tous mes désirs furent étouffés dans l'œuf.

18

Un choix à faire

Malgré la décoction de gingembre et le cataplasme, l'état d'Anak avait empiré dans la nuit. Dehors, il neigeait à gros flocons. Kim était la première à trouver que cela faisait beaucoup pour une fin avril.

– Comment ferons-nous si Darrell ne se montre pas aujourd'hui ? lui demandai-je à voix basse.

– Il va venir, c'est sûr, me répondit-elle dans un chuchotement.

– Vous êtes ensemble ?

La question m'avait échappé. Même si ça ne me regardait pas. Surtout après le fiasco de la nuit précédente.

Nous étions tous les deux trop gênés pour oser nous regarder. Je me rendais bien compte que Kim croyait que je l'avais trouvée repoussante à cause de ses cicatrices, et qu'elle en était malade de honte. Il fallait absolument que je clarifie les choses avant de partir.

Après avoir enfilé sa parka, Kim sortit voir si Darrell arrivait. Je lui courus après.

– Kim ! Attends !

M'ignorant, elle marcha droit jusqu'au fleuve. Je me hâtai de la rejoindre, la pris par les épaules et l'obligeai à me faire face.

– S'il te plaît, suppliai-je.

Elle leva la tête. Ses yeux sombres me transpercèrent le cœur.

– Écoute, Kim, je suis dingue de toi à un point que tu n'imagines même pas. Mais je ne sais pas comment gérer tout ça…

D'une main tremblante, j'écartai une mèche de ses cheveux.

– Au cours de ces derniers jours ma vie a complètement basculé… Ce qui s'est passé entre nous…

– Ce qui ne s'est *pas* passé, tu veux dire, corrigea-t-elle, les yeux pleins de larmes. Tu n'as pas voulu de moi.

– La question n'est pas là. J'ai très envie de toi. Simplement…

– Quoi donc ?

– J'ai peur.

Kim eut un ricanement amer. Une larme roula sur sa joue, suivie d'une autre, puis elle dit en secouant la tête :

– Que tu aies peur des ours, du froid, de la faim ou des esprits, je peux le croire, Jacob Cheechoo.

Elle renifla, s'essuya le visage du revers de sa manche puis assena :

– Mais peur de faire l'amour, tu ne me feras pas avaler ça !

Le feu me monta aux joues.

– Je n'ai pas peur de faire l'amour.

– Alors de quoi ?

« De mes sentiments », pensai-je.

Trop ému pour pouvoir parler, je pris son visage entre les mains et l'embrassai. Passé un instant de surprise, Kim entrouvrit les lèvres et répondit à mon baiser. Je fermai les yeux et savourai cet instant. Je la désirais tellement...

Me faisant violence, je m'arrachai à ses lèvres et dis en la fixant intensément :

– Kim, je...

Je faillis lui proposer de venir en Allemagne avec moi, mais me tus juste à temps. C'eût été lui demander l'impossible. Je me rattrapai en bredouillant :

– Je ne veux pas que tu restes ici toute seule.

L'air très déçue, elle objecta avec un pâle sourire :

– C'est toi ou moi, Jacob. Darrell ne peut pas prendre plus de deux personnes avec lui. Une dans le traîneau et une à l'arrière.

Me caressant la joue, elle ajouta :

– Mais ne t'inquiète pas : j'ai Shadow, je ne risque rien, OK ?

Sa voix était oppressée, et je devinais qu'elle ressentait la même chose que moi. Quoique aussi différents que possible, nous étions autant épris l'un que l'autre.

J'allais l'embrasser encore, ce qui n'aurait rendu la situation que plus douloureuse, lorsqu'un vrombissement se fit entendre dans le lointain. S'arrachant à mon étreinte, Kim s'élança sur la glace.

– C'est Darrell !

Je poussai un soupir. Cette fois, l'heure des adieux avait sonné, et cette idée me rendait malade. Comment dire adieu à Kim alors que je ne pouvais plus vivre sans elle ?

Kim embrassa Darrell sans savoir si elle devait rire ou pleurer. Le neveu d'Anak venait souvent les ravitailler, elle et le vieil homme, et elle ne pouvait ignorer qu'il s'intéressait à elle. Darrell avait vingt-cinq ans, il voulait fonder une famille.

Le jeune homme ne fut pas peu surpris de découvrir Jacob.

– Jacob Cheechoo, se présenta celui-ci en lui tendant la main d'un air sombre.

Kim passa la langue sur ses lèvres, cherchant à y retrouver le goût de leur baiser. Jamais personne ne l'avait embrassée comme Jacob. Avec autant d'amour, de désir et... de regret.

– Alors c'est toi, le fameux fils que tout le monde cherche partout ? Louise Koostachin est folle d'inquiétude ! Comment se fait-il que tu te trouves ici ?

Darrell avait beau s'efforcer de paraître décontracté, la jalousie perçait dans sa voix. Cependant Kim était la seule à l'entendre.

– C'est une longue histoire, intervint-elle. Mais on te la racontera une autre fois, Darrell, car ton oncle est au plus mal. Je suis à peu près sûre qu'il a une appendicite aiguë. Il faut que tu l'emmènes de toute urgence à l'hôpital. Et Jacob a un train à prendre : il a une place dans le *Polar Bear Express* de cet après-midi pour rentrer en Allemagne.

Darrell alla garer son engin devant la véranda. Kim et Jacob l'aidèrent à décharger le traîneau. Une partie du ravitaillement fut rangée dans la grange, l'autre, dans la cabane. Darrell eut droit à une demi-heure de pause et un thé brûlant pour se réchauffer. Tandis qu'il se reposait devant la cheminée, Kim et Jacob emmitouflèrent Anak dans des vêtements chauds, puis le glissèrent dans un sac de couchage.

Les deux garçons se mesuraient du regard. Kim avait de l'affection pour Darrell, beaucoup, même. Mais elle n'était pas amoureuse de lui. Quant à Jacob… elle ne le reverrait probablement jamais.

Darrell se faisait du souci pour son oncle et voulait repartir au plus vite. Son traîneau, une simple barquette sans patins, n'était pas destiné au transport de passagers. Mais il allait falloir s'en contenter.

– J'aurais pu aller chercher des secours, expliqua-t-il. Mais, avec une météo pareille, les hélicos sont cloués au sol. On n'a pas d'autre option que de filer à Moose Factory par le fleuve.

Perdue dans ses pensées, Kim n'écoutait pas. Soudain, en apercevant le barda de Jacob près de la porte, elle se rappela une vieille légende cree qu'Anak lui avait racontée lors d'une de leurs longues soirées d'hiver : quand une femme voulait avoir du pouvoir sur un homme, il suffisait qu'elle enjambe un objet lui appartenant.

Sans réfléchir, elle s'approcha du sac et passa discrètement par-dessus. En se retournant, tout étonnée et confuse de son geste, elle vit que son manège n'avait pas échappé à Anak. Malgré sa faiblesse, celui-ci lui décocha un clin d'œil complice.

Après avoir entassé les précieuses peaux et fourrures au fond de la barquette, Darrell vint aider Kim et Jacob à transporter le vieil homme. Tous trois le couchèrent avec précaution sur sa civière improvisée et l'y attachèrent solidement.

Jacob alla chercher son sac et le donna à Darrell pour qu'il le fixe sur le porte-bagages. Kim avait essayé par tous les moyens de le retenir ; d'abord en s'offrant à lui, puis en usant de magie, mais elle avait perdu : il avait choisi de partir.

Darrell enfourcha sa bécane, tira sur le démarreur, et le moteur vrombit. Kim prit congé d'Anak. Puis Jacob la prit dans ses bras, trop ému pour pouvoir prononcer un mot. Elle aurait voulu hurler, s'agripper à lui, mais aucun son ne franchit ses lèvres, et elle resta les bras ballants, à le regarder s'asseoir à califourchon derrière Darrell. Celui-ci mit les gaz, et aussitôt l'engin s'éloigna à toute vitesse.

Elle le suivit du regard à travers ses larmes. Au moment d'aborder le coude de la rivière, Darrell leva la main en signe d'adieu, et la motoneige et son attelage disparurent dans l'horizon.

Quand l'ours m'avait foncé dessus, huit jours plus tôt, j'avais cru que je ne m'en sortirais pas. À présent que j'étais assis à l'arrière de cette motoneige qui filait à travers la tempête, m'éloignant chaque seconde un peu plus de la cabane où j'étais revenu à la vie, je n'en menais pas beaucoup plus large.

Le dégel avait commencé. La glace était molle, et à certains endroits nous passions dans des flaques de vingt centimètres de profondeur. La chaîne en caoutchouc de la motoneige patinait avec un bruit d'enfer dans la mélasse, et je commençai à me demander si cette opération de sauvetage n'était pas une pure folie. Un commando suicide, voilà ce que nous étions. Nous ne pouvions qu'avoir un accident et mourir. Tous les trois.

Étrangement, je n'avais pas peur. Se noyer dans une eau glacée serait une mort beaucoup plus rapide et moins douloureuse que de se faire dévorer par un ours. Ce serait la fin de mes tourments. Je n'aurais plus à souffrir ni à me torturer la cervelle pour savoir qui j'étais, d'où je venais, ni quelles décisions prendre. Et je serais débarrassé de Stefan.

Ne plus penser à rien, sinon à Kim et ce baiser.

Avec un malade sur le traîneau, Darrell ne pouvait guère dépasser les quarante kilomètres/heure. À un moment, alors que nous franchissions une congère un peu importante, la chenille se retrouva dans le vide. Darrell leva le pied, mais trop tard : la motoneige retomba durement quelques mètres plus loin et fit un dérapage. Darrell était un pilote aguerri. Après quelques tête-à-queue, il réussit à reprendre le contrôle de son engin, tout en poussant force jurons. Je me demandai pour qui il risquait sa vie ainsi. Était-ce pour son vieil oncle, ou pour Kim ? J'avais bien vu comment il la regardait. Il était beau, et c'était sans doute un excellent chasseur. Il manœuvrait sa bécane comme s'il avait eu un cheval rétif entre les jambes et n'avait visiblement pas peur des taches sombres de plus en plus nombreuses à la surface du fleuve.

Contrairement à moi. L'adrénaline bouillonnait dans mes veines, et je me surpris à répéter à la façon d'un mantra :

– Faites qu'on s'en sorte vivants, faites qu'on s'en sorte vivants !

Quelle puissance invoquais-je alors ? Le Gitche Manitou, qui veillait sur ces territoires ?

Je ne voulais pas finir dans un trou d'eau. Je voulais revoir ma mère, faire la connaissance de mon père, et convaincre Kim que Darrell n'était pas l'homme qu'il lui fallait.

Il venait de s'engager sur une zone de fonte. L'engin s'y enfonça si profondément que mon cœur s'emballa. Pendant quelques secondes qui me parurent une éternité, la chenille laboura la bouillasse en hurlant, puis nous sortîmes du bourbier, et je respirai avec soulagement en nous sentant de nouveau portés par de la glace dure.

Nous mîmes près de deux longues heures à atteindre Moose Factory. L'hôpital était au bord de la rivière. C'était un bâtiment en béton peint en bleu ciel. Quittant le lit du fleuve, Darrell s'arrêta directement devant l'entrée principale surmontée du drapeau canadien.

En apercevant Anak, une femme sortie fumer une cigarette accourut aussitôt vers nous. Darrell et moi n'avions pas encore mis pied à terre que, déjà, trois brancardiers soulevaient le malade et le déposaient sur une civière. Le pauvre avait le visage cireux. Ces deux heures de trajet dans des conditions hasardeuses avaient dû être une torture.

Emboîtant le pas aux soignants, nous nous engouffrâmes dans le hall.

– Jacob ! gémit Anak.

Je me penchai vers lui et lui pris la main. Il était dans un état alarmant.

– On a réussi, *moshum*, dis-je, le cœur serré. Tu es à l'hôpital, ils vont s'occuper de toi.

Anak ouvrit la bouche pour me répondre, mais quelqu'un me tapota l'épaule. C'était un médecin qui voulait savoir ce qu'avait le vieux. Je lui fis l'historique des derniers jours. Lorsque je me retournai, Anak avait disparu, sans doute l'avait-on emmené directement au bloc.

Alors seulement je pris conscience de ce qui m'entourait. Les murs uniformément blancs, les vieux tuyaux qui couraient au plafond et le long des couloirs… Kim m'avait dit que l'hôpital de Moose Factory était le plus miteux et le moins bien équipé du Canada, et c'était exactement l'impression qu'il donnait.

Soudain, je fus pris d'une rage dévorante. Que ce vieux têtu d'Anak ait continué à vivre avec son mal de ventre sans rien dire à personne, voilà qui me révoltait. Tout comme me révoltait le fait qu'il ait dû passer deux heures sur un traîneau dans l'état où il était, et qu'il soit opéré dans un hôpital aussi vétuste. Mais à quoi cela aurait-il servi de m'énerver ? Ma colère retomba aussi vite qu'elle était venue, et un grand sentiment de vide lui succéda. Anak ayant été pris en charge, ma présence ici était inutile.

Entre-temps, Darrell était allé chercher des cocas au distributeur. Il me tendit une canette.

– Merci, lui dis-je. Et pour le trajet aussi. C'était chaud !

– Bah, j'ai déjà vu pire, répondit-il avec un sourire. L'important, c'est qu'on soit arrivés à temps...

– Oui, j'espère que ton oncle va s'en sortir.

Tournant la tête en direction de l'horloge murale, Darrell changea de sujet :

– Bon, mais c'est pas tout. Si tu ne veux pas rater ton train, faut qu'on y aille.

« Ben tiens, songeai-je. Il veut être sûr que tu dégages et lui laisses le champ libre... »

Au fond, c'était peut-être le plus raisonnable. Kim finirait par comprendre que je ne serais jamais un vrai Cree. Contrairement à Darrell, l'expert en *nitao*, le trappeur capable d'affronter les rigueurs du Grand Nord.

J'avais effectué tout ce voyage pour faire la connaissance de mon père, mais ce serait pour une autre fois. J'avais tout juste le temps de sauter dans le train. Dans quarante-huit heures, je serais rentré… Non seulement cette perspective ne me faisait aucun plaisir, mais elle me terrifiait. J'étais tombé amoureux, et je ne voyais pas comment je pourrais m'en remettre ; ça me faisait si mal que je pouvais à peine respirer.

Tout en moi se rebiffait à l'idée de remonter sur la motoneige. Mais j'avais des examens à passer, je ne pouvais pas ne pas monter dans ce train.

– OK, cédai-je à contrecœur.

C'était une course contre la montre.

Débarrassé du traîneau, qu'il avait laissé à l'hôpital, Darrell parcourut les trois kilomètres entre les deux rives à une vitesse folle, alors que la visibilité était pourtant très mauvaise. C'était tout juste si je distinguais les motos-taxis qui nous croisaient en vrombissant. Ce cinglé de Mike était-il parmi eux ?

À peine cette question m'avait-elle traversé l'esprit que Darrell me déposa à terre.

– Je ne peux pas aller plus loin avec ma bécane, expliqua-t-il. À partir d'ici, il faut que tu prennes un taxi.

– Tu me donnes ton numéro ? demandai-je. Je voudrais pouvoir te joindre. Pour prendre des nouvelles d'Anak.

– Envoie-moi un message sur Facebook, via Messenger, suggéra-t-il. Je te tiendrai au courant.

– D'ac. Du coup j'ai besoin de ton nom de famille.

– Sutherland. Comme Anak.

– *Miigwetch*, Darrell.

– Y a pas de quoi. Bonne chance, *bro*.

Il avait dit « *bro* » ? Ça me fit bien rire.

– Jacob ? me retint-il.

– Oui ?

– Entre Kim et toi… il s'est passé quelque chose ?

Il me fallut un moment pour trouver le courage de le regarder dans les yeux. Et de lui faire signe que non.

Il sourit jusqu'aux oreilles.

– *Wa-che-eh*, *bro*. Bon voyage.

Je n'avais pas fait cinq mètres sur la piste non goudronnée qui longeait la rivière qu'un taxi s'arrêta à ma hauteur. Je montai en voiture. L'habitacle me sembla surchauffé ; et, même si j'étais enfin au sec, j'avais l'impression de glisser sur un gigantesque toboggan aquatique. À présent que la machine était lancée, impossible de l'arrêter. Dans moins de deux jours, je retrouverais ma mère, Jonas et Stefan.

Le chauffeur avait l'air de trouver marrant ce qu'il me racontait, mais j'avais la tête complètement ailleurs. À la gare, je lui réglai les cinq dollars forfaitaires – c'était le prix de n'importe quelle course dans le périmètre de Moosonee – et me retrouvai sur le quai quelques minutes avant le départ du *Polar Bear Express*, devant le wagon bleu avec son oie du Canada dans un macaron jaune. La boucle était bouclée. J'avais bien failli rater mon train, mais en dépit de tous les obstacles j'étais arrivé à temps et je n'avais plus qu'à monter dedans. Des bourrasques de neige balayaient le quai, sur lequel il n'y avait personne à part moi et le chef de gare. Les passagers étaient sans doute déjà tous à bord.

Je consultai ma montre. Plus que six minutes.

J'étais transi, mais cela m'était égal. Le chef de gare me tapota l'épaule.

– Si tu veux aller à Cochrane, faut embarquer, mon petit !

Voyant que je ne réagissais pas, il hocha la tête d'un air entendu et ferma la portière devant moi.

Plus que quatre minutes.

J'étais écartelé, en proie à un violent combat intérieur. Mon moi ancien voulait monter dans ce train et rentrer à Iéna, et l'autre voulait rester, découvrir qui j'étais et où était ma place dans le monde. Dans le bush, j'avais touché mes limites, mais j'avais tenu bon. Et après ? Devais-je renoncer, simplement parce que j'avais un billet d'avion et un stupide examen à passer ?

Non, pensai-je. Non.

Tout à coup, il me parut inenvisageable de rentrer chez moi sans avoir fait la connaissance de mon père. J'avais des questions à lui poser. Je voulais vérifier s'il y avait encore un lien entre nous, et lequel. Et je devais trouver le courage de dire à Kim ce que j'éprouvais pour elle.

Plus que deux minutes.

La locomotive diesel cracha un panache de fumée noire et lança son cri strident. Je compris que je pouvais encore monter dans ce train, certes, mais qu'il n'y avait pas de retour en arrière possible. Je ne reprendrais jamais ma vie d'avant. Quatorze ans auparavant, ma mère avait décidé de ce qui était bon pour moi. Désormais, c'était à moi de prendre mes responsabilités. Ça ne voulait pas dire que je devrais oublier ce que j'avais vécu entre-temps. Simplement, ce qui était resté dans l'ombre jusque-là était désormais à la lumière, ce qui me permettait de voir les choses différemment.

Plus que trois secondes.

À cinq heures tapantes, le *Polar Bear Express* s'ébranla devant moi. J'avais osé ! Mon cœur tambourinait comme un fou dans ma poitrine. J'avais réellement osé laisser ce train partir sans moi ! Tout abasourdi, je le suivis des yeux jusqu'à ce que les deux feux rouges de la voiture de queue aient disparu dans le blanc environnant.

Je pris une profonde inspiration.

– Bravo, Jacob ! me félicitai-je. Et maintenant, à nous deux !

Priorité numéro un : retourner chez Louise Koostachin. Là, je pourrais me changer et recharger mon téléphone. Quand j'aurais avalé quelque chose, j'essaierais d'appeler mon père. Avec un peu de chance, il décrocherait.

Lorsque je me retournai, tout excité, je distinguai une silhouette sombre au milieu des tourbillons de neige. Toque en fourrure sur la tête, parka ouverte, jean et bottes en caoutchouc, l'homme me fixait, aussi immobile qu'une statue. Pendant quatorze ans, j'avais vécu de mon côté, et lui du sien. Lui, connaissant mon existence ; moi, ignorant tout de lui.

Nous n'étions plus qu'à quelques mètres l'un de l'autre.

Jamais je n'oublierai la joie qui se peignit sur son visage tanné. Nous restâmes quelques secondes à nous regarder, les bras ballants, sans pouvoir échanger une parole. Le temps semblait figé. Puis Greg Cheechoo fit un pas en avant, m'ouvrit tout grand les bras et me serra contre lui à m'empêcher de respirer.

– Tu as les cheveux longs, *nkosis* !

Nkosis. Mon fils.

19

L'amour d'un père

Greg tremblait de tout son corps, il semblait ne plus pouvoir me lâcher. Ainsi, mon père faisait de nouveau partie de ma vie.

– *Ashtum*, dit-il. Rentrons à la maison, Jacob. Tu es trempé, tu vas attraper une pneumonie.

« À la maison », répétai-je mentalement. Certes ! Mais où était-ce ?

Tout en conduisant, Greg m'expliqua comment il m'avait retrouvé : après m'avoir déposé, Darrell lui avait immédiatement écrit sur Facebook. Mon père avait foncé à la gare, où il était arrivé deux minutes avant le départ du train, trop tard pour me chercher parmi les passagers dans les deux wagons voyageurs.

– Quand je t'ai vu sur le quai, j'ai tout de suite su que c'était toi, déclara-t-il en quittant le centre-ville pour bifurquer dans Quarry Road, où le vent chassait des bourrasques de neige.

– Pourtant, tu n'as pas essayé de me retenir, observai-je.

– Ça n'a pas été nécessaire, répondit-il avec un sourire. Tu n'imagines pas ce que ça signifie pour moi que tu n'aies pas pris ce train.

Deux semaines s'étaient écoulées depuis que je m'étais présenté devant la maison de mon père. Deux semaines qui avaient changé ma vie. La dernière fois, j'avais trouvé porte close. Cette fois, Greg me précéda à l'intérieur. Il m'expédia directement dans la salle de bains :

– Pour commencer, tu vas prendre un bain bien chaud et te changer. Le reste, on verra après. Et, si tu as besoin de quelque chose, appelle-moi.

Je ne me le fis pas dire deux fois. Quelques instants plus tard, je me glissai avec volupté dans l'eau chaude, fermai les yeux et ne pensai plus à rien. Puis je me lavai les cheveux et profitai de la lumière des néons pour inspecter mes plaies mieux que je n'avais pu le faire jusque-là. L'ours m'avait sérieusement amoché, c'était le moins que l'on puisse dire, mais mes cicatrices étaient propres et nettes. Il faudrait que je demande à Greg de me prêter des ciseaux pour enlever les derniers fils encore en place, c'était tout.

J'aurais pu rester des heures à me prélasser s'il n'y avait eu cet homme qui m'attendait dans le séjour. Greg Cheechoo, mon père. Je lui étais reconnaissant de m'avoir accordé ce moment de solitude. Peut-être avait-il deviné qu'après le choc de tout à l'heure, j'avais besoin d'un sas de décompression.

En me voyant sortir de la salle de bains, vêtu d'un jean et d'une chemise propres, il me toisa des pieds à la tête et murmura d'une voix étranglée :

– Tu as grandi, *nkosis*. La dernière fois que je t'ai vu, tu portais un T-shirt de Mickey !

Il avait des cheveux noirs avec une raie au milieu, plus courts mais aussi fournis que les miens. Si la ressemblance entre nous n'était pas flagrante au premier coup d'œil, elle était cependant indéniable.

Un silence gênant s'installa entre nous. Greg semblait aussi intimidé que moi. Je réalisai alors avec stupeur que j'ignorais quel âge il avait. La quarantaine, sans doute, mais pas beaucoup plus. Je me promis de lui poser la question à l'occasion.

Il se gratta la tête.

– En Allemagne, il est déjà minuit. Mais je crois que tu devrais quand même appeler ta mère : je l'ai eue au téléphone hier, elle était dans tous ses états.

– Bonne idée, acquiesçai-je. Mais mon téléphone n'a plus de batterie. Je pourrais le brancher quelque part ?

– Bien sûr.

Je le suivis dans le séjour. Il me désigna un portable ouvert sur un petit bureau près de la fenêtre. Je raccordai mon téléphone au port USB et attendis qu'il se charge en pianotant du bout des doigts sur la table.

– Tiens, fit Greg en me tendant le sien. Appelle avec WhatsApp, ça ne coûte rien.

Il avait présélectionné le numéro de ma mère. Je n'eus qu'à lancer l'appel. Elle décrocha dès la première sonnerie.

– Greg, c'est toi ? Tu l'as retrouvé ? Comment il va ? Je t'en supplie, dis-moi qu'il est vivant !

– C'est moi, maman, dis-je en me massant la nuque. Tout va bien, ne t'en fais pas.

– Dieu soit loué ! s'écria-t-elle. J'ai eu si peur, Jacob ! Où étais-tu pendant tout ce temps ?

– C'est une longue histoire, je ne peux pas te la raconter en entier. Pour faire court, je me suis perdu en forêt et j'ai été recueilli par des trappeurs très gentils. Je n'ai pas pu repartir de chez eux à cause d'une tempête de neige, et...

Un flot de paroles m'interrompit. Je tentai d'y mettre fin :

– En fait, j'appelais surtout pour te dire que j'ai raté mon train et, donc, que je ne rentrerai pas par l'avion de demain.

Il y eut un blanc à l'autre bout du fil. Puis ma mère balbutia :

– Ce n'est pas grave, Jacob. L'important, c'est que tu ailles bien.

J'entendis qu'elle pleurait. Elle se força à poursuivre :

– Tu prendras le prochain vol. J'ai hâte de te revoir. Tu me manques beaucoup, tu sais. Et à Jonas aussi.

Pas un mot sur Stefan et les suites de ma plainte de la PETA. Mais c'était le cadet de mes soucis.

– Maman, tu es là ?

– Tu es sûr que ça va, Jacob ?

– Certain. Écoute : je ne rentrerai pas non plus par le prochain avion. Je viens seulement de retrouver mon père, et j'ai besoin d'un minimum de temps pour apprendre à le connaître.

La réaction ne se fit pas attendre.

– Mais enfin, Jacob ! protesta ma mère avec véhémence. Tu es en plein Abitur !

– Je sais. Mais, maintenant que je suis là, je ne veux pas repartir sans avoir passé quelques jours avec Greg. Pourquoi crois-tu qu'il y a des sessions de rattrapage ?

Ma mère partit dans une diatribe interminable :

– Si tu n'as pas ton Abitur, Jacob, il faudra que tu te trouves un boulot. Car nous ne financerons pas un redoublement…

Et blablabla et blablabla.

Ces menaces, Stefan et elle me les avaient déjà servies avant mon départ. Mais je n'en avais plus rien à faire. La seule chose qui comptait, à présent, c'était de renouer avec mon père et lui poser toutes les questions que j'avais sur le cœur.

Je laissai passer l'orage.

Mon père essayait de suivre la conversation, du moins ce qu'il en comprenait d'après mes rares monosyllabes. À un moment, voyant que je levais les yeux au ciel, il me fit signe de lui passer le téléphone.

– Greg veut te parler ! coupai-je le flot de paroles.

Très calme, Greg prit ma défense, rappelant à ma mère que j'étais adulte et libre de faire ce que je voulais. Si je désirais passer quelques jours avec lui à Moosonee, c'était ma décision. Lui, en tout cas, était ravi de m'avoir. Quant au billet de retour, ce n'était pas un problème, il le prendrait à sa charge.

– Je m'occuperai de lui trouver un vol à un prix abordable dès demain matin, Christine, promit-il. Tu le reverras, notre fils, t'en fais pas, va !

Sur ces mots, il raccrocha et me décocha un clin d'œil.

– Toujours la même !

– C'est sympa de me payer mon billet, dis-je avec reconnaissance. Parce qu'en fait je suis plutôt fauché.

– De rien, éluda-t-il, petit geste de la main à l'appui.

Hochant la tête, il ajouta :

– Je n'arrive toujours pas à croire que tu es là, Jacob. Pendant toutes ces années, j'ai cru que tu me détestais. Je ne savais pas que tu ne te souvenais pas de moi ni de notre vie ici.

Je faillis lui parler de mon rêve du Wendigo, mais me ravisai.

– J'ai eu quelques flashs depuis mon retour, dis-je. Mais très peu.

– La mémoire finira par te revenir, tu verras.

Posant sur moi un regard plein d'affection, il enchaîna :

– Il va falloir tout me raconter, Jacob. Tout. Mais, avant, je vais nous préparer à manger, OK ? Tu dois mourir de faim.

Je n'avais rien avalé depuis le petit déjeuner et j'aurais donné n'importe quoi pour un burger végétarien.

Mais mon père venait de rentrer de son camp de chasse et à tous les coups j'aurais droit à un steak d'orignal ou quelque chose de ce genre. Pas grave, je lui demanderais juste de cuire la viande à point.

– Louise m'a dit que tu étais végétarien, lança-t-il par-dessus son épaule en se dirigeant vers la cuisine. Du coup, je suis allé faire trois courses. Des pâtes, ça te va ?

– Génial ! répondis-je, heureusement surpris.

Avant de se mettre aux fourneaux, Greg me montra ma chambre. C'était une grande pièce avec vue sur la rivière. Des meubles en sapin de fabrication artisanale, des murs jaune paille, quelques livres sur une étagère murale, un attrape-rêve au-dessus du lit, et une série d'animaux en bois sculpté sur le bord de la fenêtre.

Comme aimanté, je m'approchai des figurines, plus jolies les unes que les autres, et pris un gros loup du Canada dans ma main.

– *Mahekan*, le loup, chuchotai-je. C'est toi qui l'as sculpté ?

– Oui. Et il a été peint par ta mère. Hier, je me suis rappelé ces statuettes. Par chance, je les avais gardées dans un carton.

Affichant un sourire, il enchaîna :

– Que c'est bon de t'avoir à la maison, Jacob !

Je sentis une grosse boule dans ma gorge.

– Installe-toi. Je suis dans la cuisine. Si tu as besoin de quoi que ce soit, n'hésite pas à le demander.

La maison de mon père était bien tenue, et plus vaste que l'extérieur ne le laissait supposer. En comparaison, la cabane dans laquelle j'avais vécu deux semaines en compagnie de Kim et Anak me parut soudain minuscule.

Mon téléphone avait presque fini de charger. J'aurais pu consulter mes messages, mais ça attendrait. J'avais trop hâte de rejoindre Greg.

Dans la cuisine, cela sentait délicieusement bon. Un mélange d'échalotes et d'oignons rissolait dans la poêle, et les pâtes cuisaient à gros bouillons.

– Tu peux mettre le couvert ? demanda Greg, occupé à couper des légumes en brunoise. Moi, je prendrai de l'eau, mais, si tu veux, j'ai de la bière dans le frigo.

Quoi de plus normal que d'aller chercher une bière dans le réfrigérateur ? Rien que pour cette raison, je pris une canette, la décapsulai et en bus une gorgée.

J'ouvris du premier coup la porte du buffet où se trouvaient les grandes assiettes, ce que Greg enregistra avec un sourire. Tandis que je disposais les assiettes sur la table, je sentis mon pouls s'accélérer. Celle du dessus n'avait qu'un motif de feuilles au milieu, mais celle du dessous était différente, avec une inscription *Free food* tout autour. Au centre, un poisson, une oie, un castor, un lièvre et un élan.

– *Niska*, m'entendis-je murmurer.

Et je récitai machinalement :

– *Na-mess, wa-push, moose, amisk…*

S'interrompant, Greg leva la tête. Il n'y avait qu'à le regarder pour voir combien il était ému. Comme pour se cacher de moi, il me tourna le dos et fit glisser tomates et courgettes en dés de la planchette en bois dans la poêle.

Niska, c'était l'oie du Canada ; *na-mess*, le poisson ; *wa-push*, le lapin ; *moose*, l'élan ; et *amisk*, le castor. Des mots que mon père m'avait fait répéter chaque soir au moment de mettre le couvert. Ce souvenir m'était revenu si soudainement que je mis un moment à m'en remettre.

Greg était excellent cuisinier, je me jetai sur les pâtes et me resservis jusqu'à n'en plus pouvoir.

– C'était super bon, merci, dis-je en repoussant mon assiette. Chez Kim et Anak, il y avait de la viande quasiment à tous les repas.

Greg hocha la tête :

– Dans le bush, c'est indispensable, Jacob, surtout en hiver. L'organisme a besoin de gras pour se maintenir à température. Si on ne se nourrissait que de pâtes et de légumes, on ne survivrait pas.

Je l'avais appris à mes dépens…

– Je m'en suis aperçu, acquiesçai-je à ce souvenir.

Soudain, une question me traversa l'esprit :

– Ça t'embête que je sois végétarien ?

Mon père éclata de rire.

– Quelle question ! On se retrouve après quatorze ans de silence radio et tu me demandes si ça m'ennuie que tu sois végétarien ?

Je haussai les épaules :

– Kim m'a expliqué qu'en cree, ça se disait : « mauvais chasseur ». Et, puisque dans le domaine tu sembles être une légende vivante, j'ai pensé…

– C'est Kim qui t'a raconté ça ? m'interrompit mon père d'un air amusé. Kimiwan Hunter est une fille particulière…

Je bus une gorgée de bière.

– Elle s'appelle Hunter ?

Ça lui allait comme un gant[1] !

– Oui. Son père lui a beaucoup appris quand elle était petite et Anak lui a transmis son savoir. Mais, surtout, elle tire sa force de sa relation innée au Muskeg et aux animaux. Non seulement elle est douée, mais elle chasse avec cœur, ce qui n'est pas donné à tout le monde.

Greg piocha une nouille avec ses doigts dans la casserole et la porta à sa bouche, puis il enchaîna :

– Ma copine Pauline a créé dans le bush un camp pour jeunes en difficulté. Elle leur enseigne comment vivre à l'ancienne en perpétuant des traditions oubliées de la plupart d'entre nous. Kim y a déjà travaillé à deux reprises. Les gamins l'apprécient beaucoup. Elle a un don pour les mettre en confiance.

Ses propos me firent sourire. Car Kim m'avait tenu exactement le même langage.

– Pauline aimerait l'embaucher à temps plein, poursuivit Greg. Mais Kim ne veut pas abandonner Anak, lequel refuse de quitter sa cabane.

1. En anglais, *hunter* signifie « chasseur ».

– Je m'inquiète beaucoup pour lui. Il était vraiment mal en point, et le trajet en motoneige n'a sûrement pas arrangé les choses. Tu ne voudrais pas appeler l'hôpital pour prendre de ses nouvelles ?

Greg prit aussitôt son téléphone. Comme on pouvait le craindre, l'appendice avait éclaté juste avant qu'on n'emmène Anak au bloc, mais l'opération s'était déroulée au mieux.

Tant mieux. J'avais eu si peur qu'il ne survive pas au voyage !

– On saura demain si on peut lui rendre visite, fit Greg après avoir raccroché.

– *Miigwetch*.

– De rien.

Se levant, Greg débarrassa la table.

– Et maintenant, viens t'asseoir dans le salon, suggéra-t-il. On y sera mieux pour bavarder.

Il mit du bois à brûler dans la cheminée à foyer fermé, alla se chercher un verre d'eau et s'assit dans un des fauteuils en cuir marron.

– D'après ce que m'a dit Louise, tu n'habites plus vraiment dans cette maison.

– C'est vrai. Je préfère vivre à Camp Ajuawak avec Pauline. C'est une femme formidable, et elle a besoin de quelqu'un pour l'aider.

– Tu crois qu'elle aurait de la place pour Anak et Shadow ?

– J'imagine que oui, répondit Greg. Anak est un merveilleux conteur. Je suis sûr que les mômes adoreraient ses histoires… Quant à Shadow, n'en parlons pas.

Voilà qui me paraissait excellent. Cependant, j'en voulais un peu à Kim. Pourquoi avait-elle voulu me faire croire que la situation était sans issue ?

– Jacob ?

Je levai les yeux.

– Oui ?

– Quand je suis rentré au camp après avoir relevé ma ligne de pièges, commença Greg, j'ai appris par Pauline que mon fils parti depuis près de quinze ans était à Moosonee. J'ai aussitôt appelé Louise Koostachin, et elle m'a raconté qu'elle s'était entendue avec Tony Loon pour qu'il te conduise à moi, que Tony ne s'était pas présenté à cause du mauvais temps et que depuis tu étais injoignable. Je suis rentré en quatrième vitesse à Moosonee et je t'ai cherché partout. Rien ! Tu avais disparu de la circulation ! Comment t'es-tu retrouvé chez Kim et Anak ? Et cette cicatrice à l'arcade sourcilière, d'où vient-elle ? Sur Facebook, Darrell a laissé entendre que tu avais été attaqué par un ours…

Les yeux rivés sur le feu, je lui racontai ma rencontre avec Mike et sa proposition de me conduire au camp. Mon père m'écouta avec attention. Mais, quand j'arrivai au moment où ce cinglé m'avait largué en pleine nature, il bondit de son siège et se mit à faire les cent pas.

Brusquement, il se planta devant moi et demanda :

– Tu sais qui est Mike Meenish ?

– Oui, Kim m'en a parlé. Ainsi que de l'incendie. C'est comme ça que j'ai appris que j'avais eu un frère.

Greg se rassit, très agité, et fit craquer ses doigts.

– Je suis désolé, Jacob. Si tu m'avais prévenu de ton arrivée, je serais allé te chercher à la gare et rien de tout cela ne serait arrivé.

– C'est vrai. D'un autre côté, je n'aurais pas rencontré Kim et Anak.

Pendant la demi-heure qui suivit, je lui racontai mes deux jours d'errance dans le Muskeg et la façon dont l'aventure avait failli se terminer. Il m'écouta de bout en bout sans m'interrompre, en blêmissant au fur et à mesure que j'avançais dans mon récit. Lorsque j'expliquai que Kim m'avait recousu avec du fil dentaire, il ferma les yeux quelques secondes, la mâchoire contractée. Il lui fallut un certain temps pour se remettre.

– Tu aurais pu y rester, Jacob, murmura-t-il avec un soupir.

– C'est clair. D'ailleurs, j'ai cru à plusieurs reprises que c'était la fin. Mais j'ai tenu bon. Et j'ai eu de la chance : si je m'en suis sorti, c'est grâce à Shadow, Anak et Kim.

Greg me regarda longuement. La lumière du feu se reflétait dans ses yeux sombres.

– Tu ne peux pas savoir à quel point je suis fier de toi, mon fils.

À ces mots, l'étau qui m'avait comprimé la poitrine pendant quatorze ans se desserra comme par enchantement. Pour la première fois depuis longtemps, je respirai librement.

Mon père se gratta la gorge et demanda d'une voix enrouée :

– Alors, tu ne te rappelles vraiment rien ? C'est ce que m'a assuré Louise. Mais ça me paraît inimaginable. Pendant toutes ces années, j'ai cru que tu ne voulais plus entendre parler de moi.

– Louise ? répétai-je, estomaqué. Ma mère ne t'a rien dit ?

– Christine m'a parlé d'une affaire de porcs et d'une plainte à l'encontre de ton beau-père. J'ai capté qu'il était furieux contre toi et que tu étais parti au Canada sans leur accord, mais tout ça était très confus et je n'ai pas compris un traître mot de ce qu'elle me racontait. D'autant qu'elle avait sans doute un peu bu.

Je hochai la tête, incrédule. Ainsi, ma mère avait été trop lâche pour avouer le mensonge dans lequel elle m'avait élevé.

C'était à moi de rétablir la vérité. Je repris tout depuis le début : mon amnésie suite à l'accident, la fable de l'aventure sans lendemain, Stefan, son élevage de porcs, ma décision de le dénoncer, photos et vidéos à l'appui...

Voyant le verre d'eau sur la table basse, je me rappelai les propos de mon beau-père : « À l'heure qu'il est, cet ivrogne doit cuver son whisky quelque part... s'il n'est pas mort depuis longtemps. »

Mensonge. Greg n'avait rien d'un ivrogne. Dans cette maison, en sa compagnie, je me sentais bien. J'étais chez moi, enfin... Quatorze ans de séparation, à peine quelques bribes de réminiscences, et pourtant j'avais l'impression que nous nous connaissions depuis toujours. J'avais eu tort de penser que mon père aurait honte de moi lorsqu'il saurait que j'étais végétarien et anti-chasse. Tout comme j'avais eu tort de croire qu'il m'avait rayé de sa vie.

Poussant un soupir, Greg garda le silence quelques instants. Soudain, il demanda :

– Du coup, qu'est-ce que tu sais de notre vie à Moosonee ?

– Quasiment rien, avouai-je en haussant les épaules.

Comme mû par un ressort, il bondit de son fauteuil.

– Encore une bière ? Ou tu préfères un thé ?

– Un thé, ça me va.

J'aimais autant éviter l'alcool pour le moment.

Mon père disparut dans la cuisine pour en revenir quelques instants plus tard, les bras chargés d'un plateau avec une brique de lait, un petit pot de miel et deux mugs de thé fumant.

Il me tendit le mien et se rassit.

– J'ai si souvent rêvé de ce moment… Je me suis répété la scène des dizaines et des dizaines de fois ! Et, maintenant que tu es là dans mon salon, je ne sais pas par où commencer.

Il versa un peu de lait dans sa tasse et y ajouta une cuillerée de miel.

– Je veux tout savoir de toi, Jacob, exigea-t-il. Mais tu dois avoir des tas de questions à me poser. Je vais essayer d'y répondre.

J'acquiesçai d'un signe de tête.

– D'accord. Mais d'abord raconte-moi comment vous vous êtes rencontrés, ma mère et toi.

Il but une gorgée de thé et s'essuya les lèvres du revers de sa manche. Je vis qu'il rembobinait tout le film jusque dix-neuf ans en arrière, au moment où tout avait commencé.

– Ta mère est venue à Moosonee en touriste. Comme la plupart des étrangers, elle avait prévu de s'arrêter deux-trois jours, le temps de visiter le centre culturel et de faire un tour en bateau dans la baie. À l'époque, j'avais un bateau-taxi et proposais des excursions à la journée. Christine m'a demandé de l'emmener, et voilà. Je l'ai trouvée fascinante, et j'ai fait en sorte qu'elle garde un souvenir inoubliable de cette sortie. Un mois après, elle était encore là.

Il sourit d'un air triste, les yeux perdus dans le vague.

– Tu sais, avant de la rencontrer, je buvais pas mal. Mais, dès l'instant où elle est entrée dans ma vie, j'ai arrêté. Christine était vive, pétillante…

Vive et pétillante ? Était-ce bien de ma mère qu'il parlait ?

– Nous avons commencé à parler mariage, poursuivit Greg. Nous formions des projets d'avenir : nous voulions créer un camp pour touristes. Avec le sens du business de ta mère, et ma connaissance de la culture locale, on était sûrs que ça marcherait. Hélas, son visa a expiré. Elle est repartie en Allemagne pour régler toutes les questions administratives et revenir avec les papiers nécessaires. On se téléphonait aussi souvent que possible. Jusqu'au jour où elle a cessé d'appeler, ne décrochant même plus quand j'essayais de la joindre.

– Elle avait découvert qu'elle était enceinte, c'est ça ?

Greg fit signe que oui.

– Si je comprends bien, elle a pensé que le mieux serait de t'oublier, supposai-je. Tout d'un coup, elle ne s'est pas vue élever un enfant à Moosonee. Et elle savait que tu ne pourrais vivre nulle part ailleurs…

– C'est tout à fait ça. C'était dur, très dur. Christine me manquait terriblement. J'ai recommencé à boire. Mais, au bout de quelques mois, j'ai reçu un coup de fil d'une amie de ta mère. Une certaine Sonia. C'est par elle que j'ai appris que Christine était enceinte. J'ai cassé ma tirelire et pris le premier avion pour l'Allemagne. Tu venais de naître, Jacob. Jamais je n'oublierai ce que j'ai éprouvé la première fois que je t'ai tenu dans mes bras.

J'étais là, assis dans mon fauteuil avec une grosse boule dans la gorge, en proie à une émotion difficile à contenir. Tout se passait au mieux de ce que j'avais osé espérer. J'en étais très heureux, bien sûr, mais cela me mettait aussi extrêmement en colère.

– Ta mère et moi sommes revenus ensemble à Moosonee, reprit mon père. Nous nous sommes mariés et avons vécu des moments de bonheur. Comme tu le sais, ça n'a pas duré…

– À cause de cette autre femme et d'Alex ? demandai-je sur un ton plein d'une agressivité qui me surprit moi-même.

– Oui. Entre-temps, croyant que je ne reverrais jamais ta mère, j'avais commencé à fréquenter Nora. J'avais remué ciel et terre pendant des mois pour la retrouver, mais elle s'était comme volatilisée. J'étais jeune, j'avais vingt-trois ans, et j'avais le cœur brisé.

Je me livrai à un rapide calcul. Mon père avait donc quarante-deux ans. Et je ne pouvais pas lui reprocher d'avoir cherché à se consoler dans les bras d'une autre.

– Nora était revenue s'installer à Moose Factory après avoir vécu quelque temps à Timmins, expliqua Greg. Nous nous sommes rencontrés à une soirée dansante à l'Arena, et nous avons fait chacun un pas vers l'autre. Mais nous n'avons jamais formé un couple, et je ne lui ai rien promis.

Il me suffisait de le regarder pour savoir qu'il disait la vérité.

– Quand j'ai reçu le coup de fil de Sonia, Nora était enceinte et je le savais. Mais c'était Christine que j'aimais, elle avec qui je voulais faire ma vie. Elle et notre enfant.

« Quelle merde ! » songeai-je.

La situation ne pouvait que mal tourner. Et ça n'avait pas raté : nous en avions tous payé les conséquences.

Les aiguilles de l'horloge indiquaient vingt et une heures trente, et j'étais vanné, ce qui n'était pas très étonnant après le trajet en motoneige du matin et les montagnes russes émotionnelles par lesquelles je venais de passer. Je finis mon thé d'une traite. Cela m'aiderait peut-être à tenir.

– J'étais devenu pilote d'hélicoptère, poursuivit Greg. Le job était bien payé, j'avais quatre bouches à nourrir, tu comprends. L'ennui, c'est que j'étais souvent parti et que Nora en profitait pour rendre la vie impossible à ta mère.

Christine encaissait les coups, mais c'était très dur pour elle. Je n'ai compris que trop tard à quel point.

Penché en avant, les coudes sur les genoux, il demeura quelques instants silencieux, se contentant de tourner pensivement son mug entre ses mains. Puis il reprit :

– Les choses se sont dégradées progressivement. Jusqu'au jour où je me suis rendu compte que nous nous étions beaucoup éloignés, ta mère et moi. Nous étions devenus étrangers l'un à l'autre. Je voyais bien que j'étais en train de la perdre, mais je ne savais pas comment y remédier. Je travaillais comme un fou pour subvenir aux besoins de mes deux familles. Dans le même temps, j'essayais d'être un père aussi pour Alex. Mais entre ta mère et Nora la relation était de plus en plus tendue. C'est là que j'ai eu cet accident…

Incapable de poursuivre, il contempla fixement le fond de sa tasse.

J'aurais voulu lui jeter à la figure toutes les phrases que j'avais préparées : qu'il avait détruit ma vie, qu'il n'imaginait pas l'horreur que c'était de grandir sans père et avec une mère qui vous mentait, que ça ne devrait pas être permis…

Pourtant, j'étais incapable de lui reprocher quoi que ce soit. À l'instant où je l'avais découvert sur le quai, j'avais senti renaître toute l'affection que j'avais pour lui. J'avais craint de me trouver face à un étranger, mais non. Et, pendant les quelques heures que nous venions de passer ensemble, il m'avait ouvert les bras comme s'il y avait quatorze ans qu'il attendait ce moment ; il m'avait défendu auprès de ma mère, il m'avait servi un menu végétarien et m'avait dit qu'il était fier de moi.

Sans rire, je l'aimais ! Et, justement parce que je l'aimais, je lui en voulais à mort. S'il avait été froid et distant… ou alcoolique… si son intérieur avait été une porcherie, s'il n'avait rien eu à faire de moi… les choses auraient été beaucoup plus simples. Tandis que, là, je ne savais pas comment aborder toutes les questions désagréables que j'avais à lui poser. Pas plus que je ne savais comment concilier ce regain d'affection et la perspective d'une vie sans lui après mon retour en Allemagne.

Je me levai et j'allai à la fenêtre. Dehors, la lune éclairait la rivière enneigée d'une lumière blafarde.

Le front pressé contre la vitre, je murmurai :

– Tu m'as abandonné.

– Non, Jacob, ce n'est pas vrai.

Très ébranlé, Greg fit un pas vers moi et me prit par les épaules. Je ne pus retenir un petit cri. Il retira sa main vivement.

– L'ours, expliquai-je avec un sourire douloureux.

Un pli soucieux lui barra le front.

– Montre-moi ça, tu veux bien ?

Dans ma chambre, Greg alluma le plafonnier et me fit signe de me déshabiller. J'ôtai ma chemise, ne gardant que mon T-shirt. Il examina la plaie attentivement, puis me prit le bras et le leva à l'horizontale.

– Ça fait mal ?

– Un peu. Mais ça va.

– Pourquoi ne pas avoir demandé à voir un médecin quand tu étais à l'hôpital ?

– J'avais un train à prendre, répondis-je avec une grimace.

Greg hocha la tête.

– Tu as eu une chance incroyable, Jacob. Je connais un type à qui un ours a mis l'épaule en charpie.

Je sortis mon amulette de dessous mon maillot.

– C'est lui qui m'a protégé.

Greg prit l'objet d'une main tremblante et caressa du bout des doigts la tête de loup à la gueule grande ouverte.

– Tu l'as encore, murmura-t-il avec émotion.

– Sonia me l'a donnée quand je suis allé la voir avant de partir. Ma mère lui avait demandé de la jeter, mais elle n'a jamais pu s'y résoudre.

Greg prononça quelques paroles en cree, sans doute une prière, car je reconnus les mots « Gitche Manitou ». J'attendis qu'il lâche l'amulette pour passer à autre chose :

– Au fait, j'aurais besoin de petits ciseaux et d'une pince à épiler. J'ai des fils à enlever sur la cuisse.

J'eus beau protester, Greg exigea que je baisse mon pantalon.

– Je m'en occupe, OK ? fit-il en voyant ma cuisse. Allonge-toi ! Je vais chercher ce qu'il faut…

Pourquoi pas, au fond. Fatigué comme je l'étais, je n'aurais jamais eu le courage de me lancer dans une opération aussi délicate avant de me coucher. Or il était grand temps d'enlever ces fils qui avaient commencé à s'incarner et tiraient de façon désagréable.

Mon père revint avec le matériel nécessaire et se mit aussitôt au travail. Allongé sur le dos, le bras devant les yeux, je le laissais me soigner en m'émerveillant de ne pas ressentir de gêne. Greg faisait très attention à ne pas me faire mal, et ses mains sentaient le savon.

C'était surréaliste : j'étais chez lui, avec des bouts de fil dentaire dans la cuisse, et il jouait les infirmiers ! Mais ce n'était pas plus dingue que tout ce qui m'était arrivé depuis que j'avais posé le pied à Moosonee.

– Je n'ai jamais abandonné, Jacob, déclara-t-il en secouant la tête. Quand on m'a mis en prison, j'ai tout de suite essayé de joindre Christine. En vain. J'ai cherché à contacter Sonia, mais elle avait changé de numéro. J'ai tenté de faire intervenir un avocat, ça n'a rien donné non plus. Une fois libéré de prison, je suis resté deux ans sans pouvoir quitter le territoire. J'ai continué à vous chercher partout. Je ne pouvais pas croire que tu m'aies oublié. Pendant quatorze ans, j'ai attendu que tu me donnes signe de vie. Maintenant, je sais pourquoi tu ne l'as pas fait.

J'écartai mon coude.

– On déménageait tout le temps, dis-je en le regardant. Maman devait avoir peur que tu retrouves notre trace. Ça a été une période difficile. Dès que je me faisais des copains quelque part, on partait s'installer ailleurs.

– Je suis désolé, *nkosis*.

– T'excuse pas. *Ça*, c'est pas ta faute.

Greg me posa quelques questions sur mes centres d'intérêt. Je lui parlai de Jonas et de mes copains, du lycée, et bien sûr aussi de Ben et de notre groupe. Soudain, une douleur aiguë m'arracha un cri.

– *Sorry*, s'excusa mon père en plaquant une main sur ma cuisse. C'est presque fini.

– Où est-ce que j'en étais ? fis-je quand j'eus repris mes esprits. Ah oui, je te disais que je joue de la batterie…

Mon père hocha la tête avec un sourire.

– Quand tu étais petit, tu tapais sur tout ce qui te tombait sous la main. Tu as le tambour dans le sang. Peut-être est-ce une forme de lien entre nous.

Un lien entre nous. Ainsi, mon père avait ce désir, lui aussi. Pourtant, nous en restions à la surface des choses. Je ne pouvais pas lui parler de Stefan. Car, lorsque j'aborderais la question de mon beau-père, tout ce que j'avais soigneusement gardé pour moi afin de ne pas gâcher cette soirée ressortirait forcément.

– Bon, c'est fait, annonça Greg d'un air satisfait. Il ne reste qu'à bien désinfecter…

Il prit un spray antiseptique sur la table de chevet.

– Ça va piquer.

– Pas de souci, crânai-je.

Je crus qu'il versait de l'acide sur mes plaies. Mais je serrai les dents, et la douleur s'estompa rapidement.

– Kimiwan a fait du super boulot, observa Greg.

– Elle était première de sa classe en travaux manuels.

Ma remarque le fit sourire.

– Je suis tellement heureux que tu sois là, Jacob, dit-il. Mais tu dois être épuisé, on reprendra cette conversation demain. Dors bien, mon fils.

20

Moose Factory

Le lendemain matin, il me fallut un bon moment pour me rappeler où j'étais. Dans la maison de mon père ! Mon premier chez-moi ! En regardant par la fenêtre, je découvris un soleil éclatant. Le fleuve d'un blanc immaculé étincelait de mille feux. Sur ma droite, le tipi, une balançoire et un canoë renversé. Que tout cela me semblait familier, d'un seul coup ! Pendant des années, j'avais eu l'impression de vivre en marge de mon existence. Là, pour la première fois, je me sentais bien.

Je voulus passer à la salle de bains mais, en entendant couler la douche, je décidai de consulter d'abord mes messages. Comme prévu, il y en avait plein. En tête de liste, ma mère : inquiétude, colère, dépit, anxiété… tout y était ! Son dernier message en date remontait à la veille au soir :

Contente de te savoir sain et sauf. Désolée pour tout à l'heure.

Je te fais signe dès que je saurai quand je rentre, répondis-je en retour.

Quelques SMS de Sonia. D'abord pour demander si tout allait bien et si j'avais retrouvé mon père. Puis pour me faire part de son inquiétude, elle aussi :

À quoi tu joues, Jacob ? Appelle ta mère, elle se fait un sang d'encre.

Suivait un autre de Jonas :

La police a perquisitionné à la maison. Papa n'a pas été arrêté. Tu es où ?

J'avais tellement espéré que Stefan serait jeté en prison ! Dans une cellule si petite qu'il ne pourrait pas faire un mouvement, et sans eau à boire, histoire de lui rappeler son élevage. C'était tout juste si je n'aurais pas voulu qu'il soit castré sans anesthésie, de la même façon qu'il mutilait ses porcelets…

Mais ce n'était pas si simple. Dans la vie, rien n'est jamais tout blanc ou tout noir. Après ce que j'avais vécu ces derniers jours, je savais qu'il y avait toute une gamme de données à prendre en compte, si bien qu'au fond, j'étais plutôt soulagé que mon beau-père n'ait pas été mis sous les verrous. Ne fût-ce que pour Jonas et ma mère.

Je parcourus le reste des messages.

Julia, la fille avec laquelle j'avais rompu quelques semaines auparavant :

Tu me manques, Jacob. Si tu voulais, on pourrait reprendre les choses là où on les a laissées. Un véritable Indien pour père, waouh ! c'est super cool ! xxx Julia

Ben avait écrit aussi, naturellement :

Hey, vieux ! Tu es où ? Je viens d'avoir un coup de fil de ta mère, elle espérait que je pourrais la renseigner ??? Tout va bien ? Fais-moi signe !

Il y avait une pièce jointe. Je cliquai sur le lien et lus :

Perquisition de police dans un élevage de porcs à Rodendorf

Hier, une cinquantaine de fonctionnaires de la police judiciaire de Thuringe ont procédé à une perquisition dans les locaux d'un élevage porcin à Rodendorf, dont les dirigeants sont soupçonnés de ne pas avoir respecté la législation sur la protection animale. L'enquête diligentée par les services vétérinaires vise en particulier deux des membres de la direction…

Stefan ne me le pardonnerait jamais. J'avais ruiné sa réputation et son entreprise était au cœur d'un scandale. Mais je n'avais aucun remords. Mon beau-père avait très clairement désobéi à la loi et, même si j'étais à peu près certain que son affaire ne serait pas liquidée, il allait passer de très mauvais moments et devrait se mettre en conformité. Au moins, le sort de ses animaux connaîtrait peut-être une amélioration.

Je fis une photo de mes cicatrices et l'envoyai à Ben avec le commentaire suivant :

Griffé par un ours, à part ça tout va bien. J'ai retrouvé mon père. Retour dans les prochains jours.

Je n'avais pas envoyé mon message depuis trente secondes que le téléphone sonna.

– Qu'est-ce que c'est que cette blague ? attaqua Ben sans préambule. Tu te fous de moi, avoue !

Ça me faisait plaisir de l'entendre !

– Pas du tout ! Je te jure que c'est vrai : j'ai été attaqué par un ours.

Je lui résumai dans les grandes lignes ce qui m'était arrivé.

– Eh ben ! s'exclama-t-il. C'est une histoire de dingue !

– Carrément. D'ailleurs, ça m'a inspiré de nouvelles chansons.

– Génial, j'ai hâte de les entendre. Et dis-moi : cette femme des Terres sauvages, Kim... Tu comptes la revoir ?

– Peut-être... Je pense revenir l'été prochain.

– Peut-être ? se récria Ben. Une fille aussi fabuleuse ? Pourquoi tu ne la ramènes pas ici ?

– C'est impossible. Sa vie, c'est le *nitao* : chasser, pêcher, poser des collets...

– Tu sais quoi ? Cet été, je t'accompagne. Il faut absolument que je fasse sa connaissance.

– Et Leyla ? demandai-je sur un ton badin.

Silence au bout du fil.

– Ben ?

– J'ai dit que je voulais faire sa connaissance, Jacob ! Pas l'épouser !

Son ton était forcé. Il me cachait quelque chose.

– Ben... qu'est-ce qui se passe ?

Il hésita avant de répondre :

– On fait une pause, Leyla et moi.

– Une pause ? Tu plaisantes ?

– Non. Mais t'inquiète, ça va s'arranger. Écoute, faut que je te laisse. Essaie d'être là pour les écrits, OK ?

– Promis. Fais attention à toi, Ben. Je te rappelle.

Je mis mon téléphone en silencieux et rejoignis Greg à la cuisine.

– Tu prends du café ? demanda-t-il.

– Volontiers. Avec du lait, si tu as. Je monte vite me brosser les dents.

Au petit déjeuner – œufs brouillés, fromage, toasts et confiture d'airelles maison –, Greg m'apprit qu'il m'avait réservé un vol pour le samedi suivant. Ce qui signifiait que je louperais l'épreuve de maths.

– Il n'y avait rien avant, s'excusa-t-il. En tout cas, pas dans mes possibilités.

– C'est parfait, dis-je pour le rassurer. Je vais rater l'épreuve de maths de vendredi, mais ce n'est pas grave, je la passerai à la session de rattrapage. Et tant pis si ça ne plaît pas à ma mère ; j'ai besoin de rester encore un peu ici.

– Ta mère, je m'en charge, fit Greg.

Jetant un coup d'œil à la pendule, il ajouta :

– D'ailleurs, autant régler le problème tout de suite. C'est le bon moment pour appeler.

Pendant qu'il téléphonait à ma mère, je donnai un coup de fil à Jonas. Il trouva « super cool » que j'aie été attaqué par un ours, et assura qu'il avait hâte de raconter mes aventures à son copain Max. À ma question de savoir comment allait Stefan, il répondit qu'à l'école on lui en faisait voir de toutes les couleurs depuis que le fameux article avait paru dans le journal, mais que personne ne s'était donné la peine de lui apprendre de quoi il retournait.

Du haut de ses neuf ans, Jonas adorait jouer avec des petits animaux en plastique. Il rêvait d'avoir un hamster, un chat ou un chien, mais n'en avait jamais eu le droit sous prétexte qu'un animal de compagnie aurait causé du désordre ou sali la maison.

Un comble !

– Ton père a fait quelque chose de très mal, expliquai-je à Jonas. Il n'a pas respecté les règles qui interdisent de faire souffrir les animaux. Dans son élevage, les porcs étaient traités d'une manière horrible. Toi, tu sais que les bêtes sont sensibles à la douleur, exactement comme les humains. Mais lui, il s'en moque…

Jonas ne répondit rien. Je sentais combien il était malheureux, mais ne savais pas quoi dire pour le consoler. Soudain, il demanda d'une toute petite voix :

– Si tu te plais plus chez ton vrai père que chez nous, tu vas rester chez lui ?

La question me prit au dépourvu.

– Jacob ?

– Je rentre samedi prochain, promis-je après m'être ressaisi. Courage, mon grand !

Après avoir raccroché chacun de notre côté, mon père et moi retournâmes nous installer dans le séjour, comme la veille au soir.

– C'était ton demi-frère ? s'enquit Greg en déposant devant moi un mug de café fumant.

– Jonas, oui.

– Parle-moi un peu de lui, tu veux bien ?

Je lui fis le portrait d'un charmant petit garçon aux yeux bleus et aux cheveux dorés comme les blés.

– Le fils de Stefan est un enfant modèle. Il fait toujours tout à la perfection, on ne peut rien lui refuser.

Secouant la tête, j'ajoutai :

– Au début, j'ai essayé de l'ignorer. Mais c'est impossible : il est tellement mignon qu'on ne peut pas ne pas l'aimer. Et il m'adore. Il est très gentil avec maman, et elle le lui rend bien.

– Ça t'ennuie ?

– Plus maintenant. Quand j'aurai quitté la maison, je pense qu'ils seront très heureux, tous les trois.

J'expliquai à Greg que j'avais postulé dans plusieurs universités un peu partout dans le pays, et que Ben, Rashad et les autres gars du groupe allaient beaucoup me manquer. Mon père voulut savoir qui était Ben. J'en fus d'autant plus heureux et surpris que Stefan ne s'était jamais intéressé à mes amis ni à mes copines, et encore moins à ma musique. Quand il m'adressait la parole, c'était pour me dire bonjour ou au revoir, point final. Les parents de Ben, eux, me traitaient comme si je faisais partie de la famille.

Je montrai à Greg quelques vidéos de nos concerts et lui racontai nos escapades, dont ces vacances d'été chez la grand-mère de Ben. Quand je lui dis avec quelle admiration Ben me regardait vider les poissons comme un vrai pro ou tenir les brochettes pile à la bonne distance des flammes, mon père sourit jusqu'aux oreilles.

Je compris alors que la question sur Ben était surtout destinée à me faire parler de moi.

Greg avait un don pour écouter. Il ne m'interrompait que rarement, et me laissait libre de choisir ce que je voulais lui raconter. Quoi que je dise, il était tout ouïe, et cela me faisait un bien fou.

Un peu plus tard dans la matinée, il appela à l'hôpital.

– Anak va mieux, m'annonça-t-il avec un sourire en raccrochant. On est autorisés à lui rendre visite cet après-midi. En attendant, allons faire un tour, OK ?

Mon père me fit monter dans son pick-up. Il espérait qu'une balade dans Moosonee me rappellerait des souvenirs. Nous roulâmes d'abord jusqu'au petit aéroport au nord-est de la ville. C'était là que décollaient et atterrissaient les avions qui assuraient la liaison de Timmins à Moosonee. Quelques coucous desservaient aussi les petits ports de pêche de la baie d'Hudson et de la Mer de glace, plus au nord. Il y avait également une société d'hélicoptères. Car, pendant les quelques semaines de printemps et d'automne où la rivière n'était pas praticable, le transport entre Moose Factory et le continent ne pouvait se faire que par voie aérienne, tant pour les personnes que pour les biens de première nécessité comme les médicaments, le courrier, l'habillement ou la nourriture.

Greg me conduisit ensuite à l'ancienne base militaire, située à mi-chemin entre l'aéroport et le village. Toute la zone avait été reconvertie en logements sociaux à la fin de la guerre froide.

– Le collège et la piscine sont d'anciennes installations militaires. Autrefois, pour aller à l'école, les jeunes étaient obligés de se rendre à Timmins. C'était beaucoup trop loin, et le train coûtait très cher.

« D'un autre côté, songeai-je, les mômes étaient peut-être contents de se sortir de leur trou ! »

À peine m'étais-je fait cette réflexion que je me rappelai les horreurs endurées par les élèves des pensionnats autochtones. Sans doute était-ce la raison pour laquelle les habitants de Moosonee avaient exigé que leurs enfants soient scolarisés sur place.

Mon père m'emmena aussi à l'Arena, le centre communal de Moosonee, un immense hangar en tôle ondulée sans le moindre intérêt architectural, puis il me montra les deux cimetières, l'ancien et le nouveau, et pour finir le Sagashtawao Healing Lodge, non loin de chez lui. C'était un centre de désintoxication. Devant le bâtiment principal se dressait un grand tipi en dur.

Mon père avait-il fait une cure à quelques centaines de mètres de chez lui ? Je me gardai bien de poser la question, car je ne voulais surtout pas compromettre la bonne entente que je sentais naître entre nous. Ce lien à la fois nouveau et familier était ce que j'avais de plus précieux. Il était hors de question que je le perde.

Lorsque nous eûmes vu tout ce qui en valait la peine, nous nous rendîmes au Northern Store, où Greg remplit un caddie de produits végétariens qui lui coûtèrent une fortune.

– Tu n'es pas obligé, lui dis-je, gêné. Je mangerai la même chose que toi, la viande en moins.

– Ce n'est pas un problème, Jacob, assura-t-il. Vraiment. Je tiens à ce que tu te sentes comme chez toi.

C'était déjà le cas. Je le remerciai d'un signe de tête.

À Moosonee, les nouvelles circulaient à la vitesse de la lumière. Dans le magasin, la moitié des gens de plus de trente ans me saluaient avec enthousiasme :

– *Wachiya*, Jacob ! Ça fait plaisir de te voir ici !

Ou alors ils tapaient sur l'épaule de mon père en disant :

– Ton fils te ressemble comme deux gouttes d'eau, Greg ! Mais ce n'est pas le meilleur des chasseurs, à ce qu'il paraît !

Et tous d'éclater de rire.

Louise nous avait invités à déjeuner. Bien sûr, elle voulut avoir ma version des faits.

– J'y crois pas ! s'exclama-t-elle lorsque je lui eus tout raconté. Mike Meenish mériterait la prison !

Cependant, Greg avait été informé par un ami policier à Moose Factory que Mike avait disparu de la circulation.

– Il a dû apprendre que tu t'en étais sorti, et il s'est enfui dans le Sud, supposa Louise en se prenant une cuillerée de l'excellent pudding à la banane qu'elle avait préparé pour le dessert.

– Je ne sais pas, hésitai-je. Quand il m'a proposé de m'emmener à Camp Ajuawak, il avait l'air sincère. Son comportement ne m'a paru bizarre qu'après, quand on a fait une pause dans la forêt.

Greg fronça les sourcils.

– As-tu dit quelque chose qui pourrait l'avoir contrarié ?

Je haussai les épaules.

– Pas que je sache. Juste que j'espérais pouvoir recommencer à zéro avec toi.

Louise et mon père échangèrent un regard entendu.

– Il a dû se dire que lui et Viola n'auraient jamais cette chance, murmura Louise avec une tristesse insondable dans les yeux.

Je compris qu'elle pensait à son fils. Le silence s'installa entre nous.

– C'est n'importe quoi, grogna soudain le mari de Louise, qui s'était tenu à l'écart de la conversation jusque-là. Rien ne justifie son attitude. L'incendie était un accident. Et Mike n'est pas le seul à avoir perdu un enfant.

Se levant, il posa la main sur l'épaule de Greg et l'y laissa quelques secondes, puis il disparut dans la cuisine.

Louise avait des larmes plein les yeux. Et Greg était à peine moins ému qu'elle.

– Ed se réjouit pour toi que tu aies retrouvé ton fils, déclara Louise à mon père d'un air que lui seul pouvait déchiffrer.

Vers trois heures, nous traversâmes le fleuve pour aller voir Anak à l'hôpital. Le vieil homme était seul dans une chambre double, et il me parut encore plus maigre qu'auparavant. Il avait les joues creuses et le teint cireux, mais les yeux toujours aussi vifs et pétillants. En nous voyant, il se souleva sur ses coudes.

– Ah, te voilà, petit ! me salua-t-il avec un sourire qui me fit chaud au cœur. Alors tu as retrouvé ton père ! Le Gitche Manitou vous a enfin réunis !

– Le Gitche Manitou, certes… grâce au tuyau que ton neveu Darrell lui a donné sur Facebook ! confirma mon père non sans malice en approchant une chaise.

– Comment vas-tu, *moshum* ? demandai-je en m'asseyant sur le bord du lit.

– Beaucoup mieux. D'après le médecin, je ne suis pas passé loin. Faut croire que ce n'était pas mon heure…

– Tu t'en es bien sorti pour cette fois, Anak. Seulement, tu ne peux pas continuer à vivre dans le bush été comme hiver, seul dans ta cabane avec cette petite. Tu n'es plus tout jeune. Et cette appendicite a bien failli te pousser dans la tombe.

Mon père n'y allait pas par quatre chemins ! Je coulai à Anak un regard en coin, inquiet de sa réaction.

– Je ne risque plus rien, à présent, minimisa-t-il. D'ailleurs, l'infirmière me l'a dit elle-même : je suis un homme neuf !

Greg secoua la tête.

– Peut-être ; mais tu dois aussi penser à Kim, Anak : à son âge, une jeune femme comme elle a besoin de voir du monde.

Une ombre assombrit le visage du vieux. Je compris qu'il était la proie d'un dur combat intérieur.

– Pauline n'attend qu'une chose, c'est que Kim vienne l'aider, reprit mon père. Tu pourrais vivre à Camp Ajuawak. Tu sais à quel point cet endroit est magnifique. Pourquoi ne t'y installerais-tu pas avec Shadow ? Vous seriez dans la forêt mais pas complètement isolés pour autant. L'été dernier, j'ai commencé à construire une cabane. Elle sera prête à l'arrivée des beaux jours. Tu n'auras qu'à y emménager.

« Dis oui ! suppliai-je intérieurement. Je t'en prie, *moshum* ! Dis oui pour Kim. Et aussi pour moi ! »

– Je vais y réfléchir, promit Anak après un instant de silence.

– Très bien, opina Greg avec un clin d'œil dans ma direction.

– Mais avant, enchaîna le vieux, il faut que je sorte d'ici. J'ai rêvé d'un vol de bernaches. Les oies arrivent.

– Je crains que ce ne soit prématuré, objecta mon père. Tu dois d'abord te refaire une santé. Sinon, tu n'auras même pas la force de tenir un fusil et tu manqueras toutes les oies que tu tireras.

Anak grommela quelque chose en cree. Puis il demanda :

– Comment est le fleuve ?

– On l'a traversé en voiture. Mais la glace n'est plus très épaisse.

– Kim a besoin de moi, Greg. Il faut que je retourne près d'elle.

À ces mots, j'allai me poster près de la fenêtre.

Kim. Chaque fois que je pensais à elle, c'est-à-dire quasi en permanence, je sentais mon cœur se serrer, et l'idée qu'elle était seule au milieu de nulle part avec Shadow, pendant que je fêtais mes retrouvailles avec mon père, me rendait malade.

– Kim est solide, objecta Greg. Elle se débrouillera très bien toute seule.

Pendant les dernières heures, bien que j'aie été à cent pour cent présent à la relation avec mon père, à aucun moment Kim ne m'était sortie de la tête. Son odeur, ses grands yeux au reflet argenté, son rire… son humour sarcastique, tout en elle me manquait. Alors, même si Greg avait raison – elle était solide, en effet –, je m'inquiétais pour elle.

Après notre visite à Anak, nous fîmes le tour de l'île. Greg m'apprit que les Blancs s'étaient installés à Moose Factory dès leur arrivée en Ontario, et que la Compagnie de la baie d'Hudson y avait créé dès 1673 son premier poste de traite de peaux et de fourrures.

– Nous avons cru reconnaître les anciennes traditions des Cree, m'expliqua mon père. De tout temps, nous avions échangé nos peaux avec nos voisins, tu comprends. Comment, à ce moment-là, aurions-nous pu deviner que les Blancs allaient détruire notre équilibre ? Nos femmes ont épousé des négociants français et britanniques auxquels nous avons appris à survivre dans le Grand Nord.

Puis ils nous ont forcés à nous sédentariser, et nous sommes devenus dépendants de leur mode de vie. Depuis, le statut des autochtones a toujours été un problème pour le gouvernement d'Ottawa.

La réserve ne me faisait pas mauvaise impression, avec ses maisons en bois aux antennes satellites surdimensionnées alignées à l'arrière de leurs jardinets le long des rues non goudronnées. Sur certains terrains, de la fumée s'échappait des tipis ou des petites conserveries où l'on faisait sécher du poisson ou des oies.

Le Centre d'interprétation culturelle cree n'était ouvert que l'été, mais pas l'église Saint-Thomas. Nous descendîmes de voiture pour la visiter. Tout en bois, elle avait été construite en 1864. La plupart des vitraux de couleurs vives étaient barricadés par des planches, et sa peinture blanche s'écaillait par plaques. Greg me raconta que les recueils de prière étaient en cree, et que le livre d'autel était relié en peau d'élan et brodé de perles.

– Il y a quelques années, au printemps, il y a eu une telle crue que l'église a failli être emportée par le fleuve. Telle que tu la vois, elle est à quelques mètres de son emplacement d'origine. Comme elle n'a pas de fondations, on a percé des trous dans le plancher. Quand l'eau monte, elle pénètre dans la nef. Quand elle descend, elle se retire sans que l'église parte à la dérive. Note que je n'aurais pas eu beaucoup de regrets si elle s'était retrouvée dans la baie d'Hudson.

– Tu n'es pas chrétien ? demandai-je.

– *Mona*. Mon père n'avait pas beaucoup d'estime pour les prêtres et le dieu des Blancs. Et je n'ai pas besoin d'aller à l'église, je prie bien mieux dans le bush.

– À qui tu t'adresses ? Au Gitche Manitou ?

Greg hocha la tête.

– Entre autres. L'univers des Cree est peuplé d'esprits, c'est assez compliqué.

– Je m'en suis aperçu ! m'exclamai-je.

Contournant l'église, Greg me conduisit dans le petit cimetière adjacent. De la neige dépassaient des croix blanches et des pierres tombales en granit.

Parvenu devant l'une d'elles, une simple dalle gris foncé, Greg sortit de sa poche de veste une petite tortue sculptée dans de la corne qu'il déposa dessus. La tombe portait une inscription gravée :

Alex Cheechoo – 25 juillet 2001-14 février 2017

Ainsi, mon demi-frère avait eu six mois de moins que moi.

– Tu te souviens de lui ? s'enquit mon père.

Je fis signe que non.

Les lèvres pincées, Greg sembla hésiter. Puis il dit en me fixant dans les yeux :

– Je lui rends visite chaque fois que je viens sur l'île. Voudrais-tu que je te parle un peu de lui ? Si tu n'y tiens pas, aucun problème…

– Si, si, au contraire !

Greg se massa les joues, l'air de ne pas très bien savoir par où commencer, puis il déclara :

– Alex a toujours été un garçon difficile. À ma sortie de prison, je suis allé vivre avec lui et sa mère, mais ça n'a rien changé. Nora n'était jamais contente de rien. Nous nous disputions tout le temps. Je vivais très mal cette situation, du coup je travaillais énormément. Elle, elle ne travaillait pas, mais elle ne s'occupait pas d'Alex pour autant, si bien qu'il était souvent livré à lui-même. Les moments où il était le plus heureux, c'était quand je l'emmenais à mon camp de chasse dans le bush. Là, il m'avait pour lui tout seul.

La voix de mon père était pleine de remords. Je mis les mains dans mes poches pour les réchauffer, car j'étais frigorifié. Il s'en aperçut et m'entraîna vers la voiture.

– Alex apprenait vite, reprit-il. Il aurait été un très bon chasseur. Il se cherchait. Malheureusement, il avait de mauvaises fréquentations. Il a commencé à sécher les cours, à se droguer, à changer de copine comme de chemise, et il a arrêté de m'accompagner dans le bush.

Nous montâmes en voiture. Greg alluma son moteur et mit le chauffage à fond, ce dont je lui fus reconnaissant, car j'avais les doigts gelés, mais, au lieu de démarrer, il poursuivit, les mains sur le volant :

– Un jour, les flics ont débarqué chez moi. Alex dealait. Je l'ai couvert, Jacob. Avec du recul, c'était sans doute une erreur. Mais de toute façon la maison a brûlé et…

Sa phrase demeura en suspens. Son visage exprimait une telle souffrance que j'en avais mal pour lui. Je l'imaginais grimper sur le toit de la véranda pour aller chercher Kim au premier étage après avoir tenté en vain de sauver son fils.

– Je suis désolé, murmurai-je.

Greg poussa un soupir.

– J'ai vécu des semaines affreuses. Je me suis réfugié dans ma cabane le temps de faire mon deuil. Nora s'était mise à boire et me menait une vie d'enfer, m'accusant de la mort d'Alex comme si c'était moi le responsable : c'était ma faute, je n'avais jamais été un bon père...

– Et Mike Meenish te tenait pour indirectement responsable de la mort de sa fille parce qu'Alex était ton fils et que c'était lui qui la fournissait.

– C'est ça. Mais quand même, je ne l'aurais pas cru capable de faire ce qu'il a fait, conclut Greg en enclenchant la marche arrière.

Nous fîmes le chemin du retour en silence, chacun perdu dans ses pensées. À Moosonee, mon père gara son pick-up sur le parking du Northern Store.

Nous étions attablés dans un fast-food, le *Treeline Dinner*, lorsque j'osai aborder le sujet qui me préoccupait :

– Si ce qu'a dit Louise est exact, Mike a essayé de se venger... S'il me cherche et qu'il s'en prend à Kim...

Mon père me regarda longuement :

– Tu l'aimes bien, je me trompe ?

– Je me fais du souci pour elle, éludai-je en haussant les épaules.

Un jeune Cree à queue de cheval et tablier rouge vint prendre notre commande. Je choisis un burger végétarien, et mon père, du saumon grillé et du riz.

– Mike ne s'en prendra pas à Kimiwan, dit-il lorsque le serveur eut disparu. C'est moi qu'il hait, moi qu'il cherche à atteindre. Il n'y a pas lieu de t'inquiéter pour elle. D'ailleurs, s'il avait voulu lui nuire, il l'aurait fait depuis longtemps.

Ça paraissait sensé. Pourtant, je n'étais pas rassuré. Mes sentiments pour Kim ne se commandaient pas par la raison, et la peur était de ceux-là.

– Tout va bien, Jacob ?

À cette question, je me redressai en sursaut. Mon père hocha la tête avec un sourire :

– Tu es sérieusement atteint, n'est-ce pas, mon garçon ?

Je secouai la tête. Je n'avais aucune envie de parler de Kim. Et surtout pas avec lui. Il avait trop mal géré sa vie amoureuse.

– Comme tu voudras, dit-il. Le jour où tu auras besoin de parler, je suis là.

21

Aykinaskiyan

Le lendemain, la radio locale annonça la fermeture de la route de glace, désormais trop dangereuse. La rivière était interdite à la circulation.

Je me mordis les lèvres. Moi qui avais envisagé de faire un aller-retour express à la cabane pour dire à Kim de m'attendre, c'était trop tard. À présent, la route était coupée et le resterait jusqu'à nouvel ordre. La débâcle avait scellé notre destin. Car c'était sûr, lorsque je reviendrais, Darrell aurait eu le temps de prouver à Kim qu'il était le meilleur.

– Quelque chose ne va pas ? demanda mon père.

– J'espérais retourner voir Anak à l'hôpital, biaisai-je. Je crois pouvoir le convaincre de s'installer à Camp Ajuawak avec vous. Mais, si la rivière n'est pas praticable, c'est fichu.

– Officiellement ! répliqua Greg d'un air entendu.

– Tu pourrais me faire traverser ?

– Affirmatif. D'autant plus que ça me semble un bon plan. Hier, Anak n'était pas loin de craquer...

À défaut de voir Kim, je lui écrirais une lettre et la lui ferais remettre par Anak.

– Seulement, il faudra que tu m'attendes un moment, avertit Greg. J'ai une réunion à midi avec des défenseurs de l'environnement. Il s'agit de la mine de niobium qui doit ouvrir prochainement entre la rivière des Français et South Bluff Creek, à quarante-cinq kilomètres en amont d'ici.

– Le niobium ? Qu'est-ce que c'est ?

Je n'avais encore jamais entendu ce nom-là.

– C'est un élément chimique parmi les plus convoités de la planète, expliqua Greg. Il entre dans la fabrication des pipelines, des ponts, des fusées, des réacteurs, ce genre de choses... C'est un excellent conducteur, léger, très résistant et hyper facile à travailler. Pour l'instant, il n'existe que trois sites de production dans le monde. Deux au Brésil, et un au Québec.

– À quarante kilomètres au sud d'ici ?

– Oui.

– Pour Anak et Kim, ça serait la fin de la tranquillité.

– Pour eux et tous ceux qui ont leurs lignes de pièges ou un camp de chasse dans ce secteur. À Camp Ajuawak aussi, ce serait une catastrophe. Le Muskeg est un milieu humide très fragile. Une mine à ciel ouvert modifierait notre écosystème à un point que personne ne peut imaginer. Aujourd'hui encore, notre eau est si pure qu'on peut la boire telle quelle. Et je ne te parle pas des ours, des élans, des loups et des caribous…

Une scène d'horreur passa devant mes yeux. Je vis de la neige rouge sang, des yeux de caribou vitreux…

– Y a-t-il une chance d'empêcher ce projet ? demandai-je.

– La cheffe Faries, de Moose Factory, y est totalement opposée. Jusqu'ici, elle a réussi à empêcher les forages préliminaires. Le problème, c'est qu'un grand nombre de gens des deux communautés y sont favorables. La mine créerait des centaines d'emplois, un hôtel et un nouvel hôpital.

– Et la destruction de tout un patrimoine…

– Exact. Mais c'est un peu plus complexe que ça. Nos conditions de vie, le gouvernement canadien s'en moque éperdument. Mais il y a ceux qui préfèreraient largement rester ici en travaillant sur le site plutôt que de devoir s'exiler à la ville. Je suis contre ce projet, mais je dois aussi représenter ceux qui sont pour.

« Réveille-toi, Jacob, songeai-je avec amertume. Qu'est-ce que tu croyais ? »

J'écrivis à Kim une longue lettre dans laquelle je lui exprimais mon amour, lui faisais part de mes craintes et la suppliais de m'attendre.

Puis Greg me fit traverser le fleuve en motoneige par des chemins détournés.

– Je t'envoie un message dès que ma réunion est finie, dit-il en me déposant devant l'entrée de l'hôpital, OK ?

– D'ac ! répondis-je, émerveillé par la simplicité de nos rapports.

Mon père et moi n'avions passé que quelques heures ensemble, mais j'avais l'impression de le connaître depuis toujours. De même que Moosonee et l'île de Moose Factory me paraissaient familières. Je n'étais pas à des milliers de kilomètres, mais bien à des années-lumière de ma vie d'avant !

Dans la forêt, j'avais beaucoup souffert, aussi bien physiquement que moralement. Alors, forcément, j'avais regretté mon confort et aspiré de toutes mes forces à retrouver les bienfaits de la civilisation. Cependant, depuis que j'étais chez mon père et que je vivais avec lui, je me sentais parfaitement à l'aise.

Greg s'intéressait à tout ce que je faisais et ses encouragements m'allaient droit au cœur. Et puis, j'étais sensible à son engagement en faveur de l'environnement. Ma mère achetait des légumes bio et du café du commerce équitable, mais ça n'allait pas plus loin. Quand j'étais petit, c'était différent. Hélas, depuis quelque temps, elle était minée par le stress.

Une chose était sûre : j'aimais de plus en plus mon père, et l'idée de devoir le quitter me déprimait.

Assis sur son lit, Anak regardait le journal régional à la télévision. En voyant qu'il avait repris des couleurs, je respirai avec soulagement. J'étais si heureux qu'il aille mieux ! Certes, il n'y avait pas de lien du sang entre nous, mais ce vieil homme était mon *moshum*, mon aïeul.

Je fis un pas en avant. Son visage s'illumina d'un sourire.

– Jacob ! s'exclama-t-il. Que c'est gentil de venir me distraire ! Je m'ennuie à mourir, ici !

Je lui tendis le thé que j'avais pris pour lui à la cafétéria. Très sucré, avec du lait, comme il l'aimait. Puis je m'assis à son chevet.

Pendant qu'il sirotait son thé à petites gorgées, je lui racontai que mon père voulait m'emmener à la chasse aux oies.

– Il t'en gardera une, promis-je.

– Une seule ? répéta Anak sur un ton faussement indigné.

– OK, deux, si tu veux, concédai-je, bon prince.

– Ce n'est pas un lot de consolation que je veux, mon garçon, déclara le vieux avec fermeté. Je suis encore capable de tenir un fusil. Je veux tirer les oies au printemps et à l'automne, comme je l'ai fait toute ma vie.

– *Moshum*, commençai-je du bout des lèvres. As-tu réfléchi à la proposition de Greg ? Si tu t'installais à Camp Ajuawak avec Kim et Shadow, je trouverais ça génial. Greg m'a beaucoup parlé de cet endroit, ça a l'air magnifique. Vous y seriez très bien, tous les trois…

Je savais que le camp était menacé par le projet de mine, mais me gardai bien de lui en parler. C'était un autre combat.

À ce moment-là, une exclamation étouffée retentit dans mon dos. Je me retournai en sursaut… et découvris Kim dans l'embrasure de la porte.

De surprise, je restai muet. Elle portait un jean délavé et une veste en cuir brodée de perles à col de fourrure. Ses longs cheveux soyeux lui tombaient sur les épaules. Elle était splendide, mais dégageait une froideur polaire, comme lors de notre première rencontre dans le train.

« Bon sang, Jacob, dis quelque chose ! » songeai-je, incapable d'articuler un son, tandis qu'elle me dévisageait de ses yeux sombres.

– Tu es encore là…, observa-t-elle sur un ton glacial.

– Je… euh… j'ai raté mon train, balbutiai-je.

Kim hocha la tête. Elle semblait avoir toutes les peines du monde à retenir ses larmes. Savait-elle que je mentais ?

Faisant un pas en avant, elle demanda :

– Tu restes jusqu'à quand ?

– Vendredi.

Je me mordis les lèvres. J'étais malade de honte.

Kim approcha une chaise et s'assit de l'autre côté du lit. Puis elle prit la main d'Anak, et tous deux commencèrent à discuter en cree. J'étais complètement exclu de la conversation et je ne savais plus où me mettre, mais, malgré les regards sombres que Kim me jetait de temps à autre, je résistai à la tentation de m'en aller.

Une infirmière mit fin à mon supplice en nous priant de bien vouloir quitter la pièce le temps de la visite du médecin.

– Ce ne sera pas long, dit-elle. Je vous appellerai lorsque ce sera fini.

Les yeux fixés sur Anak, Kim dit encore :

– *Aykinaskiyan !*

Puis elle bondit de sa chaise et sortit précipitamment dans le couloir.

Je lui courus après et la vis disparaître par la porte du fond. Celle-ci donnait sur une petite terrasse, où je la rejoignis quelques secondes plus tard. Elle s'essuya les yeux du revers de sa manche.

– Qu'as-tu raconté à Anak ? demandai-je, hors d'haleine.

– Que tu es un menteur, Jacob Cheechoo. Je te croyais reparti en Allemagne passer ce maudit Abitur. Je n'ai pas arrêté de penser à toi. Je t'ai imaginé dans le train, dans l'avion… puis chez toi, en train de retrouver ta mère et ce beau-père que tu détestes. Alors que pendant tout ce temps tu n'as pas bougé d'ici. Ce que j'ai pu être bête…

– Kim…

J'essayai de la prendre dans mes bras, mais elle me repoussa rudement.

– Je suis qui, pour toi, Jacob ? La femme des Terres sauvages ? Un titre de chanson, c'est tout ? Hein, danseur des neiges ?

Je tressaillis.

– Tu as lu mes textes.

– Et toi, tu as fichu ma vie en l'air, Jacob Cheechoo ! répliqua-t-elle en s'enfuyant dans le bâtiment.

Furieux, je shootai dans un tas de neige, puis me précipitai derrière elle. Il fallait absolument que je lui donne ma lettre.

Kim connaissait l'hôpital beaucoup mieux que moi, si bien que je mis un bon bout de temps à la retrouver.

Elle s'était réfugiée dans une salle de repos, à l'extrémité de l'aile gauche, et regardait par la fenêtre, le front collé contre la vitre. Dans les arbres aux branches dénudées qui bordaient la rivière étaient perchées des corneilles, tels des oiseaux de malheur.

Bien qu'elle m'ait certainement entendu arriver, Kim me tournait le dos.

– Tu sais, commençai-je, pendant les dix jours que j'ai passés dans le bush, j'ai compris ce que signifie ici l'expression « être un homme ». Supporter le froid et la faim, être endurant à la douleur, et tout ce maudit *nitao*. Je ne suis pas cet homme-là et je ne le serai jamais, OK ? Je ne suis pas aussi fort que toi, Kim.

Ses cheveux me paraissaient vivants. Ils étaient splendides, de ce noir de jais qui brillait, avec cette mèche blanche sur le côté… Je mourais d'envie de les toucher et d'y enfouir mon visage.

Kim fit volte-face. Planta son regard dans le mien.

– J'aurais cru que tu l'étais. Quoique d'une façon différente.

Ces yeux me transperçaient. Sachant ce qu'elle éprouvait, je me sentis poussé dans mes retranchements.

« File-lui ta lettre ! m'exhortai-je. Qu'est-ce que tu attends ? »

– Pourquoi moi, Kim ? À Moosonee et Moose Factory, ce ne sont pas les gars costauds qui manquent : des gros bras avec leurs bécanes et leurs fusils qui connaissent le bush et le fleuve comme leur poche et n'ont pas peur de vivre au bout du monde dans des conditions extrêmes. Darrell, par exemple… Il est amoureux de toi.

Je n'avais pas fini ma phrase que je me fis l'effet d'un minable. Un minable et un lâche.

– C'est pour ça que tu lui as dit qu'il n'y avait rien entre nous ? demanda-t-elle.

Le visage en pleurs, elle se faufila devant moi et s'éloigna vivement. Cette fois, je ne cherchai pas à la retenir.

Sur le calendrier des Cree des marais, les changements de saison correspondent au passage des oies sauvages. Quand elles migrent vers le sud, c'est signe que l'été est fini. Quand elles reviennent, grasses et dodues après s'être gavées de maïs, leurs cris annoncent le printemps.

Levés avant le jour, Greg et moi filions dans la pénombre en direction de la baie James. Nous étions tous deux couverts comme des oignons : caleçon long, vêtements thermiques, combinaison étanche et bottes en caoutchouc fourrées. La glace était molle et pourtant, si j'en croyais le vrombissement des moteurs et le nombre de phares de motoneiges qui brillaient dans le clair-obscur, nous n'étions pas les seuls à nous y aventurer. On aurait dit que tout Moosonee et Moose Factory était sur pied. L'aube n'avait pas encore paru, on était entre chien et loup, l'ambiance était irréelle.

Comme la plupart des chasseurs, mon père avait son poste d'observation attitré dans les tourbières. Pour l'atteindre, il fallait s'enfoncer dans les terres par une piste boueuse. La glace commençait déjà à fondre, mais il y avait encore de la neige partout. Nous arrivâmes sans trop de difficultés à sa hutte, un abri rudimentaire fait de branchages et de roseaux, où nous pourrions guetter les oies sans être vus, et où Greg conservait ses leurres. Nous en disposâmes cinq à proximité. Pas les oiseaux sculptés dans du mélèze et peints à la main que les chasseurs utilisaient autrefois, mais des imitations en plastique d'un réalisme trompeur. Aujourd'hui, on ne fabriquait plus de leurres artisanaux en bois, dont la taille avait d'ailleurs considérablement rétréci, que pour les vendre aux touristes.

Cette opération terminée, nous nous assîmes dans l'abri avec un thermos de thé, bien au chaud sous une vieille couverture, blottis l'un contre l'autre sur le banc recouvert de coussins. Le soleil se leva sur la baie, mais il n'y avait toujours pas l'ombre d'une oie à l'horizon.

Mon père rit de mon impatience.

– La nuit, elles se reposent sur la banquise, m'expliqua-t-il. Mais elles ne vont pas tarder à se diriger vers les marais.

Il avait épaulé son fusil. Ainsi, c'était ici qu'il avait passé des heures avec Alex. Je les imaginais, assis côte à côte, en train de guetter les oies. Lui était-il arrivé de penser à moi dans ces moments-là ?

– J'ai eu si peur, Jacob, lâcha Greg dans le silence. Peur que tu me haïsses. Peur que tu ne veuilles plus de moi comme père…

Comment avait-il deviné ce qui m'agitait ? D'un seul coup, je compris que, pendant toutes ces années, le lien entre nous avait perduré au-delà du manque et de l'oubli, et j'eus honte de m'être laissé aller à la jalousie. Mon père était heureux de m'avoir près de lui. Et moi, en sa présence, j'avais l'impression qu'il ne pouvait rien m'arriver. Il m'ouvrait les portes d'un univers à la fois étrange et familier. Plus nous passions de temps ensemble, plus les années d'enfance que j'avais crues définitivement perdues me revenaient en mémoire.

– Pourquoi je t'aurais haï ? répondis-je. Je n'étais même pas au courant de ton existence !

– Quand j'ai trouvé la maison vide et appris que mon fils était à l'étranger, j'ai eu le cœur brisé, dit Greg sans me regarder.

Posant une main sur mon épaule, il ajouta avec émotion :

– J'aurais donné n'importe quoi pour te voir grandir, Jacob… J'aurais tant voulu assister à tes compétitions de sport, à tes concerts… être là pour toi quand tu connaîtrais ton premier chagrin d'amour.

« Ce n'est pas moi qui t'en ai empêché », songeai-je avec une pointe d'amertume.

À peine m'étais-je fait cette réflexion que des piaillements nous parvinrent aux oreilles. Tous les sens en alerte, nous tournâmes nos regards vers l'horizon. Greg avait une paire de jumelles. Il scruta le ciel avec attention, puis me la tendit.

– Elles arrivent ! dit-il d'une voix vibrante d'excitation.

Je portai les jumelles à mes yeux, juste à temps pour découvrir un vol en formation serrée passant à la verticale au-dessus de nos têtes, trop haut pour que Greg puisse l'atteindre. On aurait dit la pointe d'une flèche.

Fasciné, je regardai les oies battre des ailes. Leurs criaillements nasillards me transperçaient jusqu'à la moelle, faisant ressurgir des souvenirs profondément enfouis. D'un seul coup, je me rappelai m'être déjà trouvé ici, sur ce banc, en tenue de camouflage, un fusil en bois à la main, surexcité, en compagnie de mon père.

Un autre vol approchait en provenance de la baie. Greg poussa un cri rauque, imitant celui des oies à la perfection ! À tel point que les volatiles s'y laissèrent prendre. Changeant de trajectoire, ils décrivirent une large courbe et descendirent en piqué sur les leurres.

J'osais à peine respirer.

PAN ! PAN ! PAN ! PAN !

Quatre oiseaux s'abattirent en même temps. Les autres s'égaillèrent à grands battements d'ailes avec force hurlements.

J'ôtai les mains de mes oreilles. Mon père me sourit d'un air ravi :

– Allons les ramasser !

Les quatre bernaches étaient mortes sur le coup, heureusement.

C'étaient de grands oiseaux brun gris avec des liserés plus clairs, un long cou noir et la tête noire avec une tache blanche. Leurs corps étaient encore chauds, et leurs plumes, pleines de sang.

Nous les rapportâmes dans l'abri et attendîmes le vol suivant. Greg en tira encore deux autres et décida que ça suffisait. Après avoir récupéré et rangé les leurres, nous regagnâmes la motoneige avec notre butin. Greg chargea les oies sur le porte-bagages et nous repartîmes en sens inverse.

Au-dessus de l'embouchure de la Moose River, le ciel retentissait de criaillements et de coups de fusil. Une bonne journée pour les chasseurs de Moosonee et Moose Factory. Et une bonne journée pour mon père et moi.

De retour en ville, mon père alla porter deux oies à un couple de petits vieux qui vivaient seuls dans une petite bicoque un peu à l'écart. Leurs enfants étaient partis s'installer quelque part dans le Sud, et l'homme, autrefois excellent chasseur, était en fauteuil roulant depuis trois ans. Lui et sa femme se réjouirent du cadeau. Greg les invita à une *sabagone*, un repas traditionnel au cours duquel nous mangerions de l'oie rôtie, dans son tipi, le lendemain.

De retour à la maison, mon père et moi nous installâmes au soleil sur la véranda, chacun avec une bassine entre les pieds, une oie sur les genoux. Nous en avions quatre à plumer. Au fur et à mesure de l'opération, j'envoyai à Ben des photos, auxquelles il répondit par des commentaires piquants qui me firent bien rigoler.

Plumer une oie n'avait rien d'une partie de plaisir, surtout pour un végétarien comme moi. Mais chaque chose a son prix. Et le fait d'être avec mon père, de boire du thé et de partager ses activités suffisait à mon bonheur. Contrairement à Stefan qui n'arrêtait pas de me donner des ordres, Greg ne m'imposait rien, se contentant de me donner des conseils quand je lui en demandais.

– Historiquement, c'est un travail de femme, observa-t-il. Mais, comme il n'y a pas de femme à la maison, il faut bien que quelqu'un le fasse.

– J'aimerais faire la connaissance de Pauline.

– Elle ne peut pas quitter le camp. Il doit toujours y avoir quelqu'un sur place. Mais, si tu reviens, je te la présenterai. Elle a hâte de te rencontrer, elle aussi.

Me jetant un coup d'œil en coin, il hasarda :

– Tu comptes revenir, Jacob ?

– Oui, répondis-je. Tu peux en être sûr.

– La porte te sera toujours ouverte. Et je serai toujours là pour toi quand tu voudras.

– Super, murmurai-je sans lever les yeux.

Les oies plumées et vidées, Greg alla fendre du bois. Je me chargeai d'empiler les bûches dans le tipi, puis nous descendîmes Quarry Road jusqu'à la carrière pour couper des branches de mélèze dont nous tapissâmes le plancher du tipi. Lorsqu'il commença à faire nuit, Greg alluma un grand feu sur lequel il mit la bouilloire à chauffer pour le thé. Assis en tailleur devant le foyer, nous regardions danser les flammes quand Greg déclara :

– Le feu t'a toujours fasciné. Tu pouvais rester des heures devant sans bouger. Quand ta mère et moi venions te chercher pour te mettre au lit, tu étais comme hypnotisé.

Ça me revenait, à présent. Ce n'était pas ce tipi-là, mais un autre, plus vieux et plus petit.

– Le jour de mon arrivée, je t'ai attendu ici, murmurai-je. Et je me suis rappelé une odeur de pommade et une voix qui chantait. Ça te dit quelque chose ?

– On passait pas mal de temps dans le tipi, tous les deux. Tu observais le feu, et je te racontais des histoires ou te chantais des chansons. Parfois, on jouait du tambour. Tu souffrais beaucoup de la tension permanente entre ta mère et moi. J'essayais de te faire oublier nos disputes et de te donner des repères, un ancrage.

Peut-être était-ce ce qui s'était produit : pendant toutes ces années, ma vie d'avant ne s'était pas éteinte, elle avait couvé sous la cendre. Peut-être étaient-ce précisément le tambour et les légendes et les chants de mon peuple qui m'avaient permis de devenir celui que j'étais, Jacob Cheechoo, moitié allemand, moitié cree. Comme Shadow, le trois-quarts loup, je faisais partie du clan. Lui et moi étions des sang-mêlé, à moi de me débrouiller avec cette réalité…

À propos de Shadow, je me demandai si Kim l'avait emmené sur l'île avec elle. Et chez qui elle passait la nuit. Était-elle allée chez sa mère ? Ou chez Darrell ? Avait-elle déjà cédé aux instances de son « cousin » ? Rien qu'à cette pensée, je sentis l'aiguillon de la jalousie. Comment avais-je pu être assez bête pour ne pas donner ma lettre à Kim ? Maintenant, c'était foutu.

Tout d'un coup, les larmes me montèrent aux yeux.

– Ça va, Jacob ?

– J'ai menti à Kim, dis-je en secouant la tête. Je n'ai pas eu le courage de lui dire la vérité.

Quel soulagement de pouvoir enfin me confier à quelqu'un ! Je racontai à mon père que jamais auparavant je n'avais ressenti ce que j'éprouvais pour Kim. Et que j'avais pourtant laissé entendre à Darrell qu'il n'y avait rien entre nous…

– Quand Kim a débarqué à l'hôpital, je n'ai pas su quoi dire. Je ne m'attendais pas du tout à la voir, et inversement : elle me croyait rentré en Allemagne. J'ai dit que j'avais raté mon train…

Fixant le feu d'un air sombre, je poursuivis :

– Le pire, c'est que je lui ai écrit une lettre et que j'ai été assez débile pour ne pas la lui donner.

Après avoir étalé les braises, Greg disposa de nouvelles bûches par-dessus.

– T'es-tu posé la question de savoir *pourquoi* tu lui as menti, Jacob ? Pour quelle raison ne lui as-tu pas remis ta lettre ?

– Parce que j'avais peur. Je viens seulement de découvrir qui je suis. La suite, ce que je vais devenir, je n'en ai encore aucune idée. Est-ce que je vais reprendre ma vie d'avant ? Ou faire le choix d'une existence que je me rappelle à peine ? Kim est viscéralement attachée au Muskeg. C'est comme toi et maman, l'histoire se répète…

Mon père posa sur moi un regard plein de bienveillance.

– Je te comprends mieux que tu ne crois. Mais mentir, *nkosis,* ce n'est jamais bon. Quand quelqu'un ment, en cree, nous avons un mot pour cela, c'est : *aykinaskiyan*. Les mots s'ancrent profondément dans le sol ; si tu mens, tôt ou tard ils te feront trébucher. Le mensonge pénètrera dans ton âme, il y fera son nid et t'empoisonnera la vie. Tandis que, si tu parles vrai, la vérité donnera des ailes à tes propos.

Aykinaskiyan, c'était le mot que Kim avait prononcé à l'hôpital. Je soupirai. Greg avait raison.

– Il faut que j'aie une explication avec Kim.

– Tes paroles voleront jusqu'à son cœur, approuva mon père avec un sourire.

– Est-ce que je pourrais l'inviter à la *sabagone* de demain ? demandai-je en espérant qu'elle serait encore là.

– C'est déjà fait, Jacob !

Je rêvai que je tenais Kim dans mes bras. Elle était venue m'offrir sa nuit et se pressait tout contre moi. Ses cheveux sentaient le sapin. Elle passait la main sous mon T-shirt et, cette fois, je ne posais pas de question stupide.

Je l'embrassais. Ses lèvres chaudes et fermes s'entrouvraient, sa langue cherchait la mienne. Ivre de désir, je m'unis à elle en lui jurant de l'aimer et de ne jamais la quitter. En rêve, c'était facile…

Je me réveillai la tête dans mon oreiller, le visage inondé de larmes. J'étais seul dans l'obscurité.

22

La *sabagone*

La matinée du lendemain fut entièrement consacrée aux préparatifs de notre *sabagone*, la fête traditionnelle cree au cours de laquelle on se rassemble autour des bernaches abattues par les chasseurs.

D'abord, Greg prépara le feu : il choisit de belles bûches qu'il dressa dans le foyer. Puis il ficela les oies, ailes et cuisses bien serrées, et les embrocha sur des bâtons pointus qu'il suspendit aux perches du tipi. Quand il alluma le feu, je constatai avec admiration que les oies arrivaient pile au ras des flammes.

Cette opération terminée, il plaça sous chacune d'elles une écuelle recouverte d'une feuille en papier d'aluminium trouée au milieu, de façon à réceptionner la graisse qui s'égoutterait en cours de cuisson.

Une horrible odeur de corne brûlée ne tarda pas à se répandre, mais, au bout d'une heure à peine, un fumet délicieux emplit le tipi, et je m'aperçus à ma grande honte que j'en avais l'eau à la bouche. À croire que mes gènes cree, maintenant qu'ils étaient libres de s'exprimer, prenaient peu à peu le pas sur les autres.

Le feu dégageait une telle chaleur que, la plupart du temps, les oies tournaient toutes seules sur elles-mêmes. Cependant, il fallait parfois leur donner une petite impulsion pour les remettre en mouvement. Mon père me chargea donc de veiller à ce qu'elles rôtissent bien sur toutes leurs faces tandis que lui s'occuperait du reste.

J'étais ravi. Ma mère et Stefan n'invitaient jamais personne : Stefan n'aimait pas les amis de ma mère, et lui n'en avait pas. Si par hasard il venait quelqu'un à la maison, tous deux stressaient plusieurs jours à l'avance.

Pour être honnête, j'étais stressé, moi aussi. Darrell et Kim avaient dit qu'ils seraient là, mais tiendraient-ils parole ? Si oui, aurais-je l'occasion de m'entretenir seul à seule avec Kim ? Comprendrait-elle ce que j'avais à lui dire ?

La nuit que j'avais passée en rêve avec elle était encore si présente à mon esprit que j'avais l'impression de l'avoir réellement vécue. D'ailleurs, c'était tout ce à quoi j'aspirais : *être* avec elle, partout, tout le temps ; dans une cabane ; ici, dans cette maison ; ou pourquoi pas dans un tipi au milieu des bois. Pour elle, j'étais prêt à manger de la viande, à fendre du bois, plumer des oies et coudre des mocassins au besoin. À ses côtés, je serais assez fort pour affronter les dangers et les aléas de la vie au grand air, et nous sortir d'aventures que nous pourrions raconter plus tard à nos enfants et petits-enfants. La meilleure d'entre elles serait toujours celle de notre rencontre.

Oui, plus j'y réfléchissais, plus j'étais sûr de vouloir cette vie-là.

Au bout d'un long moment, Greg revint avec un grand plateau chargé de mugs, de cuillères, de lait et de pâte à bannock, ce pain d'origine écossaise très populaire dans le Grand Nord.

En début d'après-midi, alors que mon impatience avait atteint les limites du supportable, Louise, Edward et leur fille Della firent leur entrée dans le tipi. Della était une jeune femme un peu ronde qui avait un joli visage très maquillé. Elle devait avoir une trentaine d'années.

– *Wachiya*, Jacob, me dit-elle avec un sourire qui me parut bizarrement contraint.

Louise et Della portaient chacune un saladier. Dans l'un, une salade de pâtes, dans l'autre, un entremets rouge gélatineux. Elles s'en débarrassèrent sur la table à l'entrée, puis allèrent s'asseoir sur des chaises pliantes devant le feu et m'aidèrent à faire rôtir les oies.

Le couple de petits vieux chez qui nous étions passés la veille se présenta à son tour. Greg écarta deux chaises et amena le fauteuil roulant au milieu du cercle.

Arrivèrent ensuite un cousin de mon père et sa femme, Martin Cheechoo et Olivia Shaganash, qui me serrèrent la main avec chaleur, ainsi que leur fils Adrian et sa copine Jardina, une fille mignonne avec un piercing dans le nez et des ongles bleus.

Le tipi n'en finissait pas de se remplir. Tout en surveillant la cuisson des oies, Louise faisait cuire des bannocks sur des piques. Et moi, étourdi par le brouhaha de voix et le mélange des odeurs, je rongeais mon frein.

Je me trouvais dans la cuisine, où j'étais allé chercher des mugs, quand le vrombissement d'une motoneige se fit entendre depuis le fleuve. Kim et Darrell se garèrent près du canoë renversé, puis tous deux disparurent dans le tipi. J'inspirai un grand coup et rejoignis tout le monde, mon plateau à la main.

Darrell se tenait près de la porte. Il attendit que je sois débarrassé de mon fardeau pour me saluer :

– *Wachiya, bro*. Si on m'avait dit qu'on se reverrait si vite…

Au ton de sa voix, je compris qu'il avait plutôt espéré ne jamais me revoir.

– Content de te voir, répondis-je avec un entrain forcé.

Il était grand, beau, bien coiffé… Pourtant, j'étais déterminé à ne pas me laisser intimider.

Je cherchai Kim des yeux. Elle avait ôté son blouson et s'était installée à côté de mon père devant le feu. Elle portait un jean slim et un T-shirt lie-de-vin à manches longues. Ses cheveux lui tombaient sur les épaules. À la lueur des flammes, elle me parut encore plus belle que d'habitude.

Tandis qu'elle bavardait avec mon père, elle leva la tête et nos regards se croisèrent, mais son visage ne trahit aucune émotion. Je n'eus même pas droit à un petit salut ou signe qu'elle était contente de me voir. Il fallait d'urgence que je lui parle.

Il y avait une place libre à côté d'elle. Hélas, Darrell l'avait remarquée, et il fut plus rapide que moi. À présent, la seule chaise encore disponible était celle à côté de Della. Je m'y assis en prenant sur moi pour faire bonne figure.

Tandis que les oies finissaient de cuire, leur graisse dégoulinant goutte à goutte dans les récipients, les invités buvaient des litres de thé noir que Louise préparait au fur et à mesure. Tous avaient un souvenir de moi ou une anecdote amusante à raconter à mon sujet, et l'atmosphère était si joyeuse que j'avais l'impression de n'être resté absent que quelques semaines, quelques mois tout au plus, mais certainement pas quatorze ans. Je ne me rappelais rien de ce qu'ils évoquaient, mais pour eux c'était comme si je n'étais jamais parti.

Je les regardais plaisanter, mais en réalité je ne voyais que Kim et Darrell, lesquels ne s'adressaient quasiment pas la parole et donnaient l'impression qu'ils s'étaient disputés avant de venir. Ce qui ne m'empêchait pas d'être jaloux. J'aurais voulu être assis à côté de Kim et lui passer le bras autour de l'épaule pour bien montrer à tout le monde qu'on était ensemble.

Se penchant vers Kim, Greg lui dit quelque chose à l'oreille. Elle leva la tête et me fixa à travers la fumée. Il me sembla qu'elle me souriait, et mon cœur fit un bond dans ma poitrine. J'avais tellement hâte de lui parler ! Hélas, j'étais au centre de l'attention générale, il y avait tout le temps quelqu'un qui m'interpellait, et je n'avais aucun moyen de m'esquiver.

Louise était en train de raconter qu'un jour où je jouais au bord du fleuve avec Luke à l'âge de trois ans, j'étais tombé à l'eau, et que j'avais eu la vie sauve grâce au doberman d'un voisin, qui avait plongé immédiatement, m'avait rattrapé par mon T-shirt et ramené sur la berge. Quelqu'un d'autre, que j'avais apprivoisé un geai bleu, qui venait se poser sur ma tête, et que je me promenais partout avec lui, y compris dans la maison où il faisait des saletés partout, ce qui avait le don de rendre ma mère hystérique.

Le tipi résonnait de rires. Tous me taquinaient, dépensant des trésors de gentillesse pour me montrer qu'ils me considéraient comme l'un des leurs. En me racontant ces histoires, ils me permettaient de me les approprier. C'était comme si on me rendait mon enfance, et cela me faisait un bien fou.

Le vieux en fauteuil roulant se racla la gorge et leva la main. Aussitôt, un grand silence se fit.

– Notre peuple a perdu tant de ses enfants que c'est un grand bonheur de voir revenir l'un d'entre eux, déclara-t-il de sa voix éraillée.

Ces mots me remplirent de joie. J'étais chez moi. Ce peuple était le mien. En cet instant, mon seul regret était qu'Anak ne soit pas là.

Très ému, je pris la parole à mon tour :

– *Miigwetch*, un immense merci à tous. J'aimerais me souvenir de ces épisodes, mais, comme vous le savez sans doute, ma mémoire n'est pas très coopérative.

Louise me posa une main sur l'épaule.

– Chaque chose en son temps, mon petit. Ça reviendra, tu verras.

Lorsque les oies furent cuites à point, Greg en détacha une de sa corde et la découpa sur une lèchefrite. Louise l'aida à répartir les morceaux dans les assiettes, déposant sur chacune d'elles une tranche de bannock.

Mon père récita une brève incantation, jeta un bout de viande dans le feu pour nourrir les esprits, et fit brûler du bois de cèdre pour les remercier d'avoir accordé une bonne chasse. Ensuite, il prit son tambour et commença à chanter. Si par hasard j'avais encore eu des doutes, je savais désormais de qui je tenais ma voix et mon sens du rythme.

Tout le monde se régalait. Mon père s'attaquait déjà à la deuxième oie quand la place à côté de Kim se libéra. Je bondis de ma chaise, bien décidé à saisir cette chance.

Della me retint par le bras.

– Ne t'approche pas de cette fille, siffla-t-elle entre ses dents. Elle porte la mort.

Ce n'était pas possible, je devais avoir mal entendu.

– Luke est mort, Alex est mort... Tu tiens vraiment à être le suivant ?

– Qu'est-ce que tu racontes ? chuchotai-je, abasourdi.

– Je sais ce que je dis, assena-t-elle en se levant.

Della n'avait pas desserré les lèvres de toute la soirée. J'avais mis cette réserve sur le compte de la timidité, mais il y avait autre chose, manifestement.

Voyant que Louise venait de me piquer la place, je mordis avec dépit dans un bannock et goûtai à la viande. Elle avait un goût fumé délicieux et me sembla incroyablement fondante. Mais les insinuations de Della m'avaient coupé l'appétit.

Entre-temps, la jeune femme avait gagné la sortie. Je me précipitai derrière elle.

– Della, attends !

Elle s'enfuit en courant. Mais à peine avait-elle fait quelques pas qu'elle glissa dans la neige et tomba. Je lui tendis la main pour l'aider à se relever, mais elle me repoussa comme si j'étais pestiféré.

– Della, j'ai besoin de savoir : entre Kim et Alex… il s'est passé quelque chose ?

– Ils sortaient ensemble.

– Quoi ? sursautai-je. Mais Kim était la copine de Luke ! C'est ta mère elle-même qui me l'a dit !

– Au début, oui. Mais Kim a rompu avec mon frère, Alex lui a tourné la tête. Quand la maison a brûlé, elle était avec Alex.

Je n'y comprenais plus rien.

– Comment ça ? Mais alors que faisait Luke dans cette baraque ?

Della fondit en larmes.

– Il est allé là-bas pour la mettre en garde, balbutia-t-elle entre deux sanglots. Il savait qu'Alex dealait, et il s'inquiétait pour elle. Il l'aimait encore, tu comprends… Il a payé le prix fort.

Kim en couple avec mon frère… C'était pire que tout ce que j'avais pu imaginer.

– Tu ferais mieux d'oublier cette fille, répéta Della en s'essuyant les joues du revers de sa manche. Elle porte malheur.

Nous étions arrivés à sa voiture. Ouvrant la portière, elle ajouta :

– Pardon de partir si vite. Mais je ne supporte pas d'être dans une pièce où elle se trouve. *Wachiya*, Jacob.

Elle claqua la portière, alluma ses feux et démarra en trombe. Ses roues patinèrent dans la boue et je reçus une giclée de neige sale sur mon pantalon. Quelques secondes plus tard, elle avait disparu.

Je restai là les bras ballants, trop sidéré pour réagir. Tel un gros lampion, le tipi éclairé formait une tache de lumière dans l'obscurité, et les rires qui fusaient à l'intérieur emplissaient la nuit.

« *Aykinaskiyan* », songeai-je.

Je n'étais donc pas le seul à avoir menti.

Le cœur lourd, je retournai auprès des autres. J'avais attendu toute la soirée pour parler à Kim et lui dire combien je l'aimais. À présent, je ne savais plus où j'en étais. Le fait qu'elle soit sortie avec mon frère changeait-il la donne ? Certes, cette histoire remontait à deux ans en arrière. Mais pourquoi Kim ne m'en avait-elle rien dit ? Je me sentais trahi et blessé.

En pénétrant dans le tipi, je croisai le regard de Kim, et je lus dans ses yeux qu'elle savait que je savais.

– Ah, revoilà le sang-mêlé ! s'éleva soudain une voix dans le brouhaha. Regardez-le : rouge de peau et blanc dedans : il a les traits d'un Cree, mais en réalité il pense comme un Blanc !

Je reconnus mon cousin Adrian. Il me fixait avec une telle haine que j'en fus stupéfait.

– Tu crois quand même pas que t'es un Cree ? hurla-t-il.

– Tais-toi, Adrian ! lui ordonna Olivia, sa mère.

Loin de se calmer, il grimpa sur sa chaise et jeta sa viande dans les flammes, où elle se consuma en grésillant.

– En offrande à l'esprit d'Alex qui ne peut malheureusement pas être là aujourd'hui ! railla-t-il.

– Ça suffit, Adrian ! tonna mon père.

Mais Adrian était lancé, rien ne pouvait plus l'arrêter.

– Quelle comédie de merde ! vociféra-t-il, les yeux brillants de fureur. Si Alex vous voyait vous gaver pour fêter le retour du fils perdu et retrouvé, tous autant que vous êtes, il se retournerait dans sa tombe !

Un silence glacial accueillit ses paroles. Pointant l'index sur moi, Adrian enchaîna :

– Comme si ce sang-mêlé était l'un d'entre nous ! Mais ce n'est pas vrai ! Ce mec n'a aucune idée de rien, il ne comprend rien à ce pays ! Un végétarien, vous vous rendez compte !

L'intensité de son mépris me frappa de plein fouet.

Tout s'éclairait à présent : moi, je n'étais qu'à moitié cree. Le fils à part entière, le seul et unique digne de ce nom, c'était Alex, or il avait péri dans l'incendie. Visiblement, Adrian – et d'autres que lui, sans doute – me croyaient responsable de la mort de mon frère. Parce que j'avais le malheur d'exister.

– Retourne d'où tu viens ! brailla mon cousin en se débattant contre mon père et Martin qui tentaient en vain de le maîtriser. Retourne à ton existence dorée et ton petit confort de merde, Jacob Cheechoo ! Tu n'as rien à faire ici !

Cette fois, Martin s'énerva pour de bon :

– Ça suffit maintenant !

À ce moment-là, je cherchai le regard de Kim, et vis qu'elle me dévisageait avec pitié. C'était plus que je ne pouvais supporter. Je m'enfuis précipitamment du tipi et courus vers le fleuve. Mes pensées s'entrechoquaient dans ma tête. Et si Adrian avait raison ? Et si ma place n'était pas ici ? J'avais eu l'impression d'être chez moi, mais est-ce que je n'avais pas pris mes désirs pour des réalités ?

En proie à un abattement profond, je fixai l'eau d'un œil morne et tentai de calmer les battements de mon cœur. C'était la pleine lune, il faisait nuit, et le froid mordant me transperçait à travers mes vêtements. De là où j'étais, j'entendais les vociférations d'Adrian et la voix de mon père qui essayait de le calmer. Quelques secondes plus tard, des pas légers crissèrent dans la neige. Je n'eus pas besoin de me retourner pour savoir qui c'était.

– Adrian se trompe, commença Kim en posant la main sur mon bras. Tu ne dois pas faire attention à ce qu'il a dit.

Je me dégageai avec violence.

– Bon sang, Kim, la nuit de l'incendie, ce n'est pas avec Luke que tu étais !

L'idée qu'elle soit sortie avec mon propre frère me rendait malade. Comment être sûr qu'elle était vraiment amoureuse de moi et qu'à travers moi, ce n'était pas Alex qu'elle cherchait ? Était-ce pour ça qu'elle avait voulu se donner à moi l'autre soir ?

– C'est faux, Jacob. Je ne *sortais* pas avec lui. On était amis, rien de plus.

– Amis ? raillai-je. Ce n'est pas ce que dit Della !

– Della ne s'est jamais remise de la mort de son frère. Elle m'en veut. Comme si c'était moi la coupable…

– On la comprend ! Luke n'avait aucune raison de se rendre dans cette maison, à part pour te protéger d'Alex.

– Je te le répète : Alex était un ami, Jacob. J'avais seize ans, à l'époque, et pas envie de revivre certaines choses. Quant à Luke, il avait grandi dans un cocon, ce que j'avais enduré lui passait au-dessus de la tête. Cette nuit-là, j'avais besoin de parler à quelqu'un qui pouvait me comprendre. Et je croyais que Luke était à l'anniversaire de sa sœur.

« Il ne manquait plus que ça ! » songeai-je.

Luke était mort le soir de l'anniversaire de Della. Pas étonnant que celle-ci ait été traumatisée et qu'elle nourrisse une telle haine contre Kim…

– Luke a dû se faire des idées, reprit Kim, si bas que je l'entendais à peine. La jalousie l'a sans doute aveuglé. En tout cas, il est venu me chercher. Comme il ne m'a pas trouvée au rez-de-chaussée, il est monté au premier…

Kim avait parlé d'une voix tremblante, comme si elle avait honte. Ou peur que je puisse ne pas la croire. D'ailleurs, j'avais du mal à y voir clair. Les insultes d'Adrian, les révélations de Della, la version de Kim : cela faisait beaucoup à la fois.

Tiraillé entre la colère, la déception et la douleur, je commençais à douter de mes sentiments. Moi qui croyais avoir trouvé le grand amour, je m'étais peut-être trompé, après tout, et ça me passerait, de même que les fois précédentes… Dans quelques jours, je prendrais le train pour Cochrane et retournerais à Iéna. Je me concentrerais sur mon Abitur, et j'oublierais tout ça. Oui, ce serait beaucoup plus raisonnable de faire des études de musicologie et de devenir prof, que de courir derrière des chimères.

– Désolé, murmurai-je. C'est au-dessus de mes forces.

« C'est au-dessus de mes forces. »

À ces mots, Kim crut que son cœur allait lâcher. Quoi que Jacob ait voulu dire par là, une chose était sûre : il ne voyait pas d'avenir à l'histoire qui avait commencé entre eux.

« C'est au-dessus de mes forces. » Comment devait-elle comprendre cette phrase ? « Je ne peux pas sortir avec une ex de mon frère » ? « Je ne peux pas sortir avec une fille pour qui la chasse est une seconde nature » ? Ou « Je ne peux pas vivre dans un milieu aussi dangereux et inhospitalier que le bush » ?

– Dans ce cas..., articula-t-elle avec effort, tu me manqueras, danseur des neiges.

Et très vite, avant de se laisser aller à des paroles qu'elle pourrait regretter, elle ajouta :

– *Wa-che-yeh*, Jacob.

Sur ces mots, elle s'enfuit en courant. Elle ne voulait pas qu'il la voie pleurer. Ni qu'il prononce des paroles qui auraient encore resserré l'étau de glace autour de son cœur.

Les pas légers de Kim décrurent, bientôt étouffés par la voix grave de mon père qui chantait en cree dans le tipi et dont le timbre puissant portait jusqu'au fleuve, emplissant la nuit boréale.

Je ne bougeais pas, trop sidéré pour réagir. Kim m'avait trahi. Elle aurait dû me dire à quel point elle avait été proche de mon frère. Comment avait-elle pu me le cacher ?

Les battements du tambour cognaient dans ma poitrine. Ce rythme lancinant venu du fond des âges et ces incantations rauques, que mes ancêtres s'étaient transmis de génération en génération, résonnaient profondément en moi.

« *Hay-ya-hay-ya-a-ahaya-ya.* »

Brusquement mon cœur s'emballa. Puis il se cala sur le tempo du tambour et revint à une pulsation plus normale.

J'aspirai une grande goulée d'air froid.

« Pauvre con ! me reprochai-je avec amertume. Être jaloux de l'esprit d'un mort et en vouloir à Kim de ne pas t'avoir dit qu'elle était amoureuse d'Alex alors que tu as osé dire à Darrell qu'il n'y avait rien entre elle et toi… T'es vraiment trop nul, Jacob ! »

Vite, il fallait que je la rattrape. Que je lui présente des excuses et lui dise à quel point je l'aimais. Peut-être aurais-je droit à une deuxième chance ?

M'arrachant à ma torpeur, je pris le chemin du tipi. Au même instant, un phare de motoneige s'alluma dans la nuit, et un bruit de moteur déchira le silence. L'engin me fonçait droit dessus, et je dus faire un bond sur le côté pour ne pas me faire faucher.

– Imbécile ! criai-je en maudissant le pilote.

En pénétrant dans le tipi, je faillis me heurter à mon père qui sortait avec Louise et Edward.

– *Miigwetch*, Greg, dit Louise. On a passé une super journée.

M'attirant à elle, elle me serra sur son cœur, et je dus me faire violence pour ne pas fondre en larmes tant son geste me toucha. Puis tous deux montèrent dans leur quatre-quatre, et je m'engouffrai dans le tipi. À l'intérieur, il ne restait plus que Martin, le cousin de Greg, et le vieux couple, mais tous trois étaient eux aussi sur le point de s'en aller. Vu la vitesse à laquelle ils étaient partis, Kim et Darrell ne devaient plus être très loin de Moose Factory.

La vieille femme m'embrassa, Martin me salua d'une petite tape sur l'épaule, puis ils sortirent avec mon père et le vieux dans son fauteuil roulant.

La gorge nouée, je m'assis devant le feu et me pris la tête dans les mains. J'étais furieux contre la Terre entière, furieux contre Kim et encore plus contre moi.

Mon père ne tarda pas à revenir.

– C'est Kimiwan, n'est-ce pas ? supposa-t-il en me posant la main sur l'épaule.

Poussant un soupir, je hochai la tête.

– Tu veux qu'on en parle ?

Soudain, ce fut plus fort que moi, je laissai éclater ma colère :

– Putain ! Tu n'aurais pas pu essayer d'être un vrai père, au moins pour *un* de tes deux fils ?

Il tressaillit comme si je l'avais giflé. Mais il ne retira pas sa main de mon épaule. Au contraire, il me sembla qu'il accentuait encore la pression.

Tournant la tête, je lui décochai un regard accusateur.

– Pendant quatorze ans, j'ai rêvé toutes les nuits de ce foutu Wendigo, et, plutôt que de me dire la vérité, ma mère m'a traîné chez je ne sais combien de psys. Elle t'a rayé de son existence et de la mienne par la même occasion, et m'a menti sur toute la ligne.

Toute la colère accumulée pendant tout ce temps ne demandait qu'à sortir. Et j'avais besoin de mettre de la distance entre mon père et moi. Me dégageant, j'allai me poster de l'autre côté du feu.

– À cause de toi, j'ai été privé de famille. Tu n'as pas idée de ce que j'ai subi ! Toute mon adolescence j'ai essuyé les critiques de Stefan et ses insinuations comme quoi je n'arriverais jamais à rien. Jamais un mot gentil. Mais des insultes et des sarcasmes, ça, oui ! Récemment, il en est arrivé à me frapper.

Je vis à travers la fumée que Greg serrait les poings.

– Je suis désolé, Jacob, articula-t-il, la mâchoire contractée.

– *Désolé* ? répétai-je d'une voix qui dérapa dans les aigus. C'est tout ce que tu trouves à dire ?

Incapable de me contenir plus longtemps, je donnai libre cours à ma rancœur :

– Si tu n'avais pas pris le volant après avoir bu, si tu avais eu un minimum le sens des responsabilités, je n'aurais pas eu à grandir sous la tutelle d'un type qui n'a jamais pu me supporter.

Les larmes ruisselaient sur mes joues.

Greg disposa de nouvelles bûches sur le lit de braises, puis il s'assit et me fit signe d'en faire autant. J'obéis, tenant à peine sur mes jambes, et attendis de savoir ce qu'il avait à invoquer pour sa défense. Curieusement, il garda le silence. Du coup, je revins à la charge :

– Tu t'es déjà demandé combien de vies ont été détruites par ta faute ? Alex s'est drogué parce qu'il était persuadé que tu lui préférais ton autre fils ; Kim s'est accrochée à lui parce qu'il était un des rares à qui elle pouvait se confier, et Luke est devenu fou de jalousie ; c'est pour ça qu'il est allé dans cette maison. Alex, Luke, les filles : ils sont morts. Et le père d'une de ces filles te hait à un point tel qu'il m'a largué au milieu de nulle part en pensant que je n'avais aucune chance de m'en sortir. Si un loup n'avait pas jugé bon d'aller chercher Anak qui se trouvait par hasard dans les parages, j'aurais été dévoré par un ours et tu aurais eu ma mort sur la conscience !

Voilà, cette fois, c'était dit. Je m'essuyai les joues du revers de ma manche et levai la tête. À la façon dont mon père me regardait de ses yeux noirs, je compris qu'il ne m'avait pas attendu pour faire le compte. Il y avait des années qu'il vivait avec ce poids sur la conscience.

– C'est vrai, reconnut-il. J'ai fait des erreurs qui ont eu des conséquences dramatiques pour certains. Et il s'en est fallu de peu que je te perde également.

Il fourragea dans le feu avec un bâton, faisant jaillir une gerbe d'escarbilles, et poursuivit avec lassitude :

– Et ce qui m'arrive aujourd'hui, c'est ce que j'ai redouté depuis toujours.

Je fronçai les sourcils.

– C'est-à-dire ?

– Toute ma vie, j'ai eu peur que tu me haïsses, Jacob. Que tu n'aies aucune affection pour moi et ne veuilles pas de moi comme père. Je sais que, vendredi, tu partiras et que je ne te reverrai plus jamais, et cette idée me rend malade.

– J'aurais mieux fait de prendre le train dès vendredi dernier, répliquai-je avec une froideur implacable. Ça m'aurait évité la scène de ce soir.

Greg hocha la tête.

– Tu ne devrais pas prendre trop à cœur la sortie d'Adrian. Il adorait Alex…

– N'empêche qu'il avait raison, protestai-je, agacé par son flegme. Je ne suis pas et ne serai jamais un vrai Cree, rien qu'un étranger aux yeux en amande. Rouge de peau, blanc dedans, Kim a été la première à me le dire.

– Je ne suis pas d'accord, Jacob, répliqua Greg. C'est vrai qu'on t'a perdu de vue pendant un bout de temps ; mais tu es revenu, et c'est la seule chose qui compte.

– La question n'est pas là, m'insurgeai-je. Tu ne m'as pas *perdu de vue*. La nuit où tu as failli me tuer en conduisant alors que tu avais bu, ce que tu as *perdu*, c'est le droit d'être mon père.

Greg se tassa sur lui-même. Il avait l'air si malheureux, tout d'un coup, que ma colère retomba instantanément. Qu'est-ce que je voulais, au juste ? L'enfoncer plus bas que terre ? Détruire ce que nous avions commencé à reconstruire au cours de ces quatre jours ? Nous avions eu des bons moments, ce n'était pas rien. Cela ressemblait presque à un début d'entente… un début prometteur.

Je me demandais comment me sortir de l'impasse dans laquelle je m'étais engagé lorsque Greg prit la parole :

– Parle-moi de ton rêve, Jacob.

Quel rapport avec ce que nous étions en train de dire ?

– S'il te plaît, insista-t-il. C'est important.

Je n'en revenais pas. Après ce que je venais de lui jeter à la figure, il aurait dû s'énerver. Contrairement à Stefan, il ne répondait pas aux insultes par des insultes. Il n'essayait même pas de se justifier ! Mon père était une énigme.

– C'est à la fois toujours pareil et très flou, lâchai-je à contrecœur. Il y a de la neige, beaucoup de neige. Je suis dans la forêt, et il fait froid. Un froid terrible. Je cours dans la neige en t'appelant au secours. C'est là qu'il apparaît.

– Qui ça ?

– Le Wendigo, chuchotai-je tout bas, comme si j'avais peur que le monstre soit là tout près et qu'il puisse m'entendre. Il est énorme… Il cherche à m'attraper. J'essaie de lui échapper, mais mon pied bute sur une racine et je m'étale de tout mon long dans la neige. Je voudrais crier, mais aucun son ne sort de ma gorge.

Levant la tête, je conclus tristement :

– Je me réveille toujours à ce moment-là.

Mon père parut surpris.

– Tu te souviens du Wendigo ?

– C'est plus compliqué que ça. J'ai raconté mon cauchemar à Kim, et elle m'a dit que le monstre que je lui décrivais ressemblait à un Wendigo.

– Quel souvenir as-tu gardé de l'accident, Jacob ? Tu avais quatre ans…

– Honnêtement, je n'en ai aucun souvenir. Sauf depuis quelque temps. Il me semble que quelqu'un m'a pris dans ses bras, sans doute un pompier ou un secouriste. Le type m'a enveloppé dans une parka et porté jusqu'à une ambulance dans laquelle tu étais déjà. Ils nous ont conduits à l'hôpital.

– Les choses ne se sont pas passées ainsi.

– Quoi ?

Greg secoua la tête.

– Ça, c'est ce que ta mère t'a raconté. Mais ce n'est pas la vérité.

– Ce n'est pas possible ! me récriai-je. Depuis que je suis à Moosonee, la mémoire me revient. Et je revois cette scène comme si j'y étais !

Le front plissé, Greg secoua de nouveau la tête.

– Bon sang, si tu as une autre version, qu'est-ce que tu attends pour me la raconter ? explosai-je. C'est quoi, la vérité ?

– La vérité..., murmura Greg en se massant les joues. Rien n'est jamais tout blanc ou tout noir. Ta mère a sa version et moi la mienne. Mais, dans cette histoire, l'important, c'est ce qui est bon pour toi et pour ton avenir.

– Ce qui est bon pour moi ? répétai-je avec une colère froide. Le mensonge n'a jamais fait de bien à personne, OK ? J'en ai ras-le-bol qu'on me mène en bateau. Je veux qu'on me dise ce qui s'est passé ce soir-là. Pourquoi est-ce que tu as pris le volant avec moi dans la voiture si tu étais soûl ? Conduire après avoir bu, c'est quelque chose que tu faisais souvent, sauf que, cette fois, pas de bol, ça a mal tourné ?

Greg passa le dos de la main sur sa bouche.

– J'avais bu, c'est vrai. Mais tu n'étais pas dans la voiture.

– Pardon ? Tu dis n'importe quoi ! Je me rappelle très bien avoir été éjecté ! Et je me revois en train de courir dans la neige…

Très agité, je me levai et me mis à faire les cent pas.

– Rassieds-toi, Jacob, me coupa mon père avec fermeté.

Surpris par son ton autoritaire, j'obéis et attendis la suite.

– Tu as raison sur un point, commença-t-il. Tu as bien été éjecté d'une voiture. Essaie de te rappeler, Jacob. Il faut que tu découvres la vérité par toi-même. Si je la raconte, moi, tu risques de ne pas me croire.

– Je ne comprends pas.

– La vérité est ce qu'elle est, mais il y a des souvenirs trompeurs, et parfois nous déformons la réalité pour pouvoir la supporter. Ferme les yeux, tu veux bien ? Essaie de revenir en arrière…

Je fermai les paupières. Mais je ne vis rien, sinon un phare de motoneige qui m'aveuglait, et Kim me disant *wachiya*, adieu. L'éclat argenté de ses yeux… Sa tristesse…

J'avais l'impression de vivre un cauchemar dans lequel je ne pouvais ni parler ni me mouvoir. Le sang battait contre mes tempes, ma tête allait éclater… Je poussai un gémissement plaintif et m'effondrai.

Lorsque je revins à moi, quelqu'un me tapotait la joue.

– Jacob… *nkosis*… qu'est-ce qui t'arrive ?

Ouvrant les yeux je découvris le visage de mon père. Ma tête reposait sur ses genoux. Ma chaise était renversée. J'avais la sensation d'étouffer.

– Respire, mon fils. Détends-toi…

Inspirer, expirer…

– Ça t'arrive souvent ?

– Quand j'étais petit, j'avais régulièrement des convulsions. Ça m'a passé à l'adolescence, mais récemment ça a recommencé.

Je me redressai à demi et poursuivis :

– Contrairement à ce qu'on pourrait croire, ce n'est pas de l'épilepsie. Les médecins n'ont jamais compris d'où ça vient.

– Tu t'es rappelé l'accident ? C'est ce qui a déclenché la crise ?

Je secouai la tête avec précaution.

– Non. Rien à voir.

– Je crois que tu devrais en parler à Anak, déclara mon père.

– Anak ?

Je dévisageai Greg avec stupeur. Qu'est-ce qu'il espérait ? Que le vieux chasserait les esprits avec son tambour et des volutes de fumée ? Des esprits *blancs* ?

– Il faut qu'il te parle de mon père, ton grand-père Isaac, confirma Greg. Il y a une chose qu'Anak est le seul à pouvoir te raconter. Ça peut te paraître loufoque, mais il détient sans doute la clé de tes attaques.

– Si tu le sais, pourquoi est-ce que tu ne me le dis pas ?

– Parce que cette histoire le concerne aussi.

De toute façon, j'étais trop épuisé pour encaisser de nouvelles émotions.

– Ça va aller ? demanda mon père.

– Oui, je me sens déjà mieux.

– Je peux te poser une dernière question ?

– Mmh ?

– Stefan, ton beau-père… il te frappait souvent ?

– Non, ça n'est arrivé qu'une fois. Jusque-là, je n'avais eu droit qu'à des agressions verbales.

– Entendu, fit mon père, visiblement soulagé. Et maintenant, au lit. On reparlera de tout ça demain matin.

Il m'aida à monter et me souhaita une bonne nuit. Je me retournai sur le pas de la porte.

– Greg ?

Il me fixa d'un air interrogateur.

– Je ne te hais pas.

Il battit des cils, puis me prit dans ses bras.

– Dors bien, *nkosis.*

– Toi aussi.

Une fois couché, je me repassai le film de la soirée. Et repensai à Kim, naturellement. À elle, et à ma chanson du danseur des neiges :

If I never see you again, Wilderness Woman,

I want to let you know, I will always carry you inside me.

I am the snow dancer, Lost in nothing, I am the snow dancer,

And you are far away from me.

If I never kiss you again, Wilderness Woman, I will be lying in my bed, unable to sleep forever.

I am the snow dancer, Lost in nothing, I am the snow dancer,

And miss you.

If I never touch you again, Wilderness Woman, I will feel like a fresh wound,

No, it's deeper than that[1] *!*

1. « Si je ne devais jamais te revoir, femme des Terres sauvages, je veux que tu saches que je te porterai toujours en moi. / Je suis le danseur des neiges, perdu dans le néant, je suis le danseur des neiges, / Et tu es loin de moi. / Si je ne devais plus jamais t'embrasser, femme des Terres sauvages, je serais privé de sommeil à jamais. / Je suis le danseur des neiges, perdu dans le néant, je suis le danseur des neiges, / Et tu me manques. / Si je ne devais plus jamais te toucher, femme des Terres sauvages, je serais écorché vif, / Non, c'est bien pire que ça. »

23

Isaac

Je passai une nuit affreuse. Mon cauchemar revint me hanter, sauf qu'à la fin, un gros ours écorché et amputé d'une patte surgissait de derrière les arbres et me disait en langage humain :

– Je suis mort à cause de toi, Jacob Cheechoo. Prouve-moi que je ne t'ai pas sacrifié ma vie en vain. Deviens ce que tu es !

À mon réveil, j'étais baigné de sueur. Je me sentis un peu mieux après m'être douché à l'eau chaude puis à l'eau froide. De la cuisine s'échappait une délicieuse odeur de pancakes et de café. La radio était allumée. Je trouvai mon père en train de s'activer devant la cuisinière.

– Salut ! lui lançai-je depuis le seuil. Mmh, ça sent bon !

Désignant du menton un paquet de préparation instantanée, il répondit :

– C'était ta marque préférée quand tu étais petit. Tu aimes toujours autant les pancakes ?

– Je crois que je n'en ai jamais mangé depuis.

Greg posa une assiette de pancakes sur la table et s'assit. Je me servis un grand mug de café et pris place en face de lui.

– Tu n'as pas l'air d'avoir beaucoup dormi, observa-t-il, un pli soucieux en travers du front.

– Pas bien, non.

Il ne chercha pas à en savoir plus – une discrétion à laquelle je n'étais pas habitué. Cependant, je lui devais une explication. Rassemblant tout mon courage, je bredouillai :

– Hier… cette crise… D'un seul coup, j'ai réalisé que j'allais perdre Kim et j'ai paniqué. J'ai été tellement nul…

– C'est sérieux.

Ce n'était pas une question.

– Ça m'inquiète qu'elle vive en recluse, acquiesçai-je. Ce besoin de se cacher…

– Elle ne se cache pas, Jacob, elle *se remet*, objecta mon père. Certaines blessures sont longues à cicatriser.

– Il faut absolument que je trouve le moyen de lui parler. Tu pourrais me conduire chez Darrell après ma visite à Anak ?

– La Moose n'est plus praticable. Ça vient d'être annoncé à la radio.

– Hein ?

Bondissant de ma chaise, je me ruai à la fenêtre. À travers le rideau d'arbres, je vis des filets d'eau courir le long des berges. Et merde !

– Comment est-ce possible ? m'écriai-je, au désespoir. Kim et Darrell ont encore fait le trajet en motoneige cette nuit !

– En cette saison, tout change en moins de vingt-quatre heures, expliqua Greg. Le matin, la glace est encore solide et, le soir, elle ne porte plus. Mais rassure-toi : j'ai appelé à l'aéroport. On a une place dans l'hélico de dix heures.

Ce qui nous laissait un peu moins de trois quarts d'heure. J'engloutis trois pancakes à la compote de pommes et bus un grand café au lait pour faire descendre le tout. Puis je me brossai les dents, enfilai ma parka et courus rejoindre mon père qui m'attendait au volant de son quatre-quatre. Une demi-heure plus tard, nous étions sur le tarmac. L'hélicoptère, un petit appareil sur patins de couleur noire, pouvait accueillir quatre passagers. Nous prîmes place à l'arrière. Une dame blonde avec un sac à ordinateur s'assit sur le siège du copilote, et un employé en combinaison orange referma la porte coulissante.

Greg s'assura que j'avais bien mis ma ceinture.

– Déjà fait un tour en hélicoptère ?

Je fis signe que non. Le pilote dit dans son micro quelque chose que je ne compris pas, le moteur hurla et les pales se mirent à tourner. Le vacarme était assourdissant. Puis le pilote leva simultanément le levier sur sa gauche et la commande des gaz, et l'hélico s'éleva à la verticale. Il tangua un peu au décollage, mais se stabilisa rapidement.

Au-dessous de nous, la forêt boréale s'étendait à perte de vue, tel un immense tapis brun kaki. Pas la moindre montagne ni même une colline, rien qu'une vaste étendue uniformément plate jusqu'à l'horizon. Le pilote décrivit une courbe élégante au-dessus de Moosonee puis mit le cap vers Moose Factory.

Fasciné, je regardai le dédale de petites îles et de bancs de sable disséminés entre les bras du fleuve. La plupart étaient encore gelés, mais l'eau affleurait en de nombreux endroits. Le temps que je prenne quelques photos, nous avions atteint Moose Factory. C'était un îlot à moitié recouvert par la forêt avec, au milieu, un modeste village fait de bungalows en bois alignés le long des rues rectilignes.

Le vol n'avait pas duré cinq minutes. L'hélicoptère se posa sur une plate-forme rudimentaire en planches de sapin. Nous attendîmes pour descendre que les pales soient à l'arrêt complet, puis nous nous dirigeâmes en pataugeant dans la boue vers le bâtiment principal, un simple hangar dont la porte était gardée par un énorme chien.

Dire que c'était l'aéroport de Moose Factory ! Une plate-forme en bois de deux mètres par deux et un hangar.

Greg appela un taxi. Quelques minutes plus tard, une voiture couverte de boue s'arrêta à notre hauteur. Greg connaissait le chauffeur. Il monta à l'avant et le pria de nous conduire à l'hôpital.

Dans le hall, il me faussa compagnie :

– Je t'attends à la cafétéria, OK ?

Anak n'était pas seul. En me voyant arriver, la femme d'une cinquantaine d'années qui était venue lui rendre visite prit congé de lui. Elle me salua d'un signe de tête et s'éclipsa discrètement.

Anak se redressa sur son oreiller.

– *Wachiya*, mon garçon ! Content de te voir. Ces abrutis refusent de me laisser sortir.

Il n'avait pas l'air en forme. Pas tant à cause des suites de l'opération, à mon avis, mais parce qu'il ne supportait pas d'être enfermé entre quatre murs.

– Tiens, c'est pour toi, lui dis-je en lui tendant une boîte hermétique. Greg m'a emmené à la chasse, et nous avons fait une *sabagone*.

– *Miigwetch*, murmura Anak. C'est gentil d'avoir pensé à moi.

Son expression trahissait plus de frustration qu'autre chose. De toute évidence, ce n'était pas d'un plat cuisiné qu'il avait envie, mais d'aller lui-même à la chasse.

– Alors, comme ça, vous vous entendez bien, ton père et toi ? demanda-t-il pour changer de sujet. Tant mieux. Les vieilles plaies vont enfin pouvoir se refermer.

Je secouai la tête.

– Ce n'est pas si simple, *moshum*. Greg refuse de me raconter ce qui s'est passé la nuit de l'accident. Il prétend que je ne dois pas me fier à mes souvenirs… que je dois découvrir la vérité par moi-même.

– Il a raison, mon garçon.

– Et si je ne retrouve jamais la mémoire ?

– Ça prendra le temps qu'il faudra, mais ça reviendra, j'en suis sûr.

– En fait, commençai-je du bout des lèvres, si je suis là, c'est parce qu'hier soir, j'ai fait une nouvelle crise. Greg a insisté pour que je t'en parle.

Fermant les yeux, Anak demeura quelques instants silencieux. Puis il battit des paupières et dit en me fixant avec bienveillance :

– Encore une fois, il a raison. Il y a un moment que je voulais aborder ce sujet avec toi. J'attendais que tu sois prêt.

Prenant une profonde inspiration, il expliqua :

– Vois-tu, dans la vie, il y a des choses qui ne s'effacent pas. Des choses terribles qui s'impriment si profondément dans le cœur de l'homme qu'elles passent dans ses gènes, et qu'il les transmet ensuite à ses enfants et petits-enfants. Je t'ai parlé du pensionnat Sainte-Anne : la nature humaine s'y est révélée sous son jour le plus sombre, plongeant des familles entières dans le chagrin et la désolation. Y compris la tienne, Jacob. Et l'ombre de ces atrocités a continué de planer sur les générations suivantes.

Avec toute la pudeur qui était la sienne, le vieil homme m'ouvrit une nouvelle fois le livre de sa vie, me ramenant à l'école résidentielle de Fort Albany, cette fois en 1958.

– Un jour – je devais avoir à peu près huit ans, et Isaac, neuf –, j'ai volé un quignon de pain pour le donner à un plus jeune qui avait été privé de nourriture. Le pauvre petit mourait de faim, je ne supportais plus ses pleurs.

Malheureusement, il a été surpris en train de manger en cachette, et menacé de coups de bâton s'il ne désignait pas le coupable.

Dans le regard d'Anak, je lus des sentiments rentrés depuis très longtemps, mais qui n'avaient rien perdu de leur intensité.

– J'étais malade de peur, mon garçon. Car je savais ce qui allait me tomber dessus. Et, parce que j'avais peur, j'ai mis quelques secondes de trop à réagir. Au moment où j'ai ouvert la bouche pour avouer, Isaac s'est dénoncé à ma place. Son châtiment, Jacob, a été la chaise électrique.

Je vacillai sous le choc. Anak poursuivait déjà :

– Les prêtres catholiques et les sœurs de l'école avaient fabriqué un engin de torture artisanal sur lequel ils nous soumettaient à des chocs électriques. Pour tuer l'*Indien* en nous, tu comprends.

Pendant quelques secondes, j'en oubliai de respirer. Anak avait les larmes aux yeux. Poussant un soupir, il reprit :

– Jamais je n'oublierai l'image d'Isaac assis sur cette chaise. Il était agité de soubresauts, il tremblait et roulait les yeux, et pendant ce temps les missionnaires applaudissaient et riaient aux éclats. Pauvre petit, ses pieds ne touchaient pas le sol ! Quand il a quitté la pièce après son supplice, il ne tenait plus sur ses jambes, ses membres ne lui obéissaient plus.

Je cachai mon visage dans mes mains. De grosses larmes roulaient sur mes joues. Ce que venait de me raconter

Anak était horrible. Mais je comprenais pourquoi mon père avait tenu à ce que j'entende cette histoire. Car elle me concernait directement, elle était inscrite dans mes gènes. Et elle éclairait mes crises d'une lumière nouvelle.

– Isaac était brisé, dit encore Anak. Après ça, il n'a plus jamais été le même. Je me suis souvent demandé quel genre d'homme il fallait être pour prendre plaisir à torturer des enfants. Ces gens étaient habités par l'esprit du mal, c'est la seule explication que j'aie pu trouver, conclut-il, les traits déformés par la douleur et l'amertume.

Je déglutis avec peine.

– Qu'est-ce qui est arrivé à mon grand-père ? Je veux dire... après, quand il a disparu.

– Je te l'ai dit : j'ai essayé de l'aider en l'emmenant dans le bush. On jouait du tambour, on chantait des chants traditionnels, on fumait et on buvait du thé dans le tipi. On a beaucoup ri et beaucoup pleuré, tous les deux. C'est à ce moment de sa vie que ton *moshum* a sculpté ton amulette.

D'instinct, je portai la main à mon cœur et palpai le pendentif en corne. Il me sembla soudain que la tête de loup prenait vie. Tout comme Anak avait rendu vivante l'histoire de mon grand-père.

– Pendant quelque temps, j'ai espéré que les choses s'arrangeraient. Mais Isaac a commencé à changer, et pas en bien. La folie s'était emparée de son esprit. Un jour, il a prétendu qu'il était un *mockwamosa*, un humain capable de se transformer en n'importe quel animal. D'ailleurs, il a bientôt perdu toute apparence humaine.

D'une voix éteinte, Anak m'avoua qu'il en était arrivé à dormir avec un couteau de chasse sous son oreiller tant Isaac lui faisait peur.

– Pourtant, il lui restait une part de l'enfant qu'il avait été ; et parfois il se confiait à moi. Sur cette chaise électrique, ton *moshum* a perdu toute foi en l'homme, toute confiance dans la vie. Il a compris dès le début qu'il ne se remettrait jamais de cette fêlure et qu'elle minerait ceux qui viendraient après lui. Je le sais parce que c'est lui qui me l'a dit, un soir, dans ma cabane. Ton *moshum* regrettait amèrement ce qu'il avait fait à sa femme et à son fils ; mais il était trop tard pour revenir en arrière. Le lendemain, il avait disparu. Je ne l'ai jamais revu.

Anak se tut. Je brûlais de lui poser une question mais n'osais rompre le silence. Cependant, il devait lire dans mes pensées, car il reprit en me regardant dans les yeux :

– Je l'ai cherché partout, Jacob. Pendant des semaines. Je ne l'ai jamais retrouvé ; mais un jour je suis tombé sur la tête de loup que tu portes aujourd'hui autour du cou. En me baissant pour la ramasser, j'y ai découvert des traces de sang.

Je fermai les yeux. Sous ma chemise, mon amulette était brûlante.

– Lorsque je me suis relevé, poursuivit Anak, il y avait un énorme loup. J'ai mis mon fusil en joue, mais il n'a pas bougé. Il est resté là à me regarder, et j'ai vu qu'il avait les yeux d'Isaac. Il m'a fixé jusqu'à ce qu'il soit sûr que j'avais compris.

S'interrompant, Anak poussa un soupir.

– Dans les années qui ont suivi, je l'ai croisé à plusieurs reprises. Et, quand ma chienne Keeroki a mis bas, un de ses chiots ressemblait comme deux gouttes d'eau à ce grand loup.

– Un aïeul de Shadow, alors ?

Anak opina.

– À l'époque, ton père devait être du même âge que toi aujourd'hui. Il avait gardé beaucoup de rancœur contre son père et n'avait pas rendu la vie facile à sa mère. Quand celle-ci est décédée, je suis allée à son enterrement, et je me suis rendu compte que Greg était sur une mauvaise pente. Je l'ai emmené avec moi dans le bush et lui ai remis l'amulette. Isaac ne lui avait jamais parlé de ce qu'il avait subi au pensionnat.

– Mais pourquoi ? m'exclamai-je. Si mon père avait été au courant, il aurait peut-être pu lui pardonner.

– Isaac avait trop honte, Jacob. Honte de ne pas s'être échappé à temps... Honte de s'être laissé faire... À Sainte-Anne, on nous a surtout inculqué la haine de nous-mêmes. Et, quand nous quittions l'école, nous étions convaincus d'être des moins que rien.

Serrant les poings, je m'approchai de la fenêtre et regardai dehors. C'était une histoire abominable, mais j'étais content qu'Anak me l'ait racontée. Car elle me reconnectait à ma famille et à mon peuple. Je comprenais mieux mon père, à présent, sa tendance à se réfugier dans l'alcool quand il avait des problèmes... Tout comme je comprenais mieux ma mère : si elle avait mesuré combien mon hérédité serait lourde à porter, ce n'était pas étonnant qu'elle ait voulu me couper de mes racines. Il était possible qu'au départ, elle ait eu l'intention de me parler de mon père, mais qu'elle ait pris peur quand j'avais commencé à avoir mes crises, après l'accident. Quel cauchemar pour elle...

– Quand ton père a su, poursuivit Anak, il m'a demandé de lui apprendre à chasser et vivre dans la forêt à la manière de nos ancêtres ; au cas où il aurait à fuir dans le bush pour une raison ou pour une autre. Son amulette l'a toujours protégé. À ta naissance, il te l'a donnée pour qu'elle te garde à ton tour. À ses yeux, il fallait tout faire pour empêcher que des enfants soient victimes d'abus comparables à ce que nous avions subi. Par la suite, cela a été très dur pour lui d'être sans nouvelles de toi, Jacob.

Me retournant, je vins m'asseoir au bord du lit.

– C'est ce qu'il m'a dit. Merci pour tes lumières, *moshum*. J'y vois plus clair, à présent.

Anak me saisit par le bras :

– Ton père est en bas ?

– Oui, il m'attend à la cafétéria. On a prévu de faire un saut chez Darrell. Il faut que je voie Kim et que je lui dise...

Voyant qu'Anak fronçait les sourcils, je laissai ma phrase en suspens.

– Tu n'es pas au courant ? s'étonna le vieil homme. Ils sont partis ce matin.

– Comment ça, partis ? suffoquai-je comme si j'avais reçu un coup à l'estomac.

– Kim ne voulait pas rester une minute de plus à Moose Factory. Darrell devait la déposer à la cabane et continuer ensuite vers son camp de chasse.

– Comment tu le sais ?

– La femme que tu as vue tout à l'heure, c'est la mère de Darrell.

– Mais le fleuve n'est plus praticable !

– Ils ont pris un hélicoptère.

Je n'osais pas imaginer ce que ce vol allait leur coûter. Rien que pour le saut de puce de Moosonee à Moose Factory, Greg avait payé quarante dollars par personne.

– L'amour fait parfois très mal, observa Anak. Surtout quand on est aussi jeune que toi.

Il ne croyait pas si bien dire. De douleur, je n'arrivais même plus à respirer.

– Il faut que j'y aille, balbutiai-je en me levant précipitamment.

Anak hocha la tête.

– Salue Greg de ma part !

Mon père téléphonait devant le portail d'entrée. À son air heureux et détendu, je supposai qu'il discutait avec Pauline. Je l'entendis qui disait « *Ki-sa-ki-tin* », puis il mit fin à leur conversation et me lança un regard interrogateur.

– Anak m'a tout raconté. Du coup, j'ai un certain nombre de questions à te poser. Mais on en reparlera. Il faut d'abord que j'aille à la cabane.

Il sourit gentiment.

– Kim est là-bas ?

– S'il te plaît, c'est important. Il faut absolument que j'éclaircisse quelque chose avant de prendre l'avion.

Mon père secoua la tête d'une façon qui fit fondre tous mes espoirs comme neige au soleil, et je crus que j'allais m'effondrer. L'intensité de ma déception devait se lire sur mon visage, car il eut pitié de moi.

– Je vais voir ce que je peux faire. Mais je ne peux rien promettre, OK ?

J'avais la gorge trop nouée pour répondre. Il me fourra un billet dans la main et m'envoya me chercher un sandwich et un café à la cafétéria. Je mangeai dans un état proche de la transe en priant tous les bons esprits cree de me venir en aide.

Lorsque je ressortis, mon café à la main, Greg discutait au téléphone avec quelqu'un. Il éclata de rire, puis raccrocha et glissa son portable dans sa poche.

– À condition d'être à l'aéroport à seize heures, on pourra embarquer avec les deux agents de l'Office de protection de la nature, qui survolent le fleuve deux fois par jour pour évaluer les risques de crue.

– « On » ? relevai-je en fronçant les sourcils.

J'aimais beaucoup mon père, mais, pour ce que j'avais à faire, je préférais être seul.

– Ils te déposeront au camp d'Anak et moi à celui d'Ajuawak. Ils nous reprendront demain matin pour un retour à Moosonee à la mi-journée. Ça te laisse assez de temps ? conclut-il avec un sourire complice.

Si je n'avais pas eu ce stupide gobelet de café à la main, je lui aurais sauté au cou.

– Merci, *dad*, dis-je, éperdu de reconnaissance.

Surpris, mon père tressaillit ; puis une joie sans nom se peignit sur son visage.

Une heure plus tard, j'étais de retour à la cabane. Je ne trouvai personne à l'intérieur, mais trois grosses bûches brûlaient dans la cheminée et il y avait des fruits et des légumes sur la table, signe que Kim ne devait pas être bien loin. Et, comme elle avait forcément entendu l'hélico, je pouvais m'attendre à la voir revenir d'une seconde à l'autre.

La cabane n'ayant pas été habitée pendant plusieurs jours, il y faisait très froid. Je tisonnai le feu et ranimai le poêle, rangeai les provisions et allai chercher du bois sur la véranda. Puis j'allumai la cuisinière et je mis de l'eau à bouillir.

Je m'émerveillais du naturel avec lequel j'accomplissais toutes ces tâches. Ici, dans la cabane d'Anak, je me sentais chez moi. Seule Kim manquait à mon bonheur, et j'avais tellement hâte de la retrouver que j'en tremblais presque.

Ma nervosité augmenta encore d'un cran en songeant que Darrell serait peut-être là aussi. Tel que je le connaissais, il n'était pas exclu qu'il ait préféré rester avec Kim. Or une soirée à trois était bien la dernière chose dont j'avais envie.

De plus en plus fébrile, je faisais les cent pas dans la pièce en regardant toutes les deux minutes par la petite fenêtre au-dessus de l'évier, et me répétais mon petit discours.

La nuit précédente, j'avais réfléchi à ce que je dirais à Kim. Mais comment ferais-je si Darrell était là aussi ?

24

Ki-sa-ki-tin

Kim était encore à bonne distance de la cabane lorsqu'elle sentit l'odeur de la fumée. Elle avait entendu un bruit d'hélicoptère, mais de trop loin pour pouvoir dire avec certitude si l'appareil s'était posé ou non. Depuis la veille, comme tous les ans au moment de la débâcle, le ballet des hélicoptères au-dessus de la rivière était incessant. Chaque fois qu'il en voyait un, Shadow devenait tout fou.

Le loup trottinait devant elle. Inquiète, elle pressa l'allure. Se pouvait-il qu'Anak soit de retour ? Pourtant, la mère de Darrell avait bien dit qu'il devrait rester encore vingt-quatre à quarante-huit heures à l'hôpital... À moins que les médecins et infirmières aient fini par céder à ses supplications ? Il avait dû les tanner pour sortir... C'était la saison des oies sauvages, le vieux ne trouverait de repos qu'une fois aux aguets dans sa hutte, fusil en joue et l'œil vissé sur le ciel.

Kim avait encore rêvé de Jacob la nuit précédente. À ce souvenir, son cœur se mit à palpiter, si fort qu'elle s'arrêta un moment pour se reprendre. Car le songe s'était interrompu avant la fin et elle ne savait pas à quoi s'attendre.

Elle poussa la porte avec précaution. En découvrant Jacob à genoux devant la cheminée, elle eut toutes les peines du monde à ne pas se jeter à son cou.

– Qu'est-ce que tu fais là ? demanda-t-elle sur un ton plus abrupt qu'elle ne l'aurait voulu.

– Salut, Kim ! répondit-il en se redressant joyeusement.

Devant son air sévère, tous ses espoirs s'évanouirent d'un seul coup.

– Je... euh..., balbutia-t-il. Bon, ce n'était peut-être pas une bonne idée que je vienne, en fait. Si ça peut te rassurer, je ne reste pas longtemps. Les agents de l'OPN passeront me prendre demain matin.

– Qu'est-ce que tu fais là ? répéta Kim d'une voix radoucie.

Son cœur tambourinait dans sa poitrine. C'était tout juste si elle arrivait encore à respirer.

– À ton avis ?

Refermant la porte derrière elle, Kim se débarrassa de sa parka. Elle était rentrée les mains vides.

– Je ne comprends rien à ton attitude, Jacob. Ce n'est pourtant pas faute d'avoir essayé.

– *Ki-sa-ki-tin*, dit-il.

Ki-sa-ki-tin. Je t'aime. Il n'avait pas bien accentué les syllabes, mais elle n'en était pas moins bouleversée.

– Depuis l'autre jour, j'ai tout fait pour m'habituer à l'idée de ne jamais te revoir, Jacob, articula-t-elle avec effort. Et me revoilà à la case départ.

– C'est pour ça que je suis ici, Kim. Pour qu'on prenne un nouveau départ.

Kim sentit son pouls s'accélérer. Jacob était-il sérieux ? Et où cela allait-il les mener ?

Elle se servit une tasse de thé. Jacob l'avait fait bien fort, c'était parfait.

– Comment tu vois les choses ? demanda-t-elle du bout des lèvres.

– Dans un premier temps, je vais retourner en Allemagne, répondit-il, les yeux brillants. Une fois que j'aurai mon Abitur, je reviendrai vivre avec toi. J'espère que je n'aurai pas de mal à obtenir un visa. Sinon, il faudra qu'on se marie.

– Qu'on se marie ? répéta-t-elle en ouvrant des yeux ahuris. Waouh, tu n'as pas mis longtemps à te comporter en vrai Cree ! Quand un gars d'ici veut coucher avec une fille, il lui propose de l'épouser. Et, quand la fille est enceinte, il la laisse tomber !

Je me sentis rougir. Kim avait mis le doigt précisément là où je voulais en venir.

– Je…, bredouillai-je.

Devant mon air embarrassé, Kim éclata de rire. Un rire sonore et joyeux qui lui fit monter les larmes aux yeux. Je la rejoignis d'un bond, lui pris son mug des mains et le posai sur la table. Les yeux dans les siens, je contemplai son beau visage ovale, ses longs cheveux noirs et ses yeux incroyables. Puis je l'embrassai… de toute mon âme.

La raison m'exhortait à la prudence, mais mon corps me tenait un tout autre langage. Je tentai de résister au désir que je sentais monter en moi, mais Kim me prit la main et m'entraîna dans la chambre, où régnait à présent une douce chaleur.

– Avant de nous marier, ce serait cool de vérifier si on s'entend bien, chuchota Kim avec un éclair de malice dans le regard. Tu ne crois pas ?

Je sentis une grosse boule dans ma gorge. Sidéré, je vis Kim retirer sa chemise en flanelle et le T-shirt sous lequel elle portait une brassière moulante.

Je crus que mon cœur allait s'arrêter de battre.

– Si tu pouvais te déshabiller aussi, murmura-t-elle, ça me faciliterait les choses…

Elle s'efforçait de paraître maîtresse d'elle-même, mais sa voix avait perdu de son assurance.

Je ne devais pas commettre d'impair. Surtout pas. Levant les bras, j'ôtai mon sweat et mon T-shirt et ne pus réprimer une grimace. Le mouvement avait ravivé ma douleur à l'épaule, me rappelant du même coup ma rencontre avec l'ours et tout ce qui m'était arrivé depuis, que ce soit dans mes rêves ou dans la réalité.

Je faillis me pincer pour m'assurer que je ne rêvais pas. Mais, cette fois, c'était bien réel.

Comme Kim, je m'extirpai de mon jean et ne gardai sur moi que mon caleçon. Kim portait un slip en dentelle bleu pâle dont la vue me coupa le souffle.

En voyant ma tête, elle éclata de rire.

– Tu t'attendais à quoi ? Une culotte en peau de lapin cousue main ?

Je ne m'étais rien imaginé du tout. Mais, quand je l'avais déshabillée après le bain glacé qui avait failli lui coûter la vie, je ne lui avais pas vu des dessous aussi sexy.

Je parcourus des yeux ses formes parfaites, ses petits seins fermes et galbés, son ventre et ses hanches marbrés de cicatrices. Je ne fis aucune réflexion, mais ne détournai pas le regard.

Kim inspira à fond. Une légère rougeur colorait ses joues ; et ses prunelles me fixaient avec un regard d'animal blessé que je ne connaissais que trop.

– Ça fait peur, hein ? chuchota Kim.

– Non, fis-je avec douceur en la saisissant par les poignets. Il y a beaucoup de choses qui me font peur, mais pas tes cicatrices. Tu es très belle, Kim. Tu n'as vraiment aucune raison d'avoir honte. Ni devant moi ni devant quiconque.

Et je répétai tout bas :

– *Ki-sa-ki-tin*.

Jamais encore je n'avais prononcé ces mots, ni en allemand ni dans aucune langue. Pour la bonne raison que je ne les avais jamais pensés.

– Je peux te toucher ? demandai-je, d'une voix étranglée par l'émotion.

– Oui.

Posant les mains sur ses hanches, je l'attirai tout contre moi. Un frisson me parcourut tout entier.

Son cœur battait à tout rompre. Maintenant que nous avions fait le tour de ce qui devait être dit, les mots cédèrent la place à nos baisers. La langue de Kim explorait avec précaution chaque recoin de ma bouche... J'étais malade de désir mais ne voulais pas la brusquer : si elle avait besoin de temps, j'étais disposé à le lui donner. Et d'ailleurs c'était une torture délicieuse.

Nous finîmes par nous glisser sous la couverture de fourrure, que je remontai au-dessus de nos têtes. Nos derniers vêtements tombés, je commençai à parcourir de mes mains le corps délié qui s'offrait à moi. La poitrine au grain velouté, les hanches couturées de cicatrices... Peu m'importait que cette peau soit soyeuse ou craquelée, c'était celle de Kim, j'aimais tout d'elle.

Plus nous nous enhardissions, plus nos caresses devenaient torrides – au point que nous commencions à manquer d'oxygène sous la couverture –, plus j'avais toutes les peines du monde à me contenir.

À un moment, Kim envoya promener la couverture et nous reprîmes notre souffle en riant. Kim avait les joues rouges et les yeux brillants.

– Ne bouge pas, OK ?

Je me levai pour prendre un préservatif dans mon sac. J'avais fait exprès de ne pas en mettre dans la poche de mon jean, parce que je ne voulais pas donner à Kim l'impression que j'étais venu pour ça.

Dans mon sac, rien ! Je fouillais fébrilement dans la poche latérale et commençais à douter de ma raison quand un gloussement se fit entendre dans mon dos. Fronçant les sourcils, je me retournai vivement.

– C'est ça que tu cherches ? me demanda Kim en brandissant la petite boîte de préservatifs *made in Germany*.

– Tu me les avais piqués ? m'exclamai-je, le feu aux joues.

– Je m'étais promis de les remettre dans ton sac, expliqua-t-elle en riant de ma confusion. Mais ensuite Anak a commencé à avoir mal au ventre et ça m'est sorti de la tête. Je n'y ai repensé qu'après ton départ.

Je m'assis au bord du lit :

– Mais pourquoi tu as fait ça ? Qu'est-ce qui t'a pris de fouiller dans mes affaires ?

– Quand Anak t'a amené ici plus mort que vif, rien ne disait que tu n'étais pas un dangereux criminel. Il a bien fallu que je vérifie.

– Et ? Ton inspection a donné quoi ?

– Rien de très significatif. Sinon qu'il faut être un dingue ou un optimiste forcené pour se promener dans le bush avec pour seule arme une dizaine de préservatifs ! Tu dis que tu es venu à Moosonee pour y faire la connaissance de ton père… Mais qu'est-ce que tu avais derrière la tête, Jacob Cheechoo ?

– Ça tombe sous le sens, il me semble. Coucher avec la femme des Terres sauvages, naturellement.

La renversant en arrière, je la punis de son indiscrétion en la chatouillant un peu. Son rire tourna vite au halètement. Sentant que nous étions prêts tous les deux, je mis ma capote et demandai :

– Je peux ?

– Attends ! souffla-t-elle. Jacob, s'il te plaît…

Me raidissant, je l'embrassai tendrement et la caressai du bout de la langue de la racine de son cou jusqu'au bouton du sein. Mes pensées s'entrechoquaient dans ma tête. Je ne voulais pas, ne pouvais pas en rester là. Je la désirais tellement ! Je me forçai à lever la tête et attendis.

– Coucher avec une sauvage, c'est dangereux, railla-t-elle d'une voix rauque.

– Je sais, acquiesçai-je avec un sourire.

– Alors aime-moi, Jacob. Aime-moi de toute ton âme !

Fermant les yeux, elle s'abandonna à moi.

Kim avait souvent redouté le moment où elle aurait à se déshabiller devant Jacob. Certes, il avait déjà vu les ravages que l'incendie avait causés sur son corps, mais elle n'en était pas moins terrifiée à l'idée qu'elle pourrait ne pas lui plaire, et elle avait dû rassembler tout son courage pour soutenir son regard. Mais elle s'était inquiétée pour rien. Car Jacob avait été parfait : attentif, précautionneux, mais pas maladroit.

Au début, elle s'était sentie encore un peu crispée, mais, avec sa douceur et sa délicatesse, Jacob avait eu raison de ses réticences. Sous ses mains, sous le feu de ses caresses et de ses baisers, ses cellules avaient repris vie une à une, et elle avait eu l'impression de se réveiller d'un long sommeil. Dans ses bras, Kim se sentait assez en sécurité pour baisser la garde. Oui, elle pouvait faire confiance à ce *man-tay-o*, cet étranger dont ses rêves lui avaient annoncé l'arrivée.

Ne plus souffrir, se laisser aller à la douceur de son amour, à ce corps puissant, sa chaleur, sa tendresse, son plaisir… C'était si bon. Elle n'avait jamais rien éprouvé de tel.

Lorsque, épuisée, elle se blottit dans les bras de Jacob, il lui sembla être devenue une autre. Si ses cicatrices n'avaient pas disparu, elles n'avaient plus d'importance. L'étreinte de Jacob avait eu un effet libérateur.

– *Ki-sa-ki-tin*, articula-t-elle tout bas. Moi aussi je t'aime.

Elle se redressa sur un coude pour mieux l'observer. Il avait un air heureux qui lui fit chaud au cœur.

– Comment tu te sens ? chuchota-t-il en lui effleurant les lèvres du bout de son index.

– Bien, souffla-t-elle faute de pouvoir mettre des mots sur ce qu'elle éprouvait.

Voyant qu'il restait sur sa faim, elle ajouta :

– Quand je t'ai demandé ce que tu savais faire, tu ne m'as pas cité tous tes talents, Jacob Cheechoo !

– Ravi d'apprendre que je suis bon à quelque chose ! répliqua-t-il.

Kim rit de sa plaisanterie. Mais, soudain, une sourde angoisse vint se loger dans sa poitrine et son cœur se serra douloureusement.

– Tu es sûr que tu reviendras ? questionna-t-elle d'une voix étranglée.

– Je te le promets, répondit-il en lui repoussant une mèche de cheveux derrière l'oreille. Je sais ce que veut dire *aykinaskiyan*, mon père me l'a expliqué. Tu as ma parole et je la tiendrai. Toujours. Seulement...

Marquant une pause, il conclut avec gravité :

– Je ne serai jamais le chasseur que tu aurais espéré.

Kim le fixa de ses yeux sombres :

– Autrefois, cela allait de pair : un bon amant était obligatoirement aussi un bon chasseur. Pour plaire à une femme cree, il ne suffisait pas de la séduire, encore fallait-il être capable de nourrir une famille.

– Et aujourd'hui ? demanda-t-il, l'air un peu déconcerté.

Se penchant au-dessus de Jacob, Kim l'embrassa sur la joue :

– T'inquiète, je suis une femme émancipée, ça ne me pose pas de problème d'inverser les rôles. Si tu cuisines et t'occupes des enfants, je veux bien aller à la chasse et subvenir à nos besoins.

De surprise, il ne réagit pas tout de suite.

– Je t'aime pour ce que tu es, Jacob, le rassura-t-elle avec un sourire. Et ce, depuis le premier jour.

– Si c'est le cas, alors tu as bien caché ton jeu, lui fis-je remarquer.

– Oui, et ça m'a demandé des efforts que tu n'imagines même pas, répondit Kim.

Ses cheveux me chatouillaient la poitrine.

Elle poussa un soupir.

– Tu sens bon… Et tu as de si belles dents…

– De belles dents ? répétai-je, abasourdi.

Alors les séances de torture chez l'orthodontiste et les mois avec un appareil dentaire n'avaient pas été inutiles. Décidément, Kim me surprendrait toujours.

Soudain, elle redevint sérieuse et des larmes perlèrent au coin de ses yeux.

– Hé, m'affolai-je. Qu'est-ce qui t'arrive ? Kim !

– Ma vie est ici, Jacob, articula-t-elle d'une voix éteinte. J'appartiens à ce pays. Et ça ne changera jamais.

Enfouissant la tête dans ses cheveux, je la serrai très fort dans mes bras.

– Je sais. Mais désormais tu m'appartiens aussi.

Et, en m'offrant sa confiance, Kim m'avait fait un cadeau inestimable.

Plus tard, dans la soirée, nous dînâmes de bannocks et de thé noir très sucré. Nous fîmes une nouvelle fois l'amour avant de nous endormir dans les bras l'un de l'autre, épuisés, mais heureux.

Je fus réveillé au milieu de la nuit par des loups qui hurlaient dans le lointain, et Shadow qui leur répondait depuis la véranda. Leur clameur me donna la chair de poule. La cabane était un abri sûr, mais la forêt était peuplée de bêtes féroces aux dents et aux griffes acérées. Dans un moment d'égarement, je l'avais oublié, mais le danger rôdait partout autour de nous.

Le feu s'était éteint, mais, lové contre Kim sous la couverture de fourrure, je n'avais pas froid. Je m'imprégnai de la chaleur de son corps jusqu'à la sentir dans mes veines et la moelle de mes os. Je compris alors que je ne pourrais plus m'en passer.

J'allumai la lumière, rechargeai le feu et mis des bûches dans la cheminée, où les braises rougeoyaient encore. Nous reprîmes notre conversation là où nous l'avions laissée, puis nos corps s'unirent de nouveau. Je trouvai auprès de Kim ce dont j'avais toujours rêvé. Et je ne pouvais imaginer la quitter, ne fût-ce que pour quelques semaines.

Je voulais la protéger du froid, du Wendigo, des bêtes sauvages et de toute la méchanceté du monde, sous quelque forme que ce soit, aujourd'hui et pour l'éternité.

C'était donc ça, l'amour.

25

Le Wendigo

Kim et moi n'avions plus que quelques heures à passer ensemble, et cette idée m'était plus insupportable que toutes les souffrances que j'avais endurées ces dernières semaines. Dans cette chambre à peine éclairée par les premières lueurs de l'aube, nous nous sentions tous deux gauches et intimidés, aux prises avec un étrange sentiment d'irréalité, comme si, sans la couverture protectrice de la nuit, l'imminence de la séparation nous mettait soudain mal à l'aise.

– Tu sais, murmurai-je en écartant les cheveux qui tombaient sur son front, il me semble qu'Anak est presque décidé à aller vivre à Camp Ajuawak.

– Tu crois ? s'étonna-t-elle. Jusqu'ici, il a toujours refusé d'en entendre parler.

– Greg et moi, on en a rediscuté avec lui. Il paraît qu'il construit une cabane qui sera disponible à la fin de l'été ; il pourrait s'y installer.

– Avec Shadow ?

– Avec Shadow. Et pas seulement lui : Pauline n'attend qu'un signe de toi pour t'embaucher, tu le sais bien.

– Et toi ?

– Je ne suis jamais allé là-bas, mais, d'après ce que mon père m'a raconté, ça me semble l'endroit idéal : une baraque en dur, avec l'eau courante et une connexion Internet, une ligne de chemin de fer à proximité, les mômes et la possibilité de recevoir des visites… Je suis tenté d'essayer.

– Sérieux ?

– Sérieux. Je veux vivre avec toi, Kim. J'ai mis un certain temps à le comprendre, c'est vrai, mais à présent je suis sûr de moi.

Alors que je revenais de mon expédition matinale aux toilettes, j'entendis une brusque détonation en provenance du fleuve. Un bruit d'enfer, suivi d'un fracas épouvantable, de craquements sinistres, de crissements et de gargouillis.

Bon sang, que se passait-il encore ?

Catastrophé, je dévalai à toutes jambes l'étroit sentier menant à la berge et me figeai de stupeur. La glace bougeait ! D'énormes blocs s'enchevêtraient, se chevauchaient et se brisaient sous la pression, changeant de couleur au gré des jeux de lumière, tantôt turquoise, tantôt mauves, gris ardoise ou d'un blanc étincelant, le tout dans un vacarme hallucinant. Ça grondait, grinçait, pétait et chuintait dans tous les sens.

Saisi par la violence inouïe des forces qui se déchaînaient

sous mes yeux, je restai quelques instants sans pouvoir bouger.

Le long de la berge s'étaient échoués des glaçons gros comme des cachalots auxquels le soleil du matin donnait des reflets féeriques. Les bleus translucides, les vert d'eau, les gris pâle étincelaient de mille feux. Et l'air était empli de cliquetis et tintements de cristal.

En faisant demi-tour pour aller chercher Kim, je faillis lui rentrer dedans. Elle rayonnait de bonheur ; sans doute la magie du spectacle avait-elle chassé ses sombres pensées du matin.

Je la saisis par le bras.

– Kim, c'est normal ?

Elle rit de mon anxiété.

– Mais oui, c'est la rupture des glaces. Le printemps arrive !

Je regardai autour de moi. L'épaisse couche de neige qui recouvrait le sol ne semblait pas près de disparaître. Et les glaçons accumulés le long des berges étaient plus hauts que moi.

– Au printemps, expliqua Kim, quand la glace des lacs et des rivières subit une forte pression, elle se rompt. Cette nuit, il y a eu une grande marée qui a repoussé des masses de glace colossales vers l'intérieur des terres. En anglais, nous appelons ce mouvement de fond *spring break-up*. C'est beau, hein ?

C'était magnifique. Même si la puissance des éléments avait de quoi faire peur.

– Tu sais que tu as de la veine ? Tout le monde n'a pas la chance d'assister à ça. À Moosonee et Moose Factory, les gens attendent ce moment depuis des semaines. C'est la fin de l'hiver, Jacob ! Il n'y a pas si longtemps encore, cela signifiait la fin de la famine pour bien des nôtres.

Nous prîmes le chemin de la cabane. À peine rentrée, Kim se prépara à ressortir.

– Où tu vas ? m'étonnai-je.

– Tirer un lièvre ou un lapin.

Je n'en crus pas mes oreilles. Il ne nous restait que la matinée et elle ne trouvait rien de plus urgent à faire que de partir à la chasse ?

– Maintenant ? Mais, avec ce que tu as rapporté de Moosonee, tu as de quoi te nourrir pendant dix jours !

– Là n'est pas la question, Jacob. Si je reste ici à attendre le moment de ton départ pendant que l'heure tourne, je vais devenir folle.

– Je connais une bien meilleure façon de passer le temps, suggérai-je en espérant la faire changer d'avis.

– J'ai besoin d'une pause, répondit-elle sans oser me regarder.

Mon sang ne fit qu'un tour.

– Je… je ne t'ai pas fait mal, au moins ?

– Au contraire, murmura-t-elle avec un sourire.

Levant la main, elle effleura mes lèvres du bout des doigts.

– Viens, allons faire un tour, tu veux bien ? Ça nous changera les idées. Pour le reste on verra après…

Se dressant sur la pointe des pieds, Kim m'embrassa sur les lèvres.

– Dans ce cas…, soupirai-je, vaincu.

Nous prîmes le chemin du lac en emmenant Shadow. J'étais heureux qu'il nous accompagne. Quand je reviendrais, nous apprendrions à mieux nous connaître. Et je me réjouissais à cette perspective, de même que j'avais hâte de commencer ma nouvelle existence.

Le loup trottinait la truffe au ras du sol quand il flaira une piste et partit en flèche. Curieusement Kim ne réagit pas. Elle était occupée à me parler, ce qui était assez inhabituel chez elle et laissait au gibier le temps de s'enfuir devant nous. Tant mieux, je n'aurais pas aimé que nos derniers moments à deux soient ternis par un carnage.

En compagnie de Kim et de Shadow, je me sentais en sécurité et prenais presque plaisir à relever les empreintes des animaux. Dans la journée, les températures montaient largement au-dessus de zéro, mais tout regelait la nuit. La neige croûtée craquait sous nos pas, et les innombrables stalactites qui s'étaient formées sur les arbres fondaient goutte à goutte avec un *ploc-ploc* semblable à celui de la pluie.

L'hiver subarctique touchait à sa fin. J'essayais d'imaginer à quoi pouvait ressembler l'été dans cette région : du vert à perte de vue, une chaleur humide et des nuées de moustiques. Kim m'avait expliqué qu'il fallait impérativement s'en protéger si l'on ne voulait pas se faire dévorer.

De plus, en été, il était dangereux de s'aventurer dans le Muskeg : partout des marais, des lacs et des fondrières. On ne pouvait se déplacer que sur le fleuve.

Je risquais d'avoir du mal à m'adapter à l'été presque autant qu'à l'hiver. Mais je comptais sur les gens avec lesquels je vivrais pour m'aider à surmonter les rigueurs et les aléas du climat. D'ailleurs, j'avais déjà vécu ici et, même si je ne me rappelais pas les étés de mon enfance, je pensais pouvoir relever ce défi.

À quelque distance de nous, Shadow tomba soudain en arrêt. Les oreilles pointées, il se retourna et attendit que Kim l'ait rejoint. Celle-ci lui dit quelques mots en cree, et dès lors il marcha sagement à côté d'elle. Quelques minutes plus tard, je la vis se pencher pour observer une trace. À première vue, j'aurais pensé qu'il s'agissait d'un caribou, mais par gestes Kim attira mon attention sur des branches déchiquetées et des bouleaux au tronc profondément entaillé à hauteur d'épaules. Je compris que les empreintes appartenaient à un gros animal.

Kim prit son fusil dans sa main droite. Je priai le ciel qu'elle ne tue pas un élan devant moi, mais ses yeux brillaient d'un éclat inquiétant, signe que la fièvre de la chasse l'avait reprise. Ça devait être plus fort qu'elle.

Quelques instants plus tard, à l'orée d'une clairière, nous découvrîmes, niché dans un creux entre les rochers, un amas de crottes de la taille d'un gland. Shadow se mit à tourner autour. Lui aussi était tout excité. J'étais bien le seul de notre petite troupe à ne pas rêver de viande fraîche.

Kim mit un genou en terre.

– Un orignal, chuchota-t-elle tout bas.

Me décochant un clin d'œil, elle ajouta avec un sourire :

– Tu savais que les orignaux sont végétariens ?

Redevenue sérieuse, presque grave, elle poursuivit si bas que je l'entendais à peine :

– Celui-ci doit être tout près. Reste derrière moi, OK ? Si par hasard tu le vois arriver, surtout, gare-toi ! Un orignal ne dévie jamais de sa trajectoire, peu importe ce qui se dresse en travers. Et je ne te conseille pas de prendre un coup de sabot dans le mollet : il te réduirait les os en bouillie.

– D'ac, répondis-je sur le même ton.

Étonnamment, je n'avais pas peur. Au contraire, j'étais curieux de voir l'animal.

Tous les sens aux aguets, je marchais dans les pas de Kim. La piste serpentait entre les buissons en direction d'un bosquet touffu de bouleaux nains, de saules et d'arbrisseaux. Shadow grondait tout bas à mes côtés ; sa queue fouettait la neige et sa respiration était haletante.

Alertés par des craquements de bois mort, nous nous figeâmes. Écarquillant les yeux, je scrutai le fourré d'où venait le bruit. Je ne voyais rien, mais entendais distinctement la neige croûtée céder sous les pas d'un gros animal, à quelques pas de nous.

Soudain, mon sang se mit à battre dans mes tempes, mon pouls s'accéléra, et tout se mit à tourner autour de moi. C'étaient les signes avant-coureurs d'une nouvelle crise ! Je me pris la tête dans les mains et luttai de toutes mes forces pour garder les idées claires.

La truffe frémissante, Shadow flairait l'air avec frénésie sans bouger de sa place. Je laissai échapper un croassement guttural qui m'attira un regard courroucé de Kim. C'est alors que je le vis surgir. Comme dans mon rêve, il avait de grands yeux, le poil brun et il soufflait de la fumée par les naseaux. Il me fonçait dessus, fracassant tout sur son passage. À cette vue, je fus brusquement catapulté quatorze ans en arrière. Mes souvenirs me revinrent avec la violence d'un tsunami, les images se télescopant dans mon esprit au point que je ne me rendais plus compte de rien.

Recroquevillé sur moi-même en position fœtale, je suis dans mon lit, bien au chaud sous ma couette. De l'autre côté de la porte, mes parents se disputent au sujet d'Alex, mon demi-frère, et de sa mère Nora. Ma mère pleure, mon père sort de la maison en criant.

– Jacob ? Hé, Jacob ?

La voix de Kim me parvenait de très loin, mais elle n'arrivait pas jusqu'à ma conscience. Le flot torrentiel de mes souvenirs déferlait sur moi comme la Moose River au moment de la débâcle.

Ma mère me prend dans ses bras et, alors que je n'aspire qu'à dormir et rester au chaud dans mon lit, elle m'enfile ma combinaison de ski. Son haleine est chargée d'alcool. Elle me porte jusqu'à la voiture, m'assied à l'arrière et me laisse seul quelques instants. Dehors, il fait nuit noire, la neige tombe en tourbillonnant. Je vois ma mère revenir avec deux valises. Elle les charge dans le coffre, s'assied au volant et démarre en pleurant.

Je crus m'évanouir de stupeur. C'était donc ça ! Mon père n'était pour rien dans l'accident, ce n'était pas lui qui avait pris la voiture, mais ma mère ! Totalement sous le choc, le souffle court, je cherchai ma respiration comme un poisson hors de l'eau.

Je suis sur la banquette arrière. La tempête fait rage autour de nous. Le paysage est enseveli sous la neige. Très agité, je bourre le siège du conducteur de coups de pied. Un vrai petit monstre. Je hurle, je pleure, je crie :

– Daddy *! Je veux mon* daddy *!*

Sans réfléchir, je dégrafe ma ceinture de sécurité et tire ma mère par les cheveux. Sortie de la route, la voiture fait un tonneau et atterrit dans le fossé. Je vole à travers le pare-brise. Heureusement, la couche de poudreuse est épaisse, elle amortit le choc. Il me faut quelques instants pour revenir à moi, mais je me relève et me mets à courir. Tout à coup, des craquements de bois mort se font entendre dans mon dos. Je me retourne et vois un monstre poilu qui me fixe avec des yeux méchants. En voulant m'enfuir, je me prends les pieds dans une racine et m'étale de tout mon long. J'ai de la neige plein la bouche. Je voudrais appeler au secours, mais mon cri me reste dans la gorge. Haletant, je murmure dans un chuchotement :

– Daddy *!*

Le Wendigo disparaît enfin.

– Le monstre que j'ai pris pour le Wendigo…, balbutiai-je en rouvrant les yeux. C'était un orignal !

– Tant mieux ! sourit Kim, penchée au-dessus de moi. J'avais peur que ce ne soit ton père.

Me redressant sur mes coudes, je balbutiai :

– L'accident… ce n'était pas mon père qui conduisait, mais ma mère. Et, si elle a mis la voiture dans le fossé, c'est à cause de moi.

– Tu as retrouvé la mémoire ? s'étonna Kim.

– Oui, et il y a de quoi être perturbé, tu peux me croire.

J'avais la tête vide et me sentais épuisé. La vérité était dure à admettre, aussi dure que la racine qui m'avait fait trébucher. Alors que Kim me tendait une main pour m'aider à me relever, je demandai :

– Qu'est-ce qui m'est arrivé ?

– Tu as perdu connaissance. Tu t'es effondré au moment où l'orignal a chargé, il s'en est fallu de peu que tu te fasses piétiner.

– Où… où est il ?

– Parti, répondit Kim avec un geste évasif en direction des fourrés. Shadow lui a couru après. Mais ne t'inquiète pas, il n'essaiera pas de l'approcher. Il sait à quoi s'en tenir.

– Il a déjà pris des coups de sabot ?

– Oui.

Sur le chemin du retour, je racontai à Kim ce que je venais de me rappeler. Mon père avait eu raison de ne rien me dire : s'il m'avait rapporté les faits tels qu'ils s'étaient vraiment produits, je ne l'aurais pas cru, en effet.

Peut-être avais-je toujours su la vérité, même si je l'avais refoulée dans les strates les plus profondes de mon inconscient pour ne pas avoir à l'affronter quand j'avais cinq, huit ou douze ans…

Bizarrement, je n'éprouvais pas de colère contre ma mère. J'aurais eu toutes les raisons de lui en vouloir. Mais, au fond, j'avais plus de pitié que de rancœur. Quel enfer cela avait dû être de vivre avec un tel mensonge pendant tout ce temps !

De retour à la cabane, après avoir ranimé le feu dans la cheminée et rechargé le poêle, nous nous glissâmes sous la couverture de fourrure. Nous avions encore trois ou quatre heures avant que l'hélicoptère vienne me chercher. Je me blottis contre Kim et la serrai très fort dans mes bras.

Kim frotta son nez contre le mien et m'embrassa avec une tendresse infinie. Ce baiser avait un goût d'adieu, mais il était aussi une invitation, comme si elle ne voulait pas me laisser partir sans m'avoir encore donné tout ce qu'elle avait à m'offrir.

Prenant appui sur un coude, je secouai la tête.

– Désolé, Kim, je n'ai pas la tête à ça.

– J'ai fait quelque chose qu'il ne fallait pas ?

– Pas du tout, la détrompai-je en l'embrassant sur les lèvres. Mais je n'arrive pas à me sortir de l'esprit tout le mal que ma mère nous a fait, à mon père et à moi.

– Tu veux qu'on en parle.

– Ça serait bien. Mais, avant, j'ai une question à laquelle je voudrais que tu répondes. Une question existentielle.

– Laquelle ?

– Est-ce qu'au moins, c'était bien, Kimiwan Hunter ?

Kim mit un moment à comprendre. Puis un sourire illumina son visage. Elle fit semblant d'hésiter :

– Euh… Je dirais que tu es tout à fait à mon goût, Jacob Cheechoo. Tu as un certain nombre de talents.

– Seulement un certain nombre ? m'exclamai-je en feignant l'indignation.

– Eh bien, hormis le fait que c'est à moi de chasser pour faire bouillir la marmite, j'ai la tête bien faite. Or je ne te connais pas encore assez pour savoir ce que tu as dans la cervelle.

Je dus avoir l'air un peu surpris, car elle éclata de rire. Je me laissai gagner par son hilarité avec le sentiment délicieux qu'il ne pouvait plus rien m'arriver.

Nous attendîmes l'hélicoptère tout l'après-midi et toute la soirée, en vain. Nous descendîmes plusieurs fois jusqu'au fleuve pour observer les mouvements de la glace et scruter le ciel de plus en plus sombre.

J'étais un peu inquiet mais j'avais appris qu'ici les choses ne se passaient pas toujours de la même manière ni au même rythme qu'en Europe. Si l'hélicoptère n'arrivait pas ce jour-là, il viendrait le lendemain, voilà tout.

26

Des ombres allongées

À peine notre petit déjeuner terminé, nous descendîmes sur la berge. Le soleil brillait, seuls quelques nuages épars glissaient dans le ciel d'un bleu éclatant. Pendant la nuit, la Moose River avait encore changé d'aspect. Désormais, les blocs de glace dérivaient sur de vastes étendues d'eau noire.

– Une fois la glace en mouvement, tout peut aller très vite, expliqua Kim. Il n'est pas impossible que le fleuve soit de nouveau navigable dans deux ou trois jours. Auquel cas j'irai chercher Anak à l'hôpital avec le canot à moteur.

À ces mots, mon estomac se contracta. Kim parlait d'un temps où je ne serais déjà plus là. On était vendredi. Dans deux jours, je serais chez moi, à Iéna.

Sauf que ce n'était pas chez moi. Plus maintenant. Jusqu'à présent, ma place avait toujours été là où se trouvait ma mère. Ses bras avaient été mon refuge, le seul endroit au monde où je me sentais en sécurité. Ma mère était tout pour moi, et la réciproque était vraie aussi. Du moins était-ce ce qu'elle me répétait chaque soir quand elle venait me lire une histoire et me border dans mon lit : « Je serai toujours là pour toi, mon Jacob. Quoi qu'il arrive. »

Tout avait basculé quand Stefan et Jonas avaient fait irruption dans nos vies. Dès lors, ma mère avait eu beau essayer de nous aimer tous les trois à parts égales et se donner un mal fou pour préserver un semblant d'intimité entre nous deux, elle avait failli à sa promesse.

« *Aykinaskiyan* », songeai-je. Elle avait laissé le mensonge envahir son cœur et n'avait plus jamais pu s'en libérer. Et, maintenant que la vérité avait éclaté au grand jour, le fossé entre nous était trop profond pour que nous puissions reprendre les choses là où nous les avions laissées.

– On se revoit bientôt, murmura Kim en glissant sa main dans la mienne.

Elle avait raison, ce n'était l'affaire que de quelques semaines – qui risquaient d'ailleurs de passer à toute allure, car je n'aurais guère le temps de souffler : d'abord, réussir mon Abitur. Je devrais bosser dur, mais j'y arriverais. Ensuite, m'occuper de mon visa et des formalités administratives, et régler un certain nombre de problèmes dont je n'avais sans doute même pas idée…

Je pris Kim par la taille.

– Je reviendrai dès que je le pourrai. Mais je n'ai aucune envie de partir : je préfèrerais largement rester avec toi… voir fondre la glace et les arbres reverdir.

– Et te faire bouffer par les moustiques ? enchaîna Kim avec un petit rire.

– Ce ne sont pas les moustiques qui vont me faire peur…

– Je dis ça pour que tu te prépares…

– À une vie pas facile, je sais ! Mais avec des nuits fantastiques pour compenser, répondis-je avec un sourire entendu.

Kim égrena un petit rire. Je fis un selfie de nous deux avec le fleuve à l'arrière-plan.

– Tu comptes le poster sur Instagram ? s'inquiéta Kim en fronçant les sourcils.

– Non, promis-je. C'est juste pour me souvenir de toi au cas où je perdrais de nouveau la mémoire.

– Je t'aime tellement ! soupira Kim en se pendant à mon cou. Tu vas me manquer, Jacob Cheechoo.

– Toi aussi, tu vas me manquer, Kimiwan Hunter.

Laissant Kim rentrer seule à la cabane, je bifurquai avec Shadow en direction des toilettes. J'avais beau essayer de ne pas le montrer, je commençais à m'inquiéter : il était plus de neuf heures, et l'hélico n'était toujours pas en vue. À croire que ce pays ne voulait pas me laisser partir, ne serait-ce que pour quelques semaines. Pourtant, il ne fallait pas que je rate mon train, sans quoi il allait devenir compliqué d'avoir mon Abitur cette année. D'accord, les écrits de rattrapage n'étaient qu'en juin, mais j'étais censé passer les oraux avant, et je ne voulais pas louper la session.

J'avais tellement déconnecté que j'avais du mal à penser au lycée et me projeter dans des schémas qui m'auraient paru raisonnables autrefois. C'était fou comme j'avais changé en si peu de temps… Moi qui trois semaines auparavant n'aspirais qu'à entrer à la fac et faire des études, je voulais désormais vivre dans le Grand Nord au milieu des Cree.

Sur le chemin du retour, quelques instants plus tard, il me sembla entendre un bruit de moteur. Mettant la main en visière, je scrutai le ciel, mais non, pas d'hélico. J'avais dû me tromper.

Quelques instants plus tard, une détonation retentit derrière moi, suivie d'un hurlement plaintif qui me donna la chair de poule. Shadow ! Je courus jusqu'à la maison et n'eus que le temps de voir le trois-quarts loup disparaître derrière un tas de bois, laissant derrière lui une trace ensanglantée dans la neige.

– Qu'est-ce…

Je ne pus achever ma phrase. En face de moi se dressait un type en tenue de camouflage – parka vert foncé, pantalon kaki et bottes en caoutchouc – que je reconnus au premier coup d'œil. Mike Meenish !

Un frisson glacé me parcourut l'échine. Ce cinglé avait le canon de son fusil pointé sur moi et, vu la distance – je n'étais pas à plus de cinq mètres –, il ne pouvait pas me rater.

– Kim ! criai-je, la peur au ventre.

Pas de réponse. Mike s'en était-il pris à elle ? L'avait-il tuée pour la punir de m'avoir aidé ?

Tout mon être se révoltait à cette idée. Ce n'était pas possible… Ça ne pouvait pas s'arrêter là !

En proie à une rage indescriptible, je fis un pas en avant.

– Où est Kim ? Qu'est-ce que tu lui as fait ?

– Reste où tu es ! aboya Mike en reculant légèrement.

Levant les mains, j'étudiai son visage. Il avait les traits tirés, les joues creuses et les yeux injectés de sang. Il paraissait si mal en point qu'il aurait fallu avoir un cœur de pierre pour ne pas le prendre en pitié. Cependant, ma fureur l'emporta sur tout le reste.

– Qu'est-ce que tu attends ? hurlai-je avec l'énergie du désespoir. Vas-y, tue-moi !

C'était de la provocation, mais pas seulement. Sans Kim, la vie ne valait plus d'être vécue.

Secouant la tête, Mike me fixa d'un air soudain extatique. On aurait dit qu'il était ailleurs, d'un seul coup.

– Tu as sa bouche, murmura-t-il, hagard.

– Quoi ?

– Tu as les mêmes lèvres que Christine.

« C'est sûr, il est dingue », songeai-je.

Je tentai de réfléchir. Quelle logique lui dictait son comportement ? Que venait faire ma mère là-dedans ? C'est alors que les paroles d'Anak me revinrent en mémoire : « Tous les hommes de la région la lui enviaient. »

Était-ce la clé ? Ma mère avait-elle tourné la tête aussi à Mike ?

– Alors, c'était toi…, murmurai-je avec un calme dont je m'étonnai moi-même.

– Comment ça ? demanda Mike en abaissant de quelques centimètres le canon de sa carabine.

– Ma mère m'a raconté qu'à un moment, elle a hésité entre Greg et quelqu'un d'autre, improvisai-je. Mais elle est tombée enceinte, et la balance a penché en faveur de mon père.

Mike pinça les lèvres. J'avais tapé en plein dans le mille, apparemment. Cependant, il se ressaisit et visa de nouveau mon cœur.

– Greg a tout eu : ta mère, toi et Alex. Et il a tout gâché…

« Sers-toi de ta cervelle, Jacob ! Ce gars est malade… Kim n'est peut-être pas morte. C'est une guerrière… Et tu n'as pas survécu à l'attaque d'un ours pour te laisser abattre par un dingue. »

Au même instant, des gémissements déchirants se firent entendre. Shadow était toujours en vie. Cela me redonna de l'espoir.

« Tiens bon, mon grand ! » l'encourageai-je mentalement tout en cherchant un moyen de me sortir de là.

Si je voulais sauver Kim et Shadow, il fallait que je gagne du temps.

– C'est vrai, répondis-je avec une assurance dont je ne me serais pas cru capable. Mais Greg a tout perdu : sa femme l'a quitté, elle vit avec un autre à l'autre bout de la planète. Et Alex est mort.

– Pendant longtemps, ça m'a suffi, répondit Mike en me fixant d'un air sombre. Mais plus maintenant : non seulement Greg a de nouveau une femme dans sa vie et il est heureux avec elle, mais il a retrouvé son aîné. Comme ça, sans avoir à lever le petit doigt. Ce n'est pas juste. Moi, je n'ai plus personne. Je n'ai pas su protéger ma fille, je n'aurai jamais de petits-enfants. Tout ce qui pouvait donner un sens à ma vie m'a été enlevé.

J'avais du mal à suivre son raisonnement.

– Je retourne en Allemagne, balbutiai-je en espérant que mon départ pourrait l'apaiser. Je…

– Si je te tue, Jacob Cheechoo, ton père saura par quoi je suis passé.

Le doigt sur la détente, il avança encore.

Je sentis une crampe à l'estomac et mon sang se mit à bourdonner dans mes tempes. Je crus que je commençais une crise quand le vrombissement s'intensifia. Je compris alors que le bruit que j'entendais dans ma tête ne venait pas de moi. Il se rapprochait…

« L'hélicoptère ! »

D'instinct, j'agitai convulsivement mes bras et mes jambes et me laissai tomber en chien de fusil dans la neige en faisant semblant de trembler de tous mes membres. L'appareil descendait, à présent. Quelques secondes plus tard, le vacarme devint insupportable. Les pales de l'hélico faisaient voler la neige autour de moi. J'ouvris un œil avec précaution… Mike avait abandonné la partie. Je l'aperçus qui s'enfuyait vers le fleuve.

Bondissant sur mes pieds, je courus jusqu'à la cabane et me ruai à l'intérieur. Kim était assise au milieu de la pièce, ligotée à une chaise et bâillonnée avec du ruban adhésif. Les larmes ruisselaient sur ses joues.

– C'est fini, dis-je en l'embrassant sur le front. Il est parti.

De soulagement, elle se tassa sur sa chaise.

Je décollai du bout de mon ongle l'extrémité du ruban adhésif, et dis avec un sourire en coin :

– Ça risque de tirer un peu, mais ce n'est qu'un mauvais moment à passer.

Je lui arrachai son bâillon d'un coup sec et embrassai ses lèvres tuméfiées.

Le rugissement de l'hélicoptère cessa enfin. Le rotor s'immobilisa en sifflant, et le silence revint.

– J'ai cru que tu étais mort, murmura Kim en reniflant tandis que je tranchais ses liens à l'aide d'un couteau.

– Et moi, qu'il t'avait tuée.

Nous nous jetâmes dans les bras l'un de l'autre. Kim tremblait autant que moi.

– Le coup de feu, c'était quoi ? demanda Kim d'une voix oppressée.

– Shadow, répondis-je en lui caressant les cheveux.

– Oh, non !

– Il est derrière le tas de bois. Je crois qu'il vit.

S'arrachant à mon étreinte, Kim s'élança vers la porte. Elle faillit se heurter à mon père qui arrivait en sens inverse. Il s'écarta pour la laisser passer, se précipita sur moi et me serra contre lui à m'étouffer. Je ne comprenais rien à ce qu'il disait, mais je devinai à son expression qu'il remerciait les esprits.

Reculant d'un pas, il m'observa sous toutes les coutures.

– Tout va bien, Jacob ?

– Oui. J'ai eu plus de peur que de mal. Où est Mike ?

– Parti en canot. C'est du suicide, le fleuve n'est pas encore navigable. Même s'il est assez adroit pour slalomer entre les blocs, il ne pourra pas éviter la glace noire, celle qui dérive sous la surface.

– C'est peut-être ce qu'il espère, murmurai-je. D'après ce que j'ai compris, il n'y a plus grand-chose qui le retienne sur cette Terre.

– Je vous ai aperçus depuis le cockpit et j'ai eu la peur de ma vie, expliqua mon père. J'ai cru que Mike allait t'abattre à bout portant. Heureusement que tu as fait cette crise qui t'a sauvé la vie.

Je secouai la tête.

– Ce n'était pas une crise, j'ai juste fait semblant.

– Bien joué, *nkosis* ! s'extasia mon père en me serrant une nouvelle fois contre lui.

– Je suis tellement content que tu sois là, *dad*.

Des pas se firent entendre sur la véranda, puis un type en blouson d'aviateur s'encadra dans la porte.

– Faut qu'on y aille, Greg, on m'attend. Et puis le... le chien a besoin de soins.

Nous nous hissâmes dans l'appareil. Kim avait déjà pris place à l'arrière. Shadow, emmitouflé dans une couverture de survie, était allongé à ses pieds.

– C'est grave ? m'enquis-je en m'asseyant à côté d'elle.

– Je ne sais pas. Il a perdu pas mal de sang.

– On va l'emmener chez Doc Hakala, déclara mon père. C'est un super vétérinaire.

– Il a l'habitude des loups ? demanda Kim avec inquiétude.

– Ça m'étonnerait. Mais ça ne devrait pas être un problème.

Les rotors entrèrent en action, l'hélico rugit et nous nous élevâmes à la verticale. Je consultai mon portable. Un peu plus de dix heures. Dans vingt minutes, nous serions à Moosonee. Le pilote mit le cap vers la baie.

– Plus au nord, à Kashechewan, Attawapiskat et Peawanuck, tout est inondé, cria mon père pour couvrir le vacarme. C'est ce qui a retardé les agents de l'OPN. Ils ont dû évacuer les populations.

C'était ce que Kim avait supposé. Au printemps, m'avait-elle expliqué, des villages entiers du nord de la baie d'Hudson étaient submergés au moment de la débâcle et, chaque fois, il fallait évacuer les populations. Il y avait des années que les responsables des communautés demandaient à ce que les gens soient relogés en dehors des zones inondables, mais le gouvernement n'était pas prêt à supporter le coût d'une telle opération. Il aurait fallu construire les maisons sur du permafrost, ce qui représentait un budget considérable. Cela revenait nettement moins cher de déplacer les sinistrés le temps des crues.

Sous nos pieds, la rivière aux eaux brunâtres charriait d'innombrables blocs de glace. Soudain, j'aperçus Mike Meenish en train de slalomer comme un forcené pour avancer en eau libre. Vu d'en haut, on aurait dit un pauvre fou égaré au milieu des bancs de sable et des multitudes d'îlots, qui luttait pour sa survie sans savoir pourquoi.

Philipp, le pilote, signala par radio la position exacte du canot. Je n'entendis pas la réponse qui lui fut faite, mais il se tourna vers mon père et dit en secouant la tête :

– Impossible d'intervenir. C'est trop risqué.

Mon père avait laissé son pick-up sur le parking de l'aéroport. Nous nous rendîmes directement chez le docteur Hakala, un vieux Finlandais chauve et trapu qui ne manifesta guère d'enthousiasme à la vue de notre protégé.

Mais mon père avait des arguments convaincants. Il lui promit deux oies en plus d'un paquet de dollars, si bien que, quelques instants plus tard, Shadow était enfin sur la table d'opération. Kim et moi nous chargeâmes de le maintenir allongé le temps que le véto prépare l'anesthésie. Le loup ne se débattit même pas. Il était mal en point et devait sentir que nous agissions pour son bien.

Shadow endormi, le docteur Hakala le mit sous perfusion.

– Vous en avez pour combien de temps ? questionna mon père avec un coup d'œil inquiet en direction de la pendule.

Il était déjà onze heures.

– Ça dépend, répondit le vétérinaire en commençant à raser la zone autour de la plaie. Mais je ne devrais pas en avoir pour très longtemps.

– Je reste, décréta Kim.

Je lui pris la main.

– Dans ce cas, moi aussi.

Hakala haussa les épaules.

– Si vous voulez. Mais pas ici. Dans la salle d'attente.

Greg sortit avec nous.

– Appelez-moi quand ce sera terminé, dit-il. Je vais nous préparer à manger.

Kim posa la tête sur l'épaule de Jacob, heureuse de ne pas avoir à attendre seule la fin de l'intervention. Si elle était remise de sa frayeur mortelle de tout à l'heure, elle se faisait encore du souci pour Shadow.

– Il va s'en sortir, t'inquiète pas, tenta de la rassurer Jacob. Shadow est un loup, il est solide.

– Mmh, acquiesça-t-elle sans conviction, car elle savait mieux que personne ce qui arrivait quand un animal prenait une balle dans l'abdomen.

J'éprouvai le besoin de m'excuser :

– Je suis désolé. En débarquant ici, je vous ai mis en danger, Shadow et toi.

Se redressant, Kim le regarda dans les yeux.

– Pas du tout, protesta-t-elle. C'est entièrement ma faute !

– Ne dis pas de bêtise.

– C'est moi qui t'ai fait venir. En songe.

– Comment ça ?

– J'ai rêvé de toi, Jacob. Bien avant que tu ne mettes les pieds à Moosonee. J'ai rêvé qu'un *man-tay-o* se perdait dans le bush et se faisait attaquer par un ours. Il se cherchait lui-même. Et il avait besoin de mon aide.

Jacob éclata de rire.

– Et ? Est-ce que tu as aussi rêvé de la suite ? Je veux dire… ce qui s'est passé entre toi et moi ?

Kim sentit le rouge lui monter aux joues.

– Oui, avoua-t-elle. Mais après, quand j'ai commencé à mieux te connaître.

Ce songe-là ne lui avait pas été envoyé par les esprits, ça avait été son souhait à elle. Mais elle se garda bien de le lui dire.

– Moi aussi, j'ai rêvé de toi, confia Jacob avec une grimace gênée. J'ai lu la légende de la femme des Terres sauvages, et après mes fantasmes m'ont empêché de dormir.

Kim prit le parti de rire.

– Et moi qui croyais que tes nuits étaient hantées par le Wendigo !

Soudain, elle redevint sérieuse.

– Il y a encore une chose que je ne t'ai pas dite, Jacob.

Le garçon fronça les sourcils.

– Pour te retenir, j'ai aussi usé de magie.

– Eh bien, tu vois, ça a marché ! plaisanta-t-il en se penchant pour l'embrasser.

– Anak m'avait raconté qu'il suffit à une femme d'enjamber un objet appartenant à l'homme qu'elle aime pour avoir celui-ci en son pouvoir. Alors, avant que tu t'en ailles, j'ai sauté par-dessus ton sac de sport...

Jacob sourit :

– Tu m'as tenu en ton pouvoir dès l'instant où je t'ai vue, Kimiwan Hunter. Tu ne savais pas ça ?

Elle se serra contre lui, il passa un bras par-dessus son épaule, et tous deux attendirent, étroitement enlacés, que le docteur Hakala vienne les chercher.

– J'ai terminé, leur annonça-t-il. Tout va pour le mieux.

Shadow était sauvé. La balle avait lacéré ses chairs, mais il n'avait rien de cassé, et aucun organe vital n'avait été touché. Le loup avait eu de la chance. Tout comme Jacob.

27

Au revoir

Mon père vint nous chercher. Nous dévorâmes le chili végétarien qu'il avait préparé, et nous nous installâmes confortablement autour de la cheminée pour parler d'avenir. Toujours sous l'effet de l'anesthésie, Shadow somnolait à côté de nous en poussant parfois de petits gémissements plaintifs.

Greg fut heureux d'apprendre que Kim était d'accord pour animer des stages de survie à Camp Ajuawak.

– Mais seulement si Anak et Shadow peuvent y vivre avec moi ! précisa-t-elle.

– Pauline n'attend que ça, acquiesça mon père. Et les jeunes seront ravis aussi, c'est certain.

– Et moi ? lâchai-je incidemment. Qu'est-ce que je ferai, là-bas ?

Mon père tressaillit.

– Comment ça, ce que tu feras là-bas ? demanda-t-il en nous dévisageant tous deux d'un air ahuri. Est-ce que par hasard j'aurais raté un épisode ?

Je réalisai que je ne lui avais pas encore fait part de mes projets.

– Bon, je crois que je vais vous laisser en famille un petit moment, déclara Kim en se levant. J'ai l'impression que vous avez encore un certain nombre de choses à vous dire avant ton départ, Jacob !

Elle déposa un baiser sur le sommet du crâne de Shadow, un autre sur le mien, et sortit avec un clin d'œil à mon intention.

Mon père me lança un regard interrogateur. Son visage me semblait si familier, à présent, que je ne comprenais pas comment j'avais pu l'oublier.

– Quand je reviendrai ici cet été, ce sera pour m'installer, expliquai-je. Je ferai une demande de passeport canadien, et je me marierai avec Kim. Je l'aime vraiment.

– Holà, holà ! Ça n'est pas un peu rapide ? Tu viens à peine d'avoir dix-huit ans !

– Je ne suis pas comme ma mère, répondis-je en baissant les yeux.

– En effet.

– Kim n'est pas la première fille avec laquelle je sors. Mais jamais je n'ai éprouvé ce que je ressens pour elle.

– Pour connaître quelqu'un, il faut du temps, Jacob.

– Kim et moi, c'est bien plus fort qu'un flirt, *dad*. Il s'agit de tout à fait autre chose… et ça a un rapport avec cette terre.

Et j'ajoutai avec un coup d'œil par en dessous :

– Je croyais que ça te ferait plaisir…

– Bien sûr que ça me fait plaisir ! Pour être honnête, je n'en reviens pas de la chance que j'ai. Que tu viennes vivre ici, et pas seulement me rendre visite épisodiquement... c'est mieux que tout ce que j'aurais pu espérer !

Je pris une profonde inspiration avant de lâcher :

– La nuit de l'accident... au volant, c'était ma mère.

Mon père pinça les lèvres et attendit la suite sans rien dire.

– Où voulait-elle aller ?

– À l'aéroport.

– Au milieu de la nuit ?

– Cet après-midi-là, Nora n'avait pas arrêté de nous téléphoner. Elle nous harcelait. Ta mère a décidé que ça suffisait.

– Et l'homme qui m'a retrouvé, enchaînai-je, la voix tremblante d'émotion, ce n'était pas un secouriste, n'est-ce pas ? C'était toi.

Mon père hocha la tête.

– Ta mère avait perdu connaissance. Quand elle est revenue à elle, j'étais déjà sur les lieux. Je l'ai installée dans ma voiture et suis parti à ta recherche. J'espérais que, si je te retrouvais sain et sauf, nous n'aurions pas d'ennuis.

– Alors pourquoi as-tu fait de la prison ?

– Pendant que je te cherchais, répondit Greg en fixant le feu d'un air absent, ta mère a appelé la police. Et elle est partie avec ma voiture.

– Hein ?

J'étais abasourdi. Ma mère ne s'était pas contentée de me mentir. Elle avait rejeté sa faute sur mon père.

– L'un des flics chargés de l'enquête m'avait déjà dans le collimateur à cause d'une vieille histoire. Comme j'avais bu et qu'il y avait un jeune enfant blessé, je me suis retrouvé derrière les barreaux.

– Tu aurais pu te défendre ! protestai-je.

Je ne comprenais pas pourquoi il n'avait pas essayé de prouver son innocence.

Mon père fit non de la tête.

– Christine avait été arrêtée plusieurs fois pour conduite en état d'ivresse. Si je l'avais dénoncée, elle aurait été incarcérée. C'était elle ou moi, Jacob. Je n'ai pas voulu te séparer de ta mère, dans votre intérêt.

– Le sien, peut-être ! m'écriai-je. Pas le mien !

J'ajoutai sur un ton radouci :

– Tu t'es sacrifié pour elle.

– Je ne dirais pas ça. J'ai fait ce que je croyais juste. Pour Christine, pour toi… Ta mère n'était pas heureuse. Nora la harcelait, et je n'étais pas libre de vous emmener vivre ailleurs : son fils était aussi le mien.

– Et c'était un Cree…

Greg baissa piteusement la tête. Je compris soudain quelque chose d'important : mon père faisait corps avec sa communauté, il s'était conformé aux usages de son peuple.

– Cette nuit-là, tu as tout perdu, murmurai-je. Ta femme, ton fils, ta liberté…

– Ma liberté, je l'ai vite retrouvée. Et toi, tu m'es revenu, *nkosis*.

– Ma mère a toujours prétendu avoir fait ce qui était bien pour moi. Mais c'est faux. En réalité, elle n'a pensé qu'à elle.

– Nul n'est parfait, Jacob. Christine n'avait pas les reins assez solides pour vivre dans le Grand Nord. Toi, oui.

– Tu le crois vraiment ?

– Je le sais.

– Ça va être dur de digérer tout ça, dis-je en tordant la bouche. Je pourrais en vouloir à ma mère mais je n'y arrive pas. Surtout que c'est ma faute si on a eu cet accident : je me suis détaché et je lui ai tiré les cheveux…

– Tu étais tout petit.

– Et toi ? Tu ne lui en veux pas ?

– Au début, si, j'étais très en colère. Mais j'avais ma part de responsabilité, moi aussi. Il y a des choses contre lesquelles on ne peut rien.

– Ce que je ne m'explique pas, c'est comment elle a pu mentir pendant quatorze ans…

– Tu sais, fit mon père, quand on commence à mentir, on a l'impression qu'on ne peut plus revenir en arrière. Ta mère a toujours voulu te protéger.

– Mais de quoi ? m'indignai-je. De toi ? Tu n'es pas un monstre, que je sache !

– Je suis un Cree, Jacob. Ta mère a eu peur de te perdre, peur que tu deviennes comme moi, peur que le Muskeg, le fleuve, le poids de notre culture et de notre histoire ne t'éloignent d'elle.

Je palpai mon amulette à travers mes vêtements.

– Au fait, le Wendigo… c'était un orignal.

Mon père hocha la tête avec un sourire.

– Un mâle énorme ! On était en janvier, et il avait encore ses bois. Tu n'imagines pas ma panique quand je l'ai vu charger. J'ai cru qu'il t'avait tué. Tu saignais de la tête et ne donnais plus signe de vie.

– Pourtant, j'étais conscient. J'entendais les battements de ton cœur… Et dans tes bras je me suis tout de suite senti en sécurité.

Mon père s'essuya les yeux du revers de sa manche, puis il demanda :

– Comment se fait-il que tu aies recouvré la mémoire ? Il est arrivé quelque chose ?

– Kim et moi avons croisé un orignal hier dans la forêt. Quand je l'ai vu déboucher du taillis, tout ce qui s'était passé cette nuit-là m'est revenu d'un coup.

– La magie du Muskeg…, murmura pensivement mon père en se levant.

Il remit des bûches dans la cheminée. Avant de retourner s'asseoir, il s'arrêta à ma hauteur et me posa la main sur l'épaule. Je levai les yeux vers lui.

– Je suis si heureux de t'avoir retrouvé, *dad* !

– Et moi donc…

– Je regrette seulement qu'on ait perdu autant de temps.

– On a encore tout l'avenir devant nous.

Mon téléphone avait fini de charger. J'envoyai à Ben un message WhatsApp :

Alors, cette épreuve de maths ?

La réponse me parvint immédiatement.

Une formalité. Tu en es où ?

Je dis au revoir à la fille des bois.

Ben m'envoya un smiley avec des yeux en forme de cœur.

Départ du train tout à l'heure. RV lundi à l'épreuve de bio.

Cette fois, je reçus un smiley avec un clin d'œil. OK, il ne me croirait que lorsqu'il me verrait, mais je ne pouvais pas lui en vouloir.

– Et Mike ? demanda Kim à mon père un peu plus tard. On va le laisser courir dans la nature ? Parce que ce type est un fou dangereux. Si vous n'étiez pas arrivés à temps, il aurait abattu Jacob à bout portant.

– Je ne suis pas sûr qu'il aurait tiré, objectai-je. Il m'a surtout semblé au bout du rouleau.

– Je rêve ! s'exclama Kim, dont les yeux lançaient des éclairs. Il m'a ligotée et il a failli tuer Shadow !

En entendant son nom, le loup redressa la tête. Il avait repris du poil de la bête et voulait sortir. Nous avions fait un arrêt au Northern Store sur le chemin du retour et lui avions acheté un collier. Kim le lui passa autour du cou.

Même si, d'une certaine manière, ce cinglé de Mike me faisait pitié, je ne pouvais pas oublier la peur qu'il nous avait infligée et le mal qu'il avait fait à Shadow. Et le fait que sa folie ne procédait pas de la méchanceté mais du désespoir ne faisait aucune différence. Kim avait raison :

tant qu'il serait en liberté, ni moi ni ceux de mon entourage ne seraient en sécurité.

– Je vais avertir la police municipale de Moose Factory, déclara mon père après être resté quelques instants silencieux. Mais d'abord il faut que je réfléchisse à ce que je vais leur dire.

– Je sors avec Shadow, dit Kim.

– Je viens avec vous, annonçai-je en bondissant sur mes pieds.

Shadow détestait être tenu en laisse, c'était évident. Cependant, il était toujours sous le coup de l'anesthésie et semblait groggy. Lorsqu'il eut fait son affaire, il poussa un hurlement déchirant. Il tremblait de tous ses membres et paraissait ne pas comprendre ce qui lui arrivait. Soudain, il flaira quelque chose. Les oreilles dressées, il se mit à fouetter le sol de sa queue et huma l'air avec frénésie. Oubliés la douleur et l'engourdissement, son instinct avait repris le dessus, il voulait courir, chasser, tuer. C'était un loup, pas un chien que l'on promène au bout d'une laisse.

– *A-pe !* cria Kim. Au pied !

À ma grande surprise, Shadow obéit. À contrecœur, mais il obéit.

– Incroyable ! m'étonnai-je. Tu l'as dressé ?

– Je lui ai appris deux ou trois trucs..., répondit Kim non sans une certaine fierté.

Au même instant, Shadow poussa une plainte qui me transperça jusqu'à la moelle. Et aussitôt tous les chiens à deux kilomètres à la ronde se mirent à aboyer et hurler de concert. J'échangeai un regard embarrassé avec Kim. Il était urgent de ramener ce loup dans la forêt, il n'avait pas sa place en ville.

À notre retour à la maison, Greg nous expliqua qu'il avait pu parler à un officier de police.

– Mike est à l'hôpital, nous apprit-il. Il était presque arrivé à Moose Factory quand son canot a percuté de la glace noire, et il a chaviré. Par chance, il y avait des gens à proximité. Ils ont réussi à le tirer de l'eau et l'ont transporté à l'hôpital. Il est en hypothermie, mais il va se remettre.

– Il aurait été emporté jusque dans la baie d'Hudson que ça ne m'aurait pas dérangée, déclara Kim froidement.

Mon père hocha la tête.

– Il a tout avoué et a demandé une aide psychologique.

Je me sentis soulagé d'un grand poids. Avec sa soif de vengeance, Mike avait changé le cours de mon destin. Sans lui, je ne me serais pas perdu dans le bush, je n'aurais pas été attaqué par un ours et n'aurais pas eu à cohabiter pendant des jours avec Anak et Kim dans une cabane au fond des bois.

Sans lui, rien de tout cela ne serait arrivé. Certes, j'avais beaucoup souffert à cause de lui, mais ce que j'avais gagné en contrepartie était sans commune mesure avec ce que j'avais enduré. Tandis que Mike avait vécu un enfer. Quel sens y aurait-il eu à ce qu'il meure ?

La dernière heure avant le départ du train passa à toute allure. Louise et Della étaient venues me dire au revoir à la gare.

À ma grande surprise, Della nous présenta des excuses :

– Quand j'ai appris comment Mike s'était comporté, ça m'a ouvert les yeux, dit-elle. Il n'a jamais fait son deuil de sa fille et n'a plus pensé qu'à se venger. Mais la haine n'a jamais guéri personne. Au contraire, elle vous aveugle et vous rend encore plus malheureux. Mon frère est mort, je dois le laisser partir, à présent.

Kim avait les larmes aux yeux. Je remerciai Della d'un signe de tête, et nous nous séparâmes en bons termes.

À son tour, Louise me serra dans ses bras.

– Je me souviens de Luke, lui dis-je à l'oreille. Il m'appelait toujours « Japop » !

Elle esquissa un sourire triste, puis me remit une enveloppe cachetée que je glissai dans la poche extérieure de mon sac.

Plus que quelques minutes. J'étreignis mon père, trop ému pour prononcer une parole, et embrassai Kim une dernière fois.

– Bonne chance pour ton Abitur, dit-elle. Et tâche d'avoir une mention. Camp Ajuawak a besoin de quelqu'un avec de la matière grise.

J'avais la gorge trop nouée pour parler. J'avais décidé de ne pas pleurer mais Kim me manquait déjà tellement que j'en avais mal partout.

Je montai en voiture et claquai la portière derrière moi. J'étais à peine assis à ma place que la locomotive diesel lança un long sifflement et le train s'ébranla. Les quatre personnes qui agitaient les mains sur le quai ne tardèrent pas à disparaître de mon champ de vision.

Le front contre la vitre glacée, je regardai défiler le Muskeg sans pouvoir penser à rien. Entre les bouquets d'épicéas et les bouleaux nains, les eaux des marais miroitaient au soleil.

« Dans quelques semaines, tu seras de retour, Jacob. »

À cette pensée, je me sentis un peu rasséréné. Je sortis de mon sac la lettre de Louise et l'ouvris. Dans l'enveloppe, il y avait une photo prise sur une plage de sable au bord de la Moose River. On y voyait des gens autour d'un feu au-dessus duquel des bannocks cuisaient sur des piques plantées dans le sol. Un petit garçon au visage poupon et aux cheveux noirs coupés au bol présentait le sien à la chaleur des flammes avec un sourire espiègle. Assise sur une souche un peu à l'écart, une Della maigrichonne semblait perdue dans ses pensées. À ses pieds jouait un gamin qui lui ressemblait comme deux gouttes d'eau. Moi, j'étais à côté d'eux, un petit chiot sur les genoux. À l'arrière-plan se trouvaient mon père et ma mère. Ma mère était radieuse.

Soudain, la voix de mon père : « *Ashtum*, Jacob ! Alex ! Venez voir ! Que je vous montre comment on fixe un appât sur l'hameçon ! »

Alex plante son bâton dans le sable et rejoint son père en courant. Je confie le chiot à Della et cours moi aussi vers lui…

Comme hypnotisé, je fixai la photo sans pouvoir en détacher les yeux. Il me semblait sentir l'odeur délicieusement appétissante des bannocks et la caresse du soleil sur ma peau ; j'entendais les voix et les rires. Le fleuve scintillait de mille feux. Dans quelques instants, Alex, Luke et moi nous jetterions dans l'eau glacée, mon père nous apprendrait à faire des ricochets. Nous nous baignerions jusqu'à avoir les lèvres bleues, et nos mères exigeraient que nous remontions nous sécher.

Qui serait capable de dire exactement qui il est ? Au fond, nul ne le sait vraiment, mais il y a des moments dans la vie où on le sent. En partant à la recherche de mon père, j'avais été comblé au-delà de toute espérance : j'avais rencontré une fille extraordinaire, j'avais découvert tout un peuple avec son histoire, ses légendes, ses rêves et sa gaieté, mais aussi sa part d'ombre avec des traumatismes subis il n'y a pas si longtemps encore par mes ancêtres Cree, et dont les séquelles seraient longues à guérir.

Tandis que je nous contemplais tous les trois, Alex, Luke et moi, une pensée me traversa l'esprit : « Ce qui n'est plus subsiste toujours sous une forme ou sous une autre… »

Le sourire aux lèvres, je fermai les yeux.

Remerciements

Pendant de nombreuses années, j'ai caressé l'idée d'écrire un roman dont l'action se situerait dans le Grand Nord canadien. Ce projet n'aurait pas pu aboutir sans la Fondation culturelle de Thuringe, que je remercie chaleureusement pour son soutien.

Qu'il me soit permis ici de remercier tous ceux qui ont participé à l'élaboration de ce roman. Je citerais en particulier :

Antonia Thiel et Frank Griesheimer, mes éditeurs, qui m'ont accompagnée dès le début dans mon entreprise et m'ont prodigué de précieux conseils.

Elfi Meyer, de Timmins, Ontario, ma fidèle correspondante, qui a organisé mon voyage d'études et m'a aidée dans mes recherches. Elle a noué pour moi une foule de contacts utiles et m'a ouvert sa maison avec une grande générosité.

Wayne Taipale, le maire de Moosonee, qui a partagé avec moi sa connaissance du Grand Nord et son expérience de chasseur.

Julia Martens, qui m'a fait visiter le General Weeneebayko Hospital et m'a donné de participer à une *sabagone*.

Darrell Isaac. L'excursion en bateau dans la baie James, ses réflexions stimulantes et son chant resteront pour moi des moments inoubliables.

Paul Lantz et Denise Metatawabin Lantz, du service juridique autochtone Keewaytinok, qui m'ont ouvert leur bureau confortable et leur petite bibliothèque pleine de ressources où j'ai trouvé les réponses à toutes mes questions.

Tony Tourville, dont le témoignage émouvant sur ses années au pensionnat Sainte-Anne m'a inspiré le récit d'Anak. « *Miigwetch*, Tony ! Sans vous, il aurait manqué quelque chose d'essentiel à mon *Retour à Moosonee*. »

Enfin, je remercie chaleureusement les habitants de Moosonee et de Moose Factory pour leur ouverture d'esprit et l'accueil qu'ils ont réservé à la romancière venue du bout du monde les assaillir de questions. Leur immense serviabilité, leur disponibilité, leur humour et leur chaleureuse hospitalité resteront à jamais gravés dans ma mémoire.

Antje Babendererde, Liebengrün, avril 2019

Cet ouvrage a été mis en pages
par DV Arts Graphiques à La Rochelle

Impression réalisée par
GRAFICA VENETA
en mars 2022
pour le compte des Éditions Bayard

Imprimé en Italie